MERICE BRIFFA

Der Traum der roten Erde

Buch

Australien im 19. Jahrhundert: Von dem tragischen Tod seiner Frau Jenny tief gezeichnet, sieht Will Collins keinen Sinn mehr im Leben. Ohne Ziel durchstreift er zu Pferd die wilde Natur Australiens, und nicht einmal Selena Trevannick, seiner Weggefährtin aus den Tagen des Goldschürfens, gelingt es, die Dämonen der Vergangenheit zu vertreiben. Als Will jedoch der jungen Annabelle Jordan begegnet, die mit ihrer Mutter und ihrem Bruder gerade aus England eingetroffen ist, fasst er endlich wieder neuen Lebensmut. Da Annabelles Vater aus unerfindlichen Gründen nicht erschienen ist, um seine nachgekommene Familie in Empfang zu nehmen, begleitet Will die drei zu der kleinen Farm, die von nun an ihre Existenz sichern soll. Auf der beschwerlichen Reise kommen sich Annabelle und Will langsam näher … Währenddessen setzt Selenas Halbbruder Con seine Schwester unter Druck: Selena soll Will endlich dazu bewegen, sie zu heiraten, oder zu Con zurückkehren und auf dessen Farm aushelfen. Doch Selena, die längst begriffen hat, dass Will und sie sich von der Vergangenheit befreien müssen, verfolgt ganz eigene Pläne …

Autorin

Merice Briffa lebt in Brisbane, Australien, auf einer Farm mit vielen Tieren. 1994 erschien ihr erster Roman, »The Final Dreaming«. »Der Traum der roten Erde« ist der dritte Band ihrer großen Australien-Saga, die mit »Land meiner Träume« begann und in »Himmel der Sehnsucht« ihre Fortsetzung erfuhr.

Von Merice Briffa außerdem bei Goldmann lieferbar:

Land meiner Träume. Eine Australien-Saga (46680)
Himmel der Sehnsucht. Eine Australien-Saga (46687)

Merice Briffa

Der Traum der roten Erde

Eine Australien-Saga

Aus dem Englischen
von Ellen Schlootz

GOLDMANN

Titel der Originalausgabe:
»The River Maid«

MIX
Papier aus verantwortungsvollen Quellen
FSC® C014496

Verlagsgruppe Random House FSC-DEU-0100
Das FSC®-zertifizierte Papier *München Super* für dieses Buch
liefert Arctic Paper Mochenwangen GmbH.

1. Auflage
Deutsche Erstveröffentlichung April 2011

Published by Arrangement with Merice Briffa
Dieses Werk wurde vermittelt durch die
Literarische Agentur Thomas Schlück GmbH, 30827 Garbsen.
Umschlaggestaltung: UNO Werbeagentur, München
Umschlagmotiv: FinePic/Getty Images/ Jochen Schlenker
Redaktion: Sigrun Zühlke
mb · Herstellung: Str.
Satz: omnisatz GmbH, Berlin
Druck und Bindung: GGP Media GmbH, Pößneck
Printed in Germany
ISBN 978-3-442-47414-1

www.goldmann-verlag.de

Prolog

Das Schiff lag halb im graubraunen Schlamm und halb im Wasser und neigte sich leicht gegen das Flussufer, als brauche es seinen Schutz oder seine Unterstützung. Einst war es ein schönes Schiff gewesen. Jetzt bestand der hintere Teil des Kabinendecks nur noch aus verkohlten Brettern, und die Wände des Ruderhauses, wo die Flammen nicht ganz hingekommen waren, waren von der Hitze des Feuers schwarz verfärbt. Die Namenstafel war fast bis zur Unkenntlichkeit versengt. Doch aus dem, was er entziffern konnte, schloss der Mann am Ufer, dass es *Elizabeth* geheißen hatte.

Er ging ein Stück weiter, um das Schiff aus einem anderen Winkel zu betrachten. Soweit er von draußen feststellen konnte, schien der Dampfkessel noch intakt zu sein. Also war das Feuer nicht dort ausgebrochen. Auch der Rumpf schien unbeschädigt zu sein. Trotzdem ließ man das Schiff offenbar hier verrotten, denn es sah so aus, als sei seit dem Feuer schon einige Zeit vergangen.

»Ein trauriger Anblick, nicht wahr?«

Die Bemerkung kam von einem mittelgroßen älteren Mann mit struppigen grauen Haaren, Vollbart und den von tiefen Runzeln umgebenen Augen eines Seemanns.

Nachdem er den Sprecher kurz gemustert hatte, drehte sich der Mann wieder zu dem Schiff um. »Wem gehört es?« Trotz des traurigen Zustands hatte das Schiff etwas an sich, das ihn ansprach.

»Im Augenblick vermutlich niemandem.« Der Seemann wägte seine Worte sorgfältig ab, als sei er sich nicht ganz sicher.

Der junge Mann drehte sich abrupt um, sein Herzschlag beschleunigte sich. »Niemandem? Sie meinen, man hat es aufgegeben?«

Der andere Mann schien plötzlich in Erinnerungen versunken und ließ sich mit der Antwort Zeit. »Wissen Sie, die *Elizabeth*, das war ein großartiges Schiff. Wir sind die ganze Strecke von Goolwa bis hierher gefahren. Sie war ein Traum, hatte den besten Dampfkessel von allen hier auf dem Fluss.«

»Was ist denn passiert? Wieso hat es gebrannt?

Der Mann stieß einen Laut tiefsten Abscheus aus. »Der Kapitän hat sich in der Nacht, in der wir hier ankamen, betrunken. Er hat die Kabine selbst in Brand gesetzt. Wir konnten noch verhindern, dass sich das Feuer auf dem ganzen Schiff ausbreitete. Den Kapitän haben wir allerdings nicht mehr retten können.«

»Eine furchtbare Art zu sterben.«

»Ja, aber das hatte er sich selbst zuzuschreiben. Noch bevor wir Südaustralien verlassen hatten, wussten wir bereits, dass er viel zu gern getrunken hat.«

»Sie sagen ›wir‹. Waren Sie auf der ganzen Fahrt von Goolwa dabei?«

»Wir waren zu viert, mit dem Kapitän. Ich war der Maschinist.«

»Wo sind die anderen?«

»Fortgegangen. Hat keinen Sinn, hier in Echuca zu bleiben, wenn man nichts mehr zu tun hat.«

»Wann war das Feuer?«

»Vor etwa fünf Monaten.«

»Und Sie sind seitdem hier in Echuca?«

Der Seemann starrte ihn misstrauisch aus zusammengekniffenen Augen an. »Hey, Sie stellen aber eine Menge Fragen. Sind Sie von der Versicherung oder ein Detektiv oder so was?«

»Nein, weder noch. Mein Name ist Hal Collins. Ich bin aus Ballarat hierhergekommen. Ich hab da nach Gold gesucht.«

Das Misstrauen war sofort verschwunden, und der Mann begann zu spekulieren. »Ballarat, ach tatsächlich? Hatten Sie Erfolg?«

»War ganz gut.«

Der Maschinist kratzte sich am Bart und sah Hal durchtrieben an. »Sie haben doch nicht etwa vor, sich ein Schiff zuzulegen? Sie scheinen sich ja sehr für die gute alte *Elizabeth* zu interessieren.«

Hal lächelte, ohne jedoch auf die Frage einzugehen. »Der Brandschaden betrifft anscheinend in erster Linie das Oberdeck. Ich nehme an, dass man dieses Deck ohne große Mühe wieder aufbauen könnte.«

»Möchten Sie mal einen Blick an Bord werfen. Ich heiße übrigens George, George Stokes.«

Die beiden Männer kletterten das Ufer hinunter und gingen über eine Planke auf das Schiff.

»Es ist sechzehn Meter lang und viereinhalb Meter breit. Hat nicht mal achtzig Zentimeter Tiefgang, wenn es vollbeladen ist. Und jetzt sehen Sie sich mal den Kessel genau an. Wie stabil der ist. Der wird niemals in die Luft fliegen, weil zu viel Druck drauf ist. Unter Volldampf ist es schneller als jedes andere Schiff auf dem Fluss.«

Die Treppe zum Oberdeck befand sich backbord über der Verkleidung des Schaufelrads. Ursprünglich hatte es auf diesem Deck sechs Kabinen gegeben, doch nur die beiden unter dem Ruderhaus waren praktisch unbeschädigt. Allerdings war die Leiter hinauf zum Ruderhaus auch verbrannt. Deshalb konnte Hal nur sehnsüchtig nach oben blicken.

Seine Augen registrierten jedes Detail, und im Kopf machte er bereits Pläne. Er wusste, dass es in der kleinen Siedlung eine

Sägemühle gab, deshalb würde es kein Problem sein, an Holz heranzukommen. Fensterglas und andere notwendige Kleinigkeiten konnte man sicher in Bendigo erhalten, das nur eine Tagesreise entfernt war.

Als die beiden Männer wieder das Ufer hinaufkletterten, hielt Hal inne und blickte auf den breiten Fluss hinaus. In Gedanken sah er das Schiff bereits mitten auf dem Fluss, Rauch stieg aus dem glänzenden schwarzen Schornstein hinter dem Ruderhaus auf, und die großen Schaufelräder drehten sich. Der Rumpf war dunkelgrün gestrichen, die oberen Decks in einem satten Cremeton, Türen, Fenster und die Griffstange der Reling waren rotbraun abgesetzt.

»*River Maid*«, sagte er und wandte sich zu einem grinsenden George um. »Ich werde es *River Maid* nennen, und hoffe, dass Sie weiterhin sein Maschinist sein werden.«

Das Grinsen des alten Seemanns wurde so breit, dass seine gelben Zähne zwischen dem dichten Bart hervorleuchteten. »Hab ich doch gewusst, dass das Schiff und ich nur auf jemanden wie Sie gewartet haben. Es wird wieder ein schönes Schiff werden, der beste Dampfer auf dem Murray.«

»Genau das möchte ich«, sagte Hal.

George streckte die Hand aus, und die beiden besiegelten das Abkommen mit einem Handschlag.

1

Februar. Der letzte Monat des Sommers und der bei weitem heißeste. Es herrschte eine unglaubliche Trockenheit. In dem völlig ausgedörrten Boden schafften es nur noch einige schlaffe Gräser zu überleben, die blassen, graugrünen Blätter der Eukalyptusbäume hingen kraftlos an den Zweigen, und ein schimmernder Dunstschleier überzog den bleichen ausgelaugten Himmel.

Man muss schon verrückt sein, sagte sich Will Collins, bei dieser Hitze durch die Gegend zu reiten, nur weil man es nicht aushalten kann, in einem Haus eingesperrt zu sein. Manchmal glaubte er, dass sein Drang, im Freien zu sein, von den vielen Jahren herrührte, die er in Kupferbergwerken unter der Erde verbracht hatte, erst in Cornwall und später in Burra. Was auch immer der Grund war, am wohlsten fühlte er sich, wenn er durch die Gegend ritt und nur den Busch mit seinen Tieren um sich hatte. Es gab Zeiten, wie zum Beispiel heute, wo er nicht einmal Selenas Gesellschaft wollte.

Dieses Eingeständnis weckte ein vertrautes Schuldgefühl in ihm. Er schuldete Selena mehr, als nur den Bruder zu spielen. Sie gaben sich nämlich nun schon seit einigen Wochen als Geschwister aus. Obwohl er genau wusste, dass er sie enttäuschte, war er noch nicht bereit, sie zu heiraten, was sie sich doch so sehr wünschte. Manchmal fragte er sich, ob er je dazu bereit sein würde. Das löste jedoch in keiner Weise das Problem, was er nun anfangen, wo er hingehen sollte in der Hoffnung, eines Tages wieder zu sich selbst zu finden. Für den Augenblick beschloss er, sich eine schattige Stelle am Ufer des Campaspe River zu suchen und sich einen Kessel Tee aufzubrühen. Vielleicht würde er auch versuchen, ein bisschen zu angeln. Angeln machte ihm Spaß. Er genoss das Gefühl, im Einklang mit der Welt um sich herum zu sein. Er konnte sich keine bessere Art vorstellen, sich die Zeit zu vertreiben.

Doch schon bald wurde ihm klar, dass es ihm nicht vergönnt sein würde, die Angelschnur auszuwerfen. Als er nämlich über eine kleine Anhöhe ritt, bemerkte er zwei Frauen und einen Jungen sowie deren aufgetürmte Habseligkeiten. Die ältere Frau, die auf einem Schrankkoffer saß und sich mit einem rosa Schirm vor der Sonne schützte, starrte ihn unendlich erleichtert und gleichzeitig ungläubig an. Der Gesichtsausdruck der jüngeren Frau war zurückhaltend, während der Junge, ein schlaksiger Bursche, der nicht viel Fleisch auf den Rippen hatte, aussah, als wünschte er, er hätte irgendeine Waffe, mit der er die Frauen beschützen könnte. Will ritt auf sie zu und zügelte sein Pferd, als er in Hörweite war. Er konnte gut verstehen, dass diese Leute Fremden gegenüber misstrauisch waren.

»Guten Tag«, sagte er und tippte dabei an seinen Hut. »Könnte es sein, dass Sie drei in Schwierigkeiten geraten sind?«

»Schwierigkeiten?« wiederholte die ältere Frau aufgebracht. »Seit wir unser Zuhause verlassen haben, hatten wir nichts als Schwierigkeiten. Wir …«

»Wer sind Sie, Sir?« unterbrach die jüngere Frau und warf ihrer Mutter – Will nahm zumindest an, dass es ihre Mutter war – einen besänftigenden Blick zu. Ihr Kinn sprang leicht vor. Das karamellfarbene Haar und die wachsamen bernsteinfarbenen Augen ließen ihn an eine Tigerin denken, die bereit ist, ihre Familie zu verteidigen.

Will tippte erneut an seinen Hut. »Will Collins, Miss. Wie kommt es, dass Sie drei mit Ihrem Gepäck hier in der Wildnis gelandet sind?«

»Oh, dieser grässliche Mann. Ich hätte es keine Minute länger in seiner Gesellschaft ausgehalten. Er hat es verdient …«

»Mutter!« Mit einem tadelnden Blick brachte die jüngere Frau sie zum Schweigen und wandte dann ihre bernsteinfarbenen Augen Will zu. Sie ignorierte das leise Murren ihrer Mutter, die mit gebeugten Schultern Staub von ihrem Rock klopfte.

»Können wir Ihnen vertrauen, Mr Collins?« Ihr fester Blick forderte eine ehrliche Antwort.

»Sie brauchen vor mir keine Angst zu haben, Miss. Ich führe nichts Böses im Schilde. Haben Sie etwas dagegen, wenn ich absteige? Dann brauchen Sie nicht den Hals zu recken, während Sie mir erzählen, was passiert ist.«

Ohne auf ihre Erlaubnis zu warten, stieg er ab. Die ältere Frau, die unablässig vor sich hin murmelte, begann beharrlich ein Stück von ihrem Rock in Falten zu legen und wieder glatt zu streichen. Anscheinend hatte sie jegliches Interesse an dem, was um sie herum geschah, verloren.

Die junge Frau biss sich mit ihren gleichmäßigen weißen Zähnen auf die Unterlippe. »Die lange Reise ist für Mutter sehr anstrengend gewesen. Ihre Nerven sind sehr angespannt, und inzwischen ist sie fest davon überzeugt, dass wir die Küste Englands nie hätten verlassen dürfen. Sie möchte sich nicht eingestehen, dass es ihre Schuld ist, dass wir uns jetzt in dieser Situation befinden.«

Sie hatte mit gesenkter Stimme gesprochen, und in ihrem Gesicht war das starke Mitgefühl für ihre Mutter zu erkennen. Dann warf sie einen raschen Blick zu dem Jungen hinüber, der, wie Will jetzt erkannte, ihr Bruder sein musste, so ähnlich wie sich beide sahen.

»Das Problem, Mr Collins«, fuhr sie fort, »ist, dass uns der Mann, der uns zur Farm meines Vaters bringen sollte, hier sitzen gelassen hat.«

Ihm waren verschiedene Möglichkeiten in den Sinn gekommen, doch er hätte niemals gedacht, dass die drei mit Absicht im Stich gelassen worden sein könnten. Will war so verblüfft, dass es ihm die Sprache verschlug.

»Er war kein sehr freundlicher Mann, und ich glaube, er mochte Frauen nicht besonders«, fuhr die junge Frau in härterem Tonfall fort. »Es kam mehrfach zu Spannungen zwischen meiner Mutter und ihm. Ohne auf die Einzelheiten einzugehen möchte ich nur sagen, dass diese Spannungen dazu geführt haben, dass wir hier gestrandet sind.

Will blinzelte. »Sie haben also zugelassen, dass er sie einfach im Stich ließ?«

»Uns blieb kaum etwas anderes übrig.«

»Er hatte eine Waffe.« Der Junge meldete sich zum ersten Mal zu Wort.

Will betrachtete den Jungen. Er gefiel ihm. Trotz der jugendlichen Unbeholfenheit und Schlaksigkeit ließ sein Gesichtsausdruck innere Entschlossenheit erkennen. »In welche Richtung ist der Mann verschwunden?«

»Dahin.« Der Junge zeigte in Richtung Echuca.

»Wenn er in Echuca bleibt, wird es nicht schwierig sein, ihn zu finden. Das ist noch eine kleine Siedlung. Es leben nicht mehr als zweihundert Leute dort.«

»Ich glaube kaum, dass ich diesen Mann wiedersehen möchte. Mir geht es auch nicht um das Geld, das wir verloren haben, weil wir ihn für seine Dienste im Voraus bezahlt haben. Bitte, Mr Collins, können Sie uns irgendwie helfen?«

»Das Beste wäre wohl erst einmal, den Kessel aufzusetzen und einen Tee für uns alle zu kochen.«

Die Mutter schien plötzlich ihre Umgebung wieder wahrzunehmen. »Oh ja, eine Tasse Tee wäre himmlisch. Milch haben Sie vermutlich keine dabei?«

»Tut mir leid, Ma'am. Aber ich habe Zucker.«

Ein tiefes Seufzen. »Dann werden wir uns wohl damit begnügen müssen, Mr … Wie war noch mal der Name?«

»Collins. Will Collins.«

»Ich bin Mrs Elizabeth Jordan. Meine Tochter Annabelle und mein Sohn Frederick.«

»Freddy«, korrigierte der Junge.

Will musste über diese automatische Reaktion schmunzeln. »Na schön, Freddy. Jetzt schmeißen wir erst mal den Kessel an, dann besprechen wir, was zu tun ist.«

Freddy sammelte Holz für ein kleines Feuer, derweil Mrs Jordan sich wieder der sinnlosen Aufgabe zuwandte, Staub von ihrem Rock zu wischen. Annabelle Jordan folgte Will zum Fluss.

»Bitte helfen Sie uns, Mr Collins. Meine Mutter wird immer nervöser. Und auch wenn ich versucht habe, mir nichts anmerken zu lassen, so muss ich doch zugeben, dass ich mir große Sorgen mache und nicht weiß, wie es weitergehen soll.«

Will, der am Ufer hockte und den Kessel schräg ins Wasser hielt, damit er sich mit klarem Wasser füllte, blickte bei ihren Worten auf. »Sie fühlen sich für Ihre Mutter und Ihren Bruder verantwortlich?«

»Natürlich tue ich das.« Die üppige Vegetation am anderen Ufer schien ihre ganze Aufmerksamkeit gefangen zu nehmen, bis Will mit dem Kessel in der Hand aufstand. Dann sah sie ihm direkt in die Augen. »Wären Sie bereit, uns auf dem restlichen Weg zu begleiten, Mr Collins?«

Er lächelte nicht. An diese Lösung hatte er auch sehr schnell gedacht. »Wir werden bei einer Tasse Tee darüber reden, Miss Jordan.«

Schweigend gingen sie zurück zu dem Feuer, das Freddy inzwischen angezündet hatte. Es waren nur ein paar kleine Flammen auf einem Häufchen aus Rinde und Zweigen, die reichten jedoch aus, um einen guten halben Liter Wasser zum Kochen zu bringen. Fred hatte kein Holz verschwendet. Will war begeistert.

»Wo hast du gelernt, wie man ein Feuer richtig anlegt?« Die meisten Neulinge hatten keine Ahnung, wie man im Busch Feuer macht.

Der Junge strahlte vor Stolz. »Von dem Mann, der uns hierhergeführt hat. Er hat immer alle meine Fragen beantwortet.«

»Mir hat der Dummkopf nicht ein einziges Mal höflich geantwortet«, murrte Mrs Jordan, die nun in dem spärlichen Schatten eines Baums mit dünnen Ästen stand. Sie hielt immer noch ihren Sonnenschirm in der Hand, während sie sich mit einem Taschentuch heftig Luft zufächelte.

»Vielleicht«, murmelte Freddy so leise, dass nur Will ihn hören konnte, »weil ihre Fragen immer so dämlich waren.«

Obwohl er die Familie gerade erst kennengelernt hatte, nahm Will an, dass der Junge recht hatte. »In diesem Land ist es nicht einfach für eine ältere Frau, die in England aufgewachsen ist.«

Er musste an seine Mutter Joanna denken, die sich nie in Burra wohl gefühlt hatte. Jetzt hatte sie alle Sorgen hinter sich gelassen, lebte glücklich in ihrem kleinen Haus in Cornwall und konnte die Freundschaft zu Squire Tremayne genießen. Auch wenn er froh war, dass seine Mutter endlich Frieden in ihrem Leben gefunden hatte, war er sich nicht sicher, was er von ihrer Freundschaft mit dem Squire halten sollte, so wie er sich auch nie wirklich mit der Tatsache hatte abfinden können, dass die beiden in jungen Jahren ein Liebespaar gewesen waren.

Er riss sich aus seinen Gedanken und hörte wieder Miss Annabelle Jordan zu, die ihm, unterstützt von ihrem Bruder, alles erzählte, was er über ihre Reise bis zu diesem Punkt wissen musste, sowie das wenige berichtete, das ihnen über die Farm ihres Vaters am Murray River bekannt war. Will war beinah von Anfang an klar gewesen, dass er die Jordans auf dem restlichen Weg begleiten würde. Er besaß Pferd und Wagen. Und die Vorstellung, durch unbekanntes Gebiet zu fahren und dem Lauf des großen Murray River zu folgen, reizte ihn. Vorhin hatte er sich gefragt, welche Richtung er von Echuca aus einschlagen sollte. Nun hatte er die Antwort.

Mit Freddys Hilfe spannte er eine Zeltplane auf, damit die Familie vor der Nachmittagssonne geschützt war. Nachdem er sich vergewissert hatte, dass die drei es so angenehm wie möglich hatten, verließ er sie und versprach, mit seinem Pferdefuhrwerk zurückzukommen, bevor die Nachmittagsschatten zu lang wurden.

Annabelle beobachtete ihn, bis er außer Sichtweite war. Ein winziges Lächeln umspielte ihre Mundwinkel. Vielleicht wäre sie nicht so schnell bereit gewesen, diesem Mann zu vertrauen, wenn er nicht so ein attraktiver dunkelhaariger Bursche gewesen wäre. Sie war zwanzig Jahre alt und konnte es kaum erwarten zu heiraten. In England war kein anständiger Mann bereit gewesen, um ihre Hand anzuhalten. Hier in diesem neuen Land hatte sie nicht vor, noch lange Jungfer zu bleiben.

Wie lange würden sie bis zur Farm ihres Vaters brauchen? Vielleicht eine Woche? Es fiel ihr immer noch schwer, im australischen Busch Zeiten und Entfernungen abzuschätzen. Würde sie genügend Zeit haben, um das Interesse dieses gut aussehenden jungen Mannes zu wecken? Wenn nicht, könnte man ihn vielleicht überzeugen, eine Weile bei ihnen zu bleiben. Sie glaubte nicht, dass ihr Vater auf der Farm Gehilfen beschäftigte.

Schließlich suchte Annabelle den Schatten des Segeltuchdaches auf und vertrieb sich den Nachmittag mit romantischen Vorstellungen.

In einem der Holzhäuser der Siedlung, die allmählich unter dem Namen Echuca bekannt wurde, bemerkte eine junge Frau plötzlich, dass sie nicht mehr auf den Tisch blickte, den sie gerade zum Abendessen deckte. Stattdessen sah sie in einer Vision den Mann, den sie liebte, allein durch den Busch reiten, und sich selbst als Schatten im Hintergrund. Sie schüttelte den Kopf, unterdrückte die Übelkeit, die solche Visionen bei ihr auslösten, und fuhr mit ihrer Arbeit fort.

Diese plötzlichen Vorahnungen waren Selena vertraut. Manchmal sah sie komplette Szenen, manchmal war es kaum mehr als ein merkwürdiges Gefühl oder ein vages Bild, so wie jetzt. Etwas war geschehen, etwas, das Will betraf. Deshalb betraf es auch sie, und sie wusste, dass es, was immer es sein mochte, sie nicht glücklich machen würde.

Als Selena die Farm ihres Bruders verlassen hatte, um Will hinterherzureiten, hatte sie gewusst, dass das Leben mit ihm nicht leicht sein würde. Auch wenn die äußeren Verletzungen, die er bei dem Aufstand erlitten hatte, verheilt sein mochten, war ihr doch vollkommen klar, dass die seelischen Verletzungen sehr viel länger brauchen würden. Die tragischen Erinnerungen an Verrat und Tod würden für den Rest seiner Tage zu ihm gehören. Auch Jenny, mit der er nur wenige Monate verheiratet gewesen war, würde er niemals vergessen. Selena hatte die junge Frau ebenfalls geliebt, so wie man eine Schwester liebt, obwohl sie sehr verschieden gewesen waren.

Am ersten Tag, nachdem Will aus einem kurzen Schlaf im Schatten aufgewacht war und festgestellt hatte, dass sie ihm gefolgt war, waren sie nur ein kurzes Stück geritten. Sie hatten die Nacht in getrennten Zimmern in einer Herberge am Wegesrand verbracht. Will gab sie als seine Schwester aus. Solange sie auf den Wegen reisten, die die Goldfelder in Victoria miteinander verbanden, hielt er es für das Klügste, die Leute glauben zu machen, sie seien Geschwister. Schließlich hatten sie beide dunkle Haare und dunkle Augen. Außerdem waren sie beide braunhäutig, wenn auch bei Will die Farbe von der australischen Sonne kam und nicht von einer tahitianischen Mutter.

Die nächsten beiden Tage waren sie praktisch schweigend nebeneinanderher geritten. Wenn sie mal miteinander redeten, sprachen sie nur über Dinge, die sofort entschieden werden mussten. Ab und zu hatte Selena das Gefühl, dass Will ihre Gegenwart vergaß und ganz in Gedanken versunken war. Einmal hatte er sie aber mit einem plötzlichen Lächeln überrascht, als sie sich bückte, um eine zarte blaue Wildblume zu pflücken.

Jetzt lächelte sie, als sie sich an diesen Augenblick der Nähe erinnerte, und ließ die Hand mit der Gabel, die sie hatte hinlegen wollen, in der Luft verharren.

»Ich bin froh, dass du bei mir bist, Selena«, hatte er gesagt.

Sie hatte ihn unverwandt angesehen. »Ich bin froh, wenn du froh bist.«

Anscheinend hatte er auch die Worte verstanden, die sie nicht aussprach. Das Lächeln war von seinen Lippen verschwunden. »Gibt mir Zeit, Selena. Da sind immer noch Dinge …« Dann war er verstummt und hatte seine Aufmerksamkeit wieder auf den Weg gerichtet.

Wie sie so manche Dinge wusste, wusste sie auch, dass er ohne sie das Leben als nicht lebenswert betrachtet hätte. Auf sich allein gestellt, hätte er sich von einem Tag zum anderen treiben lassen bis ans Ende seiner Tage. Sie verankerte ihn in der Welt, deshalb folgte sie ihm unaufgefordert überallhin, wohin er sein Pferd auch lenkte. Nun spürte sie, dass er im Begriff war, den unsichtbaren Faden zu zerreißen, der sie miteinander verband. Der Bruch, vor dem sie sich fürchtete, war an seinen Augen abzulesen, sobald er zu ihr ins Zimmer trat. Er brauchte gar nichts zu sagen.

»Du gehst fort, Will, und willst mich nicht mitnehmen.«

»Wie kommst du denn darauf, dass ich fortgehe?«, fragte er ausweichend.

»Ich weiß solche Dinge eben.« Sie schürzte bedauernd die Lippen. »Eine Gabe, die ich von meiner tahitianischen Großmutter geerbt habe.«

»Davon hast du mir nie etwas erzählt.« Sie merkte, dass sie ihn von seinen eigentlichen Gedanken abgelenkt hatte. »Hast du denn noch andere Dinge im Voraus gewusst?«

»Nichts Wichtiges.« Lügnerin! Würde sie es ihm jemals sagen können? Würde sie je aufhören, sich zu fragen, ob sie irgendetwas hätte tun können, um ihn und Jenny vor der blutigen Schlacht zu bewahren, die sie zwölf Monate vorher vorausgesehen hatte? Sie verdrängte diese Gedanken und kehrte zum ursprünglichen Thema zurück.

»Wohin gehst du, Will?«

Er setzte sich auf den einzigen Stuhl im Raum. Dieser schlichte Holzstuhl, dazu ein schmales Bett mit Eisenrahmen, ein Waschgestell und ein kleiner Tisch waren die einzigen Möbelstücke. Selena hockte sich aufs Bett und wartete, dass er etwas sagte.

»Ich habe am Campaspe River eine Familie am Wegrand angetroffen. Der Mann, den sie dafür bezahlt hatten, dass er sie zu einem Haus in der Nähe von Swan Hill bringt, hat sie da sitzengelassen.«

»Also hast du angeboten, sie dorthin zu bringen. Aber du willst mich nicht mitnehmen.« Sie stellte die Tatsache mit ausdrucksloser Stimme fest, als handele es sich um etwas völlig Banales.

Sie bemerkte einen defensiven Unterton in Wills Stimme. »Bei drei Leuten mit Gepäck ist nicht mehr genug Platz im Wagen.«

»Ich kann reiten.« Sie reckte das Kinn, wie sie es immer tat, wenn sie mit Widerspruch rechnete.

Will rutschte unbehaglich hin und her. »Es hat keinen Sinn, wenn du mich so ansiehst, Selena. Diese Farm liegt ein ziemlich großes Stück den Murray hinunter. Ich weiß nicht mal genau, wo oder wie lange wir bis dorthin brauchen.«

Sie musste sich wohl oder übel damit abfinden, dass sie ihn nicht umstimmen konnte. Will war genauso starrköpfig wie sie. »Was soll ich denn hier machen, während du fort bist?«

Anscheinend fiel es ihm schwer zu sprechen. Er beugte sich vor, streckte die Arme zwischen den Knien nach unten und starrte auf seine geballten Fäuste.

»Es war nicht fair von mir, Selena, dich all diese Wochen bei mir zu behalten und allen zu erzählen, du wärst meine Schwester. Du solltest nach Langsdale zurückkehren, zu Con und Meggan. Ich kann sofort losgehen und mich darum kümmern, dass du sicher dorthin gelangst.«

Seine Worte taten weh. Sehr weh. Sie ignorierte den Schmerz und blinzelte die Tränen aus den Augen. Kein Beben sollte in ihrer Stimme zu spüren sein. Dann sprach sie in ruhigem und sachlichem Ton.

»Will, ich bin dir gefolgt, als du Langsdale verlassen hast, weil ich für immer bei dir sein wollte. Ich bin dir auf jedem Buschpfad und über viele schmutzige und überfüllte Goldfelder gefolgt. Ich war bereit zu warten, bis du den schlimmsten Schmerz über Jennys Tod überwunden hast. Und nun willst du mich zurückschicken.« Gegen ihren Willen wurde ihre Stimme ein wenig höher. »Bin ich nur eine Reisebegleiterin für dich gewesen, Will, eine Ersatzschwester?«

Seine Wangen verfärbten sich dunkelrot. Er war nicht in der Lage, ihr in die Augen zu sehen. »Du weißt doch, dass das nicht wahr ist.«

»Ach ja? Hast du denn jemals vor, mich zu heiraten?«

»Du verstehst das nicht, Selena. Ich …«

»Wirklich nicht?« In ihre Frage schlich sich ein leichter Zorn, der von den Erinnerungen herrührte, die sie loswerden wollte. »Was, glaubst du, verstehe ich nicht?«

Er sah sie an, stand auf, hob die Hände und ließ sie wieder sinken. »Selena, ich war kurz davor, dich zu fragen, ob du mich heiraten willst, als Jenny wieder in mein Leben getreten ist. Du weiß doch, dass ich sie schon geliebt habe, bevor ich dich kennenlernte.«

Selena schwieg. Wenn sie Will erzählte, dass sie in dem Moment, als sie ihn das erste Mal sah, bereits gewusst hatte, dass er der Mann war, mit dem sie ihr Leben verbringen würde, könnte er glauben, sie sei froh, dass Jenny gestorben war.

Will schien ihr Schweigen nicht einmal zu bemerken. Er steckte die Hände in die Taschen, zog sie wieder heraus, starrte auf den mit Fliegendreck übersäten Druck eines Jagdmotivs an der Wand, dann auf ihre Füße, bevor er ihr endlich wieder ins Gesicht blickte. Als er schließlich sprach, klang seine Stimme leicht vorwurfsvoll.

»Als ich an jenem Nachmittag am Bach aufgewacht bin und dich in deinen Jungensachen dort sitzen gesehen habe, war ich mir irgendwie sicher, dass du diejenige wärst, die mir helfen könnte zu vergessen.«

Sie spürte seinen Schmerz und wünschte, sie könnte ihm diese Last nehmen. »Die Zeit wird dir helfen zu vergessen« war jedoch alles, was sie herausbrachte.

»Die Zeit!?« schrie er. »Wie könnte ein Mann jemals den Anblick vergessen, wie seine Frau von dem Dreckskerl, der sie vergewaltigt und geschwängert hat, in den Rücken geschossen wird?« Er drückte die Finger beider Hände gegen die Schläfen, seine Stimme klang erstickt vor Qual. »Ich konnte nichts für sie tun. Ich konnte sie nur im Arm halten, während sie starb. Und danach …« Er schüttelte fassungslos den Kopf und ließ seine Hände sinken. Aus tiefster Seele kam ein raues Schluchzen. Sein Blick war auf den Fußboden gerichtet, doch sie wusste, dass er etwas anderes sah. »Danach, Selena, diese blutige Schlacht«, fuhr er mit leiserer Stimme fort. »Ich hab gesehen, wie Adam getötet wurde, dabei war er nur in Eureka, weil ich ihn gebeten hatte zu bleiben. Ich träume immer noch jede Nacht davon. Selbst im Schlaf rieche ich immer noch den Gestank von Schießpulver und Blut und höre die Schreie der Verwundeten und Sterbenden. Ich bin kein Soldat, aber ich musste um mein Leben kämpfen. Gott! Beinahe hätte ich einen Mann getötet! Ausgerechnet ich, der ich noch nie einem Lebewesen etwas zuleide getan habe. Und du meinst, ich könnte das vergessen?«

Die Verzweiflung hatte seine Stimme wieder lauter werden lassen, doch Selena spürte einzig und allein, wie sie von einem rasenden Zorn ergriffen wurde. Sie holte mit der Hand aus und schlug Will heftig auf die Wange. Gleichzeitig fing sie an zu schreien.

»Du hast *beinahe* einen Mann getötet? Ich habe zwei Männer getötet! Hast du das vergessen, Will Collins? Hast du vergessen, dass ich zwei Männer erschossen habe?«

Dann fing sie an zu schluchzen und vergoss die Tränen, die sich seit jenem schicksalsschweren Sonntagmorgen, dem 3. Dezember 1854, in ihr aufgestaut hatten. Sie war noch keine neunzehn Jahre alt und hatte bereits zwei Männer getötet. Sie nahm Wills schockiertes Schweigen nicht wahr, merkte kaum, wie seine Arme sich um ihren zitternden Körper legten. Nur die tiefen, schmerzlichen, nie enden wollenden Schluchzer spürte sie, die sie nun so heftig erbeben ließen, dass sie glaubte, daran sterben zu müssen.

Nach einer schier endlosen Zeit versiegte das Schluchzen

dann irgendwie doch, und sie putzte sich die Nase mit dem Taschentuch, das Will ihr in die Hand drückte. Er sagte kein Wort. Und auch sie blickte erst auf, als sie das Taschentuch nicht mehr brauchte. Als sich ihre Blicke trafen, spiegelte sich in ihren Augen jeweils die Qual des anderen. Ihre Lippen berührten sich in einem uralten Verlangen. Ihre waren genauso hungrig wie seine. Der Drang war so groß, dass ein sorgfältiges Entkleiden nicht in Frage kam, deshalb rissen sie sich die Kleider vom Leib und fielen zusammen aufs Bett.

Im nächsten Moment war er in ihr, einzig und allein darauf bedacht, seine eigenen Dämonen zu vertreiben. Mit einem leisen Schrei begrüßte sie den Schmerz und wölbte ihren Körper, um seinen Stößen entgegenzukommen. Sie brauchte diese physische Befreiung genauso sehr wie er. Beide versuchten, mit dieser rein animalischen Paarung die Vergangenheit auszulöschen. Ein Aufblitzen blendender Farben auf einer Ebene jenseits der normalen Existenz verschaffte ihr die Erlösung, nach der sie verlangte. Ein Keuchen und Schaudern von Will sagte ihr, dass er ebenfalls Erlösung gefunden hatte.

Einen Moment lang lag er mit seinem ganzen Gewicht auf ihr, dann zog er sich zurück und drehte sich von ihr fort. Einen Arm über die Stirn gelegt, blieb er noch kurz neben ihr auf dem Rücken liegen, dann schwang er die Beine auf den Boden und setzte sich, den Kopf in beide Hände gestützt, auf die Bettkante.

»Es tut mir leid. Das hätte ich nicht tun dürfen.« Seine Stimme klang finster und voller Selbstvorwürfe.

Selena drehte sich auf die Seite und betrachtete seinen Rücken. Sie berührte ihn nicht. »Mir tut es nicht leid.«

Eine volle Minute herrschte Schweigen, bis er sich umdrehte und sie ansah. In seinem Blick lagen Selbstzweifel und Sorge. Selena ließ ein schelmisches Lächeln um ihre Lippen spielen. »Mir hat es sogar ganz gut gefallen, Will Collins.«

Sie sah, wie sich sein Gesicht entspannte und seine Lippen sich zu einem schwachen Lächeln verzogen. »Ich würde lügen, wenn ich behaupten würde, dass es mir nicht gefallen hätte, Miss Trevannick.«

»Du siehst also, Will Collins, wir gehören tatsächlich zusammen.«

»Jetzt muss ich dich heiraten.«

Ungeachtet ihrer Nacktheit richtete Selena sich auf den Knien auf, damit sie ihm direkt in die Augen sehen konnte. »Eine solche Ehe möchte ich nicht, Will. Wegen dem, was wir gerade getan haben, brauchst du mich nicht zu heiraten. Ich möchte, dass du mich heiratest, weil ich dich liebe. Und ich weiß, dass du mich irgendwann auch lieben wirst.«

Sein winziges Lächeln war ernst und traurig zugleich. »Selena, ich kann dich niemals so lieben, wie ich Jenny geliebt habe.«

»Ich verlange ja nicht, dass ich Jennys Platz in deinem Herzen einnehme. Du wirst mich auf eine andere Art lieben, und wir werden zusammen glücklich sein.«

Er verzog die Mundwinkel leicht spöttisch. »Du hörst dich so sicher an, als ob du in die Zukunft sehen könntest.«

»Ich spreche nur aus, was mein Herz mir sagt.«

Mehr wollte sie dazu nicht sagen. Vielleicht würde sie ihm eines Tages erzählen, wie klar sie manchmal die Zukunft vor sich sah. Vielleicht würde sie ihm sogar von der Vision erzählen, die sie von der Eureka-Schlacht gehabt hatte, zwölf Monate vorher. Möglicherweise gestand sie ihm auch eines Tages, dass sie in dieser Vision gesehen hatte, dass er verletzt werden würde. Doch sie würde ihm niemals sagen, dass sie außerdem gewusst hatte, dass Jenny im gleichen Jahr sterben würde, auch wenn sie die Ursache nicht vorhergesehen hatte.

Zwar schützte die Zeltplane vor der brennenden Sonne, gegen die Hitze vermochte sie aber nur wenig auszurichten. Die anfängliche Erleichterung darüber, dass ihr Problem gelöst war, wurde bald von Ungeduld und Langeweile abgelöst. Keiner der Jordans hatte eine Vorstellung davon, wie lange ihr vom Schicksal gesandter Retter brauchen würde, um mit seinem Pferdefuhrwerk zurückzukehren. Er hatte versprochen, wieder da zu sein, bevor die Nachmittagsschatten zu lang wurden. Während sie beobachteten, wie die Schatten, die zunächst nur kleine dunkle Stellen direkt unter den Bäumen waren, sich unaufhaltsam weiter nach Osten erstreckten, wurde Mrs Jordan immer unruhiger und wehleidiger.

»Bist du sicher, dass wir diesem Mann vertrauen können, Annabelle?«

»So sicher, wie ich nur sein kann, Mutter. Mr Collins hat ein ehrliches Gesicht, und ich glaube, dass er ein Ehrenmann ist. Normalerweise kann ich Leute ganz gut einschätzen.«

»Mhm. Schade, dass dein Vater diese Fähigkeit nicht hatte.«

Annabelle schnalzte verärgert mit der Zunge. Sie konnte das Selbstmitleid ihrer Mutter nicht mehr ertragen. »Sei doch nicht so verbittert, Mutter. Wir können die Vergangenheit nicht ändern. Wir müssen uns auf die Zukunft konzentrieren. Beschwert sich denn Freddy, dass sein Traum, zur Universität zu gehen, zerstört wurde?«

»Warum sollte er sich beklagen? Er betrachtet doch unser ganzes Unglück als großes Abenteuer.«

»Das ist es auch«, erwiderte Annabelle. »Ein neues Land, ein neues Leben.«

Mrs Jordan schniefte verächtlich. »Ich war vollkommen zufrieden mit meinem alten Leben. Nach allem, was ich bisher hier gesehen habe, befürchte ich, dass wir nur einen Bruchteil der Bequemlichkeiten haben werden, die wir vorher hatten. Und dann war da dieser Mann in Bendigo, der uns die ganze Zeit angestarrt hat, als wüsste er, wer wir sind.«

»Du steigerst dich da hinein, Mutter. Das war bloß ein Fremder mit schlechten Manieren.«

»Er könnte einer von den Männern sein, die durch deinen Vater ihr ganzes Geld verloren haben. Du weißt doch, dass er Drohbriefe bekommen hat.«

»Ja, Mutter, das war zu erwarten. Doch nachdem er seit fast drei Jahren fort ist, wird niemand mehr nach ihm suchen.«

»Da wäre ich mir nicht so sicher«, sagte Freddy, der sich gerade hinter einem Baum erleichtert hatte und nun in den Schatten zurückkehrte. »In Bendigo hatte ich auch das Gefühl, verfolgt zu werden.« Er begann mit ein paar Eukalyptusfrüchten zu jonglieren, die er vom Boden aufgehoben hatte.

»Da hast du es«, erklärte Mrs Jordan triumphierend.

Annabelle seufzte. »Also wirklich, Freddy, du solltest Mutters Hirngespinste nicht noch unterstützen. Selbst wenn – und ich sage ausdrücklich ›wenn‹ – uns jemand erkannt hat und nach Vater sucht, wird er uns im Busch nicht verfolgen können.«

Freddy hatte das Interesse an den Eukalyptusfrüchten verloren und warf sie weg. »Ich meine aber immer noch, dass wir nach Echuca gehen und von dort mit einem Raddampfer weiterfahren sollten, das wäre viel bequemer, als auf dem Landweg zu reisen.«

»Ich habe nicht die Absicht, jemals wieder irgendein Schiff zu betreten«, erklärte Mrs Jordan.

»Auf einem Fluss kann man nicht seekrank werden, Mutter.«

»Das mag ja sein, Frederick. Aber ich ziehe es trotzdem vor, trockenen Boden unter den Füßen zu haben.«

Annabelle vermittelte zwischen Mutter und Sohn, wie sie das anscheinend immer tat. »Wir reisen auf dem Landweg, Freddy. Du wirst ganz bestimmt noch Gelegenheit bekommen, auf einem Raddampfer zu fahren, sobald wir uns in unserem neuen Zuhause eingerichtet haben. Wir sollten froh sein, dass Mr Collins uns zu Hilfe gekommen ist.«

»Er machte tatsächlich den Eindruck, als wäre er ein verantwortungsbewusster junger Mann«, räumte Mrs Jordan ein.

»Ich bin sicher, dass Mr Collins sich gut um uns kümmern wird. Zeig dich bitte ihm gegenüber ein bisschen dankbar, Mutter. Kritisier nicht alles, was er sagt oder tut.«

»Du hast keinen Grund, dich so aufzuspielen, Annabelle. Man sollte ja meinen, du wärst das Familienoberhaupt.« Mrs Jordan schnaubte beleidigt.

Annabelle biss die Zähne zusammen. »Dann sag mir bitte mal, Mutter, wann du jemals eine Entscheidung getroffen oder irgendetwas geregelt hast? Ich kann es dir sagen. Nie. Wenn ich nicht gewesen wäre, würden wir immer noch unglücklich und von allen geächtet in Surrey leben.«

Die Hitze, die Fliegen und der Schweiß, der ihr zwischen den Brüsten herunterlief, machten ihr schon genug zu schaffen, da wollte sie nicht auch noch das Gejammer ihrer Mutter ertragen. Sie stand auf und wandte sich zum Fluss. »Ich glaube, ich setze mich am Fluss in den Schatten, bis Mr Collins zurückkommt.«

Sie waren wieder komplett angezogen. Will saß erneut auf dem Stuhl und Selena auf der Bettkante. Er schien sich ganz auf die rauen Holzdielen zu konzentrieren, auf die er seit mehreren Minuten starrte. Selena beobachtete ihn, versuchte aber nicht, seine Gedanken zu erraten. Vermutlich waren sie genauso wirr wie ihre eigenen. Sie dachte über sich und Will nach und darüber, dass er nun fortging.

»Wie viel weißt du über diese Leute, denen du deine Begleitung angeboten hast?«

Will, den es anscheinend Mühe kostete, den Blick von den

Bodendielen zu lösen, lehnte sich auf seinem Stuhl zurück. »Nur dass sie zur Farm ihres Vaters wollen. Von der Art, wie sie reden, würde ich sagen, dass es sich um eine gutbürgerliche Familie handelt.«

»Erzähl mir was über die Tochter! Wie sieht sie aus?« Meine Güte, war sie etwa eifersüchtig?

»Ich hab mir ihr Gesicht nicht so genau angesehen. Sie ist größer als du. Und sie hat rötlich blonde Haare.«

»Ist das alles?«

Will zuckte mit den Schultern. »Ja. Warum?«

»Ich möchte gern mitkommen und diese Leute kennenlernen, bevor ihr losfahrt.«

»Ja gut. Ich hab übrigens nachgedacht. Du kannst überhaupt mit uns kommen, wenn du möchtest, Selena. Wir könnten beide Pferde nehmen und abwechselnd reiten und den Wagen fahren.«

Selena schürzte die Lippen. »Wieso hast du es dir anders überlegt?« Sie wünschte, sie könnte sein Gesicht besser sehen. Sein Angebot hatte nicht gerade begeistert geklungen. »Bist du wegen dem, was gerade passiert ist, jetzt plötzlich bereit, mich mitzunehmen?«

»Natürlich ist das der Grund«, blaffte er beinah, was Selena wütend machte. »Jetzt kann ich nicht mehr einfach fortgehen und dich alleine lassen. Ich muss dich heiraten.«

»Du ›musst‹ mich überhaupt nicht heiraten. Ich will dich nicht heiraten, bloß weil du dich dazu verpflichtet fühlst.«

»Selena …«

Sie sprang auf. »Hör mir mal gut zu, Will. Ich wollte eigentlich darauf bestehen mitzukommen. Nun halte ich es für das Beste, wenn du alleine gehst. Wenn du zurückkommst und sicher bist, dass du den Rest deines Lebens mit mir verbringen willst, dann werde ich dich heiraten.«

In dem drückend heißen kleinen Raum breitete sich Schweigen aus. Selena spürte ihr Herz schlagen, während sie auf seine Antwort wartete. Die fiel allerdings völlig anders aus, als sie gehofft hatte.

»Du solltest zurück zu Con gehen, solange ich fort bin. Bei deinem Bruder bist du sicherer als ganz alleine hier in Echuca.«

Sie dachte einen Augenblick nach. »Würdest du mich denn in Langsdale abholen?«

Er schüttelte den Kopf und zog verbittert die Mundwinkel nach unten. »Dorthin kann ich niemals zurückkehren. Abgesehen von allem anderen ist das Kind da. Ich könnte seinen Anblick nicht ertragen.«

Sie schnaubte empört. »Louisa ist ein hübsches, unschuldiges Baby.«

Will kniff trotzig die Lippen zusammen, eine Miene, die Selena sehr vertraut war. »Sie ist nicht mein Kind.«

»Will! Sie ist Jennys Tochter, vom Kopf bis zu den Zehenspitzen.«

»Das Kind mag ja aussehen wie seine Mutter, doch es fließt nicht nur Tremayne-Blut in seinen Adern«, rief er verärgert. »Da fließt auch das böse Blut des Mannes, der sie gezeugt hat.«

Selena schüttelte ungläubig den Kopf. »Du willst doch nicht etwa einem Baby die Schuld für die Sünden des Vaters aufbürden? Du bist ja so unfair, Will! Was ist denn mit Agnes?«

»Was hat Agnes damit zu tun?«, fragte er und sah sie verdrießlich an.

»Alles. Tom Roberts mag ja ihr Bruder gewesen sein, aber du kannst doch nicht alle Mitglieder der Familie über einen Kamm scheren. Agnes ist eine der nettesten und gutmütigsten Personen, die man sich nur vorstellen kann. Larry und Agnes werden aus Louisa einen guten Menschen machen.«

Will stand abrupt auf und verriet damit, wie aufgewühlt er

war. »Ich will dieses Kind nie wiedersehen. Und damit ist die Sache erledigt.«

Selena schwieg. Wenn sie in dieser Angelegenheit etwas zu sagen hätte, würde der Tag kommen, an dem Will Jennys Tochter wiedersehen würde. »Ich werde hier in Echuca auf dich warten. Mrs Stoner freut sich sicher über meine Gesellschaft.«

Er sah sie an, ohne zu lächeln, mit immer noch gerunzelter Stirn. »Du hast ein gutes Herz, Selena.«

»Ich habe ein eigennütziges Herz, Will. Ich bin dir gefolgt, weil ich unbedingt zu deinem Leben gehören wollte, nicht weil ich geglaubt habe, dass du mich brauchst.« Sie hatte *gewusst*, dass er sie brauchte, selbst wenn er selbst sich dessen nicht bewusst war. »Ich werde hier warten, bis du zurückkommst, wo immer du hingehst.«

»Du bist eine ganz erstaunliche junge Frau, Selena.« Er ging zu ihr, legte seine Hände auf ihre Schultern und streifte ihre Wange mit seinen Lippen. »Pass auf dich auf.«

An der Tür blieb er noch einmal stehen, um seinen Hut vom Haken zu nehmen und ihr einen letzten Blick zuzuwerfen. Dann war er fort. Selena wartete, bis sie hörte, wie er mit dem Fuhrwerk losfuhr. Dann ging sie zu der Witwe, bei der sie logierten. Sie wollte Mrs Stoner einen Vorschlag machen.

2

Seht mal dort drüben! Da ist der Raddampfer.« Freddys aufregte Stimme und sein erhobener Arm lenkten alle Blicke zum Fluss. Das gleichmäßige Tuckern der Maschine war schon seit einiger Zeit zu hören gewesen, da sich im stillen australischen Busch Geräusche weit fortpflanzten. Sie waren jetzt seit vier Tagen unterwegs, und es war später Nachmittag. Das flache Gebäude der Jordan-Farm lag eine Viertelmeile vor ihnen. Der Raddampfer fuhr gerade an dem Farmhaus vorbei.

»Kannst du seinen Namen erkennen?«, fragte Will, der den Wagen anhielt.

»Ich glaube, es ist die *River Maid.*«

Will lachte schallend. »Der Raddampfer von meinem Bruder. Ich hatte eigentlich erwartet, dass er inzwischen am anderen Ende des Murray ist. Entweder hat er nur eine ganz kurze Fahrt gemacht, oder er ist früher zurückgekommen. Setz dich hin, Freddy.« Der Junge war im Wagen aufgestanden und hielt sich wegen der grellen, tief stehenden Sonne schützend die Hand vor die Augen. »Wir fahren rüber ans Ufer.«

Will klatschte dem Pferd leicht die Zügel auf den Rücken und lenkte es zum hohen Flussufer. Freddy verlor das Gleichgewicht, noch bevor er sich richtig hingesetzt hatte. Es gelang ihm jedoch, sich rasch auf die Knie fallen zu lassen und an der Seite des Wagens festzuhalten, ohne den Raddampfer auch nur für eine Sekunde aus den Augen zu verlieren.

»Ich glaube, sie haben uns gesehen, Mr Collins.«

Der Mann im Ruderhaus beugte sich hinaus und starrte zu ihnen herüber. Er hob im selben Augenblick wie Will die Hand. Aufgeregte Begrüßungsrufe hallten über das Wasser.

»Hal!«

»Will!«

Freddy war als Erster aus dem Wagen und lief bis an die hohe Uferböschung, um zu beobachten, wie die *River Maid* quer über den Fluss manövriert wurde und vor Anker ging. Will sprang leichtfüßig auf die Erde, dann drehte er sich um, um Annabelle beim Aussteigen zu helfen. Mrs Jordan erklärte, sie werde sitzen bleiben, nachdem sie nur ein kleines Stück neben dem Wagen ein Nest mit emsig hin und her wuselnden roten Ameisen entdeckt hatte. Annabelle und Will gesellten sich zu dem enthusiastischen Freddy am Ufer des Flusses.

»Was führt dich denn hierher?«, rief Hal, während er den Dampfer vertäute.

»Ich hab die Leute hier zu der Farm da vorne begleitet. Ich hab gedacht, du wärst mittlerweile ganz unten am Murray.«

»Der Wasserstand war zu niedrig. Da hab ich beschlossen, zurück nach Echuca zu fahren, bevor ich riskiere, irgendwo auf Grund zu laufen.«

Hal schob eine Planke ans Ufer und kletterte die hohe Böschung hinauf. Dann schüttelte er Will kräftig die Hand. »Auf jeden Fall ist es schön, dich wiederzusehen.«

»Ich freu mich auch.«

Die Brüder hielten sich noch eine Weile an den Händen und grinsten sich wie verrückt an, überwältigt von dem unerwarteten Wiedersehen. Will fasste sich als Erster.

»Hal, das ist Miss Annabelle Jordan, Mr Freddy Jordan, und dort im Wagen sitzt Mrs Jordan.«

Hal nickte den Frauen zu und schüttelte Freddy die Hand.

»Darf ich zu Ihrem Raddampfer hinuntergehen, Mr Collins?«, fragte der Junge. Sein Gesicht strahlte vor Begeisterung.

»Nein, Frederick«, erklärte Mrs Jordan mit weinerlicher Stimme, »das darfst du nicht. Da vorne ist das Haus, wenn man es denn so nennen kann. Allerdings wird wohl jede Art von Haus besser sein als das, was wir ertragen mussten, um hierherzukommen.«

Hal zog fragend die Augenbrauen hoch, und Will verzog zur Antwort das Gesicht. Freddy warf seiner Mutter einen säuerlichen Blick zu, hielt es aber für das Klügste, sich den Einwand zu verkneifen, dass ein paar Minuten mehr doch gewiss nichts ausmachen würden. »Bleiben Sie länger hier vor Anker, Mr Collins?«, fragte er Hal.

»Wir müssen Holz für die Feuerung schlagen. Das können wir genauso gut hier machen wie woanders. Komm wieder her, Will, wenn du die Leute dort abgeliefert hast. Wir haben uns bestimmt eine Menge zu erzählen.« Er hielt inne und fuhr dann mit düstererer Stimme fort. »Meggan hat mir geschrieben. Ich weiß das mit Jenny und was in Eureka passiert ist. Es tut mir leid.«

Will seufzte. »Ja. Danke.«

Niemandem fiel auf, dass Annabelle mit leicht gerunzelter Stirn von einem Bruder zum anderen blickte. Sie hatte keine Ahnung, wovon die beiden redeten. Wer war Jenny? Wo war Eureka? Was war dort geschehen, dass Will Collins' Gesicht plötzlich einen so schmerzlichen Ausdruck angenommen hatte?

Kurz darauf hielt Will mit dem Wagen vor dem langen, mit Rinde gedeckten Holzhaus. Mrs Jordan, die es einerseits kaum hatte erwarten können, dass diese mühselige Reise endlich ein Ende fand, und andererseits ständig vor sich hin geschimpft hatte, dass man sie gezwungen hatte, in dieses unwirtliche Land am anderen Ende der Welt zu kommen, stöhnte entsetzt auf.

»So etwas nennt Mr Jordan ein Haus? Das sieht ja aus wie eine Bauernhütte von vor hundert Jahren.«

Will, der sich noch lebhaft an die winzigen Löcher erinnerte, in denen so manche Bergarbeiterfamilie in Cornwall gelebt hatte, dachte, dass vielen Leuten dort so ein Haus als Palast erscheinen würde. »Das Haus mag von außen primitiv aussehen, Mrs Jordan. Die Leute verwenden das, was an Baumaterial leicht zugänglich ist. Aber wenn Sie erst mal drinnen sind, werden Sie vielleicht feststellen, dass es gar nicht so unbequem ist.«

»Warum sind denn da so viele Türen, die auf … die Veranda hinausgehen? Nennt man das so?«

Will nickte. »Ich bin schon in solchen Häusern gewesen. Vermutlich gibt es keine Verbindungstüren zwischen den Räumen, und man kommt nur über die Veranda von einem Zimmer ins andere.«

»Oje«, jammerte Mrs Jordan. »Und was ist, wenn es regnet? Und wo ist überhaupt Mr Jordan? Er sollte doch hier sein, um uns zu begrüßen.«

Annabelle wies erneut ihre Mutter sanft zurecht. »Vater weiß doch nicht, wann wir genau ankommen. Vermutlich arbeitet er irgendwo draußen auf den Feldern.«

»Hach.« Mrs Jordan war ihre Empörung darüber, dass sie nicht willkommen geheißen wurde, auch deutlich anzusehen. »Sollen wir etwa hier im Wagen sitzen bleiben, bis Mr Jordan geruht, zurückzukommen und uns hineinzulassen?«

»Das Haus ist bestimmt nicht abgeschlossen, Mrs Jordan.«

»Nicht abgeschlossen?« Statt Empörung zeigte sie nun blankes Entsetzen. »Warum das denn nicht?«

»Hier braucht man keine Schlösser. Hier gibt es nur Kängurus und Emus, die ins Haus einbrechen könnten.«

»Machen Sie keine dummen Witze, junger Mann. Hier müssen doch ab und zu Leute vorbeikommen.«

»Und die sind froh, wenn sie Gastfreundschaft und ein Dach über dem Kopf finden. Hier im Busch kümmern sich die Leute umeinander.«

»Das mag ja sein. Aber ich werde nicht in einem Haus schlafen, das man nachts nicht abschließen kann.«

Annabelle warf Will einen leidenden Blick zu und sagte zu ihrer Mutter: »Ich meine, wir sollten erst mal alle hineingehen, ob Vater nun da ist oder nicht.«

Freddy, der bereits vom Wagen gesprungen war, half seiner Schwester beim Absteigen, während Will sich um Mrs Jordan kümmerte. Die vier traten in den kühlen Schatten der Veranda. Mrs Jordan wich mit einem Entsetzensschrei zurück.

Will war sofort bei ihr. »Was ist los? Eine Schlange?«

»Hier ist ja gar kein richtiger Boden, nur nackte Erde! Wie absolut primitiv!« Plötzlich schien Wills Frage bei ihr angekommen zu sein. »Schlangen?«

»Im Busch gibt es überall Schlangen. Aber sie werden wahrscheinlich kaum welche zu sehen bekommen.«

»Oh Gott, was für Gräuel soll ich denn noch ertragen? Warum konnte sich Mr Jordan nicht in einer Stadt niederlassen statt an diesem gottverlassenen Fleck?«

Annabelle und Freddy, die gerade jeder eine Tür öffneten, ignorierten ihre Mutter. Will, der nicht wusste, was er sagen sollte, schwieg ebenfalls. Bereits am zweiten Tag, den er mit den Jordans unterwegs war, hatte er allmählich weniger schlecht über den Mann gedacht, der sie am Campaspe River im Stich gelassen hatte. Mrs Jordan würde selbst die Geduld eines Heiligen strapazieren.

»Hier ist das Schlafzimmer.« Freddy blickte in das Zimmer am linken Ende.

»Und das ist das Wohnzimmer«, sagte Annabelle an der nächsten Tür und trat ein. »Oh, es ist schön kühl hier. Komm doch rein, Mutter.«

Will ließ die Familie das Haus erkunden und ging selbst nach hinten, um zu sehen, ob Mr Jordan irgendwo in der Nähe war. Wenn der Mann allerdings da gewesen wäre, hätte er doch sicher das Fuhrwerk gesehen. Will schaute sich um. Das Gemüse in einem kleinen Beet war welk. Eine Kuh mit zum Bersten vollem Euter stand wiederkäuend neben der Küchenhütte. Das Holz in der Feuerstelle in der Küche war schwarz und kalt. So langsam beschlich Will ein ungutes Gefühl. Er ging um das Haus herum zurück ins Wohnzimmer, wo er Mrs Jordan zusammengesunken auf einem Rosshaarsofa antraf, eine Hand gegen den Busen gedrückt und vor sich hin murmelnd, wie sie es getan hatte, als er die Familie getroffen hatte.

Nach kolonialen Maßstäben war das Zimmer gemütlich eingerichtet. Neben dem Sofa gab es zwei Sessel, an einer Wand stand ein Schreibsekretär und gegenüber war die Feuerstelle. Höchstwahrscheinlich war direkt dahinter im Nebenzimmer auch so eine Feuerstelle mit einem gemeinsamen Kamin. Wenn eine Frau noch ein wenig Hand anlegte, könnte das Zimmer ganz bezaubernd sein. Er stellte sich Selena in so einem Raum vor, doch das Bild wurde sofort durch die mittlerweile vertrauten Schuldgefühle verdrängt.

»Haben Sie irgendeine Spur von meinem Vater entdeckt?«, fragte Annabelle.

Will schüttelte den Kopf. »Er wird bestimmt vor Sonnenuntergang zurück sein. Komm, Freddy, hilf mir das Gepäck abladen.«

»Wie gerne würde ich jetzt eine Tasse Tee trinken«, sagte Mrs Jordan in klagendem Ton.

»Ich mach dir welchen, Mutter, wenn ich die Küche finde.«

»Die ist hinter dem Haus, Miss Jordan. Und wenn ich mich nicht täusche, ist der Raum neben uns das Esszimmer, und von dort führt hinten eine Tür in die Küche. Es ist hier üblich, Mrs

Jordan, die Küche in einem separaten Gebäude neben dem Haus zu haben«, fügte er hinzu, bevor das Gejammer wieder losging. »Das verringert die Brandgefahr.«

Diese Erklärung löste nur ein weiteres verzweifeltes Stöhnen aus, worauf Will rasch aus dem Zimmer flüchtete. Freddy nutzte sofort die Chance, ebenfalls hinauszukommen, um mit Will den Wagen abzuladen, während Annabelle sich in die Küche verzog.

Nachdem der Tee dankbar und erstaunlicherweise ohne eine einzige Klage von Mrs Jordan getrunken worden war, verließ Will die drei, versicherte ihnen aber, er würde bald wiederkommen, um nach ihnen zu sehen. Als Erstes spannte er sein Pferd aus und führte es einen abschüssigen Pfad hinab, damit es unten am Ufer grasen konnte. Doch anstatt nun dorthin zurückzugehen, wo die *River Maid* vor Anker lag, wandte er sich weg vom Fluss, weil er hoffte, dort irgendwo Mr Jordan zu finden. Allerdings konnte der Mann auch in einer völlig anderen Richtung arbeiten. Hoffentlich war er nicht so weit weg, dass er vorhatte, über Nacht draußen zu kampieren. Wenn das der Fall war, würde Will bei der Familie bleiben müssen, um ihr zu helfen, sich an die fremdartige neue Umgebung zu gewöhnen.

Er war etwa eine halbe Stunde landeinwärts gegangen, als drei Krähen lautstark protestierend hinter einem Busch links von ihm aufflogen. Vermutlich hatten die Viecher sich am Kadaver eines Kängurus gütlich getan. Jedenfalls hoffte Will, dass sie an einem toten Tier gefressen hatten. Vielleicht sollte er besser mal nachsehen. Er wandte sich nach links und kämpfte sich zwischen kleinen Bäumen und dichtem Unterholz hindurch bis zu der Stelle, an der die Krähen aufgeflogen waren. Bei dem, was er erst roch und dann sah, stieg ihm eine bittere Flüssigkeit in die Kehle. Er schluckte sie mit Mühe hinunter. Mr Jordan – wer sollte es sonst sein? – war anscheinend seit mehreren Tagen tot. Es hatten noch andere Tiere an ihm ihren Hunger gestillt. Denn die Krähen konnten ihm nicht die rechte Hand abgebissen haben oder die Hose aufgerissen, um an seinem Bein zu knabbern.

Will rannte so weit weg, bis er nichts mehr von dem verwesenden Fleisch roch, sondern ihn nur noch die natürlichen Gerüche des Buschs umgaben. Dann blieb er stehen und nahm seinen Hut ab, um sich den Schweiß von der Stirn zu wischen. Sein Herz raste noch immer, während er sich in Gedanken darauf vorbereitete, der Familie die schlimme Nachricht beizubringen. Als er zurück zum Haus ging, bemerkte er, dass die Krähen nicht mehr am Himmel kreisten. Sie waren zweifellos zu ihrem grausigen Mahl zurückgekehrt.

Als Will Annabelle sah, die von einem Ende der Veranda zum anderen spazierte, war er froh, dass er ihr als Erster die furchtbare Nachricht überbringen konnte. Er mochte Annabelle und bewunderte sie. Sie besaß eine Charakterfestigkeit, die ihr in diesem Pionierland sehr nützlich sein würde. An ihrer Reaktion konnte er erkennen, dass er ziemlich mitgenommen aussehen musste.

»Sie haben meinen Vater gefunden«, stellte sie ohne jede Emotion in der Stimme fest. Sie schien zu wissen, dass ihr Vater tot war.

»Ja, ich habe ihn gefunden. Es tut mir leid, Miss Jordan.«

»Was ist ihm zugestoßen, Mr Collins?«

Will schüttelte den Kopf. »Das konnte ich nicht feststellen. Es könnte alles Mögliche gewesen sein. Ein Schlangenbiss, irgendein Unfall. Es tut mir leid, Miss Jordan. Wir werden es nie erfahren.«

Warum sagte er immer wieder, dass es ihm leidtat, wo doch Worte der Familie jetzt nicht helfen konnten?

Annabelle starrte auf einen unsichtbaren Punkt am Horizont. »Sie können nicht …?« Sie verstummte.

Will schüttelte wieder düster den Kopf. »Ihr Vater ist schon eine Zeitlang tot.«

»Oh.« Ihr Gesicht wurde bleich, als ihr klar wurde, was seine Worte bedeuteten. »Ich muss es Mutter und Freddy sagen.«

Will war froh, dass ihnen zumindest der Anblick der sterblichen Überreste erspart blieb. Wenn der Mann im Haus oder ganz in der Nähe gestorben wäre, hätte vielleicht jemand von der Familie die furchtbare Entdeckung gemacht. Selbst er, der den Horror einer Schlacht und brutalen Tod erlebt hatte, zitterte immer noch innerlich vor Ekel und konnte das grausige Bild nicht loswerden.

»Ich komme mit.« Auch wenn er eigentlich gar nicht sehen wollte, wie Mrs Jordan reagierte, fühlte er sich verpflichtet, Annabelle durch seine Gegenwart zu unterstützen.

»Danke, Mr Collins. Ich sage es ihnen besser allein. Würden Sie bitte …?« Wieder beendete sie ihre Frage nicht.

»Ich werde Ihren Vater mit meinem Bruder begraben. Dann kommen wir hierhin zurück.«

»Ja. Wir müssen uns überlegen, was wir nun tun sollen.«

Was auch immer das wäre, Will hatte das Gefühl, dass die Familie ihn um Rat und Unterstützung bitten würde. Doch im Augenblick konnte er nur daran denken, dass er die sterblichen Überreste von Mr Jordan begraben musste. Er lief zur *River Maid* hinüber.

Beide Brüder hatten gehofft, nie wieder ein Grab ausheben zu müssen, das so tief war, dass es nicht von Dingos geplündert wurde, um darin einen verstümmelten Leichnam zu beerdigen. Irgendwann mussten sich beide abwenden, um sich zu übergeben. Hals Maschinist George kam besser mit der unangenehmen Aufgabe zurecht.

»Ging mir genauso, als ich das erste Mal auf einen Burschen in diesem Zustand gestoßen bin. Der arme Kerl war auf dem Weg zu den Sofir-Goldfeldern gestorben. Ich hoffe nur, dass ich in meinem Bett sterbe, wenn meine Zeit gekommen ist.«

»Ich frag mich nur, was mit ihm passiert ist«, sagte Hal, während sie die letzte Erde auf das Grab schaufelten.

»Was auch immer ihn getötet hat, ich hoffe, es ging schnell. Wäre jedenfalls das Beste, wenn die Jordans das glauben. Schrecklich, sich vorzustellen, dass er hier gelegen hat und langsam gestorben ist.« In Eureka war der Tod zumindest schnell eingetreten – durch eine Kugel oder ein Bajonett. Selbst die Verwundeten waren auf der Stelle mit einem Bajonett getötet worden.

Ein leises Knurren ließ die drei Männer herumfahren. Noch keine drei Meter von ihnen entfernt stand ein schwarzer Hund im Schatten eines Baumes. Die Brüder sahen sich an.

»Sein Hund?« meinte Hal.

Will betrachtete den Hund misstrauisch. »Scheint nicht allzu erfreut über uns zu sein. Vielleicht will er seinen Herrn beschützen.«

»Ich vermute eher, dass wir gerade sein Essen begraben haben«, bemerkte George ganz sachlich, was seine Worte noch schockierender wirken ließ.

»Du glaubst doch nicht etwas, dass der Hund …?« Hal wandte sich ab, um sich erneut zu übergeben. Will ging es nicht viel besser.

»Überlebensinstinkt«, sagte George. »Das kann man dem Tier nicht vorwerfen.« Er ging einen Schritt auf den Hund zu und streckte lockend die Hand aus. Der Hund knurrte wieder und wich ein Stück zurück. Offenbar wollte er nicht, dass der Mann näher kam. »Den sollten wir am besten erschießen. Wäre wohl das Menschlichste.«

Als hätte er verstanden, worum es ging, drehte sich der Hund um und lief davon.

Mittlerweile war die Sonne untergegangen, und eine leichte Brise vom Fluss brachte angenehme Abkühlung. George kehrte auf die *River Maid* zurück, Hal und Will gingen zum Farmhaus. Noch bevor sie die Veranda erreichten, hörten sie Mrs Jordans bitterliches Klagen. Die Brüder, die zunächst die Frau nicht in ihrer Trauer hatten stören wollen, merkten bald, dass sie sich ausschließlich in Selbstmitleid erging, vermischt mit Vorwürfen gegen ihren verstorbenen Mann.

Hal sah Will fragend an. »Deine Mrs Jordan scheint zu glauben, ihr armer Mann wäre absichtlich gestorben.«

Will grunzte verächtlich. »Ich bin froh, wenn ich diese Frau nicht mehr sehen muss. Immer wenn sie den Mund aufmacht, beklagt sie sich über irgendwas Banales. Man könnte es Mr Jordan kaum verdenken, wenn er absichtlich gestorben wäre. An seiner Stelle hätte ich sie in England gelassen.«

»Sind die Tochter und der Sohn genauso schlimm wie die Mutter?«

»Überhaupt nicht. Ich glaube, sie müssen nach dem Vater kommen. Sie gleichen ihrer Mutter weder im Charakter noch vom Aussehen her. Der Junge will unbedingt alles über das Land lernen – und über Flussschiffe. Er hat die ganze Zeit über nichts anderes geredet.«

»Ja. Er hat die *Maid* mit leuchtenden Augen angeguckt. Wie ist denn die Tochter?«

»Sehr vernünftig.« Will seufzte. »Wir sollten besser reingehen und mit ihnen reden.«

Freddy saß in dem kleinen Zimmer auf einem Stuhl, hatte die zu Fäusten geballten Hände zwischen seine Beine geschoben und starrte auf den Fußboden. Eine Pose, die Will nur zu vertraut war. Wie viele Male hatte er so dagesessen, wenn seine Gedanken kaum noch zu ertragen waren. Annabelle saß neben ihrer Mutter. Sie hatte einen Arm um sie gelegt und versuchte, sie mit sanften Worten zu beruhigen. Die Geschwister blickten auf, als Will und Hal hereinkamen.

»Ihr Vater ist jetzt anständig begraben.« Will richtete seine Worte an Annabelle. »Morgen früh können wir ein Kreuz für sein Grab bauen.«

»Danke Ihnen beiden. Ruhig, Mutter …« Die Frau hatte wieder zu schluchzen begonnen. »Diese Nacht müssen wir natürlich hierbleiben. Morgen …« Sie brach den Satz mit einem hilflosen Seufzen ab. »Vielleicht können Sie uns bei der Entscheidung helfen, was wir tun sollen, Mr Collins.«

»Ich bringe Sie alle zurück nach Echuca oder nach Bendigo. Ganz wie Sie möchten. Sie werden nicht wieder irgendwo allein landen.«

»Ich wusste, dass Sie uns nicht im Stich lassen, Mr Collins. Dafür sind Sie viel zu gutherzig.«

Will, dem es wie den meisten Männern unangenehm war, wenn man ihm ein Kompliment machte, zuckte wegwerfend mit den Schultern. »Ich mach uns jetzt mal was zum Abendessen.«

»Das kann ich doch tun.«

»Bleiben Sie bei Ihrer Mutter, Miss Jordan. George, Hals Maschinist, bringt uns gleich frisch gefangenen Barsch. Ich koche nur ein paar Kartoffeln dazu, und dann haben wir im Nu was zu essen.«

In der Küche fand Will außerdem Mehl, das noch nicht von Käfern befallen war. Davon rührte er einen Teig an und briet Maisfladen zum Fisch und den Kartoffeln. Die Männer aßen zusammen mit Freddy an einem groben Holztisch in der Küche. Annabelle trug ihr Essen und das für ihre Mutter ins Wohnzimmer, wo Mrs Jordan lange genug von ihrem Kummer abließ, um festzustellen, dass der Fisch gut schmeckte. Nach dem Essen gab es süßen schwarzen Tee, und anschließend überredete man Mrs Jordan, die schon wieder selbstmitleidig über ihren verstorbenen Mann zu lamentieren begann, einen kräftigen Schluck von Georges geliebtem Whisky zu trinken. Dann brachte Annabelle ihre Mutter im großen Schlafzimmer zu Bett und setzte sich zu den Männern nach draußen auf die kühle Veranda.

»Es wäre wohl das Beste, wenn Sie heute Nacht bei Ihrer Mutter schlafen, Miss Jordan. Ich kann hier draußen vor der Tür übernachten, damit Ihnen nichts passiert.«

»Danke. Dann fühle ich mich bestimmt besser, und Mutter wird es zu schätzen wissen, dass Sie sie beschützen. Wo willst du schlafen, Freddy?«

Der Junge grinste zufrieden. »Ich schlafe an Bord der *River Maid*. Mr Collins«, er neigte seinen Kopf zu Hal, »hat es mir erlaubt.«

»Danke«, sagte Annabelle noch einmal, diesmal zu Hal.

»Dann komm mit, Freddy«, sagte Hal. »Wir gehen zurück auf die *Maid*.« Auf dem Weg hinaus blieb er noch einmal stehen. »Das mit Ihrem Vater tut mir leid, Miss Jordan. Australien ist ein großartiges junges Land, aber es kann auch sehr grausam sein.«

»Das habe ich gemerkt. Freddy, plage Mr Collins nicht mit endlosen Fragen über sein Schiff.«

Hal lächelte dem Jungen zu. »Das hat er bereits reichlich getan, Miss Jordan. Ich glaube kaum, dass er schlafen geht, bevor er nicht jeden Zentimeter der *Maid* erkundet hat.«

Nachdem die beiden Männer und der Junge fort waren, ging Annabelle wieder ins Schlafzimmer, um nach ihrer Mutter zu sehen. Will spazierte das kurze Stück bis an den Rand der hohen Böschung. Sein Pferd graste immer noch zufrieden unten am Ufer. Will stand ganz still da und genoss den nächtlichen Frieden. Der Halbmond schien hell genug, dass die Umrisse der Bäume am gegenüberliegenden Ufer zu erkennen waren. Irgendwo flussabwärts schrie eine Eule, dann hörte man, wie ein springender Fisch platschend wieder im Wasser landete. Er musste an den Mann denken, den sie begraben hatten, und fragte sich, ob der je in einer kühlen Nacht hier draußen gestanden und die Stimmung auf sich wirken gelassen hatte. Außerdem fragte er sich, wie nun die Zukunft für Annabelle, Freddy und Mrs Jordan aussehen würde. Würden sie nach Melbourne zurückkehren? Oder nach England?

Irgendwann waren Annabelles leise Schritte hinter ihm zu hören. Will drehte sich um. Während er beobachtete, wie sie näher kam, dachte er nicht zum ersten Mal, was für eine mutige Frau sie doch war.

»Wie still und friedlich hier alles ist«, sagte sie und stellte sich neben ihn.

Mehrere Sekunden standen sie schweigend da. »Würden Sie mich für töricht halten, wenn ich sage, dass ich mich nun, wo wir den Fluss erreicht haben, irgendwie zu Hause fühle?«, fragte sie schließlich.

»Nein, Miss Jordan. Ich kenne auch andere Leute, die an bestimmten Orten so empfinden.«

»Gibt es für Sie so einen ›bestimmten‹ Ort, Mr Collins?«

»Nein.«

»Würden Sie denn nicht gerne einen finden?«

»Vielleicht.« Wenn er einen solchen Ort fände, würde er sich vielleicht selbst wiederfinden, jenes Ich, das er zum Teil verloren hatte, als er von Jennys Vergewaltigung erfuhr, und das ihm dann endgültig im Blutbad von Eureka abhandengekommen war. Er dachte an Selena, wie leicht sie sich dem Leben auf den Goldfeldern angepasst hatte, wie sie sich monatelang als Junge verkleidet und als Sohn ihres Vaters ausgegeben hatte. Dann dachte er an ihren Vater, Captain Trevannick, der die Goldfelder verlassen hatte und aufs Meer zurückgekehrt war, das er so liebte.

Annabelles sanfte Stimme unterbrach seine Gedanken. »Es tut mir leid, wenn meine Frage zu persönlich war.«

Will drehte den Kopf und sah sie an. Sie war ziemlich groß

für eine Frau. Ihre Augen waren auf einer Höhe mit seinen. »Ich hab bloß gerade an Freunde gedacht, die nicht hier sind.« Dann wechselte er rasch das Thema. »Wie geht es Mrs Jordan?«

»Sie schläft.« Kurzes Schweigen. »Ich weiß nicht, was wir tun sollen, Mr Collins. Hier können wir nicht bleiben. Wir wüssten doch gar nicht, wie wir überleben sollten.«

»Selbst wenn Sie das wüssten, wären sie hier nicht sicher, zwei Frauen und ein Junge so weit entfernt von anderen Menschen.«

»Mutter wird in die Zivilisation zurückkehren wollen.«

»Nach Melbourne?«

»Für Mutter ist kein Ort außerhalb Englands zivilisiert«, antwortete Annabelle mit einem etwas bissigen Unterton. »Allerdings weiß ich gar nicht, wie wir zurückkehren sollten. Sie hat jede Sekunde an Bord des Schiffes gehasst. Außerdem haben wir nicht genug Geld, um die Rückfahrt zu bezahlen.«

Ein Schluchzen löste sich aus ihrer Kehle, und sie schlug die Hände vors Gesicht. Will berührte sie leicht an der Schulter, rein aus Mitgefühl, doch dann hielt er sie plötzlich im Arm, während sie sich an seiner Schulter ausweinte. Sorgsam achtete er darauf, sie nicht zu nah an sich zu ziehen. Noch schniefend machte sie sich unvermittelt von ihm los, rieb sich erst mit den Fingern die Augen und dann mit dem Handrücken über die Wangen, bis alle Tränen verschwunden waren.

»Es tut mir leid, Mr Collins. Das war dumm von mir.«

»Sie brauchen sich nicht zu entschuldigen. Sie haben allen Grund zu weinen, Miss Jordan.«

»Sagen Sie doch bitte Annabelle zu mir.«

Will schüttelte den Kopf. »Ich möchte Sie lieber Miss Jordan nennen.« Während der Fahrt hierher war sie ihm von Tag zu Tag sympathischer geworden, und er hatte sie immer mehr bewundert. Er musste einen gewissen Abstand zu ihr wahren. In Echuca wartete Selena auf ihn.

»Ich habe Angst um Mutter. Ich weiß, dass sie nervös veranlagt ist und die meiste Zeit sehr schwierig. Doch ich fürchte, dass es ihr gar nicht gut geht, und ich glaube, das liegt nicht nur an der Hitze. Ich mache mir große Sorgen, wie sie das verkraften wird, wenn wir morgen früh unserem Vater am Grab die letzte Ehre erweisen.«

»Morgen wird für uns alle ein harter Tag werden«, konnte Will dazu nur sagen. »Sie sollten jetzt schlafen gehen, Miss Jordan. Ich begleite Sie zurück.«

Will lag noch lange schlaflos auf seiner Decke und dachte über die Jordans nach, über Selena und über Jenny, und zum ersten Mal seit vielen Monaten dachte er auch an seine vor langer Zeit verstorbene Schwester Caroline. Was war das Leben doch manchmal für ein Schlamassel.

Er wachte beim ersten rauen Gelächter der Kookaburras auf, noch bevor die Sonne ihren goldenen Morgenglanz über dem Land ausbreitete. Will stand auf, rollte seine Decke zusammen und spazierte dann hinunter zu der Stelle, an der die *River Maid* friedlich am Ufer lag. Wie erwartet, war auch Hal bereits wach. Will kletterte die hohe Böschung hinunter, sein Bruder kam ihm entgegen. Der neue Tag versprach bereits sehr heiß zu werden.

»Wie geht es den Frauen?«, fragte Hal.

»Die schlafen noch. Und was macht Freddy?«

»Das Gleiche. Er ist ein aufgeweckter Junge. Weißt du, ich hätte nichts dagegen, ihn an Bord zu nehmen. Ein zusätzlicher Helfer wäre sehr nützlich. Ich hab ihm allerdings noch nichts davon gesagt. Ich hab gedacht, ich sollte warten, bis der heutige Tag vorbei ist. Hast du eine Ahnung, was die Familie vorhat?«

Will schüttelte den Kopf. »Ich bezweifle, dass die leicht zu einer Einigung kommen. Die Geschwister lieben beide den Fluss. Die Mutter wird aus allem, was sie beschließen, ein Problem machen.«

Dann redeten sie über sich und darüber, was sie getan hatten, seit Hal im vergangenen November Ballarat verlassen hatte. Obwohl er sowohl Will als auch Meggan davon geschrieben hatte, erzählte Hal seinem Bruder noch einmal, was für ein Glück er gehabt hatte, dass er die ramponierte und aufgegebene *Elizabeth* ergattern konnte.

»Da hast du wirklich Glück gehabt, Hal. Meggan würde sagen, dass es so vorherbestimmt war.«

»Da würde ich unserer Schwester zustimmen.« Hal riss das Innere eines Grashalms heraus und kaute an dem feuchten Stängel. »Du hast noch gar nichts über deine Pläne für die Zukunft gesagt.«

»Ich hab keine. Ich war nie so wie du und Tommy. Ihr habt immer genau gewusst, was ihr vom Leben wolltet. Hast du in letzter Zeit was von Tommy gehört?«

»Meggan hat mir geschrieben, dass er im März heiraten will. Sie hat auch geschrieben, dass Selena bei dir ist.« Letzteres klang fragend.

Will, der sich nicht sicher war, was dieser Unterton zu bedeuten hatte, antwortete ganz knapp. »Das ist sie.«

»Aber jetzt ist sie nicht bei dir.«

»Sie ist in Echuca. Wir logieren bei einer Witwe. Selena wollte lieber dort bleiben.«

»Und?«

»Und was?« Will sah seinen Bruder finster an.

»Hast du das Mädchen geheiratet?« Als Will die Lippen zusammenkniff und den Blick abwandte, fügte er hinzu: »Warum nicht?«

»Ich habe einer Frau nichts zu bieten.«

»Nichts? Wir waren auf den Goldfeldern doch ganz erfolgreich. Ich habe mein Schiff. Tommy hat seine Sattlerei. Was hast du denn mit deinem Anteil von dem Geld gemacht?«

»Was ist schon Geld?« Die Frage klang verbittert. »Ich wäre gern völlig mittellos, wenn ich die Vergangenheit ändern könnte.«

Hal pflückte einen weiteren Grashalm, um daran zu saugen. »Willst du darüber reden? Über Jenny oder über Eureka?«

»Nein.«

Hal nickte mehrmals bedächtig. »Du warst immer der Stärkere von uns, Will. In Burra hast du dich um Tommy und mich gekümmert. Du warst derjenige, der beschlossen hat, die Kupfermine zu verlassen und auf die Goldfelder zu gehen. Du hast alles geplant, und wenn es Probleme gab, hast du die Sache in die Hand genommen.«

Will machte eine wegwerfende Handbewegung. »Ich bin jetzt fast siebenundzwanzig, und ich habe keine Ahnung, was ich mit dem Rest meines Lebens anfangen will. Vielleicht lasse ich mich einfach von einem Ort zum anderen treiben.«

»Wäre so ein Leben denn Selena gegenüber fair?«

Will sah seinen Bruder durchdringend an. Hal hielt seinem Blick stand.

»Selena würde dir überallhin folgen. Du warst der Einzige, der nicht gesehen hat, was sie wirklich empfunden hat. Alle anderen wussten, dass Selena wahnsinnig in dich verliebt war. Sie hat ihre Gefühle versteckt, weil du Jenny wolltest. Es gibt nicht viele Menschen wie Selena auf dieser Welt.«

Will stand auf. »Das Gespräch ist zu Ende, Hal. Am besten scheuchst du jetzt den Jungen auf, und ich wecke die Frauen. Wir müssen Pläne machen.«

Hal schaute seinem Bruder hinterher. Wenn Will jemals etwas tat, das Selena verletzte … Er führte den Gedanken nicht zu Ende. Er verstand es ebenfalls gut, seine Gefühle zu verbergen.

Die Sonne stand bereits über den Baumkronen, als Will und Hal die Jordans zur letzten Ruhestätte von Mr Jordan geleiteten. Hal trug das primitive Holzkreuz, das George aus zwei Balken mit einer Schnur zusammengebunden hatte. Auf einem flachen Brett, das er aus einer Packkiste herausgebrochen hatte, hatte er den Namen des Mannes und Monat und Jahr, in dem er gestorben war, eingeritzt:

JOHN FREDERICK JORDAN
GESTORBEN IM FEBRUAR 1855

Mit dem stumpfen Ende seiner Axt hämmerte Will das Kreuz in den Boden. Dann standen sie mit gesenkten Köpfen da, die Hüte in den Händen, während Annabelle das Vaterunser sprach. In das gemeinsame Amen mischte sich ein klägliches Jaulen.

Der Hund hockte unter demselben Baum wie gestern Abend. Hal sah ihn als Erster. »Der Hund ist immer noch da.«

Nun entdeckte auch Freddy ihn. »Ob das der Hund von meinem Vater war?« Er bewegte sich auf das Tier zu, das jetzt angespannt und misstrauisch dastand.

»Vorsicht«, mahnte Will. »Er scheint nicht besonders zutraulich zu sein.«

Freddy blieb stehen, streckte eine Hand aus und redete auf den Hund ein. Der hockte sich wieder hin. Freddy ging einen Schritt weiter, und der Hund drückte sich flach auf den Boden. Noch ein Schritt, und der lange Schwanz bewegte sich zurückhaltend von einer Seite auf die andere.

Will und Hal sahen sich verwundert an. Als sie einen seltsamen Laut hörten, glaubten sie, Mrs Jordan wollte ihren Sohn warnen, doch im selben Moment schrie Annabelle erschrocken auf.

»Mutter!«

Die Männer fuhren herum und sahen, wie Annabelle versuchte, ihre bewusstlose Mutter zu stützen. Will war sofort bei ihr und nahm ihr die Frau ab.

»Sie ist von der Hitze ohnmächtig geworden«, sagte Annabelle.

Doch Will, der sich hingekniet hatte, um Mrs Jordan vorsichtig auf die Erde zu legen, schüttelte schockiert den Kopf. »Ihre Mutter ist von uns gegangen, Miss Jordan.«

»Sie meinen, sie ist …?« Sie brauchte die Frage gar nicht zu beenden. Die plötzlich eingesunkenen Gesichtszüge und die graue Hautfarbe sprachen für sich. »Oh, mein Gott.«

Freddy ergriff Annabelles Hand. Im nächsten Moment hielten sich die Geschwister eng umschlungen. Offenbar verspürten sie, wie Menschen so häufig angesichts des plötzlichen Todes eines ihnen nahestehenden Menschen, ein großes Bedürfnis nach körperlichem Kontakt.

Hal und Will wandten sich ab, damit die beiden in ihrem Kummer ungestört waren.

»Mein Gott, wer hätte mit so etwas gerechnet?« Hal konnte kaum fassen, wie schnell ein Leben erloschen war. »Hat denn irgendjemand vermutet, dass sie krank war?«

»Miss Jordan hat mir letzte Nacht gesagt, dass sie sich Sorgen um die Gesundheit ihrer Mutter macht. Verdammt noch mal! Was für ein Schlamassel! Sieht aus, als müssten wir heute noch ein Grab schaufeln.« Das hörte sich zwar gefühllos an, stimmte aber trotzdem. In der glühenden Sommerhitze war es zwingend notwendig, Tote sofort zu begraben.

»Mr Collins.« Beide Brüder drehten sich zu Annabelle um und sahen, dass sie ein Taschentuch über das Gesicht ihrer Mutter gelegt hatte. »Würden Sie meine Mutter bitte ins Haus bringen? Wir können Sie doch nicht hier liegen lassen.«

Schon gar nicht mit einem hungrigen Hund in der Nähe,

dachte Will, und an dem Blick, den Hal zu dem Tier hinüberwarf, erkannte er, dass sein Bruder das Gleiche dachte. Bis das Grab fertig war, war die Tote in dem relativ kühlen Haus besser aufgehoben. Da es um die Mittagszeit wahrscheinlich fast vierzig Grad sein würde, würde die sterbliche Hülle von Mrs Jordan hier draußen schon bald einen abscheulichen Anblick bieten.

Im Haus legten sie die Tote aufs Bett. Wenn es so weit war, würde Will die Decke, auf der sie lag, als Leichentuch verwenden. Material, aus dem man einen Sarg hätte bauen können, hatten sie keins. Er zog die Tür fest zu, dann ging er zu den Geschwistern, die im Wohnzimmer saßen, sich an den Händen hielten und leise miteinander sprachen.

»Wo möchten Sie Ihre Mutter begraben haben?« Er stellte die Frage ohne Umschweife, so brutal sie auch klingen mochte. »Soll sie neben Ihrem Vater liegen?«

»Mutter hat die heiße australische Sonne gehasst. Könnten Sie sie vielleicht im Schatten dieses schönen Baums da drüben zur Ruhe legen? Der, der aussieht wie eine Kiefer. Mutter hat den Duft von Kiefern immer geliebt.«

Der Baum, auf den Annabelle zeigte, stand etwa fünfzig Meter westlich vom Haus. Seine Nadeln waren beinah smaragdgrün, der Stamm von einem dunklen Graubraun. Will hatte solche Bäume schon in anderen Teilen des Landes gesehen.

»Ich glaube, diese Bäume nennt man Murray-Kiefern, Miss Jordan. Wir werden das Grab so nah wie möglich an dem Baum graben.«

Freddy bestand darauf, Will beim Graben zu helfen, während Hal George holte, der, wie man hören konnte, ein Stück entfernt Holz für die *River Maid* schlug.

In düsterer Stimmung setzte man sich drei Stunden später im Wohnzimmer zusammen. Annabelle sah Will mit traurigen

Augen an. »Was sollen wir jetzt tun, Mr Collins? Wir haben nicht viel Geld, und unsere Habseligkeiten sind nur von geringem Wert.«

»Hal wird Sie mit der *River Maid* zurück nach Echuca bringen. Vielleicht sollten Sie sich mal im Haus umsehen, ob Sie irgendetwas von den Sachen hier behalten wollen.«

»Ich würde gern das Gewehr von meinem Vater behalten«, sagte Freddy.

Seine Schwester war dagegen. »Du hast noch nie mit einem Gewehr geschossen, Freddy.«

»Das kann man lernen, Annabelle. Ich möchte hier am Fluss bleiben. Ich möchte auf einem Raddampfer arbeiten.« Er sah Hal an, und seine Entschlossenheit schlug in Schüchternheit um. »Könnte ich bitte bei Ihnen auf der *River Maid* arbeiten, Mr Collins?«

»Ich wäre bereit, dich an Bord zu nehmen, Freddy. Du solltest aber auch an deine Schwester denken. Ihr habt jetzt nur noch einander.«

Die drei Männer sahen Annabelle an. Sie biss sich auf die Unterlippe.

»Vielleicht ist es ja töricht von mir, dass ich auch mit dem Gedanken spiele, hier am Fluss zu bleiben. Aber der Fluss hat etwas an sich, das mich anzieht.«

»Das ist nicht töricht, Miss Jordan«, antwortete Hal. »Ich verstehe ganz genau, was Sie meinen.«

»Würde es denn irgendwo Arbeit für jemanden wie mich geben?« Sie hielt inne. »Es gibt keine, nicht wahr?« sagte sie, denn sie konnte die Antwort an den Gesichtern der Brüder ablesen.

»Im Augenblick brauchen wir nichts zu entscheiden«, sagte Will. »In Echuca können Sie bei Mrs Stoner wohnen. Dann haben Sie Zeit genug, sich etwas zu überlegen.«

Wie gut, dass er Mrs Stoner kannte, andernfalls hätte er nicht gewusst, wo er Annabelle unterbringen sollte. Annabelle? Wie lange nannte er sie in Gedanken schon bei ihrem Vornamen?

»Wer ist Mrs Stoner?«, fragte Annabelle.

»Eine Witwe, die Gästezimmer vermietet. Sie werden sich bei ihr wohlfühlen.«

»Logieren Sie selbst dort?«

»Ich schlafe im Anbau hinter dem Haus. Selena wohnt auch dort.«

»Wer ist Selena?«

Annabelle war nicht so sehr mit ihren eigenen Problemen beschäftigt, dass sie nicht bemerkt hätte, wie Will kurz zögerte.

»Selena Trevannick. Die Schwägerin unserer Schwester Meggan.«

Außerdem fiel Annabelle auf, dass Hal Collins seinen Bruder mit leicht missbilligend zusammengekniffenen Lippen ansah. Sie hatte das Gefühl, dass man ihr nur die halbe Wahrheit gesagt hatte.

»Sie sollten jetzt durchs Haus gehen und die Sachen Ihres Vaters durchsehen.«

Annabelle wollte nur die persönlichen Dinge ihres Vaters behalten. Diese bestanden aus ein paar zerlesenen Büchern, einer Briefpapiermappe aus punziertem Leder, einer Pfeife und einem Tabakbeutel. Freddy nahm sich die Taschenuhr seines Vaters. Er beschloss außerdem, sich seine Hemden, Hosen und seinen Mantel zu nehmen. Der Vater war nicht viel größer gewesen, als Freddy jetzt war. Wenn er ein wenig zunahm, erklärte er seiner Schwester, würden ihm die Sachen ganz gut passen, außerdem waren sie viel geeigneter für die Arbeit auf dem Schiff als seine Sachen aus England. Sie beschlossen, die Möbel im Haus zu lassen. Sollten sie sie brauchen, könnten sie sie später immer noch holen.

Nachdem sie die Sachen ausgewählt hatten, bestand Annabelle darauf, für alle ein Essen zuzubereiten. Aus dem ausgetrockneten Gemüsegarten konnte sie noch einige Möhren und Bohnen retten, die sie kochte. Außerdem überredete sie George, die drei ansehnlichen Brassen zu filetieren, die er gefangen hatte. Diese dünstete sie auf einem Bett aus Kartoffeln und Zwiebeln und würzte alles mit Salz und Pfeffer.

»Wow«, erklärte Hal, nachdem er den ersten Bissen probiert hatte. »Köstlich. Sie sind ein gute Köchin, Miss Jordan. Vielleicht sollte ich Sie als Köchin auf der *Maid* einstellen.« An seinem Grinsen merkte sie jedoch, dass er Spaß machte.

»Wer kocht denn da?«, fragte Annabelle.

»Manchmal George, manchmal ich. Wie sieht's denn mit dir aus, Freddy? Wie gut sind deine Kochkünste?«

Freddy schüttelte besorgt den Kopf. »Ich hab in meinem ganzen Leben noch nie etwas gekocht. Muss ich erst kochen lernen, bevor ich den Job kriege?«

Hal lachte. »Da gibt es erst mal wichtigere Dinge, die du auf der *Maid* lernen musst, als kochen. Außerdem habe ich noch gar nicht versprochen, dass ich dich nehme. Wenn wir in Echuca sind, müssen wir uns zunächst darum kümmern, dass für deine Schwester gesorgt ist.«

»Ich habe nichts dagegen, wenn Freddy für Sie arbeitet, Mr Collins. Ich freue mich, wenn er etwas tun kann, was ihm Freude macht. Wenn mein Bruder untergebracht ist, muss ich mir nur noch um mich selbst Sorgen machen.«

»Mr Collins?« Freddy sah ihn erwartungsvoll an.

»Na schön, junger Mann, von jetzt an gehörst du zur Besatzung der *River Maid*. Hast du schon mal Holz gehackt?«

»Nein.«

»Viel hat der Junge ja noch nicht gemacht«, bemerkte George, worauf Freddy vor Verlegenheit ganz rot wurde, bis er bemerkte, wie George Hal zuzwinkerte.

»Ich kann das alles lernen«, verteidigte er seinen Mangel an Erfahrung.

»Das wirst du auch müssen, wenn du auf der *Maid* bleiben willst. Du kannst gleich mit George mitgehen. Wir brauchen noch Holz für den Kessel.«

George stand auf. »Komm, mein Junge. Lassen wir's krachen.«

»Krachen?«

»Das heißt ›anfangen‹, ›loslegen‹. Du hast ja noch gar keinen Kolonial-Slang gelernt. Da wird's aber Zeit.«

Freddy sah den Hund in dem Augenblick, als er die Küche verließ. Er lag in einem großen hohlen Holzklotz, ein Stück vom Stamm eines riesigen Eukalyptusbaums entfernt. Ihm war sofort klar, dass dieser Holzblock die Hundehütte war.

»Sieh mal, George, der Hund.«

»Tatsächlich. Den werden wir wohl töten müssen.«

»Erschießen?« Freddy war entsetzt.

»Das wär wohl das Menschlichste, mein Junge. Besser, als ihn verhungern zu lassen.«

Freddy betrachtete den Hund. Er schien sich noch tiefer in seine Hütte verkrochen zu haben, als hätte er verstanden, was George gesagt hatte.

George war bereits weitergegangen. Freddy zögerte und beobachtete den Hund. »Vergiss den Hund, Junge. Wir müssen Holz hacken.«

Eine Stunde später, als er eine kurze Pause machte, um Wasser aus dem Segeltuchbeutel zu trinken und sich mit dem Ärmel den Schweiß von der Stirn zu wischen, sah Freddy den Hund wieder. Er lag ein paar Meter entfernt und beobachtete sie. Freddy sagte George nichts davon. Er packte sich einen Arm voll mit Holzscheiten und ging zum Fluss. Der Hund stand auf und folgte ihm in einem gewissen Abstand. Freddy ließ seine Ladung am Ufer fallen und ging zurück, um weiteres Holz zu holen. Wieder folgte ihm der Hund, diesmal in kürzerem Abstand. Und mit jedem Mal wurde der Abstand noch kürzer.

Nachdem er die vierte Ladung ans Ufer gebracht hatte, setzte Freddy sich hin und sah den Hund an. Der Hund setzte sich auch und sah ihn ebenfalls an. Freddy streckte eine Hand aus, schnipste leise mit den Fingern und versuchte, das Tier mit sanften Worten zu locken. Obwohl der Hund mehrmals mit dem Schwanz wedelte, kam er nicht näher. Nun ja, dachte Freddy, der entschlossen war, sich mit dem Tier anzufreunden, dann werde ich etwas anderes versuchen. Er legte sich hin, benutzte einen Arm als Kopfkissen und streckte den anderen neben sich aus. Den Hund ignorierte er. Er hoffte, er würde näher kommen, nun wo er mit ihm auf einer Höhe war.

Ein kurzer Blick aus den Augenwinkeln sagte ihm, dass der Hund immer noch an der gleichen Stelle saß. Er bewegte einladend die Finger hin und her. Dabei musste er an den Hund denken, den er als Junge gehabt hatte. Sein Vater hatte ihm zum zweiten Geburtstag einen Beagle-Welpen geschenkt. Während der nächsten zehn Jahre waren er und Chester unzertrennlich gewesen. Als er sich daran erinnerte, wie traurig er über den Tod seines treuen Haustiers gewesen war, kamen der Schock und der Kummer der letzten vierundzwanzig Stunden zum Ausbruch. Er hatte seinen Vater mehr geliebt als seine Mutter. Freddy drehte sich auf die Seite, legte das Gesicht auf den Arm und schluchzte.

Nachdem er eine Weile geweint hatte, spürte er, wie sich eine warme Schnauze gegen sein Gesicht drückte. Als Freddy das Gesicht hob, leckte der Hund ihm die salzigen Tränen ab.

»Du vermisst ihn auch, nicht wahr?« sagte Freddy. Er legte einen Arm um den Hund, dann ließ er sich zurücksinken und schlief beinah sofort ein, physisch und emotional erschöpft. Der Hund rollte sich neben ihm zusammen und schlief ebenfalls ein.

George, der mit einer Ladung Holz ans Ufer kam, blieb ein paar Meter vorher stehen, um das Miteinander von Junge und Hund zu betrachten. »Das gibt's doch nicht«, sagte er leise. »Was Hal wohl davon halten wird, einen Hund an Bord zu haben? Besonders wo er weiß, was der vorher gefressen hat.« Er beschloss, den Jungen noch eine Weile schlafen zu lassen. Er war ein guter Junge und hatte sich sehr bemüht zu lernen, wie man die Axt richtig führte. George stellte fest, dass er sich bereits darauf freute, dem Jungen alles über Dampfmaschinen beizubringen. Er hatte das Gefühl, dass der junge Freddy ein guter Maschinist werden würde.

Kurze Zeit später wachte Freddy auf und lief schuldbewusst zur *River Maid* hinunter, wo George gerade auf dem hinteren Deck das Holz stapelte.

»Fühlst du dich besser, nachdem du geschlafen hast?«, fragte George Freddy.

»Tut mir leid. Ich wollte nicht einschlafen.«

George tat seine Entschuldigung mit einem Schulterzucken ab. »Du wirst bald kräftiger werden. Aber für heute hast du das schon ganz gut gemacht. Wie ich sehe, hast du deinen Kumpel gleich mitgebracht.«

Freddy blickte auf den Hund neben sich, dann sah er Hal an, der gerade vom Vorderdeck kam. »Darf ich den Hund bitte behalten, Mr Collins?«

Hal sah George an, der die Augenbrauen leicht hochzog und kaum merklich mit den Schultern zuckte. Dann blickte er in Freddys besorgtes Gesicht. Und als er zu dem Hund hinunterschaute, hätte er schwören können, dass dieser einen erwartungsvollen und bittenden Blick in den Augen hatte. Er verstärkte sein Bitten noch mit einem Schwanzwedeln.

»Okay, aber du bist ganz allein für den Hund verantwortlich.

Du musst für sein Fressen sorgen und dafür, dass er nichts auf dem Schiff anstellt. Wenn er aufs Deck scheißt, muss er weg.«

»Danke, Mr Collins. Ich werde dafür sorgen, dass er sich benimmt.«

»Wie willst du ihn denn nennen?«, fragte George.

Freddy kniff nachdenklich das Gesicht zusammen. »Wenn ich nur wüsste, wie er heißt.«

»Von der Farbe her würd ich's mal mit Blackie versuchen«, grummelte George.

Der Hund bellte und wedelte mit dem Schwanz. Freddy lachte. Hal und George grinsten beide.

»Scheint sein Name zu sein«, sagte George.

»Nur noch eine Sache, Freddy«, sagte Hal. Auch wenn die *Maid* mir gehört, so sind wir an Bord doch alle gleich. Wir arbeiten zusammen, und wir brauchen keine Formalitäten, also hör auf, mich Mr Collins zu nennen. Ich bin Hal, so wie er George ist.«

Früh am nächsten Morgen, als die Sonne die Baumkronen längst noch nicht erreicht hatte, stand Will am Ufer und sah zu, wie die *River Maid* in die Mitte des Flusses tuckerte. Ihr lautes Pfeifen schreckte eine Gruppe grüner Papageien auf, die am Flussrand getrunken hatten. Er blickte dem Schiff nach, bis es hinter einer Kurve verschwunden war. Dann holte er sein Pferd und spannte es vor den Wagen. Ganz spontan kehrte er noch einmal zum Haus zurück, ging in sämtliche Räume und blieb in jedem einige Augenblicke stehen. Dabei spürte er etwas, das er nicht benennen konnte. War es ein Gefühl der Zugehörigkeit? Nachdem er alle Türen mit kräftigen Holzbalken gesichert hatte, blieb er auf der schattigen Veranda stehen und blickte über den Fluss auf das andere Ufer. Das immer leiser werdende Tuckern der *Maid* war der einzige von Menschen erzeugte Laut, der sich in die Geräusche des Buschs mischte. Wie friedlich es hier war. Er könnte sich beinah vorstellen, sich an einem Ort wie diesem niederzulassen.

Das Schnauben seines Pferdes holte seine Gedanken in die Gegenwart zurück. Bevor er auf den Wagen stieg, ging er noch einmal hinters Haus, um sich zu vergewissern, dass die Kuh, die er mit ungeübten Händen von der Last ihrer Milch befreit hatte, zufrieden wiederkäute. Ihre Zukunft lag nun ganz in der Hand der Natur.

Als Will die weite Rückfahrt nach Echuca antrat, gingen ihm sehr viele Gedanken durch den Kopf.

3

In dem an Miss Selena Trevannick adressierten Umschlag befanden sich zwei Briefe. Der Umschlag war nur drei Tage, nachdem sie ihrem Halbbruder geschrieben hatte, dass sie in Echuca war und hier eine Zeitlang zu bleiben hoffte, angekommen.

Der erste Brief war von Meggan und enthielt viele Neuigkeiten über die Kinder. Etty war jetzt zweieinhalb und konnte einen ganz schön auf Trab halten. Der sechs Monate alte Ruan konnte mittlerweile sitzen und war das zufriedenste Baby, das man sich nur wünschen konnte.

Der kleinen Louisa geht es auch gut. Sie ist ein süßes, friedliches Baby und wird sicher, wenn sie groß ist, genauso ein sanftmütiges Wesen sein wie ihre Mutter. Sie sieht Jenny so ähnlich, dass es mir manchmal das Herz bricht, wenn ich sie nur anschaue. Man kann die Vergangenheit nicht rückgängig machen, aber ich wünschte mir so sehr, dass Will ihr Vater wäre. Du weißt, dass mein Bruder und ich uns immer sehr nahe gestanden haben. Er lebt in Unfrieden mit sich. Ich mache mir furchtbare Sorgen um seinen Gemütszustand.

Weißt Du noch, wie wir Jenny gesagt haben, dass sie, wenn sie ihn haben will, um ihn kämpfen müsse? Ich glaube, jetzt ist es an Dir, dafür zu kämpfen, dass er endlich einsieht, was für einen Schatz er in Dir hat. Du wirst ihm guttun, Selena.

Ich kann nur beten, dass mein lieber Bruder so vernünftig ist, das Glück anzunehmen, das Du ihm schenken kannst.

Oh, beinah hätte ich es vergessen. Agnes erwartet ihr erstes Kind, also wird Louisa im September einen kleinen Bruder oder eine kleine Schwester haben. Ich glaube, Agnes und Larry würden Louisa gern rechtmäßig adoptieren.

Pass gut auf Dich auf, liebe Selena, und schreib bald wieder.

Deine Dich liebende Schwägerin
Meggan Trevannick

Selena legte den Brief beiseite und faltete den von ihrem Bruder auseinander. Er war so ziemlich in dem Ton gehalten, wie sie es erwartet hatte.

Liebe Selena,
die Situation, in die Du Dich gebracht hast, gefällt mir ganz und gar nicht. Du kannst nicht immer weiter mit einem Mann durch die Gegend ziehen, mit dem Du nicht verwandt bist. Dass er Meggans Bruder ist, spielt keine Rolle. Seit Dein Vater wieder zur See fährt, bin ich so lange allein für Deine Sicherheit und Dein Wohlergehen verantwortlich, bis Du verheiratet bist.

Hat Will Collins überhaupt vor, Dich irgendwann zu heiraten? Wenn nicht, dann muss ich darauf bestehen, dass Du nach Langsdale zurückkommst. Und wenn Du nicht freiwillig zurückkehrst, werde ich Dich holen. Ich weiß, dass Du abenteuerlustig und eigensinnig bist und Dich nicht um Konventionen scherst, doch gerade diese Charaktereigenschaften machen mir die größte Sorge. Vor vierzehn Monaten wussten wir beide noch nichts von der Existenz des anderen. Doch nun, wo ich im Alter von zweiunddreißig Jahren heraus-

gefunden habe, dass ich eine Schwester habe, möchte ich sie nicht durch irgendeine Katastrophe wieder verlieren.

Du schreibst, dass Du in Echuca eine gute Unterkunft hast. Ich hoffe, dass Du den Charakter der Witwe, bei der Du logierst, richtig beurteilst. Doch auch wenn ich froh darüber bin, dass Du bei einer ehrenwerten Person wohnst, akzeptiere ich nicht, dass die Situation so weiter fortbesteht. Heirate oder komm zurück zu uns. Das ist ein Ultimatum.

Dein Bruder
Con Trevannick

Selena faltete beide Briefe zusammen und steckte sie mit einem ärgerlichen Seufzen zurück in den Umschlag. Dich nicht um Konventionen scherst? Das tat sie wohl auch nicht. Gesellschaftliche Konventionen hatten bei ihrer Erziehung keine Rolle gespielt. Wenn sie nicht bei Maman und Grand-mère auf Tahiti war, dann war sie barfuß auf dem Schiff ihres Vaters herumgelaufen, der *Island Princess*. In ihren Adern floss zu viel tahitianisches Blut, als dass sie sich so ohne weiteres den Vorstellungen der englischen Gesellschaft von akzeptablem und inakzeptablem Verhalten unterordnen konnte.

»Schlechte Nachrichten, meine Liebe?« Mrs Stoner, die gerade ihre eigene Post zu Ende gelesen hatte, beobachtete Selena. »So was kann man Ihnen nämlich leicht am Gesicht ablesen.«

Selena schnitt eine Grimasse. »Ich weiß. Ich fürchte, das bringt mich manchmal in Schwierigkeiten. Ich kann meine Gefühle nicht verbergen, besonders wenn mich etwas stört oder wenn ich mich ärgere.«

»Oder Ihnen Sorgen macht, so wie jetzt.«

»Mein Bruder will, dass ich zu ihm zurückkomme und bei ihm wohne.«

»Ihr Bruder?«

Selena merkte sofort, dass sie unbedacht gewesen war. Kein Wunder, dass Mrs Stoner sie verwirrt ansah.

»Aber ist Ihr Bruder denn nicht mit ein paar Leuten am Murray unterwegs? Haben Sie denn noch einen Bruder?«

Nun musste Schluss mit den Lügen sein. Selena atmete tief durch, um sich zu beruhigen. »Ich habe nur einen Bruder, genau gesagt einen Halbbruder. Mrs Stoner, ich muss gestehen, dass ich Sie getäuscht habe. Sie waren sehr freundlich zu mir und verdienen es, die Wahrheit zu erfahren. Die kann ich Ihnen allerdings nicht in ein bis zwei Sätzen erklären. Haben Sie Zeit, sich meine Geschichte anzuhören?«

Mrs Stoner hatte Zeit. Selena erzählte ihr so knapp wie möglich ihre Lebensgeschichte. Wie ihre Mutter beim Untergang der *Island Princess* ums Leben gekommen war; wie ihr Vater beschlossen hatte, nach Australien zu gehen, um Gold zu suchen; wie sie durch Zufall einen älteren Halbbruder entdeckt hatte, von dessen Existenz sie nichts gewusst hatte.

Sie erzählte ihr nicht alles, was auf den Goldfeldern passiert war. So sagte sie nichts davon, dass sie, nachdem sie Zeugin eines Mordes geworden war, sich als Junge verkleidet und monatelang als Sohn ihres Vaters ausgegeben hatte. Sie erzählte auch nichts von Jennys Vergewaltigung und Wills anschließender Verzweiflung darüber, dass die Frau, die er liebte, das Kind eines Schurken unterm Herzen trug.

Niemals würde sie irgendjemandem erzählen, dass sie den Schurken Tom Roberts erschossen hatte, nachdem er Jenny eine Kugel in den Rücken gejagt hatte. Auch würde sie niemals erzählen, dass sie außerdem den Soldaten erschossen hatte, der die Hütte abbrennen wollte, in der Jennys Leiche lag. Die furchtbaren Dinge, die in Eureka geschehen waren, mussten in der Vergangenheit bleiben, wo sie hingehörten.

»Sie sehen also, Mrs Stoner, ich habe Will geliebt, seit wir uns das erste Mal begegnet sind. Ich wusste, dass er Jenny Tremayne liebte, und ich wusste auch, dass er keine andere mehr ansehen würde, sobald sie in Ballarat eintraf. Als er nach ihrem Tod Langsdale verlassen hat, bin ich ihm gefolgt, und ich werde ihm weiter folgen, ganz gleich wohin er geht.«

Mrs Stoner, die den größten Teil ihres Lebens in den Kolonien verbracht hatte, wusste, dass es viele Paare gab, die ohne kirchlichen Segen zusammenlebten, da nicht immer ein Pfarrer oder Prediger zur Verfügung stand. Es kam häufiger vor, dass ein Wanderprediger, der eine entlegene Farm besuchte, nicht nur Mann und Frau traute, sondern auch gleich zwei bis drei Kinder taufte. Sie glaubte, dass man Selena nicht in Verlegenheit brachte, wenn man mit ihr ein offenes Wort sprach.

»Leben Sie beide ohne Trauschein zusammen?«

Selena hoffte, dass man ihr das plötzliche Kribbeln, das sie bei der Erinnerung an die empfundene Leidenschaft verspürte, nicht am Gesicht ansehen konnte. »Mein Vater wäre enttäuscht von mir, und mein Bruder würde furchtbar wütend, wenn ich eine solche Beziehung einginge. Und es ist auch nicht das, was ich von Will erwarte.«

»Was will denn der junge Mann von Ihnen, Selena, wenn er Ihnen noch keinen Heiratsantrag gemacht hat?«

Ein winziges Lächeln umspielte Selenas Mundwinkel. »Er wird mich heiraten, ich bin mir nur noch nicht sicher, wann.«

Mrs Stoner musste darüber lächeln, wie sicher sich die junge Frau ihrer Sache war. »Wenn die Ehefrage zwischen Ihnen beiden noch nicht geklärt ist, dann wird das ja wohl der Grund sein, weshalb Ihr Bruder will, dass Sie zu ihm zurückkehren.«

»Genau deshalb will er, dass ich zurück nach Langsdale komme. Das werde ich aber auf gar keinen Fall tun. Wenn Sie mich immer noch als Logiergast haben wollen, Mrs Stoner, warte ich hier, bis Will zurückkommt.«

»Natürlich müssen Sie bleiben, meine Liebe. Ich genieße Ihre Gesellschaft doch ganz ungemein. Und zwar so sehr, dass ich mir wohl einen anderen Logiergast zur Gesellschaft suchen muss, wenn Sie fort sind.«

Selena beugte sich leicht vor auf ihrem Stuhl. »Ich möchte Ihnen einen Vorschlag machen. Das wollte ich schon an dem Tag, als Will fortgefahren ist, doch da hatten Sie Gäste.« Sie lächelte ihre Vermieterin an und amüsierte sich insgeheim über die Verwirrtheit auf dem Gesicht der guten Frau.

»Einen Vorschlag? Was denn für einen Vorschlag, meine Liebe?«

»Ein Gästehaus natürlich.« Selena strahlte triumphierend, lehnte sich zurück und breitete die Arme aus, um ihren nächsten Worten mehr Nachdruck zu verleihen. »Echuca wird rasch wachsen. Der Schiffshandel fängt gerade erst an, sich zu entwickeln. Schon bald werden Dutzende von Raddampfern den Fluss befahren. Echuca wird eine wohlhabende Stadt werden. Immer mehr Leute werden hier hinziehen und nach Arbeit suchen, besonders diejenigen, die die Goldfelder verlassen. Die Leute müssen irgendwo wohnen, während sie Arbeit suchen oder sich eigene Häuser bauen. Wir könnten einfach erst einmal ein paar Räume an dieses Haus hier anbauen für die Zeit, während wir ein größeres und schöneres Gästehaus bauen.«

»Wir?«, fragte Mrs Stoner, die verblüfft und amüsiert zugleich darüber war, wie leidenschaftlich Selena ihre Idee vortrug.

»Mein Vater hat zwar nicht viel Gold gefunden, aber das bisschen, das er hatte, hat er mir gegeben. Ich würde Ihnen gerne helfen, ein Gästehaus zu bauen, und es mit Ihnen gemeinsam führen.«

»Oh.« Mrs Stoner schien es etwas die Sprache verschlagen zu haben. »Was ist denn mit Ihrem Bru …, Entschuldigung, mit Mr Collins? Wenn er Sie heiraten will, behagt es ihm vielleicht nicht, wenn Sie Geld in so ein Projekt stecken.«

»Ich glaube eher, dass Will froh ist, wenn ich was zu tun habe. Er ist noch nicht bereit, sich häuslich niederzulassen, und ich möchte nicht, dass er mich heiratet, nur weil er sich dazu verpflichtet fühlt. Außerdem kann Con nicht verlangen, dass ich zu ihm zurückkomme, wenn ich für mich selbst aufkommen kann.«

»Ah.« Mrs Stoners Lächeln wurde immer breiter. »Sie wollen also für sich selbst ein Gästehaus.«

»Nein, nein«, beteuerte sie, obwohl sie sich ein Grinsen kaum verkneifen konnte. »Nun ja, nur zum Teil für mich. Ich habe an Sie gedacht, dass Sie problemlos Ihren Lebensunterhalt bestreiten könnten, weil Sie doch in Echuca bleiben möchten. Verzeihen Sie mir, wenn ich aufdringlich erscheine, Mrs Stoner, aber ich glaube, dass Sie nur wenig Geld zur Verfügung haben.«

»Sehr wenig. Ich habe schon oft gedacht, dass ein Gästehaus genau das Richtige für mich wäre. Wie merkwürdig, dass Sie die gleiche Idee haben. Sie haben in allem recht, was Sie sagen, Selena. Jetzt, wo die Gegend hier mit Hilfe der Flussschiffe gut zu erreichen ist, werden sich immer mehr Leute in und um Echuca herum niederlassen.«

»Dann sollten wir es machen, Mrs Stoner.« Selena zeichnete mit einer Hand die Umrisse eines Schilds in die Luft. »Stoners Gästehaus. Ich sehe das Schild schon vor mir. Sie sind eine wunderbare Köchin, und ich kann auch ganz gut kochen. Wir werden berühmt werden für unser Essen. Und wir werden nicht jeden als Gast annehmen, sondern nur anständige Leute. Unsere Pension wird wie ein zweites Zuhause sein.«

»Genauso habe ich mir das auch immer vorgestellt. Ich würde auch gern einen öffentlichen Speiseraum einrichten, um schmackhafte Mahlzeiten zu annehmbaren Preisen anzubieten. Alle Männer lieben gute Hausmannskost. Und um dafür zu sorgen, dass es ein anständiges Haus bleibt, werden wir keinen Alkohol ausschenken, und der Konsum jeder Art von alkoholischen Getränken wird in unseren Räumen verboten sein.«

Selena klatschte in die Hände. »Eine ausgezeichnete Idee.«

»Nur mit einer Sache bin ich nicht einverstanden, meine Liebe.«

»Ach? Womit denn?«

»Mit dem Namen. Da Sie mehr Geld hineinstecken werden als ich, sollten wir auch Ihren Namen benutzen, Gästehaus Trevannick.«

»Igitt.« Selena verzog das Gesicht. »Stoners Gästehaus klingt viel besser, außerdem sind Sie eine gestandene Frau, die hier in der Gegend jeder kennt, während ich ein junges Mädchen bin und außerdem eine Fremde.«

»Na schön, das leuchtet mir ein. Also soll es Stoners Gästehaus heißen. Doch der Essraum heißt Miss Selenas Speisesaal.« Das sagte sie mit einem triumphierenden Lächeln.

Selena lächelte ebenfalls. »Das gefällt mir. Miss Selenas Speisesaal.«

»Ich finde, das sollten wir jetzt mit einem Drink feiern. Da ich aber weder Sherry noch sonst etwas Alkoholisches im Haus habe, müssen wir uns wohl mit einer Tasse Tee begnügen. Wir sollten sofort anfangen zu planen. Oh, das ist ja so aufregend.« Mrs Stoner wurde allmählich von Selenas Begeisterung angesteckt.

Den restlichen Tag verbrachten die beiden Frauen damit, über das geplante Gästehaus zu diskutieren. Sie berieten zunächst darüber, wie viele Gäste sie aufnehmen wollten und wie groß die Zimmer sein sollten. Bei der detaillierteren Planung merkten sie sehr schnell, dass sie weitaus mehr brauchen würden als ein geeignetes Gebäude, bevor sie ein Gästehaus eröffnen könnten. Möbel, Bettwäsche und Decken waren erforderlich, außerdem Geschirr, Besteck, Töpfe und Pfannen sowie Vorräte für die Küche.

Mrs Stoner schrieb alle Ideen auf und wandelte sie rasch in Bilder um. Dabei bewies sie ein künstlerisches Geschick, von dem Selena nichts geahnt hatte. Um zehn Uhr reichte sie ihr die endgültige Version. Auf dieser Zeichnung war ein zweistöckiges Holzhaus zu sehen mit einem hohen Giebeldach und einer Reihe Mansardenfenster. Die Dachkammern würden preiswerter sein, da sie kleiner waren. Sie würden nur mit einem Bett und einem Waschgestell ausgestattet sein, dazu Haken an der Wand, um Kleidungsstücke aufzuhängen. Die Schlafzimmer auf der ersten Etage würden etwas größer sein und außer Bett und Waschgestell noch eine Kommode enthalten. Im Erdgeschoss befanden sich die Küche, ein privater Raum, das Esszimmer für die Pensionsgäste und ein öffentlicher Gastraum, Miss Selenas Speisesaal, für einfache Mahlzeiten. Eine kleine Diele würde als Empfangsbereich dienen, und in einem separaten Gebäude würde es getrennte Toiletten für Männer und Frauen geben sowie eine Waschküche. Unterkünfte für Bedienstete könnten, wenn erforderlich, später angebaut werden.

Selena ging zufrieden ins Bett. Sie lag noch eine Weile wach und dachte an Will. Wie jede Nacht, seit Will fort war, legte sie ihre Hand zwischen ihre Oberschenkel und drückte gegen das vor Sehnsucht und Verlangen schmerzende Fleisch. Als sie etwas Feuchtes spürte, wurde ihr klar, weshalb sie während der vergangenen Stunden so ein Unbehagen im Bauch gespürt hatte. Sie stieg aus dem Bett, um sich eine Binde für ihre Monatsregel zu holen. Sosehr sie sich auch wünschte, die Mutter von Wills Kindern zu werden, war sie dennoch erleichtert, dass sie von diesem einen leidenschaftlichen und verzweifelten Zusammensein nicht schwanger geworden war. Sie wollte nicht, dass Will sich verpflichtet fühlte, sie zu heiraten.

Am Morgen machte sich Selena mit der Zeichnung von dem geplanten Gebäude in der Hand auf den Weg zur Hopwood-

Sägemühle, die eine halbe Meile entfernt war. Sie würden eine große Menge Bretter und Balken bestellen müssen. Selena hoffte, dass der Leiter der Mühle abschätzen könnte, wie viel sie brauchen würden. Ideen aufzuschreiben und Zeichnungen zu entwerfen war ja gut und schön, doch um so eine Zeichnung in ein Gebäude umzusetzen, dazu brauchte man Kenntnisse, über die Mrs Stoner und sie nicht verfügten. Sobald sämtliches Material bestellt war, würden sie Arbeiter finden müssen, die das Gästehaus bauen konnten.

Mr Hopwood persönlich war in der Sägemühle. Selena hatte noch nie mit dem Mann gesprochen, der sich als Erster auf der Landenge zwischen Campaspe und Murray River niedergelassen und dort ein Wirtshaus gebaut und eine Fährverbindung eingerichtet hatte, um Passagiere, Waren und Vieh über den großen Fluss nach New South Wales zu befördern oder vom Nordufer zurück nach Victoria.

»Guten Morgen, Mr Hopwood. Ich bin Selena Trevannick.«

Hopwood tippte an seinen Hut. »Morgen, Miss. Sie wohnen doch bei der Witwe von Ted Stoner. Ich hab Sie schon häufiger hier in der Gegend gesehen. Was kann ich für Sie tun?«

»Ich brauche Holz, Mr Hopwood. Viel Holz.« Sie hielt ihm die Zeichnung hin. »Mrs Stoner und ich wollen nämlich ein Gästehaus bauen.«

Er warf nur einen flüchtigen Blick auf die Zeichnung und gab sie ihr zurück.

»Geht nicht.«

»Was geht nicht?«, wollte Selena wissen. Die Schroffheit des Mannes verblüffte sie.

»Sie können kein Gästehaus bauen. Sie können überhaupt nichts bauen.«

»Warum denn nicht? Wir wollen Ihrem Wirtshaus keine Konkurrenz machen, Mr Hopwood. Wir werden nämlich zum

Beispiel keinen Alkohol verkaufen.« War es tatsächlich so, wie die Leute sagten, dass Henry Hopwood sich als König der Siedlung betrachtete und keine Konkurrenz duldete?

»Das Land gehört mir, Miss …«

»Trevannick.«

»Miss Trevannick. Weder Mrs Stoner noch sonstwer kann ohne meine Erlaubnis hier irgendetwas bauen.«

»Ach.« Selena war fassungslos. Über die Frage, wem das Land gehörte, hatte sie überhaupt nicht nachgedacht. Und Mrs Stoner hatte das auch nicht erwähnt. Selena hatte angenommen, dass das kleine Haus Mrs Stoners Eigentum war.

»Ja doch, Miss Trevannick. Wenn Sie mich jetzt entschuldigen, ich habe nämlich viel zu tun.«

Selena schob ihr Kinn etwas vor. »Danke für die Auskunft, Mr Hopwood. Lassen Sie sich bitte nicht von mir aufhalten.«

Sie hoffte, dass der Mann den Sarkasmus in ihren Worten bemerkte. Er mochte sich zwar für den König dieser kleinen Siedlung halten, doch er hatte keine Ahnung, dass er nur ihren Widerspruchsgeist herausforderte, wenn er ihr sagte, dass sie kein Gästehaus bauen dürfe. Obwohl die Frage, wem das Land gehörte, ein größeres Hindernis darstellte, war Selena doch sicher, dass sie eine Lösung finden würden. Vielleicht könnte man Mr Hopwood ja überreden, ihnen ein Stück Land zu verkaufen.

Die Lösung des Problems kam schneller, als sie erwartet hatte. Und sie kam in Gestalt eines gut gekleideten älteren Herrn, der am Nachmittag an die Tür des Cottage klopfte. Er erklärte Mrs Stoner, dass er für ein paar Tage ein Zimmer suche.

»An Hopwood's Crossing, der Anlegestelle der Fähre, gibt es ein Wirtshaus«, erklärte Mrs Stoner.

»Das weiß ich, Madam. Ich bin allerdings Methodist und möchte nicht in einem Haus wohnen, in dem Alkohol verkauft wird.«

»Ich verstehe«, sagte Mrs Stoner, die selbst aus einer strengen Methodisten-Familie stammte, ihre Religion jedoch vernachlässigt hatte, nachdem sie ihren Ted geheiratet hatte und mit ihm nach Australien gegangen war.

»Ich habe nur zwei Gästezimmer, Sir, und die sind beide vermietet. In einem wohnt eine junge Dame, und in dem anderen, das nur ein Anbau hinter dem Haus ist, ein junger Mann. Sie suchen bestimmt ohnehin etwas Bequemeres.«

Der Mann schürzte die Lippen und nickte mehrmals leicht mit dem Kopf. »Wie bedauerlich. Soweit ich weiß, gibt es hier keine anderen Unterkünfte.«

»Sie könnten mit dem Fährboot nach Moama übersetzen, vielleicht finden Sie dort eine Bleibe.«

»Meine Geschäfte machen es erforderlich, dass ich hier in Echuca bleibe. Ich kann mich auch mit einer nicht so bequemen Unterkunft begnügen, sofern sie sauber ist – und das sind Ihre Zimmer ganz bestimmt«, beschwichtigte er sogleich. »Glauben Sie, der junge Mann wäre vielleicht bereit, sich das Zimmer für ein paar Tage mit mir zu teilen?«

»Der junge Mann ist zurzeit gar nicht da«, sagte Selena, die gerade zur Tür hereinkam.

»Er kommt aber zurück«, fügte Mrs Stoner rasch hinzu.

»Er kommt erst in einigen Tagen zurück, Mrs Stoner. Es gibt keinen Grund, weshalb der Herr das Zimmer nicht haben sollte.« Sie sah den Mann an. »Sie haben gesagt, Sie wollen nur zwei bis drei Tage bleiben?«

»Das ist richtig. Ich bin gekommen, weil hier zum ersten Mal Land zum Verkauf freigegeben wurde. Wenn ich meine Käufe erledigt habe, fahre ich zurück nach Melbourne.«

»Verkauf von Land?« Selena sah Mrs Stoner mit großen Augen an. »Hier in Echuca wird Land verkauft?«

»Wussten Sie das denn nicht?« Die beiden Frauen schüttelten

die Köpfe. »Die Regierung hat die ersten Grundstücke in der Stadt zum Verkauf freigegeben. Ich möchte mehrere Grundstücke als Kapitalanlage erwerben.«

Mrs Stoner erholte sich schneller von ihrer Verblüffung als Selena. »Möchten Sie nicht hereinkommen, Sir? Ich – wir – würden gern mehr über diesen Landverkauf erfahren. Dann können wir auch über das Unterbringungsproblem sprechen.«

Mr Jones, wie der Gentleman sich vorstellte, hatte eine Vermessungskarte von Echuca dabei. Enttäuscht stellten sie fest, dass das Land, auf dem Mrs Stoners Haus stand, nicht zum Verkauf anstand. Man konnte jedoch mehrere Grundstücke sehr viel näher am Schiffsanleger erwerben.

»Für das Projekt, das Ihnen vorschwebt, Mrs Stoner, wäre meiner Ansicht eines dieser Grundstücke«, Mr Jones zeigte mit einem Finger auf die Karte, »ideal. Wenn die Stadt größer wird, sollte Ihr Haus zentral gelegen sein. Eines ist ganz sicher, in den nächsten Jahren werden noch mehr Leute nach Echuca kommen, um Hotels und andere Unterkünfte zu bauen. Dann haben Sie den großen Vorteil, dass Ihr Gästehaus das erste hier war. Bauen Sie sich ein solides Haus mit einem guten Ruf auf, und Sie haben garantiert bis ans Ende Ihres Lebens ausgesorgt.«

Selenas Gedanken rasten, während sie zuhörte. »Wir haben bereits einen Plan für das Gästehaus, das wir bauen wollen.« Sie holte den Plan und die Zeichnung aus einer Schublade der Kommode. »Sehen Sie nur, Mr Jones.«

Er zog anerkennend die Augenbrauen hoch, während er die Zeichnung betrachtete. »Wer von Ihnen ist denn die Künstlerin?«

Als Selena »Mrs Stoner« sagte, wurde diese rot.

Mr Jones schenkte der Witwe ein strahlendes Lächeln. »Sie besitzen ein beachtliches Talent, Mrs Stoner. Die Abmessungen und Proportionen stimmen perfekt.«

Die Röte auf Mrs Stoners Wangen breitete sich bis zum Hals aus. »Es hat mir immer Freude gemacht, Häuser zu zeichnen. Ich finde das viel interessanter als Bäume und Blumen.«

Mr Jones schien etwas durch den Kopf zu gehen. »Ich bin normalerweise kein impulsiver Mensch, Mrs Stoner«, sagte er schließlich, »aber ich möchte Ihnen eine Idee vortragen, die mir gerade erst gekommen ist. Eigentlich hatte ich vor, in Echuca Land zu kaufen, um es zu einem späteren Zeitpunkt mit einem ansehnlichen Profit weiterzuverkaufen. Jetzt kommt mir der Gedanke, dass es noch gewinnbringender sein könnte, diese Grundstücke mit Häusern darauf zu verkaufen. Wenn ich Sie, verehrte Dame, dazu überreden könnte, diese Häuser für mich zu zeichnen, dann könnte ich sie bereits zum Verkauf anbieten, bevor sie überhaupt gebaut sind. Ich würde Sie selbstverständlich für Ihre Arbeit bezahlen.«

»Ach.« Mrs Stoner legte eine Hand auf ihre Brust. »Ich habe nie daran gedacht, mit Zeichnen Geld zu verdienen. Das war immer nur ein Zeitvertreib.«

»Vielleicht möchten Sie eine Weile über meinen Vorschlag nachdenken, Mrs Stoner. Ich brauche nicht sofort eine Antwort von Ihnen.«

»Ja, das werde ich tun. Danke für Ihr Angebot, Mr Jones.«

Selena, wie immer sensibel für Dinge, die andere nicht merkten, stellte fest, dass sie lächelte. Mr Jones war ein echter Gentleman und offensichtlich wohlhabend. Und Mrs Stoner war trotz ihrer molligen Figur und der grauen Haare ganz hübsch.

»Haben Sie Familie, Mr Jones?«, fragte sie und erwog schamlos ein bisschen Kuppelei.

»Leider nein, Miss Trevannick. Als ich jung war, war ich so sehr damit beschäftigt, Geld zu verdienen, dass die Frau, von der ich dachte, dass sie mich einmal heiraten würde, das Warten irgendwann leid war und sich für einen anderen entschieden hat.

Danach habe ich nie mehr eine Frau kennengelernt, mit der ich mir vorstellen konnte, mein Leben zu verbringen. Deshalb hab ich einfach immer weiter Geld verdient. Und ich nehme an, dass ich das auch für den Rest meines Lebens tun werde.«

Da irren Sie sich, dachte Selena, weil Sie nämlich heute die Frau getroffen haben, mit der Sie den Rest Ihres Lebens verbringen wollen werden. Ach, wären doch nur all ihre Vorahnungen so erfreuliche.

Am nächsten Morgen gingen alle drei, Mr Jones mit der Vermessungskarte in der Hand, über unberührtes Land, wo schon bald anstelle der ursprünglichen Vegetation Straßen und Häuser sein würden.

»Wie schwer es doch ist, sich vorzustellen, dass hier einmal eine Stadt sein wird«, sagte Mrs Stoner. »Was meinen Sie, Mr Jones, wie lange wird es dauern, bis aus dieser Ansammlung von Holzhütten eine lebhafte Gemeinde wird?«

»Nun, wo das Land zum Verkauf freigegeben wurde, werden die Leute anfangen zu bauen. Innerhalb von einem Jahr wird hier eine ansehnliche Stadt stehen. In zehn Jahren ist Echuca bestimmt größer als Bendigo. Durch die Raddampfer und den Schiffshandel werden überall am Murray neue Städte entstehen.«

»Fortschritt«, murmelte Mrs Stoner. »Was für großartige Möglichkeiten dieses Land doch bietet. Junge Leute wie Sie, Selena, und Ihr junger Mann können sich auf eine wunderbare Zukunft freuen.«

Mr Jones stimmte ihr zu. »Sehr gut gesagt, Mrs Stoner. Ich hoffe, dass ich noch lange genug lebe, um zu sehen, wie sich der Wohlstand am Murray River und seinen noch nicht gebauten Städten ausbreitet.«

Selena lächelte. »Sie werden beide an dieser wunderbaren Zukunft teilhaben.«

»Sie scheinen sich da sehr sicher zu sein.« Mr Jones sah sie launig an.

»Das bin ich«, antwortete Selena. Dann ging sie weiter und ließ die beiden Älteren zurück, die sich verwundert anblickten. Sie dachten bestimmt, dass sie ihnen nur schmeicheln wollte. Sie wussten noch nicht, dass sie gemeinsam erleben würden, wie sich Echuca zu einer regen Hafenstadt am Murray entwickelte.

Der Kauf ihres Stücks Lands war bereits abgeschlossen, bevor Mr Jones mehrere Grundstücke auf seinen Namen erwarb. Selena und Mrs Stoner begaben sich sofort auf ihr Grundstück und entschieden, wo genau das Gästehaus stehen sollte.

»Damals, daheim in England«, schwelgte Mrs Stoner in Erinnerungen, »habe ich Blumen gezüchtet. Narzissen, Rosen, Vergissmeinnicht, Goldlack. Oh, so viele verschiedene Sorten. Ich hatte immer frische Blumen im Haus. Wenn wir das Haus ein Stück von der Straße entfernt bauen, könnten wir einen hübschen Vorgarten anlegen. Dann sieht alles gleich viel freundlicher aus.«

»Vielleicht sollten wir hinter dem Haus einen Gemüsegarten anlegen. Ein paar Legehennen wären sicher auch eine gute Investition.«

Mrs Stoner seufzte glücklich. »Gott muss es gut mit mir gemeint haben, als er Sie mir geschickt hat, Selena.«

»Ich glaube, er hat es sogar noch besser gemeint, als er uns Mr Jones geschickt hat. Ohne ihn hätten wir nichts von dem Landverkauf erfahren. Außerdem hat er angeboten, Bauarbeiter für uns zu suchen und sich um die Bestellung des ganzen Materials zu kümmern.«

»Er ist ein sehr hilfsbereiter Mensch.«

Und Sie haben verräterisch rote Bäckchen, Mrs Stoner, dachte Selena und lächelte. »Wir haben noch gar nicht darüber gesprochen, wo wir die Möbel kaufen wollen.«

»Ich hab schon ein wenig darüber nachgedacht. Wir könnten sie vielleicht per Post in Melbourne bestellen.«

»Können wir denn dann sicher sein, dass wir genau das bekommen, was wir wollen?«

Mrs Stoner runzelte leicht besorgt die Stirn. »Das weiß ich wirklich nicht.«

Selena hatte plötzlich eine Idee und schrie so laut auf, dass Mrs Stoner zusammenzuckte.

»Ich habe ein ganz wunderbare Idee, Mrs Stoner. Wir sollten nach Melbourne fahren und dort alles selber aussuchen.«

»Meinen Sie wirklich? Müssen wir denn nicht die Bauarbeiten überwachen?«

»Wir verstehen beide nichts vom Hausbau, Mrs Stoner. Mr Jones hat angeboten, sich für uns um alles zu kümmern. Ihn werden die Arbeiter sicher eher respektieren als zwei ahnungslose Frauen. Lassen Sie uns doch nach Melbourne fahren. Ich bin ganz versessen darauf.«

»Ich bin mit allem einverstanden, meine Liebe. Aber wir sollten erst noch mit Mr Jones reden.«

Mr Jones begrüßte ihren Vorschlag sehr. »Ich habe vor, nach Bendigo zu fahren. Dort finde ich bestimmt geeignete Männer, die bereit sind, die unsichere Goldsuche für eine regelmäßige Arbeit aufzugeben. Allerdings würde ich Sie vorher gerne sicher nach Melbourne geleiten. Wenn ich Ihnen einen Vorschlag machen darf: Warum versuchen Sie nicht erst einmal, ob Sie die Möbel, die Sie brauchen, nicht auch in Bendigo bekommen können? Dann haben Sie sie viel schneller, als wenn sie von Melbourne hierhergeschickt werden müssen.«

»Ja«, sagte Mrs Stoner, »da haben Sie recht. Was halten Sie davon, Selena?«

»Das ist eine gute Idee. Die Menge Möbel, die wir brauchen, muss mit Ochsenkarren transportiert werden, und das kann sehr lange dauern. Wenn wir in Bendigo kaufen, würde das die Lieferzeit vermutlich um ein paar Wochen verkürzen.«

»Ganz meine Meinung, Miss Selena. Sie können in Bendigo auf meine Unterstützung rechnen, wenn Sie Ihre Möbel kaufen und die Transportkosten aushandeln.«

»Sie sind zu freundlich, Mr Jones.«

»Keine Ursache, Mrs Stoner. Die Postkutsche kommt morgen in Echuca an und fährt abends wieder ab. Wären Sie dann abfahrtbereit?«

»Das schaffen wir«, antwortete Selena. »Mr Jones, halten Sie mich bitte nicht für undankbar, aber es ist wirklich nicht nötig, dass Sie uns bis nach Melbourne begleiten. Mein Bruder lebt in der Nähe von Creswick, das ist bei Ballarat. Er würde mir niemals verzeihen, wenn ich nach Melbourne fahre, ohne ihn zu besuchen.« Sie lächelte reumütig. »Er muss wissen, dass es mir gut geht.«

»Wie Sie wünschen, Miss Trevannick«, sagte Mr Jones. »Doch denken Sie bitte daran« – dabei sah er Mrs Stoner an –, »dass ich Ihnen immer zu Diensten stehe, wenn Sie mich brauchen.«

Als die beiden Frauen später allein waren, stellte Mrs Stoner Selena die Frage, die dringend eine Antwort erforderte.

»Was ist denn mit Ihrem jungen Mann, Selena? Was wird er denken, wenn er zurückkommt und Sie sind nicht da?«

»Ich werde bei Mr Jones einen Brief für Will hinterlegen.« Sie fragte sich, ob etwas an der Redensart daran war, dass die Liebe mit der Entfernung wächst. Würde Will sie mehr zu schätzen wissen, wenn sie nicht ständig in seiner Nähe war?

Am späten Freitagnachmittag setzte die Postkutsche Mrs Stoner und Selena in Creswick ab. Nach ausgiebigen Diskussionen während der Fahrt hatte Mr Jones eine Liste des erforderlichen Mobiliars erstellt. Außerdem hatte er vorgeschlagen, Dinge wie

Tische, Stühle und Betten in Echuca anfertigen zu lassen, wenn er geeignete Schreiner fand, so dass man nur noch ausgefallenere Sachen wie Kommoden, Anrichten und Sessel schicken lassen musste. Da er erneut angeboten hatte, die Käufe zu tätigen und alles für die Damen zu organisieren, waren sie nur über Nacht in Bendigo geblieben.

In Creswick führte Selena Mrs Stoner in den Laden von Mr Henry.

»Guten Tag, Mr Henry.«

Der Ladeninhaber kam hinter der Theke hervor, um sie zu begrüßen. »Miss Trevannick, nicht wahr? Wie geht es Ihrem Vater, dem Captain? Und Ihrem Bruder Selwyn? Sind die beiden immer noch auf Goldsuche?«

»Äh … nein. Der Ruf des Meeres war zu stark.« Mrs Stoner sah sie verwundert an. Nun würde sie ihr die Sache mit ihrem Alter Ego Selwyn erklären müssen. Die arme Frau fragte sich bestimmt, wie viele »Brüder« sie noch aus dem Hut zaubern würde. »Wissen Sie jemanden, der uns nach Langsdale bringen könnte? Oder der Mr Trevannick ausrichten könnte, dass er uns abholen möge?«

»Trevannick erwartet Sie nicht?«

»Wir haben uns ganz kurzfristig für diese Reise entschieden. Ein Brief wäre mit derselben Kutsche angekommen.«

»Ist das Ihr ganzes Gepäck?«

»Ja.«

»Morgen früh fährt ein Frachtwagen in die Richtung, wenn Ihnen das nicht zu unbequem ist.«

»Das geht nicht, Mr Henry. Wo sollen wir denn diese Nacht schlafen?«

»Im Golden Lily Hotel kann man übernachten.«

»Nein danke.« Hatte das zu unhöflich geklungen?

»Ach, so schlecht ist es doch nicht.«

»Wenn es sich nicht erheblich verbessert hat, ist es auch nicht gut«, entgegnete sie.

Mr Henry wirkte leicht verlegen. »Nun ja, es ist wohl nicht besonders geeignet für Damen. Ich schicke den Jungen jemanden suchen, der Ihnen vielleicht helfen kann. Hier« – er rückte ihnen zwei Stühle zurecht –, »setzen Sie sich doch. Während Sie warten, mögen Sie doch bestimmt 'ne Tasse Tee.«

»Oh ja, sehr gerne«, sagte Mrs Stoner.

»Ich bin gleich wieder da, meine Damen. Machen Sie es sich bequem.«

Selena kam Mrs Stoner zuvor, sobald sie allein waren. »Sie haben sich bestimmt über meinen Bruder Selwyn gewundert, den ich noch nie erwähnt habe. Das konnte ich auch nicht, weil er nämlich gar nicht existiert.«

Mrs Stoner gelang es, sich ihr Befremden nicht allzu sehr anmerken zu lassen. »Aber wenn er doch nicht existiert, wieso hat der Ladeninhaber Sie dann nach ihm gefragt?«

Selena kicherte, weil sie sich daran erinnerte, wie sie sich damals, als sie wieder angefangen hatte Kleider zu tragen, beinah selbst verraten hätte. »Entschuldigung, Mrs Stoner, mir ist nur gerade was Lustiges eingefallen.« Selena senkte die Stimme, da der Ladeninhaber gerade mit einem Tablett mit zwei Tassen Tee, Milch und Zucker zurückkam. »Ich erklär Ihnen das später.«

Zwei Goldgräber kamen in den Laden. Mr Henry stellte das Tablett auf ein Fass mit eingelegten Heringen. »Bitte sehr, meine Damen. Nehmen Sie sich Milch und Zucker. Ich habe Kundschaft.«

Es kamen immer mehr Kunden in den Laden, so dass die beiden Frauen für sich blieben. Nachdem sie ihren Tee getrunken hatte, ging Selena auf die überdachte Veranda vor dem Laden. Als sie ein Pferdefuhrwerk die Straße entlangkommen sah, musste sie zurück an die Zeit denken, wo sie sehnsüchtig darauf gewartet hatte, dass Will nach Ballarat kommen würde. Sie fragte sich, wo Will im Augenblick sein mochte und wie oft er wohl an sie dachte. Es war alles nicht ganz so gelaufen, wie sie es geplant hatte. Sie war ihrem Herzen gefolgt und nicht ihrem Verstand, ihrem Verlangen und nicht ihrer Intuition. Die Zeit war wohl noch nicht reif für sie und Will.

Das Fuhrwerk hielt vor dem Laden an. Der Fahrer war ein junger Mann, offenbar nicht viel älter als sie. Er hatte karottenrotes Haar, helle sommersprossige Haut und ehrliche blaue Augen. Selena hatte schon sehr früh erkannt, dass die Augen stets den wahren Charakter eines Menschen verrieten. Sie waren tatsächlich das Fenster zur Seele.

»'n Abend, Miss«, sprach der Bursche sie an. »Sind Sie die Dame, die nach Langsdale will?«

»Eine davon. Wir sind zu zweit.«

»Mein Name ist Joe Wright. Ich kann Sie dorthin bringen. Kostet Sie auch nicht allzu viel.«

»Ich bin bereit, ein Pfund zu zahlen.«

Er bekam ganz große Augen und riss den Mund auf. Selena merkte, dass sie viel zu viel angeboten hatte. Sie zog ein wenig die Schultern hoch. »Ich möchte so schnell wie möglich nach Langsdale. Kennen Sie den Weg?«

Der Junge nickte. »Hab vor ein paar Wochen ein bisschen für Mr Trevannick gearbeitet.«

»Das ist gut. Können wir sofort losfahren?«

»Sobald Sie und Ihr Gepäck im Wagen sind.«

»Es kommt mir beinahe vor, als wäre ich nie fort gewesen«, bemerkte Selena, als sie sich der Farm näherten. »Ich hab das Gefühl, als wäre ich gestern noch hier gewesen.«

»Wie lange waren Sie denn weg?«, fragte Joe Wright.

»Etwas über vier Wochen.«

»Sie waren oben in Bendigo, nicht wahr?«

»Unter anderem.« Selenas Ton machte ihm deutlich, dass sie sich nicht über persönliche Dinge unterhalten wollte.

Hinter einer Kurve war plötzlich die Farm zu sehen. Ihr Herzklopfen verriet Selena, wie sehr sie alle vermisst hatte. Sie wurde immer aufgeregter, je mehr sie sich dem Haus näherten. Als sie Con über den Hof gehen sah, bat sie Joe, das Pferd anzuhalten. Die Röcke weit höher geschürzt, als es der Anstand erlaubte, sprang sie vom Wagen und landete locker auf beiden Füßen. Dann rannte sie mit immer noch gerafften Röcken los, bis sie sie schließlich loslassen musste, um sich ihrem Bruder in die Arme zu werfen.

»Oh, Con, ich hab dich ja so vermisst. Du meine Güte, ich weine ja.«

Con drückte sie an sich und schob sie dann ein Stück von sich. Auf seinem Gesicht wechselten Freude, Erleichterung, Belustigung und Verärgerung einander ab. »Immer noch der gleiche Wildfang, wie ich sehe. Deine Begleiter«, er deutete mit dem Kopf auf das Pferdefuhrwerk, »scheinen ziemlich schockiert zu sein.«

Selena blickte kurz nach hinten, dann sah sie Con mit ihrem schelmischsten Grinsen an und legte den Kopf zur Seite. »Kann ich dich immer noch schockieren, lieber Bruder?«

»Nein. Was aber auch gut so ist, denn ich fürchte, du wirst dich nie ändern.«

»Ändern in was? In ein langweiliges verzärteltes Wesen, das Angst vor seinem eigenen Schatten hat?«

Con lachte schallend. »Gott bewahre! Ich würde es nur gern sehen, wenn du etwas weniger ungestüm wärst. Du hättest doch warten können, bis du im Haus bist, um mich zu begrüßen.«

»Ich war viel zu aufgeregt, um zu warten. Als ich dich gesehen habe, wurde mir klar, wie sehr ich dich vermisst hab, ohne es zu merken. Ich hab dir so viel zu erzählen.«

»Ich hoffe, du erzählst mir entweder, dass du bald heiraten wirst, oder dass du vernünftig geworden bis und nach Hause zurückkehrst.«

»Keins von beidem. Bitte keine Vorträge, Con. Du wirst über meine Neuigkeiten erfreut sein. Die betreffen übrigens auch meine Begleiterin Mrs Stoner.«

Joe Wright hatte Pferd und Wagen vor den Eingangsstufen zum Haus angehalten und half nun Mrs Stoner beim Aussteigen.

»'n Abend, Mr Trevannick«, sagte er, als Con und Selena auf ihn zukamen. »Hab Ihnen zwei Überraschungsgäste gebracht.«

»Danke, dass du sie sicher abgeliefert hast, Joe.«

»Gern geschehen. Darf ich in der Küche 'nen Happen essen und 'ne Tasse trinken, bevor ich zurück nach Creswick fahre? Ich stell erst nur rasch das Gepäck von den Damen auf die Veranda.«

»Sag Mrs Clancy, sie soll dir geben, was du willst.«

»Danke, Joe«, sagte Selena. »Con, das ist Mrs Stoner, bei der ich in Echuca logiere. Mrs Stoner, darf ich Ihnen meinen Bruder Con Trevannick vorstellen.«

»Ich freue mich, endlich Selenas Bruder kennenzulernen« – mit Betonung auf ›Bruder‹. Selena musste ein Kichern unterdrücken. Zum Glück bemerkte Con nichts davon, sonst hätte sie noch mehr Erklärungen liefern müssen.

»Es ist mir auch eine Freude, Ma'am. Kommen Sie doch bitte herein, dann stelle ich Ihnen meine Frau vor. Sie sind uns willkommen, so lange Sie bleiben möchten.«

»Danke, Sir. Wir werden Ihnen nicht länger als ein bis zwei Nächte zur Last fallen. Hat Selena Ihnen bereits gesagt, dass wir auf dem Weg nach Melbourne sind?«

Con sah seine Schwester fragend an. »Nein, hat sie nicht.«

»Oje.« Mrs Stoner war plötzlich verlegen. »Hab ich etwas Falsches gesagt, Selena?«

»Natürlich nicht. Dass wir nach Melbourne fahren, ist ja nur nebensächlich. Die Hauptsache werden wir ihm nachher erzählen.«

In diesem Augenblick kam Meggan auf die Veranda. Selena sprang die Stufen hinauf und umarmte sie genauso innig, wie sie ihren Bruder umarmt hatte.

Ihre Schwägerin erwiderte die Umarmung. »Das ist ja eine Überraschung, Selena. Du hättest uns benachrichtigen sollen. Dann hätte Con euch in Creswick abgeholt.«

»Wir haben uns ganz kurzfristig für diese Reise entschieden. Ein Brief wäre mit derselben Kutsche angekommen. Meggan, das ist Mrs Stoner aus Echuca.«

Die Frauen begrüßten sich. Meggans Blick wanderte zu Joe Wrights Fuhrwerk hinüber. »Ist Will nicht bei dir?«

»Will weiß nicht einmal, dass ich hier bin.« Selena war so aufgeregt, wieder zu Hause zu sein, dass sie gar nicht bedachte, wie ihre Worte auf Meggan wirken mussten, bis diese bestürzt ausrief: »Ist was passiert? Geht es Will gut?«

»Nein, Meggan – ich meine, nein, es ist nichts passiert. Will geht es, soweit ich weiß, sehr gut. Können wir jetzt bitte reingehen. Ich würde mich gerne ein bisschen frischmachen, und Mrs Stoner bestimmt auch.«

Meggan wandte sich der älteren Frau zu. »Verzeihen Sie, Mrs Stoner. Ich war so überrascht über Selenas plötzliches Auftauchen, dass ich meine guten Manieren vergessen habe. Kommen Sie doch bitte herein. Sie sind uns herzlich willkommen.«

Sie zeigte Mrs Stoner ihr Zimmer, und diese nahm gern Meggans Vorschlag an, sich vor dem Abendessen noch etwas auszuruhen. »Wir essen erst spät zu Abend, da die Männer häufig bis nach Einbruch der Dunkelheit arbeiten. Ich schicke gleich das Mädchen mit warmem Wasser hoch.«

»Mädchen?«, fragte Selena, als sie mit Meggan zu ihrem Zimmer ging. »Habt ihr jetzt ein Hausmädchen?«

»Seit zwei Wochen haben wir eine junge Aborigine. Sie hilft Mrs Clancy in der Küche und erledigt die Hausarbeit. Wir nennen sie Ruby, und sie ist tatsächlich ein wahres Juwel. Also, Selena, erzählst du mir jetzt, was mit Will los ist? Du hast gesagt, er weiß nicht, dass du hier bist. Ist irgendetwas zwischen euch vorgefallen?«

»Du brauchst dir keine Sorgen zu machen, Meggan. Will begleitet eine Familie – Mutter, Sohn und Tochter – den Murray entlang zur Farm des Vaters. Mrs Stoner und ich haben uns zu dieser Reise nach Melbourne entschlossen, nachdem er bereits Echuca verlassen hatte.«

»Was wird er denn denken, wenn er zurückkommt und feststellt, dass du nicht da bist?«

»Ich habe einen Brief für ihn hinterlassen, also weiß er, wo ich bin, falls er als Erster zurück nach Echuca kommt.«

»Habt ihr – hat er – mal über eine Heirat gesprochen.«

Selena war auf diese unvermeidliche Frage vorbereitet und hatte eine Antwort parat. »Wir haben darüber gesprochen. Will ist noch nicht bereit zu heiraten. Er trauert noch zu sehr um Jenny.«

»Das tun wir alle«, antwortete Meggan mit tränenfeuchten Augen. »Aber wir können noch so viel trauern und Tränen vergießen, das wird sie uns nicht zurückbringen. Wie lange bist du bereit, auf eine Heirat zu warten, Selena?«

»Ich warte so lange wie nötig. Ich werde nie aufhören, ihn zu lieben, Meggan.«

Meggan drückte Selena voller Mitgefühl die Hände. »Ich mache mir Sorgen um euch beide. Ihr habt mehr durchmachen müssen, als irgendein Mensch sollte.«

»Wir reden nicht über die Vergangenheit.« Bis auf das eine Mal, als der unvermittelte Ausbruch ihrer Gefühle von Leidenschaft erstickt wurde. Und würden sie noch einmal über die Vergangenheit reden müssen, damit die Geister endlich zur Ruhe kamen, bevor sie gemeinsam eine Zukunft aufbauen konnten?

Selena entzog ihre Hände dem Griff ihrer Schwägerin und lenkte das Gespräch in eine andere Richtung. »Ist Jane noch hier?«

Meggan schüttelte den Kopf. »Kurz nachdem du uns verlassen hast, ist Jane wieder nach Südaustralien gegangen, nach Riverview. Mrs Winton erwartet ein Kind und hat Jane gebeten, zu ihnen zurückzukommen.«

»Etty muss Darcy sehr vermissen. Die beiden Frechdachse waren doch unzertrennlich. Weißt du noch, was die uns für einen Schreck eingejagt haben, als sie auf Streifzug gegangen sind und sich verlaufen haben? Joshua Winton hat sie zurückgebracht.«

»Das war vermutlich die einzige anständige Tat, die Joshua in seinem ganzen Leben getan hat. Die Wintons sind so gute und großzügige Menschen. Welches Ehepaar würde schon ein Aborigine-Mädchen bei sich aufnehmen und wie eine eigene Tochter aufziehen, so wie sie es mit Jane getan haben? So einen Sohn wie Joshua haben sie nicht verdient, und sie hatten es auch nicht verdient, Adam zu verlieren.«

»Nein.« Selenas Miene verdüsterte sich. »Will fühlt sich immer noch für Adams Tod verantwortlich. Seine Schuldgefühle sind genauso tief wie seine Trauer. Adam ist nur aus Freundschaft zu Will in Eureka geblieben.

Meggan ergriff wieder Selenas Hände. »Du musst ihm helfen, Selena. Ich kenne meinen Bruder. Ich habe Angst um ihn, wenn er es nicht bald schafft, sich aus seiner Verzweiflung zu befreien.«

Selena drückte ihrer Schwägerin beruhigend die Hände. »Ich kenne Will ebenfalls, Meggan. Was glaubst du, warum ich ihm gefolgt bin, als er Langsdale verlassen hat? Er brauchte mich, und ich glaube, das wusste er auch, sonst hätte er mich nämlich fortgeschickt.«

»Trotz der Tragödien, die er in seinem Leben durchgemacht hat, bin ich der Meinung, dass mein Bruder sich dir gegenüber selbstsüchtig verhalten hat, Selena. Con macht sich große Sorgen über deine Situation. Er war furchtbar wütend, als er festgestellt hat, dass du Will hinterhergeritten bist. Ich habe ihn nur mit größter Mühe davon abhalten können, dich sofort nach Hause zurückzuholen. Schließlich hat er sich meiner ›weiblichen Intuition‹ gefügt.« Ein sanftes Lächeln strich über ihre Lippen. »Con hat jeden Tag auf die Nachricht gehofft, dass ihr geheiratet habt, und ich muss gestehen, das habe ich auch. Glaubst du wirklich, dass mein Bruder dich heiraten wird, Selena?«

»Solange er sich nicht von seinen Dämonen befreit, wird Will weder mich noch eine andere Frau heiraten. Ich bin bereit zu warten und werde immer für ihn da sein, wenn er mich braucht.«

Meggan seufzte sorgenvoll. »Liebste Selena, in dieser Sache stimme ich völlig mit Con überein. Bis Will bereit ist, dich zu seiner Frau zu machen, musst du hier bei deiner Familie wohnen. Fahr mit Mrs Stoner nach Melbourne, Liebes, aber komm dann zurück nach Langsdale und bleib bei uns.«

»Soll das ein Ultimatum sein?« Selena spürte, wie sich ihr rebellisches Gemüt regte.

»Vielleicht. Wenn du nicht freiwillig nach Hause kommst, wird Con sicher eine Möglichkeit finden, dich zu zwingen. Nein, sag nichts, Selena. Con liebt dich, so wie wir alle. Wir möchten, dass du in Sicherheit und glücklich bist.«

»Das bin ich doch.« Auch wenn dies nicht ganz der Wahrheit entsprach, sollte ihre Familie es doch zumindest glauben. »Wo ist Con? Es wird Zeit, dass ich euch beiden meine große Neuigkeit erzähle. Dann werdet ihr sehen, dass ihr keinen Grund habt, euch Sorgen um mich zu machen.«

Con saß an seinem Schreibtisch und ging die Geschäftsbücher von Langsdale durch. Er blickte auf, als seine Frau mit seiner Halbschwester das große Wohnzimmer betrat.

»Also, Selena«, fragte er und klappte seine Bücher zu, »wirst du nun hier bleiben?«

»Nein, das werde ich nicht. Warte, Con, bis du gehört hast, was ich dir zu sagen habe.«

Con verzog das Gesicht. »Werde ich davon noch mehr graue Haare bekommen?«

»Du hast doch noch gar keine«, sagte Selena belustigt.

»Das hab ich aber nicht dir und deinen Eskapaden zu verdanken, liebe Schwester. Also, was ist das denn nun für eine so ungeheuer wichtige Neuigkeit?«

Der erwartungsvollen Miene ihres Bruders war anzusehen, dass er darauf hoffte, sie würde Heiratspläne bekannt geben. Stattdessen überraschte sie die beiden mit der Frage: »Was haltet ihr von Mrs Stoner?«

»Mrs Stoner hat also etwas mit deiner Neuigkeit zu tun.« Con sah Selena immer noch erwartungsvoll an.

»Du hast meine Frage nicht beantwortet. Was haltet ihr von Mrs Stoner?«, wiederholte sie.

»Sie scheint eine anständige Frau zu sein.«

»Wir kennen Sie noch zu kurz, um uns eine verlässliche Meinung zu bilden«, fügte Meggan hinzu. »Doch mein erster Eindruck ist positiv.«

»Ich hoffe, dass ihr sie schätzen lernt, denn Mrs Stoner und ich bauen zusammen ein Gästehaus.«

»Was!!?«

»Schrei nicht so, Darling«, schalt Meggan, doch sie wirkte ebenso entsetzt wie ihr Mann.

Cons wütender Aufschrei nahm Selena ein wenig von ihrer Zuversicht. »Ein Gästehaus, Con. Ein Haus, wo …«

»Ich weiß, was ein Gästehaus ist, Selena. Wann hast du dir denn diese verrückte Idee in den Kopf gesetzt?«

»Es gibt keinen Grund, so sarkastisch zu sein, Con. Das ist keine verrückte Idee. Und wenn du mich nicht ausreden lässt, fahre ich morgen früh weiter, ohne dir überhaupt etwas zu erklären.«

»Wenn unser Vater hier wäre, er würde …«

»Mich ermutigen, das zu tun, was ich will«, blaffte Selena. »Du kannst einen richtig wütend machen, Con.«

Meggan schritt ein. »Du hast Selena vor den Kopf gestoßen, Con. Wir sollten uns erst mal in Ruhe Selenas Pläne anhören. Dann kannst du immer noch deine Meinung dazu sagen.«

Con setzte sich auf das Sofa. Meggan setzte sich neben ihn und nahm seine Hand. Er schenkte ihr ein schiefes Lächeln. »Du brauchst mich nicht festzuhalten. Ich werde meiner Schwester nicht den Hintern versohlen, obwohl sie das sicher verdient hat.« Selena streckte ihrem Bruder die Zunge heraus. Seine Mundwinkel zuckten. »Ich verspreche, dass ich nichts mehr sage, Selena, bis du uns alles erzählt hast.«

Selena setzte sich auf einen Stuhl ihnen gegenüber. »Das ist nicht irgendein hirnverbrannter Plan, der mir plötzlich in den Kopf gekommen ist. Mrs Stoner und ich haben alles sorgfältig durchdacht. Ich erzähle euch jetzt, wie wir darauf gekommen sind.«

Sie begann ihre Geschichte an dem Tag, als Will die Familie Jordan getroffen hatte. Während sie über den Entwurf des Hauses und den Kauf des Grundstücks sprach, wurde sie immer lebhafter. Sie bemerkte, dass Con zweimal dazwischenreden wollte, jedoch den Mund hielt, als Meggan seine Hand drückte. Als sie ihre Geschichte zu Ende erzählt hatte, lehnte sie sich zufrieden zurück.

»Und jetzt fahren wir nach Melbourne, um Wäsche, Geschirr

und so weiter zu kaufen. Mr Jones hat uns versprochen, dass das Haus fast fertig sein wird, wenn wir zurückkommen.«

»Also?«, fragte sie, als sie nur auf Schweigen stieß. »Seid ihr damit einverstanden oder nicht?«

»Würde es eine Rolle spielen wenn nicht?«

»Ja, das würde es«, antwortete sie ganz ernsthaft. »Ich möchte euer Einverständnis, Con, deins und Meggans. Und wenn das Haus fertig ist, möchte ich, dass ihr unsere allerersten Gäste seid. Meggan«, appellierte sie an ihre Schwägerin, »was hältst du von unseren Plänen?«

»Ich glaube, das könnte ganz gut gehen. In Echuca besteht sicherlich Bedarf für ein Gästehaus.«

»Du hast mich überrascht, Selena«, sagte Con. »Du hast tatsächlich alles durchdacht und nicht wie sonst ganz impulsiv gehandelt.« Er stand auf und nahm sie brüderlich in den Arm. »Bau du ruhig dein Gästehaus, liebe Schwester. Aber ich werde dich im Auge behalten. Wenn ich irgendwann Grund zur Sorge sehe, entweder was deine persönliche Sicherheit angeht oder deine finanzielle Situation, werde ich eingreifen.«

»Ich weiß, dass du immer für mich da sein wirst.« Sie küsste ihn auf die Stirn. »Hab ich dir jemals gesagt, wie froh ich bin, dass du mein Bruder bist?«

Con hatte noch weitere Fragen. Meggan ließ die beiden alleine und ging die Kinder holen. »Tante Lena«, kreischte Etty. Dann rannte sie quer durch den Raum, kletterte Selena auf den Schoß und umarmte ihre Tante stürmisch.

Selena löste lachend die Arme des kleinen Mädchens von ihrem Hals. »Du musst langsam lernen, Selena zu sagen, Schätzchen. Tante Selena.«

Etty kniff ihr Gesicht zusammen und schob die Unterlippe vor. »Darcy ist fort, Tante S'lena.«

»Ich weiß, Liebes.«

»Ich hab keinen zum Spielen.«

»Du kannst doch mit Ruan spielen.«

»Ruan ist nur ein Baby.«

»Bald ist er so groß, dass er mit dir rumlaufen kann. Und jetzt hüpf runter, Süße, damit ich dein Brüderchen knuddeln kann.«

Sie stellte Etty auf den Boden, dann stand sie auf, um Ruan aus den Armen seiner Mutter zu nehmen. »Meine Güte, ist der im letzten Monat gewachsen. So ein schwerer kleiner Junge.«

Ruan gluckste fröhlich. Selena kicherte. »Wenn ich ihm sagen würde, was für ein schrecklicher kleiner Junge er ist, würde er sich bestimmt immer noch freuen, solange ich das in freundlichem Ton sage. Kann ich ihn mit zu Mrs Clancy nehmen, Meggan? Ich möchte sie gerne begrüßen. Und Etty auch?«

»Aber natürlich.«

Mit Ruan auf der Hüfte und Etty an der Hand ging Selena hinten aus dem Haus und überquerte den kopfsteingepflasterten Hof zur Küche. Mrs Clancy begrüßte sie herzlich und nahm dann Ruan auf den Arm. Etty kletterte auf die Bank am Tisch und wollte Kuchen haben.

»Jetzt nicht, Miss Etty, du bekommst gleich dein Abendessen.« Etty schmollte zwar, quengelte aber nicht weiter. Sie wusste inzwischen, wann man Mrs Clancy etwas abschwatzen konnte und wann man ihr gehorchen musste. Stattdessen beugte sie sich über den Tisch und malte mit dem Finger auf der Platte herum.

Agnes und ihr amerikanischer Ehemann Larry Benedict waren ebenfalls in der Küche. Selenas Blick wanderte unwillkürlich zu dem Baby, das Agnes im Arm hielt. Mit seinen zarten Gesichtszügen und dem blonden Haar sah es wie eine Puppe aus. Kaum zu glauben, dass dieses süße, unschuldige Wesen die Tochter eines Vergewaltigers und Mörders war.

»Geht es der kleinen Louisa gut?«, fragte Selena.

Agnes betrachtete liebevoll das schlafende Gesicht. »Louisa ist ein sehr braves Baby. Sie schreit ganz selten und wacht nur einmal in der Nacht auf. Ich hab sie so lieb gewonnen, als wäre sie meine eigene Tochter.«

Vielleicht weil dem Baby das gleiche Blut in den Adern floss wie ihr, dachte Selena, das Blut von Agnes' Bruder Tom Roberts. Doch darüber sprach niemand. Louisa würde in dem Glauben aufwachsen, dass Agnes und Larry ihre wahren Eltern waren.

»Was für Abenteuer haben Sie denn erlebt, Miss Selena, seit wir uns das letzte Mal gesehen haben?«, fragte Larry.

Selena lachte. »Nichts Dramatisches, Larry.«

»Tragen Sie immer noch diese Spielzeugpistole mit sich herum?«

Den kleinen Revolver mit dem Perlmuttgriff hatte Con ihr zum vorletzten Weihnachtsfest geschenkt. Damals waren die Familien Collins und Trevannick zum ersten Mal alle zusammen und glücklich gewesen. Und zum letzten Mal. Es würde nie wieder ein so unbeschwertes Weihnachten geben. Nicht ganz ein Jahr später hatte der kleine Revolver zwei tödliche Schüsse abgegeben.

»Ja, ich trage den Revolver immer noch bei mir, wenn ich auf Reisen bin. Ich hoffe nur, dass ich ihn nie benutzen muss.«

Larry fluchte und entschuldigte sich sofort für die unbesonnene Frage. »Das war sehr taktlos von mir, Miss Selena. Ich hatte es ganz vergessen.«

Selena nahm seine Entschuldigung mit einem Nicken an. »Ich wäre ja so froh, wenn alle es vergessen würden. Ich bemühe mich jedenfalls, nicht daran zu denken.« Dann wechselte sie das Thema.

»Ich bin auf dem Weg nach Melbourne, Agnes. Soll ich dir irgendwas von dort mitbringen? Oder Ihnen, Mrs Clancy? Brauchen Sie irgendwas?«

Beide Frauen hatten Wünsche. Agnes wollte Babykleidung. Mrs Clancy sagte, sie brauche ein paar persönliche Bekleidungsstücke, und gab mit einem Blick in Richtung Larry zu verstehen, dass sie Selena die Einzelheiten sagen würde, wenn kein Mann in der Nähe war. Larry grinste Mrs Clancy an und rührte sich nicht von der Stelle. Er genoss das harmlose Vergnügen, die Köchin zu hänseln.

»Ihr könnt mir beide morgen früh eure Einkaufslisten geben. Con bringt uns morgen Nachmittag nach Ballarat, und dort steigen wir in die Kutsche nach Melbourne.«

So war es zumindest geplant, bis um Mitternacht ein Gewitter aufkam und es dann vier Tage lang heftig regnete. An eine Fahrt im offenen Wagen über eine Straße, die an vielen Stellen Sumpf sein mochte, war überhaupt nicht zu denken. Statt einer Nacht, wie sie ursprünglich vorgehabt hatte, blieb Selena nun eine ganze Woche bei ihrem Bruder.

Sie stellte fest, dass ihr die Verzögerung nicht viel ausmachte, musste sich sogar eingestehen, dass sie es genoss, wieder bei ihrer Familie zu sein. Mrs Stoner freundete sich mit Mrs Clancy an und verbrachte viel Zeit in der Küche. Die beiden tauschten Rezepte aus und sprachen über Themen, für die sich Frauen ihrer Generation interessierten. Als das Wetter wieder aufklarte und die Straßen trocken genug waren, um aufzubrechen, hatte Mrs Stoner eine lange Liste von Dingen, die sie für Mrs Clancy besorgen sollte.

4

Annabelle stand im Ruderhaus der *River Maid* und beobachtete schweigend, wie die Flusslandschaft vorbeizog. Hal, der ab und an zu ihr hinüberblickte, fragte sich, woran sie wohl denken mochte. Die Trauer um ihre Eltern, die sie sicher empfand, war ihr nicht anzumerken. Plötzlich drehte sie den Kopf und erwischte ihn dabei, wie er sie beobachtete.

»An einem Tag wie heute auf dem Fluss, einen besseren Ort gibt es nicht auf der Welt«, sagte er.

Ein vages Lächeln war ihre einzige Reaktion, bevor sie den Blick dem linken Ufer zuwandte. Hal konzentrierte sich wieder auf den Fluss. In diesem Abschnitt lagen zahlreiche abgestorbene Bäume im Wasser. Auf dem Weg den Murray hinunter hätten sie beinah einen gerammt. Wenn eins der riesigen Schaufelräder zu beiden Seiten des Schiffes auf einen unter Wasser liegenden Baum traf, hätte das katastrophale Folgen. Im günstigsten Fall wäre die *Maid* fahruntüchtig, bis sie wieder repariert war. Im schlimmsten Fall würde sie sinken.

George kannte die Gefahren auf diesem Abschnitt ebenfalls. Er hielt den Druck auf dem Dampfkessel niedrig, damit die großen Schaufelräder sich langsam drehten, während die *Maid*, von Hals geschickten Händen gelenkt, sicher die Gefahrenstellen passierte. Als sie wieder in tiefem, klarem Wasser waren, lehnte er sich aus dem Fenster des Ruderhauses und brüllte nach unten zu George.

»Alles klar, du kannst wieder Dampf machen.«

»Gebongt, Mr Collins«, kam Freddys Antwort.

»Du sollst doch Hal sagen.«

»Ja, Mr Collins – ich meine Hal.«

Hal lachte still in sich hinein und bemerkte, dass Annabelle ebenfalls lächelte. Er stellte fest, dass er ihr Lächeln mochte.

»Das Schicksal geht oft seltsame Wege«, sagte sie.

»Wie meinen Sie das?«

»Ich glaube nicht, dass irgendwer Freddy jemals wieder vom Fluss wegbekommt. Er scheint für dieses Leben geboren zu sein.«

»Da könnten Sie recht haben. Meine Schwester Meggan glaubt fest an das Wirken des Schicksals.«

»Glauben Sie an Schicksal?« Sie starrte wieder auf die Landschaft, doch er nahm an, dass sie nur die Bilder sah, die in ihrem Kopf waren.

»Ich glaube, dass wir unser Leben selbst bestimmen. Und wenn wir Glück haben, treffen wir die richtigen Entscheidungen.«

»Und wenn man nicht die richtige Entscheidung trifft?« Sie schaute ihn wieder an.

Hal sah ihr direkt in die Augen. »Dann kann man sich entweder in Selbstmitleid ergehen oder versuchen, etwas zu ändern.«

Annabelle nickte zustimmend, schwieg aber noch einige Sekunden. »Haben Sie schon mal eine falsche Entscheidung getroffen?«

»Einmal«, antwortete Hal.

»War es eine sehr schlechte Entscheidung?«

»Ganz schlecht. Ich war damals jung und töricht und habe mich von jemandem verleiten lassen, den ich für einen Freund hielt.«

»Was haben Sie getan?«

»Unter anderem das Geld verspielt, das wir für die Fahrt zu den Goldfeldern gespart hatten.« Er stieß einen tiefen Seufzer aus. »Ich habe Will noch nie so wütend erlebt. Ich glaube, er hätte mich am liebsten den ganzen Weg von Adelaide bis Ballarat ausgepeitscht.«

»Erzählen Sie mir mehr über Ihren Bruder.«

»Über Will? Was gibt es da zu erzählen? Sie haben doch mehrere Tage in seiner Gesellschaft verbracht.«

»Er hat nie über sich gesprochen. Er hat nicht mal über seine Familie geredet, außer dass er uns erzählt hat, dass Sie ein Schiff haben. Und ich glaube, das hat er nur gesagt, weil Freddy ständig etwas über die Raddampfer wissen wollte. Könnte es sein, dass es im Leben Ihres Bruders eine große Tragödie gegeben hat?«

Er musterte sie kurz. »Wie kommen Sie darauf?«

Annabelle zuckte mit den Schultern. »Nennen Sie es weibliche Intuition. Ich habe aber recht, nicht wahr?«

Hal betrachtete stirnrunzelnd den Fluss, bevor er antwortete. »Ja, Sie haben recht, aber ich werde es Ihnen nicht erzählen. Will würde es mir wohl kaum danken.«

Annabelle akzeptierte das schweigend. »Dann erzählen Sie mir doch etwas über Ihre Familie. Sie kommen ursprünglich aus Cornwall, nicht wahr?«

»Wir sind schon echte Cornwaller.« Hal lachte. »Ich spreche nur nicht mehr so.«

»Wann sind Sie nach Australien gegangen?«

»1847. Ich war damals erst vierzehn und Tommy zwölf. Unsere Schwester Meggan war fünfzehn und Will neunzehn. Wie lange her mir das schon vorkommt. Sieben Jahre, nein fast acht. Wir alle haben in diesen Jahren so viel erlebt.«

»Und in welchem Teil Australiens waren Sie zuerst?«

»Südaustralien. Um diese Zeit sind sehr viele Bergleute aus Cornwall nach Australien ausgewandert. In Südaustralien gab es mehrere große Kupferminen, die sehr viel bessere Löhne und Arbeitsbedingungen boten, als sich Bergarbeiter in Cornwall erhoffen konnten. Wir haben in der Monster Mine in Burra gearbeitet. Unsere Familie war immer im Kupferbergbau tätig.«

»Sieht es in Südaustralien genauso aus wie hier in Victoria?«

»Manche Gegenden sind ähnlich. Doch nichts ist so wie die Gegend um Burra. Flache abgerundete Hügel und keine Bäume. Im Sommer war es glühend heiß und im Winter bitterkalt. Ma hat Burra gehasst. Seit sie wieder in Cornwall lebt, ist sie viel glücklicher.«

»Wann sind Ihre Eltern zurück nach Cornwall gegangen?«

»Nur Ma ist zurückgegangen. Und Vater ist bei einer Minenexplosion ums Leben gekommen, nachdem wir drei Burra bereits verlassen hatten und auf den Goldfeldern waren.«

»Oh, das tut mir leid.«

Hal betrachtete Annabelle erneut. Er sah, dass seine Antwort sie betroffen gemacht hatte.

»Die Arbeit im Bergbau war immer schon gefährlich. Jedem Bergarbeiter ist klar, dass sein Leben unter Tage enden kann.«

»Ich stelle viel zu viele Fragen. Sie halten mich bestimmt für aufdringlich.«

»Überhaupt nicht. Ist doch ganz normal, dass man sich über die Familie unterhält. Als in Victoria Gold gefunden wurde, wollte Will ebenfalls auf Goldsuche gehen. Tommy und ich haben ihn überredet, uns mitzunehmen. Wir waren in Ballarat ganz erfolgreich. Für mich hat es gereicht, um die *River Maid* wieder herzurichten.«

»Sie haben einen jüngeren Bruder erwähnt. Wo ist der?«

»Tommy ist in Ballarat geblieben. Er hat sein Talent für Sattlerarbeiten entdeckt und die Tochter des Sattlers geheiratet. Jetzt haben er und sein Schwiegervater die größte und beste Sattlerei in Ballarat.«

»Und was ist mit Ihrer Schwester?«

»Ach, Meggan. Meggan lässt sich kaum mit Worten beschreiben. Sie ist außergewöhnlich schön und kann wunderbar singen. In Adelaide war sie eine ziemlich bekannte Sängerin. Wenn sie weitergemacht hätte, hätte ihr vielleicht irgendwann die Welt zu Füßen gelegen.«

»Und warum hat sie nicht weitergemacht?«

»Sie hat alles für die Liebe geopfert.«

»Oh, wie romantisch.«

»Frauen finden das vermutlich so.«

»Und Männer nicht?«

Hal zuckte mit den Schultern. »Manche Männer vielleicht schon. Doch nach meiner Erfahrung macht die Liebe das Leben nur komplizierter.«

»Aber jeder Mensch braucht doch Liebe?«

»Ich nicht. Ich habe mein Schiff und meinen Fluss. Mehr brauche ich nicht.« Weil es keinen Sinn hat, an ein Mädchen zu denken, das nur Augen für Will hat.

»Nun müssen Sie mir aber auch etwas über sich erzählen, Annabelle.«

Sie hatten bald begonnen, sich mit Vornamen anzureden. Hal legte keinen Wert auf Förmlichkeiten, und Annabelle Jordan hatte erklärt, wenn Freddy seinen Chef »Hal« nannte, würde sie das auch tun.

»Ich bin in ganz normalen Verhältnissen aufgewachsen. Wir waren weder arm noch reich. Wir hatten eine Frau, die täglich kam und beim Saubermachen und mit der Wäsche half. Sonst hatten wir keine Dienstboten. Meine Mutter hat all unsere Mahlzeiten gekocht, bis ich alt genug war, es selber zu lernen. Zuerst hab ich ihr nur geholfen, später habe ich dann meistens gekocht.«

»Sie sind eine gute Köchin. Was Sie gestern Abend mit wenigen Mitteln zubereitet haben, war einfach köstlich.«

»Danke. Ich würde mich gerne für Ihre Freundlichkeit meinem Bruder und mir gegenüber revanchieren, indem ich das Kochen übernehme, solange ich auf der *Maid* bin.«

Hal lachte. »Da haben bestimmt weder George noch ich etwas dagegen. Was hat Ihr Vater in England beruflich gemacht, wenn die Frage nicht zu schmerzlich für Sie ist.

»Er hatte eine Bäckerei«, Annabelle lächelte Hal an, »deshalb weiß ich auch, wie man das allerbeste Brot bäckt. Leider hat er sich immer wieder irgendwelche abenteuerlichen Pläne ausgedacht, wie er viel Geld verdienen könnte. Einige davon waren leidlich erfolgreich, doch die meisten Projekte sind überhaupt nicht zustande gekommen. Dann hatte er eine großartige Idee – er hat uns aber nie gesagt, was das war. Er hat uns auch nie gesagt, dass er eine Menge Geld brauchte, um diese Idee in die Tat umzusetzen. Es gelang ihm, einige Geschäftsleute zu überreden, in die Sache zu investieren. Dann ging irgendetwas schief. Das Projekt scheiterte. Alle Investoren haben ihr Geld verloren. Obwohl man meinen Vater nicht persönlich verantwortlich machen konnte, erhielt er Morddrohungen und kam zu dem Schluss, dass er in England nicht mehr sicher war. Die Gerichtsvollzieher kamen, und die Bäckerei und unser Haus wurden verkauft, damit die Investoren zumindest eine gewisse Entschädigung erhielten. Mein Vater verließ England still und heimlich und wanderte nach Australien aus. Mutter, Freddy und ich sind in eine kleine Wohnung gezogen. Das ist jetzt fast drei Jahre her. Wie versprochen, hat mein Vater uns nachkommen lassen, als er glaubte, genug zu haben, um seine Familie ernähren zu können. Und jetzt sind wir hier.«

Hal hörte nach ihren letzten Worten einen leichten Schluchzer und sah Annabelle an. Sie starrte wieder auf das Ufer. Zweifellos dachte sie an den Tod ihrer Eltern und an ihre eigene Situation.

»Die letzten Tage waren sehr schwer für Sie und Ihren Bruder, Annabelle, doch jetzt haben Sie Freunde. George und ich werden uns um Freddy kümmern. Ich glaube, George hat Ihren Bruder ins Herz geschlossen. Er hat mir mal erzählt, er würde in seinem Leben nur eines bedauern, nämlich dass er keinen Sohn hat. Ich habe das Gefühl, dass Freddy diese Lücke füllen wird. Sobald wir in Echuca sind, werden wir auch für Sie eine sichere Bleibe finden, ganz gleich was Sie tun möchten.«

»Danke.« Sie seufzte aus tiefstem Herzen. »Vielleicht gibt es ja tatsächlich so etwas wie Schicksal. Ich glaube nicht, dass unser ursprünglicher Begleiter so hilfsbereit gewesen wäre. Ich nehme an, der hätte uns einfach nur mit unserem Gepäck abgesetzt und wäre verschwunden, ohne nachzusehen, ob alles in Ordnung ist. An dem Tag, als dieser Mann uns am Campaspe River im Stich gelassen hat, müssen wir einen Schutzengel gehabt haben. Sonst wären Freddy und ich jetzt vielleicht ganz allein auf der Farm und wüssten nicht, was wir tun sollten oder woher wir Hilfe bekommen könnten.«

Darauf wusste Hal nichts zu sagen. Dieses schreckliche Szenario hatte er sich auch bereits ausgemalt. Der Wasserspiegel des Murray sank immer noch. Mehrere Monate würden keine Schiffe mehr an der Farm vorbeikommen. Wie lange hätten die Geschwister überlebt?

Gegen Mittag ankerte Hal die *River Maid* am niedrigen Nordufer, wo man mühelos eine Planke ans Ufer schieben konnte. Hal, George und Freddy suchten ein Stück vom Schiff entfernt nach einer geeigneten Stelle, um ein natürliches Bedürfnis zu verrichten, und überließen Annabelle die schützenden Büsche näher am Fluss.

Als sie in die Bordküche zurückkehrte, um das Essen vorzubereiten, dachte sie leicht amüsiert darüber nach, wie entsetzlich ihr noch vor kurzer Zeit die Vorstellung gewesen wäre, sich hinter einem Gebüsch erleichtern zu müssen. Jetzt nahm sie das als ganz selbstverständlich hin. In der Küche fand sie nur wenige Vorräte: ein paar Eier, Kartoffeln, Zwiebeln, Mehl, Zucker, Tee und Salz. George hatte zum Abendessen Fisch versprochen. Jetzt zum Mittag machte sie einen Teig aus Kartoffeln, Zwiebeln und Eiern und buk daraus kleine Pfannkuchen. Die waren zwar ganz schmackhaft, doch Annabelle wünschte, sie hätte Fleisch und Gemüse, um eine richtige Mahlzeit kochen zu können. Die Männer beklagten sich jedoch nicht.

Sie saßen auf der Schattenseite des unteren Decks, wo sie auch etwas von der frischen Flussbrise mitbekamen, auch wenn diese nur schwach und sporadisch wehte.

»Wann wird das Wetter denn endlich etwas kühler?«, fragte Annabelle und verscheuchte mit einer Hand Fliegen von ihrem Essen. »Diese Hitze kann doch nicht das ganze Jahr anhalten.«

»Im Winter werden Sie sich nach ein bisschen Wärme sehnen, Miss Jordan«, sagte George.

»Ist es im Winter hier denn sehr kalt? Schneit es? Das kann ich mir bei der Hitze der letzten Wochen gar nicht vorstellen.«

»Oben im Hochland, wo der Murray entspringt, da schneit es«, antwortete Hal. »George hat recht, es kann ganz schön kalt hier werden. Wenn Sie mal in einer Winternacht draußen auf dem Fluss sind, besonders bei Regen, werden Sie sich wünschen, es wäre wieder Sommer.«

»Gibt es denn auch Zeiten, wo es weder zu heiß noch zu kalt ist?«

»Warten Sie mal den Herbst ab«, meinte George. »Da gibt es Tage, da ist man von Herzen froh, einfach nur am Leben zu sein. Ich kann Ihnen dieses Gefühl nicht richtig mit Worten erklären, Miss Annabelle. Sie müssen es selbst erleben.«

Annabelle schenkte ihm ein unbestimmtes Lächeln. »Ich hoffe, das werde ich.« Würde sie im Herbst noch auf dem Fluss sein? Auf der *River Maid* hatte sie das Gefühl, als wäre die Zeit aufgehoben, als befände sie sich an einem unbestimmbaren Ort zwischen Vergangenheit und Zukunft. Im Augenblick konnte sie sich gut vorstellen, dass diese Reise ewig weitergehen würde.

»Egal ob heiß oder kalt, ich kann mich über keinen Tag beklagen«, sagte Hal. »Mein eigenes Schiff und dieser großartige Fluss, was soll man sich sonst noch wünschen?«

»Eine Ladung Fracht, um Geld zu verdienen«, erwiderte George.

»Das ist doch unsere Jungfernfahrt, George. Wir haben die *Maid* erst mal auf Herz und Nieren geprüft und ein Gefühl für den Fluss bekommen. Bei der nächsten Fahrt fangen wir an, Frachten zu befördern.«

»Wann ist denn die nächste Fahrt?«, fragte Freddy, der den anderen zuhörte, während er gleichzeitig beobachtete, wie sein Hund das Ufer erkundete.

»Sobald wir eine Ladung haben.«

»Wo willst du denn die Ladung verstauen? Das Schiff hat doch gar keinen Laderaum.«

»Wir werden die Decks so hoch beladen wie es geht. Das ist erst der Anfang, Freddy. Wenn die Sache richtig losgeht, gibt es keine faulen Tage mehr. Dann arbeiten wir hart von morgens bis abends. Im Augenblick mag es ja nur etwa ein halbes Dutzend Raddampfer auf dem Murray geben, doch so wird das nicht mehr lange bleiben. Je mehr Schiffe hier fahren, umso härter wird der Wettbewerb.«

»Was für Güter wollen Sie denn befördern?«, fragte Annabelle.

»Alles, was ich kriegen kann. Ich nehme an, dass ich die meiste Zeit Wolle von den großen Farmen den Fluss hinunterbefördern werde.«

»Den ganzen Weg bis zur Mündung des Murray?« Freddys Augen leuchteten erwartungsvoll.

George schnaubte verächtlich. »Nicht wenn Hal auf mich hört. Den Lake Alexandrina zu überqueren, ist kein Kinderspiel. Der kann an manchen Tagen so kabbelig sein wie der Ozean. Bei richtig stürmischem Wetter denkt man besser nicht daran, ihn zu befahren.«

»Trotzdem würde ich den See gerne irgendwann mal überqueren«, gab Hal zu. »Doch zunächst habe ich vor, nur bis Mannum zu fahren, Freddy. Mannum ist etwa hundertzwanzig Meilen von Goolwa an der Flussmündung entfernt und etwas weniger über Land von Adelaide.«

»Wenn Sie Wolle den Fluss hinunterbefördern«, fragte Annabelle, »was würden Sie denn auf dem Rückweg mitbringen können?«

»Vorräte für die Farmen. Säcke mit Mehl, Reis und Zucker, Dinge für den Haushalt und landwirtschaftliche Gerätschaften. Alles, was ein Schafzüchter brauchen könnte. Wo gehst du hin, Freddy?«

Freddy war aufgestanden und hatte einen Fuß auf die Planke gesetzt. »Ich kann Blackie nicht mehr sehen. Ich will nicht, dass er sich verläuft.«

»Der verläuft sich nicht«, grummelte George. »Das ist ein kluger Hund. Pass bloß auf, dass du dich nicht selber verläufst. Und wenn du schon nach deinem Hund suchst, dann halt auch gleich mal Ausschau nach gutem Holz. Wir müssen unsere Vorräte aufstocken, bevor wir weiterfahren.«

Freddy trat von der Planke zurück. »Ich nehm eine Axt mit. Wenn ihr die Schläge hört, dann wisst ihr, dass ich ein paar gute Bäume gefunden hab.«

»Mach das, mein Junge, dann kann ich meine alten Knochen noch eine Weile hier im Schatten ausruhen.«

Hal lachte. »Ach, wie gut es uns doch geht.« Er streckte sich auf dem Rücken aus und legte die Hände wie ein Kissen unter seinen Kopf. »Was Will jetzt wohl machen mag?«

Im Fluss wimmelte es von Fischen. Will hatte Lust, sich eine Stelle zu suchen, an der er seine Angelschnur ins Wasser werfen konnte. Ein frisch gefangener Fisch wäre ein schönes Mittagessen für ihn. Sein Pferd brauchte eine Rast, und ihm gefiel die Vorstellung, ein paar Stunden am Fluss zu vertrödeln. Er hatte keine Eile, nach Echuca zurückzukehren. Oder Selena gegenüberzutreten.

Er fand eine Stelle, wo er problemlos mit dem Fuhrwerk zwischen den Bäumen hindurch ans Ufer gelangen konnte. Dort gab es genügend Gras für sein Pferd und Schutz vor der größten Sonnenhitze. Die nur gut einen Meter hohe Böschung fiel bis zum Wasser sanft ab. Der Fluss war an dieser Stelle aber so tief, dass es hier ganz bestimmt Barsche gab.

Will schirrte das Pferd aus und führte es zum Trinken an den Fluss, dann legte er ihm Fußfesseln an und ließ es grasen. Als er sich hinhockte und sich das kühle Wasser ins Gesicht spritzte, bekam er plötzlich Lust zu schwimmen. Im Gegensatz zu Hal, der wie ein Fisch im Wasser schwamm, war er kein sehr guter Schwimmer, doch er fühlte sich sicher genug, um keine Angst vorm Ertrinken zu haben.

Während er seine Hose auszog, musste er über sich selbst lachen, weil er sich umschaute, ob niemand in der Nähe war. Natürlich war niemand da, der ihn nackt sehen würde. Er war meilenweit von jeder menschlichen Behausung entfernt. Zum Schutz vor Ameisen ließ er seine Sachen im Wagen und ging mit vorsichtigen Schritten bis ans Wasser. Da er nie einen Kopfsprung gelernt hatte, sprang er mit den Füßen zuerst hinein und hielt sich dabei die Nase zu, bis er wieder auftauchte.

Wie erfrischend das Wasser war. Will ließ sich noch zweimal unter die Wasseroberfläche sinken, um sich den Staub aus Gesicht und Haaren zu reiben. Dann drehte er sich auf den Rücken, breitete die Arme aus, spreizte die Beine ein wenig und ließ sich treiben. Das konnte er sehr gut. An den Ufern reckten uralte Eukalyptusbäume ihre bleichen Äste in einen Himmel, der beinah unvorstellbar blau und klar war. Der kleine dunkle Fleck dort oben war sicher irgendein Vogel, vielleicht ein Habicht. Er fragte sich, ob seine scharfen Augen ihn so tief hier unten sehen konnten.

Als er allmählich spürte, wie die Sonne auf seinem Gesicht brannte, drehte er sich um und schwamm ans Ufer zurück. Hinauszukommen war nicht so einfach wie hineinzuspringen. Bei den ersten beiden Versuchen rutschte er zurück ins Wasser, bis er Halt an einer unter Wasser liegenden Baumwurzel fand. Während er in seiner ganzen bleichen Nacktheit hinauskletterte, hörte er plötzlich Stimmen und fuhr erschrocken zum gegenüberliegenden Ufer herum. Durch die hastige Bewegung plumpste er zurück ins Wasser.

Als er prustend wieder hochkam, da er vor Schreck vergessen hatte, die Luft anzuhalten und den Mund zu schließen, sah er eine kleine Gruppe Aborigines, die ihn von der anderen Seite des Flusses beobachteten und sich krümmten vor Lachen. Will winkte ihnen grinsend zu, schwamm zurück zu der Baumwurzel und schaffte es, ohne weitere Missgeschicke aus dem Wasser zu klettern. Kehlig klingende Stimmen und erneutes Gelächter begleiteten ihn auf dem Weg durch die Bäume zurück zum Wagen. Zweifellos amüsierten sie sich über seine weiße Haut. Ohne sich die Mühe zu machen, sich abzutrocknen, zog er sich an. Die Hitze würde ihn trocknen, noch bevor er seine Angelschnur präpariert hatte.

Die Gruppe der Aborigines saß bereits beim Angeln. Sie

winkten und riefen, als Will seine Schnur in den Fluss warf. Wie schade, dachte Will, dass er ihre Sprache nicht verstand und sie höchstwahrscheinlich kein Wort Englisch konnten. Ihre Freundlichkeit erinnerte ihn an die Aborigines, die ihnen geholfen hatten, als Tommy sich auf dem Weg nach Ballarat das Bein gebrochen hatte. Dank der Buschmedizin der weisen alten Frau hinkte Tommy nur wenig. Ohne ihre Hilfe wäre er wohl zum Krüppel geworden. Vielleicht sollte man versuchen, etwas von der Sprache der Aborigines zu lernen. Solche Gedanken gingen ihm durch den Kopf, während er darauf wartete, dass ein Fisch anbiss.

Als er als Erster einen ansehnlichen Barsch aus dem Fluss zog, jubelten die Aborigines ihm zu. Will bedankte sich mit einem Winken, stand auf und ging zum Wagen zurück. Ein Fisch reichte für eine Mahlzeit. Er fand eine Stelle, an der kaum Gras wuchs, und säuberte sie noch etwas, damit er gefahrlos ein Feuer entzünden konnte. Er kannte die natürlichen Gegebenheiten im Busch gut genug, um zu wissen, dass ein einziger verirrter Funke einen ganzen Landstrich in Brand setzen konnte. Ohne den Fisch zu schuppen oder auszunehmen legte er ihn einfach aufs Feuer. Die Innereien würden beim Braten schrumpfen. Die schwarze Haut ließ sich anschließend leicht abziehen, so dass das saftige Fleisch zum Vorschein kam, das er von den Gräten zupfte und mit den Fingern aß. Als er erneut ans Wasser ging, um seinen Kessel zu füllen, sah er, dass die Aborigines ebenfalls ihre Fänge brieten und aßen.

Nachdem Hunger und Durst gestillt waren, rollte er seine Decke unter dem Wagen aus, wo der Schatten am kühlsten war. Er würde sich eine Weile ausruhen und erst im Laufe des Nachmittags weiterfahren.

Als er aufwachte, war er sich nicht sicher, wann genau er eingeschlafen war. Er wusste, dass er über Dinge nachgedacht hatte, die er besser vergessen sollte. Lass die Vergangenheit hinter dir, rieten ihm alle, nimm dein Leben in die Hand. Es war einfach, solche Ratschläge zu geben, viel schwerer war es, sie zu befolgen.

Er stellte fest, dass die Aborigine-Gruppe nicht mehr am gegenüberliegenden Ufer war. Er war wieder ganz alleine, und es wurde Zeit, sich auf den Weg zu machen. Während er das Pferd vor den Wagen spannte, fragte er sich, was zum Teufel er mit Selena machen sollte. Warum hatte er nur zugelassen, dass sie mit ihm kam? Weil, gab er sich selbst die Antwort, er das Leben nicht mehr für lebenswert gehalten hatte, bis er die Augen geöffnet und sie vor sich gesehen hatte. In diesem Moment hatte er geglaubt, sie wäre seine Rettung.

Nun fühlte er sich so schuldig, wie man sich nur fühlen konnte. In den wenigen Wochen, in denen sie zusammen gereist waren, hatte er ihre Gesellschaft genossen. Er mochte sie sehr gerne. Und immer würde er sich daran erinnern, wie heftig und stürmisch sie sich vereinigt hatten – sich geliebt hatten wollte er es nicht nennen. Er wusste, dass Selena es ebenfalls genossen hatte. Seine Schuldgefühle rührten von dem Bedürfnis her, wieder allein zu sein, um tun und lassen zu können, was er wollte. Hatte er sich also Selena gegenüber wie ein Schweinehund verhalten? Er machte sich große Sorgen, dass er sie geschwängert haben könnte. In dem Fall würde er sie sofort heiraten, denn mit dieser Schande konnte er sie nicht sitzenlassen. Abgesehen davon, dass Con ihn dann sicher am liebsten umbringen würde. Allerdings hatte er das Gefühl, dass sie seinen Heiratsantrag auch durchaus ablehnen könnte, wenn sie ihn für nicht aufrichtig hielt. Das Leben war ein fürchterlicher Schlamassel. Solch sorgenvolle Gedanken beschäftigten ihn den ganzen Nachmittag.

Kurz vor Sonnenuntergang bog er noch einmal von der Straße zum Fluss ab. Die *River Maid* war nirgends zu sehen. Auch das

Tuckern ihrer Maschine konnte er nicht hören. Hal war entweder schon viel weiter oder noch ein ganzes Stück zurück. Will machte sich deswegen keine Gedanken. Vermutlich würden sie sich am nächsten Tag irgendwo treffen. Es war ihm ganz recht, dass er die Nacht allein verbringen musste. Er hatte viel nachzudenken.

Und diese Gedanken, die ihm immer wieder im Kopf herumgingen, ohne dass er eine Lösung fand, hielten ihn noch lange wach, nachdem er das Feuer für die Nacht gelöscht hatte. Als der Schlaf ihn schließlich übermannte, hörte er nichts mehr von den nächtlichen Geräuschen um ihn herum. Beim rauen Gelächter eines Kookaburra kurz vor Morgengrauen rührte er sich kaum, auch nicht beim morgendlichen Chor der Vögel. Er wurde erst richtig wach, als die Sonne, die schräg unter den Wagen fiel, sein Gesicht erwärmte. Es kam so selten vor, dass er so lange schlief, dass er einen Moment lang völlig orientierungslos war.

Dann kroch er unter dem Wagen hervor, bewegte den Rücken, ließ die Schultern kreisen und reckte die Arme über den Kopf, um seine steifen Muskeln zu lockern. Er fühlte sich unbeschwerter und klarer im Kopf. Da er zu keiner Lösung seiner Probleme gelangt war, musste es wohl daran liegen, dass er viel erschöpfter gewesen war, als er geglaubt hatte, und einen tiefen Schlaf nötig gehabt hatte.

Am Ufer wusch er sich das Gesicht und fuhr sich mit den nassen Fingern durch die Haare. Dann füllte er seinen Kessel mit Wasser und wollte gerade das Feuer wieder anzünden, als er in der Ferne das Pfeifen der *River Maid* hörte. Gleich darauf vernahm er auch das gleichmäßige Tuckern ihrer Maschine. Nun zündete Will das Feuer doch noch nicht an. Er wollte den Tee zusammen mit seinem Bruder trinken.

Stattdessen ging er ein Stück am Ufer entlang, bis er um die nächste Flussbiegung sehen konnte. Die *Maid* tuckerte langsam vor sich hin, ein idyllisches Bild auf dem stillen Fluss. Die großen

Eukalyptusbäume warfen ihre Schatten auf den Bug des Schiffes, das noch zu weit entfernt war, um die Leute an Bord erkennen zu können. Also blieb Will stehen und beobachtete, wie die *Maid* allmählich näher kam. Dabei dachte er nicht an Selena, sondern an Annabelle Jordan. Diese Frau hatte den Charakter einer echten Pionierin. Sie hatte sich nicht von dem Schock über den Tod ihrer Eltern überwältigen lassen. Sie verdrängte ihre Trauer und sah ihrer plötzlich so ungewissen Zukunft gelassen entgegen. Annabelle hatte eine innere Stärke, die er bewunderte. Wenn Selena nicht wäre, hätte er sich zu ihr hingezogen fühlen können.

Ein weiteres Pfeifen der *Maid* signalisierte Will, dass man ihn gesehen hatte. Hal lehnte sich aus dem Ruderhausfenster und winkte. Will hob ebenfalls den Arm. Dann sah er, dass auch Annabelle im Ruderhaus war, und es kam ihm der Gedanke, dass sie eine gute Ehefrau für seinen Bruder abgeben würde. Darüber musste er leise lachen. Wurde er jetzt etwa zum Heiratsvermittler?

Eine halbe Stunde später war er an Bord der *Maid* und trank Tee, den Annabelle in der Kombüse gekocht hatte. Freddy hielt seinen Becher mit fettverschmierten Händen, und sein Gesicht glühte, was jedoch nichts mit der Hitze im Maschinenraum zu tun hatte.

Will grinste den Jungen an. »Es gefällt dir also auf der *Maid*.«

»Ja, Mr Collins. Jetzt weiß ich, dass ich, selbst wenn mein Vater noch leben würde, in jedem Fall auf einem Raddampfer arbeiten wollte. Die *Maid* fühlt sich an, als wäre sie lebendig, und die Maschine ist ihr Herz. Wenn man sich gut um ihr Herz kümmert, tut sie für einen alles, was man will.«

Will und Hal sahen sich leicht amüsiert an, doch als Hal sprach, stellte Will fest, dass sie aus unterschiedlichen Gründen amüsiert waren.

»Genau das ist die *River Maid* auch für mich. Ein lebendiges Wesen. Sie ist meine Liebe und mein Leben. Ich kann mir kaum vorstellen, dass ich jemals anders als auf dem Fluss gelebt habe. Du bist genauso, Freddy. Wir beide werden den Murray niemals verlassen. Eines Tages hast du bestimmt deinen eigenen Raddampfer.«

»Vorher muss ich aber noch eine Menge lernen.« Doch der Junge war vor Freude rot geworden.

»Wir lernen zusammen. Der Murray ist ein mächtiger Fluss, aber er ist launisch und verändert sich ständig. Man weiß nie, was einen hinter dem nächsten Bogen erwartet, und dieser Fluss hat viele Bögen.«

»Wie lang ist der Fluss eigentlich?«, fragte Annabelle.

»Ich glaube, ungefähr anderthalbtausend Meilen von der Quelle bis zum Meer. Der Fluss bildet die Grenze zwischen New South Wales und Victoria, dann durchquert er Südaustralien und fließt in den Südlichen Ozean. Auf dem Weg nach Mannum werden wir viel von diesem Land sehen.« Er wandte sich an seinen Bruder. »Hast du nicht Lust mitzukommen?«

»Wohin?«

»Nach Südaustralien. Wir könnten in Riverview anlegen und die Wintons besuchen.«

»Nein.« Will stand abrupt auf. »Ich geh jetzt zu meinem Wagen zurück. Auf Wiedersehen, Miss Jordan, Freddy. Wiedersehen, George. Wenn wir uns nicht noch mal treffen, sehen wir uns in Echuca.«

Hal stand ebenfalls auf, um seinen Bruder bis zur Planke zu begleiten, die von Bord führte. Bevor sie sich voneinander verabschiedeten, entschuldigte sich Will für seinen abrupten Aufbruch.

»Tut mir leid, Hal. Du hast da einen wunden Punkt berührt. Ich kann Adams Eltern nicht besuchen. Ich muss irgendwie lernen zu vergessen, wie er gestorben ist.«

»Ich habe den Vorschlag nicht leichtfertig gemacht, Will. Ich glaube, dass die Wintons dich gerne sehen würden, weil du in Eureka dabei warst.«

»Ich möchte bezweifeln, dass es sie trösten würde, mich zu sehen. Mir würde der Anblick ihres Kummers jedenfalls keinen Trost spenden. Wiedersehen, Hal. Pass auf dich auf.«

Gedankenversunken blieb Hal stehen und beobachtete, wie Will zu seinem Pferd ging. Annabelle trat zu ihm.

»Was war das denn gerade, Hal? Ihr Bruder schien über Ihren Vorschlag sehr bestürzt zu sein.«

»Er hat einen guten Grund dafür, Annabelle. Und ich werde es Ihnen nicht erklären.«

Was Annabelle nur noch entschlossener machte, Will Collins' Geheimnis zu ergründen. Sie hatte den Eindruck, dass er dringend eine liebevolle Frau in seinem Leben brauchte. Diese Frau würde Annabelle sehr gerne sein.

Die drückende Hitze an diesem Tag kündigte zwar ein Sommergewitter an, ließ jedoch nichts von dem furchtbaren Sturm und den verheerenden Hagelschauern ahnen, die das Land am späten Nachmittag heimsuchten. Eine Unheil verkündende grünliche Verfärbung der sich zusammenballenden dunklen Wolken sagte Will, was er von dem heraufziehenden Unwetter zu erwarten hatte. Allein schon starker Regen könnte ihm Schwierigkeiten bereiten, da er den grauen Lehm am Flussufer rasch in eine klebrige Masse verwandeln würde. Je mehr Regen fiel, desto tiefer würde der Schlamm. Es konnte gut sein, dass er mehrere Tage festsaß, wenn er nicht bereit war, sein Fuhrwerk stehen zu lassen.

Der zu erwartende Hagel bereitete ihm aber noch größere Sorgen. Er selbst könnte zwar einigermaßen Schutz unter dem Wagen finden, doch sein armes Pferd wäre dem Hagel schonungslos ausgeliefert. Da absolut keine Chance bestand, dem Unwetter zu entgehen, überlegte Will, ob er unter freiem Himmel bleiben oder den Schutz der riesigen Eukalyptusbäume aufsuchen sollte. Da er wusste, dass von diesen Bäumen schwere und möglicherweise tödliche Äste herabfallen konnten, war ihm diese Zuflucht nicht so ganz geheuer. Doch es war bereits ziemlich dunkel geworden.

Sein Instinkt sagte Will, dass es ein schlimmes Unwetter werden würde. Ein riesiger Blitz, der in diesem Augenblick auf der anderen Seite des Flusses aufflammte und senkrecht in die Erde zu fahren schien, veranlasste ihn, das Fuhrwerk auf die Bäume zu zu lenken. Vielleicht traf er damit eine verhängnisvolle Entscheidung, doch er wollte nicht riskieren, bei derartigen Blitzen unter freiem Himmel zu sein. Kaum hatte er den nächstgelegenen Eukalyptusbaum erreicht, brachen Sturm und Regen mit einem Ungestüm los, als hätten sich die Tore der Hölle geöffnet. Das grünliche Licht verstärkte das Gefühl von Unwirklichkeit.

Rasch spannte Will sein Pferd aus. Er legte ihm keine Fußfesseln an, weil er hoffte, dass es instinktiv Schutz vor dem Sturm finden würde, auch wenn er dann vermutlich den halben nächsten Tag damit verbringen müsste, nach dem Tier zu suchen. Als ihn ein faustgroßes Stück Hagel am Kopf traf, versuchte er, sich mit ein paar Sätzen auf der dem Wind abgekehrten Seite des Baumes in Sicherheit zu bringen. Doch mittlerweile war der Sturm so heftig, dass er von allen Seiten tobte. Will stellte sich mit dem Gesicht zum Baumstamm, damit der Regen und der Hagel ihn nur am Rücken trafen.

Weil die Schmerzen von den Hagelkörnern so stark waren, kauerte er sich auf den Boden, um ein möglichst kleines Ziel für den Hagel abzugeben. Da stellte er fest, dass er in einen großen Hohlraum im Baumstamm blickte, der wunderbarerweise trocken war. Mit einem lautlosen Dankgebet auf den Lippen kroch

Will in den Baum. Dann sprach er ein zweites Gebet, dass der uralte ausgehöhlte Eukalyptusbaum die Kraft haben möge, dem heftigen Wind standzuhalten. Irgendwo in der Nähe hörte er, wie ein Baum mit lautem Krachen umstürzte. Der ungeheure Lärm von Wind, Hagel und Regen, vermischt mit anderen unbestimmbaren Geräuschen, ließ Will daran zweifeln, dass sein Pferd überleben würde.

Zugleich machte Will sich große Sorgen darüber, wie es Hal auf dem Fluss ergehen mochte.

Plötzlich durchlief ihn ein Schauder. Ihm wurde allmählich kalt, weil die Temperatur seit Beginn des Sturms stark gefallen war. Auf seinem Kopf bildete sich an der Stelle, wo ihn das Hagelkorn getroffen hatte, eine empfindliche Beule. Nur sein Hut hatte ihn vor einer klaffenden Wunde oder Schlimmerem bewahrt. Will zog die Knie an und legte die Arme um sich. Ihm blieb nichts anderes übrig, als zu warten, bis der Sturm vorüber war.

Die *River Maid* erwies sich als äußerst stabil. Hal hatte an einer Böschung geankert, die das Ruderhaus um gut einen Meter überragte, um einen gewissen Schutz vor dem Wind zu haben. Vor dem Regen und dem Hagel gab es jedoch keinen Schutz. Die vier Menschen an Bord hatten zusammen mit Blackie Unterschlupf in der Kombüse gesucht. Sie saßen im Dunkeln, weil es zu gefährlich war, eine Öllampe anzuzünden.

Annabelle sprach den Gedanken aus, der Hal durch den Kopf ging. »Ob Will irgendwo in Sicherheit ist?«

»Will ist ein vernünftiger Mensch. Er wird irgendeine Möglichkeit gefunden haben, sich zu schützen.« Doch in seiner Stimme schwang Zweifel mit. Bei einem Unwetter wie diesem konnte nur ein Wunder Will retten.

»Meinen Sie, er ist vor oder hinter uns?«

»Er ist vermutlich ein ganzes Stück vor uns, Annabelle.«

»Ich hoffe nur, dass er in Sicherheit ist.«

Die Inbrunst in ihrer Stimme ließ Hal aufhorchen. Er betrachtete sie genauer, auch wenn ihr Gesichtsausdruck in der Dunkelheit kaum zu erkennen war. Daher weht also der Wind, dachte er. Ob Will von Annabelles Gefühlen wusste? Sie hatten einige Tage zusammen verbracht. Ob Will Annabelle ebenfalls mochte? Wenn Will etwas für Annabelle empfand, was hatte er dann mit Selena vor? Hal versank in tiefes Nachdenken, so dass er nur halb mitbekam, wie George Freddy und seine Schwester mit Geschichten aus seinem Leben in den Kolonien unterhielt.

In weniger als einer Stunde war der Sturm vorüber, Wind, Regen und Hagel setzten ihren zerstörerischen Kurs Richtung Nordosten fort. Hal und George verließen als Erste die Küche und befahlen Annabelle und Freddy zu bleiben, wo sie waren, bis die Männer festgestellt hatten, ob noch irgendeine Gefahr drohte. Abgesehen von einem Teppich aus Blättern und Zweigen auf dem klatschnassen Deck war die *Maid* wunderbarerweise unbeschädigt geblieben. Hal rief die anderen heraus.

Es war wieder hell geworden, und die Strahlen der untergehenden Sonne färbten alles, was sie berührten, golden. Ein doppelter Regenbogen wölbte sich über dem Fluss. Die Vögel fingen wieder an zu singen. Zwei große Kängurus hüpften oben am Ufer entlang. Irgendwo in der Nähe lachte ein Kookaburra. Die Natur war nach dem Sturm von einer ganz eigenen Schönheit. Wäre das ständige Tropfen von den Blättern der Bäume nicht gewesen, hätte man meinen können, das tosende Unwetter habe gar nicht stattgefunden.

Als Will seinen Unterschlupf verließ, hatte er keinen Sinn für die Schönheiten der Natur. Der Regenbogen und die vom Regen rein gewaschene und in goldenes Licht getauchte Vegetation konnten nicht über die immensen Zerstörungen hinwegtäuschen. Bäume waren entwurzelt worden, und der Boden war übersät mit abgebrochenen Ästen. Ein großer Ast von dem Baum, in den er gekrochen war, war mitten durch den Wagen gekracht. Der Anblick ließ Will innehalten. Ihm wurde schlagartig klar, dass er jetzt tot wäre, hätte er unter dem Wagen Schutz gesucht statt in dem hohlen Baum.

Als er über sich ein lautes Knacken hörte, sprang er rasch von dem Baum weg. Falls noch mehr Äste herunterkamen, wollte er keinen auf den Kopf kriegen. Dann begann er vorsichtig, wobei er immer wieder nach oben blickte und auf verdächtiges Knacken lauschte, seinen Wagen zu untersuchen. Er konnte nur wenig aus dem Wrack retten. Selbst sein Gewehr war zertrümmert. Er konnte nur hoffen, dass es seinem Pferd besser ergangen war, wo auch immer es sein mochte.

Solange es noch hell war, suchte Will nach dem Pferd, was dadurch erschwert wurde, dass er überall durch klebrigen Matsch laufen musste. Schon nach wenigen Schritten klebte so viel Schlamm an seinen Stiefeln, dass er die Füße kaum noch hochbekam. Immer wieder musste er stehen bleiben, um sich die Stiefel mit einem Stock abzukratzen. Der Regenbogen verschwand, und goldenes Licht breitete sich am Himmel aus. Der Sonnenuntergang, musste er zugeben, war fantastisch, auch wenn er in diesem Moment lieber sein Pferd gesehen hätte. In zwei Stunden würde es völlig dunkel sein. Will lachte zynisch auf. Das war nicht gerade die Einsamkeit im Busch, nach der er sich gesehnt hatte.

Nun, wo es langsam dunkel wurde, würde er sein Pferd vielleicht nie mehr finden. Das Tier konnte in wilder Panik vor dem Sturm wer weiß wohin gelaufen sein, falls es überhaupt noch am Leben war. Mit mutlos hängenden Schultern kehrte Will zu seinem zerstörten Wagen zurück. Der Baum würde ihm erneut als

Unterschlupf für die Nacht dienen müssen. Wenn er genügend nicht allzu nasses Holz fand, könnte er sich vielleicht sogar ein Feuer anzünden.

Als er die Überreste seines Wagens noch einmal und etwas gründlicher untersuchte, stellte er fest, dass seine Axt heil geblieben und der Teekessel nur leicht verbeult war. Außerdem fand er einige feuchte Teeblätter und seine Angelschnur. Also würde er heute Abend zumindest etwas zu essen haben und einen Becher Tee, um sich aufzuwärmen. Mit der Axt spaltete er einen Stamm, um an das trockene Holz im Inneren heranzukommen. Schon bald loderte sein Feuer munter. Als die Sterne am Himmel standen, hatte er eine schöne Glut, auf die er zwei mittelgroße Brassen legte.

Als die Fische gar waren, legte er sie auf den Blechteller, den er zusammen mit seinem Trinkbecher gefunden hatte, und fachte das Feuer wieder an. Beim Essen versuchte er, sich ein Bild von seiner Situation zu machen. Er war gestrandet, das war ihm klar. Wenn sein Pferd nicht von sich aus zurückkam, saß er hier fest, bis entweder auf der Straße oder auf dem Fluss jemand vorbeikam. Hoffentlich würde das nicht allzu lange dauern. Doch mit ein bisschen Glück würde er die *Maid* schon am nächsten Tag wiedersehen. Vorausgesetzt, sie hatte den Sturm heil überstanden.

Vom Ruderhaus der *Maid* aus suchten Annabelle und Freddy das Ufer nach irgendwelchen Spuren von Will ab. Hal musste sich ganz darauf konzentrieren, den gefährlichen Hindernissen im Wasser auszuweichen, die der Sturm hinterlassen hatte. Am späten Vormittag konnte Annabelle ihre Unruhe nicht länger verbergen.

»Was machen wir, wenn wir Will nicht sehen?«

»Dann können wir davon ausgehen, dass er in Sicherheit ist

und auf dem Weg zurück nach Echuca. In einem Tag sind wir ebenfalls dort.«

»Wie können wir einfach annehmen, dass er in Sicherheit ist? Das war ein sehr heftiger Sturm. Wenn er nun verletzt ist?«

In der Tat, was dann?, fragte sich Hal. Er wollte Annabelle nicht weiter beunruhigen, indem er zugab, dass er sich selbst große Sorgen machte. Wenn sie seinen Bruder nirgends erblickten und er auch nicht in Echuca war, wenn sie dort ankamen, würde er einen Trupp organisieren, der die Straßen absuchen sollte, während er sofort mit der *Maid* kehrtmachte und wieder zurückfuhr. Die Erinnerung an das furchtbare Ende des Vaters von Annabelle und Freddy kam ihm in den Sinn. Der Gedanke, dass Will bei dem Sturm ums Leben gekommen sein könnte, war schwer genug zu ertragen. Doch bei der Vorstellung, dass er irgendwo ganz allein, verletzt und ohne jede Hilfe wäre, drehte sich Hal der Magen um.

Etwas später bat Annabelle ihn, am Ufer anzulegen. Während die Männer sich problemlos übers Heck erleichtern konnten, zog Annabelle sich lieber auf dem Land in ein Gebüsch zurück, statt den Eimer in ihrer Kabine zu benutzen. Wie immer begleitete Hal sie und blieb dann, während sie ihr Bedürfnis verrichtete, in diskretem Abstand mit dem Rücken zu ihr stehen, gerade nahe genug für den Fall, dass sie in Gefahr geriet. Allerdings war die einzige Gefahr, die ihr drohen könnte, ein Schlangenbiss. Als er ihren Aufschrei hörte, fuhr er herum, das Gewehr im Anschlag. »Was ist los, Annabelle? Eine Schlange?«

»Nein. Sehen Sie mal da.« Annabelle zeigte mit dem Finger. »Ist das nicht Wills Pferd?«

»Das ist Wills Pferd. Ob er …« Hal legte die linke Hand um seinen Mund und stieß den lauten, langgezogenen Buschmannruf aus, der über weite Entfernungen zu hören war. »Kuu-iii!«

Annabelle zuckte erschrocken zusammen, doch dann lauschte sie genauso angestrengt wie Hal auf Antwort. Nur das Pferd reagierte. Es hob den Kopf, drehte die Ohren nach vorn und lief dann in ihre Richtung. Hal stieß den Buschmannruf erneut aus, dann noch ein drittes Mal. Ganz leise kam der Ruf nun von fern zurück.

»Er lebt!« jubelte Annabelle.

Hal grinste. Er war zu froh, um seine Erleichterung zu verbergen. »Vermutlich sitzt er irgendwo gemütlich unter einem Baum, wenn wir ihn finden. Gehen Sie zurück zur *Maid* und sagen Sie George, er soll langsam weiterfahren. Ich nehm das Pferd und reite am Ufer entlang. Vielleicht ist Will vom Fluss aus nicht zu sehen.«

»Wer soll denn das Schiff steuern?«

»Dazu ist George in der Lage. Und Freddy hat bereits genug gelernt, um den Kessel für die kurze Strecke allein zu bedienen.«

Sie hörten wieder ein leises Kuu-iii. Hal antwortete. »Gehen Sie, Annabelle. Vielleicht findet ihr ja Will noch vor mir.«

Annabelle raffte ihre Röcke und lief zur *Maid* zurück.

George begrüßte sie mit den Worten: »Er ist also am Leben. Ich hab gehört, wie er geantwortet hat. Sollen wir hier warten?«

»Hal möchte, dass Sie langsam weiterfahren. Wir haben Wills Pferd gefunden. Hal wird es dorthin bringen, wo auch immer Will … wartet.« Sie hätte beinah gesagt, »wo auch immer Will liegt«, denn sie konnte sich einfach nicht vorstellen, dass er nicht verletzt sein sollte.

»Okay, Freddy, jetzt hast du die Chance zu beweisen, wie gut du dich mit dem Kessel bereits auskennst. Guck mich nicht so entsetzt an, Junge, du weißt doch, was du tun musst. Halt den Druck niedrig, damit wir schön langsam fahren.«

Nachdem Annabelle ihrem Bruder aufmunternd die Schulter gedrückt hatte, eilte sie hinter George her ins Ruderhaus, um erneut am Ufer nach Will Ausschau zu halten.

Als Hal auf das Pferd zuging, stellte er bestürzt fest, dass es auf dem Rücken mehrere Platzwunden vom Hagel hatte. Ob Will ebenfalls verletzt war? Er fasste das Pferd am Zaumzeug, um es zu führen, doch das Tier schien sich nicht bewegen zu wollen. Als es schließlich auf sein Zureden reagierte, stellte Hal fest, dass es lahmte. Mit einem verletzten Pferd würde er nicht schnell vorankommen.

Da das Pferd in diesem Zustand vermutlich nicht weglaufen würde, machte Hal sich alleine auf den Weg. Das Pferd könnten sie später noch holen. Unterwegs stieß er immer wieder den Buschmannruf aus und schätzte an den Antwortrufen ab, wie weit er sich bereits seinem Bruder genähert hatte. Kam Will ihm entgegen? War sein Bruder überhaupt in der Lage zu gehen?

Die *River Maid* tuckerte auf dem Fluss neben Hal her. Ein plötzliches Pfeifen sagte Hal, dass George Will entdeckt hatte. Hal fing an zu laufen. Hundert Meter weiter fand er Will, mit dem Rücken gegen einen Eukalyptusbaum gelehnt sitzend. Mit der rechten Hand hielt er seine linke Schulter, sein Gesicht war bleich und schmerzverzerrt. Er brachte mühsam ein schiefes Grinsen zustande.

»Ich bin so froh, dass du da bist. Ich hab schon geglaubt, ihr wärt vor mir, bis ich vor etwa einer halben Stunde die *Maid* gehört habe.«

Hal kniete sich neben seinen Bruder. »Du bist verletzt.«

Will nickte und zog eine Grimasse. »Den Sturm hab ich überlebt, aber dann bin ich heute Morgen über ein verdammtes Stück Holz gestolpert und hab mir die Schulter ausgerenkt. Gib mir eine Hand und hilf mir hoch, Hal.« Er deutete mit dem Kopf auf den Fluss. »Wie ich sehe, hat dein Schiff überlebt.«

»Wir haben im Windschatten einer hohen Böschung gestanden. Wo hast du Schutz gefunden?«

»Dort drüben in dem dritten Eukalyptusbaum von hier. Der

hat unten im Stamm einen Hohlraum, da war's ganz gemütlich. Der Wagen ist allerdings völlig hinüber. Und mein Pferd ist verschwunden.«

»Dein Pferd haben wir ein Stück von hier entfernt gefunden. Von da hab ich das erste Mal kuu-iii gerufen. Es hat ein paar Platzwunden vom Hagel und lahmt stark.«

»Dann hat das arme Tier wohl keinen Unterschlupf gefunden. Ist es so schlimm, dass wir ihm den Gnadenschuss geben müssen?«

»Ich glaube, mit etwas Ruhe wird das wieder. Komm, ich helf dir hoch.«

Doch als er Will einen Arm um die Taille legte und eine Hand unter den Ellbogen seines gesunden Arms schob, um ihm beim Aufstehen zu helfen, schrie Will auf vor Schmerz. Sofort ließ Hal ihn wieder gegen den Baum sinken.

»Ist es sehr schlimm?«

»Natürlich ist es schlimm. Es tut verdammt weh.«

»Bleib hier. Ich hol George.«

»Ich werd wohl kaum weglaufen«, erwiderte Will, verzweifelt bemüht, einen Scherz zu machen.

Hal lachte. Nicht weil er Wills Antwort besonders komisch fand, sondern weil er sich so erleichtert fühlte, dass seine schlimmsten Befürchtungen nicht eingetreten waren. »Ich beeil mich.«

George hatte die *Maid* mittlerweile ans Ufer manövriert, und Freddy schob gerade die Planke an Land. Annabelle wartete ungeduldig an Deck, dass die Planke endlich stabil genug lag, um an Land zu laufen.

»Ist mit Will alles in Ordnung?« rief sie Hal zu.

»Nur eine ausgerenkte Schulter. George!« George steckte den Kopf aus dem Ruderhaus. »Ich brauch deine Hilfe.«

»Ich hab's schon gehört, Hal. Bin sofort bei dir.«

Die Röcke leicht über die Knöchel gehoben, überquerte Annabelle die Planke so sicher wie ein erfahrener Flussschiffer. Sie lief an Hal vorbei und ließ sich neben Will auf die Knie fallen. Ungeduldig wischte sie die Tränen der Erleichterung weg, die sie nicht unterdrücken konnte.

»Wir haben uns alle solche Sorgen um Sie gemacht. Ich hatte solche Angst, dass Sie schwer verletzt sein könnten«, sie unterdrückte ein weiteres Schluchzen, »oder tot.«

»Sie haben sich wirklich Sorgen gemacht?« Will war so überrascht über diese plötzliche Erkenntnis, dass er für einen Augenblick die Schmerzen in seiner Schulter vergaß.

»Ich habe mir sehr große Sorgen gemacht.«

Aufgelöst wie sie war hätte sie vielleicht noch mehr von ihren Gefühlen preisgegeben, wenn George und Hal nicht in diesem Augenblick gekommen wären. Annabelle machte Anstalten, aufzustehen und sich zurückzuziehen, doch George bat sie zu bleiben, wo sie war.

»Ich hab in meinem Leben schon einige Schultern wieder eingerenkt. Der gute Will wird's bestimmt zu schätzen wissen, wenn Sie seine Hand halten. »Also«, sagte er zu Will. »Das wird jetzt höllisch wehtun. Schade, dass wir keinen Schnaps haben, den wir dir vorher einflößen können.«

»Ich trinke nie Schnaps«, murmelte Will.

»Ich trinke auch nicht viel, aber manchmal tut ein großer Schluck Whisky oder Rum richtig gut. Na schön. Bist du bereit?«

Will nickte und schrie laut auf, als George seinen linken Arm packte. Er spürte, wie ihm der Schweiß auf die Stirn trat und ihm vor Schmerzen übel wurde. Er umklammerte Annabelles Hand und merkte nicht, dass er ihr wehtat.

George drehte den Arm und drückte kräftig dagegen. Alle hörten den Knall, mit dem die Schulter wieder an die richtige

Stelle rutschte. Will wurde schwarz vor Augen. Als er wieder halbwegs klar sehen konnte, merkte er, dass er tatsächlich für mehrere Sekunden bewusstlos gewesen war.

»Geht's wieder?«, fragte George.

Will bewegte die Schulter vorsichtig. Kein brennender Schmerz war mehr zu spüren. »Du bist ein Wundertäter, George.«

»Ich weiß bloß, wie's geht, mehr nicht.«

Hal und George halfen Will auf die Beine. Hal stützte ihn, während er unsicheren Schrittes zum Schiff ging.

Annabelle folgte ihnen. Sie wünschte, sie könnte Wills Arms nehmen und ihm sagen, wie sehr sie ihn liebte. Sie war sich nun sicher, dass ihre Gefühle für Will wahre Liebe waren. Warum sonst hatte sie die Vorstellung, dass Will verletzt oder gar tot sein könnte, so furchtbar geängstigt?

Nachdem Hal die *River Maid* gewendet hatte und sie wieder dort waren, wo sie das Pferd zurückgelassen hatten, fühlte Will sich fast schon wieder fit. Doch die Verletzungen, die sein Pferd erlitten hatte, machten ihm Sorgen. Nach einer genaueren Untersuchung der Wunden und des geschwollenen Fesselgelenks stimmte er jedoch mit Hal überein, dass es nichts Ernstes war und das Pferd nach ein bisschen Ruhe wieder wohlauf sein würde. Sie würden es auf der *Maid* zurück nach Echuca bringen.

Um das Tier an Bord der *Maid* zu bekommen, bedurfte es allerdings der Kraft und Überzeugungskunst aller drei Männer plus Freddy. Das Pferd ließ sich zwar bereitwillig ins Wasser führen, doch die Schwierigkeit bestand darin, ein verletztes und misstrauisches Tier dazu zu bewegen, den kleinen Sprung aufs Deck zu wagen. Nach viel Drücken und Ziehen, gutem Zureden und Fluchen hatten sie es schließlich auf dem Achterdeck und banden es gut fest. Blackie, den man während der Aktion eingesperrt hatte, damit er nicht im Weg war, kam an Deck und wäre vor Aufregung fast über Bord gepurzelt.

»Dieses Schiff wird langsam die reinste Arche Noah«, murmelte George, als er dem aufgeregten Hund auswich. »Pferde und Hunde. Ich frag mich, was wir als Nächstes an Bord nehmen?«

»Eine Ladung, die Geld bringt«, erwiderte Hal lachend. »Es wird Zeit, wieder Dampf zu machen, George. Ich möchte noch ein ordentliches Stück weiterkommen, bevor es dunkel wird. Kommen Sie wieder mit ins Ruderhaus, Annabelle?«

»Ich glaub schon.« Sie zögerte. »Oder hätten Sie gern ein bisschen Gesellschaft, Will?«

Will schüttelte den Kopf. »Von da oben können Sie mehr sehen als von hier unten. Genießen Sie den Fluss, solange Sie können.«

Sie fuhren bereits wieder unter Volldampf, da beschloss Hal zu versuchen, Annabelle den Kummer zu ersparen, den ihre Gefühle für Will ihr zweifellos bereiten mussten.

»Sie sollten sich nicht zu viele Gedanken über Will machen, Annabelle. Verzeihen Sie meine Aufdringlichkeit«, fügte er rasch hinzu, als er den misstrauischen und trotzigen Ausdruck in ihren Augen bemerkte. »Sie haben bereits sehr viel Leid erfahren. Ich möchte nicht, dass mein Bruder Ihnen noch mehr Kummer bereitet.«

»Wie könnte Will mir Kummer bereiten?«

»Annabelle, der Will, den Sie kennen, ist nicht der Mann, von dem ich mich in Ballarat verabschiedet habe. Er hat sich sehr verändert. Es gibt viele Dinge, die ihn bedrücken. Und außerdem ist da noch Selena.«

»Selena? Eure Schwägerin?«

»Als wir Selena und ihren Vater in Ballarat kennengelernt haben, hatte keiner von uns eine Ahnung, dass zwischen unseren Familien eine Verbindung besteht. Will und Selena hatten schon lange bevor diese komplizierten Verhältnisse ans Licht kamen, enge Freundschaft geschlossen.«

»Ich verstehe.« Annabelle wandte den Kopf ab und starrte geradeaus.

Hal, der ihr einen verstohlenen Blick zuwarf, bemerkte einen roten Fleck auf ihrer rechten Wange. Auf der linken war wahrscheinlich auch so ein Fleck. Er seufzte innerlich, als er die hartnäckige Entschlossenheit in ihrem Gesicht wahrnahm. Die hatte er oft genug bei Selena gesehen.

Es war Annabelles letzter Abend auf der *River Maid.* Morgen würden sie in Echuca ankommen. Die kurze Zeitspanne bis dahin war das einzig Gewisse an ihrer Zukunft. Wenn die *River Maid* wieder den Fluss hinunterfuhr, würde sie Freddy mitnehmen. Dann wäre Annabelle ganz allein.

Da sie zu angespannt war, um zu schlafen, und ihr außerdem heiß war, setzte sie sich hinten aufs Deck, lehnte sich mit dem Rücken gegen ihre Kabine und genoss die stille mondbeschienene Nacht. Nachdem sie eine Weile dort gesessen hatte, kam Will an Deck, ging zum Bug und starrte auf den Fluss. Annabelle gestattete sich das Vergnügen, ihn zu beobachten, ohne selbst gesehen zu werden. Was hatte er vor, wenn sie in Echuca ankamen? Denn seine Zukunftspläne würden auf jeden Fall ihre eigenen Entscheidungen beeinflussen. Koste es, was es wolle, Annabelle war entschlossen, in Wills Nähe zu bleiben. Über die unbekannte Selena dachte sie lieber gar nicht nach. Plötzlich spürte sie ein Kratzen im Hals und musste husten.

Will drehte sich überrascht um. »Wie lange sind Sie denn schon hier?«

Annabelle lächelte. »Schon ziemlich lange. Ich konnte nicht schlafen.«

»Ich auch nicht. Haben Sie etwas dagegen, wenn ich mich zu Ihnen setze?«

Darauf war keine Antwort erforderlich. Annabelle raffte ihre

Röcke um die Beine, und Will nahm neben ihr Platz. »Haben Sie jede Nacht hier gesessen?«, fragte er.

»Ja. Ich hab mich vor dem Schlafengehen immer noch eine Weile an Deck aufgehalten. Die Nächte sind so schön und friedlich.«

Dann schwiegen beide. Annabelle, die einfach nur glücklich war, diese Minuten mit Will teilen zu können, fragte sich, was er wohl denken mochte. War er genauso glücklich in ihrer Gesellschaft? Für sie hatte ihr Schweigen etwas Vertrautes an sich. Empfand er das ebenso?

»Morgen sind wir in Echuca, Annabelle. Haben Sie schon entschieden, was Sie tun wollen?«

»Ich würde gern in Echuca bleiben. Ich werde Freddy schrecklich vermissen. Wenn ich in Echuca bleibe, sehen wir uns zumindest regelmäßig.«

»Echuca ist nur eine kleine Siedlung. Da gibt es keinen Platz, wo Sie wohnen könnten. Und wovon wollen Sie leben?«

»Ich habe eine gute Schulbildung, außerdem bin ich in der Lage, alle Arbeiten im Haushalt zu erledigen. Ich bin mir für nichts zu schade. Vielleicht finde ich ja auch eine Anstellung in einem Laden.«

Will schüttelte den Kopf. »In Echuca gibt es keine Läden. Sie müssen nach Bendigo oder in eine andere größere Stadt gehen, um Arbeit zu finden.«

»Oh.« Das versetzte ihr einen kurzen Dämpfer. »Was soll ich denn dann tun?«

»Am besten versuchen Sie, Arbeit auf einer der großen Farmen am Murray zu finden, wenn Sie in der Nähe des Flusses bleiben möchten.«

Annabelle dachte einen Moment über den Vorschlag nach, dann fragte sie: »Was haben Sie denn vor, Will?«

Er stieß ein freudloses Lachen aus. »Ich habe keine Pläne. Ich gehe dahin, wohin der Wind mich weht.«

»Sie lassen sich treiben, Will? Wollen Sie das denn für den Rest Ihres Lebens tun?«

Er antwortete nicht, weil er sich die gleiche Frage stellte.

»Wenn wir in Echuca ankommen, bringe ich Sie zu Mrs Stoner.«

»Mrs Stoner? Wer ist das?«

»Eine Witwe, die Pensionsgäste aufnimmt. Selena ist auch dort. Sie wird Ihnen Gesellschaft leisten. Sie ist nur wenig jünger als Sie.«

»Was macht Selena in Echuca? Sind noch weitere Verwandte von Ihnen dort?«

»Nein. Selena hat mich von Ballarat dorthin begleitet.«

»Oh.« Annabelle unterdrückte einen Anflug von Eifersucht. Sie hätte gern noch mehr persönliche Fragen gestellt, wusste aber, dass sie das nicht tun konnte. Doch Will wollte es ihr offenbar trotzdem erklären.

»Als ich Langsdale, das Haus meiner Schwester, verließ, hat Selena beschlossen mitzukommen.«

Bei Wills Erklärung regte sich erneut ihre Eifersucht. Annabelle spürte, dass zwischen Will und dieser Selena mehr bestand als nur eine lockere Beziehung. Da sie fürchtete, ihre Eifersucht preiszugeben und damit ihre Liebe, beschloss Annabelle, keine Fragen mehr zu stellen. Sie würde sich selbst eine Meinung über Selena bilden, wenn sie sich kennenlernten.

»Ich glaube, ich gehe jetzt zu Bett«, sagte sie.

Will stand sofort auf und reichte ihr die Hand, um ihr aufzuhelfen. Zu ihrer Enttäuschung ließ er sie wieder los, sobald sie auf den Füßen stand.

»Gute Nacht, Annabelle. Schlafen Sie gut.«

»Gute Nacht«, antwortete sie und zögerte noch einen Moment, bevor sie in ihre Kabine ging.

Die Sonne brannte fast senkrecht vom Himmel, als die *River Maid* in Echuca festmachte. Vom Ruderhaus aus musste Annabelle feststellen, dass sie sich unter einer »kleinen Siedlung« doch etwas mehr vorgestellt hatte, als die Wirklichkeit zu bieten hatte. Ihr Mut sank. Trotz allem, was Will gesagt hatte, hatte sie immer noch ganz optimistisch geglaubt, dass sie irgendeine Arbeit finden könnte. Nun wusste sie, dass es unmöglich war. Hier standen nur eine Handvoll Holzhütten sowie ein bis zwei stabiler aussehende Gebäude. Anscheinend hatte sich die gesamte Einwohnerschaft am Flussufer versammelt. Und diese Einwohnerschaft bestand, wie Annabelle bestürzt feststellte, fast ausschließlich aus Männern. Sie war überrascht, als alle anfingen zu klatschen und zu jubeln.

Hal lachte. »Das nenn ich mal eine anständige Begrüßung. Jeder in Echuca hat zugesehen oder mitgeholfen, wie wir die *River Maid* wieder hergerichtet haben. Sie sind fast genauso stolz auf sie wie ihr Kapitän.« Triumphierend ließ er die Dampfpfeife ertönen. »Die werden alles über unsere Jungfernfahrt wissen wollen. Ich glaube allerdings, das Geschichtenerzählen überlasse ich besser George. Wir müssen uns um andere Dinge kümmern. Zum Beispiel um Wills Pferd.«

Das Pferd von der *Maid* herunterzubekommen erwies sich als genauso schwierig, wie es an Bord zu bringen. Schließlich stand es zitternd auf festem Boden und sah aus, wie Freddy bemerkte, als wäre es froh, nicht mehr auf dem Schiff zu sein.

»Ich glaube, es lahmt auch gar nicht mehr so schlimm«, sagte er zu Will, als dieser, das Pferd am Zügel, die Geschwister und Hal zu Mrs Stoners kleinem Haus führte.

»Wenn es sich erst mal richtig ausgeruht hat, wird alles wieder gut. Ich hab was zum Einreiben, damit werden diese Platzwunden auf dem Rücken in ein paar Tagen abgeheilt sein.«

Hal zeigte auf ein fast fertiges Gebäude hoch oben auf dem

Flussufer. »Das da ist neu. Wie ich sehe, hat man auch noch mit einigen weiteren Gebäuden angefangen. Irgendwer ist in der Zwischenzeit fleißig gewesen. Vielleicht haben ja diejenigen recht, die voraussagen, dass Echuca mal eine große Stadt wird.«

Annabelle starrte zu dem neuen Gebäude hinüber. »Meinen Sie, das wird ein Hotel? Vielleicht kann ich ja dort arbeiten.«

»Hotels in Pionierstädten sind kein passender Ort für junge Damen wie Sie«, sagte Hal.

»Ich würde Ihnen auch gar nicht erlauben, in einem Hotel zu arbeiten«, erklärte Will.

»Mir nicht erlauben?« Annabelle blieb stehen und starrte ihn ungläubig an. »Ich bin jetzt auf mich allein gestellt. Ich kann tun und lassen, was ich will.«

Will zögerte keine Sekunde mit seiner Antwort. »Ich fühle mich für Ihre Sicherheit und Ihr Wohlergehen verantwortlich, Miss Jordan. Solange ich nicht weiß, dass Ihre Zukunft geregelt ist, werde ich Echuca nicht verlassen.«

Meine Zukunft wäre ganz schnell geregelt, wenn du mich heiraten würdest, kam ihr sofort in den Sinn. Könnte eine Frau doch nur einem Mann einen Heiratsantrag machen. Und warum war sie plötzlich wieder »Miss Jordan«? Sie versuchte es auf die sanftere Tour. »Ich weiß Ihre Sorge zu schätzen, Will. Sie und Ihr Bruder sind sehr gut zu uns gewesen.«

Will grummelte vor sich hin, als sei ihm ihre Dankbarkeit peinlich. »Hier ist das Haus von Mrs Stoner.«

»Es scheint niemand da zu sein.« Annabelle runzelte die Stirn. Die Tür war zu, die Fensterläden geschlossen.

»Bei dieser Hitze sind sie bestimmt drinnen. Hallo«, rief Will und war überrascht, als die Tür von einem Mann geöffnet wurde, den er nicht kannte.

»Guten Tag«, grüßte der Mann sie höflich. »Kann ich Ihnen helfen?«

»Wer sind Sie denn?«, fragte Will und vergaß vor Verblüffung seine guten Manieren. »Was machen Sie in Mrs Stoners Haus?«

»Ah«, sagte der Mann, den Wills Schroffheit nicht zu stören schien. »Sie müssen Mr Collins sein. Mein Name ist Jones, Jeremiah Jones.«

»Hal Collins.«

»Ich bin Annabelle Jordan, und das ist mein Bruder Freddy.«

»Ich freue mich, Sie alle kennenzulernen.« Er trat zurück und hielt die Tür auf. »Kommen Sie herein. Es ist zu heiß, um draußen herumzustehen.«

Annabelle und Freddy, beide verblüfft angesichts der Situation, traten ins Haus. Hal und Will folgten ihnen, nachdem sie das Pferd an einen Baum gebunden hatten. Während Annabelle auf dem Stuhl Platz nahm, den Mr Jones ihr anbot, Freddy sich zu ihren Füßen auf den Boden setzte und Hal sich gegen eine Wand lehnte, sah Will sich in dem kleinen Wohnzimmer um.

»Wo ist Mrs Stoner?«, fragte er. »Und überhaupt, wo ist Selena?« Hatte er sie durch sein Verhalten vertrieben?

»Sie sind vor zwei Wochen nach Melbourne gefahren. Ich erwarte sie frühestens in einer Woche zurück.«

»Sie sind nach Melbourne gefahren?«, wiederholte Will und runzelte verständnislos die Stirn. »Vor zwei Wochen, haben Sie gesagt? Weshalb? Da müssen sie ja fast direkt nachdem ich mit der Familie Jordan losgezogen bin gefahren sein.«

Sein Herz klopfte heftig bei dem Gedanken, dass Selena möglicherweise wegen dem, was zwischen ihnen vorgefallen war, Echuca verlassen hatte – oder ihn. Vielleicht wollte sie ihn nicht länger um sich haben. Aber das war doch lächerlich. Wenn sie nichts mehr mit ihm zu tun haben wollte, wäre sie nach Langsdale zurückgekehrt, weil sie wusste, dass dies der einzige Ort war, den er nie wieder aufsuchen würde. Außerdem hatte er sie doch gebeten, ihn zu heiraten. Ja, aber sie hat abgelehnt, sagte eine andere Stimme in seinem Kopf. Will war ziemlich durcheinander, was Mr Jones ihm anmerkte.

»Setzten Sie sich doch, Mr Collins. Miss Selena hat diesen Brief hier für Sie hinterlassen.«

Will nahm den Brief, setzte sich aber nicht hin. Da er Hals Interesse bemerkte, drehte er ihm den Rücken zu, um die wenigen Zeilen zu lesen, die Selena geschrieben hatte.

Lieber Will,
ich hinterlege diesen Brief bei Mr Jones für den Fall, dass Du als Erster von uns nach Echuca zurückkommst. Mrs Stoner und ich haben uns ganz spontan zu einer Fahrt nach Melbourne entschlossen, um dort Verschiedenes einzukaufen. Wir werden in Langsdale Halt machen, da mein Bruder es sicher kaum erwarten kann, mir eine Strafpredigt wegen meines Verschwindens zu halten. Ich werde ihm versichern, dass mir in Deiner Gesellschaft nichts Schlimmes passiert ist.
Herzliche Grüße
Selena

Will faltete den Brief zusammen und verzog die Lippen, während seine Gedanken rasten. Dass Selena sich so plötzlich entschlossen hatte, nach Melbourne zu reisen, überraschte ihn nicht. So etwas war typisch für ihren impulsiven Charakter. Sie hätte sich allerdings keinen ungünstigeren Zeitpunkt aussuchen können.

»Gibt es ein Problem?«, fragte Annabelle, die gerne gewusst hätte, was in dem Brief stand.

»Es gibt tatsächlich ein Problem.« Will sah Hal an. »Ich bin überhaupt nicht auf die Idee gekommen, dass Mrs Stoner und Selena beide nicht da sein könnten.«

»Worin besteht denn genau das Problem?«, fragte Mr Jones und blickte von einem Bruder zum anderen.

»Miss Jordan braucht eine Unterkunft. Es gibt aber außer hier nichts Geeignetes in Echuca.«

»Ganz genau.«

Will war verdutzt. »Was wollen Sie damit sagen?«

Mr Jones lächelte. »Haben Sie das neue Gebäude oben am Ufer gesehen? Natürlich haben Sie es gesehen«, beantwortete er seine Frage selbst. »Dort wird demnächst ›Stoners Gästehaus‹ eröffnet, zu dem auch ›Miss Selenas Speisesaal‹ gehören wird. Die Damen sind nach Melbourne gefahren, um einige Möbelstücke, Stoffe und andere Dinge für das Haus auszusuchen.« Er hielt inne und musterte Will forschend. »Sie wirken irgendwie schockiert, Mr Collins.«

Will konnte immer noch keinen klaren Gedanken fassen. Wann war dieser abenteuerliche Plan für ein Gästehaus mit Speisesaal zustande gekommen? Selena hatte so etwas nie auch nur angedeutet.

»Ich, äh, kenne Selena ziemlich gut. Aber sie hat mir nichts von diesem Plan erzählt.«

Wieder lächelte Mr Jones. »Soweit ich weiß, war es eine sehr spontane Entscheidung.«

»Das hört sich ganz nach Selena an«, sagte Hal. »Immer impulsiv und unberechenbar, und traut sich einfach alles zu.«

Will ignorierte seinen Bruder. »Nun ja, vielen Dank für Ihre Informationen, Mr Jones. Wir werden Sie jetzt nicht weiter belästigen.«

»Einen Augenblick noch. Sie haben also nicht vor, Ihr Zimmer wieder zu übernehmen? Das nutze ich übrigens derzeit.«

»Nein, ich bleibe auf dem Schiff meines Bruders.«

»Ach ja, ich habe einen Raddampfer ankommen gehört. Und was ist mit Miss Jordan?« Er wandte sich Annabelle zu. »Wenn Sie und Ihr Bruder beide hier im Haus bleiben, dann wären Sie doch angemessen untergebracht.«

»Ich bin aber auch auf der *Maid*«, erklärte Freddy. »Ich arbeite für Hal. Ich meine für Mr Collins.«

»Dann werde ich auch wieder auf die *Maid* gehen«, sagte Annabelle. »Zumindest bis Mrs Stoner zurückkommt.«

»Oder bis Hal wieder losfährt«, fügte Will hinzu.

Annabelle zuckte kaum merklich mit den Schultern. »Darüber mache ich mir Gedanken, wenn es so weit ist.« Vorläufig war sie froh, dass sie noch mehr Zeit in Wills Gesellschaft verbringen konnte. Und noch glücklicher war sie darüber, dass die unbekannte Selena weit weg im fernen Melbourne war.

5

Ich hab mir überlegt, nun doch den Fluss weiter hinaufzufahren«, sagte Hal, der sich auf das Geländer des Decks stützte und in die Ferne blickte. »Da oben gibt es bestimmt Schaffarmen, die ihre Wolle seit zwei Jahren oder mehr gelagert haben, weil sie keine Transportmöglichkeit hatten. Zurzeit befahren die meisten Dampfer den unteren Bereich des Murray. Wenn das Wasser steigt, werden einige von denen ganz bestimmt den Fluss hinaufkommen. Ich habe vor, mir einen großen Teil des Handels in diesem Bereich des Flusses zu sichern, bevor weitere Dampfer kommen.«

Er sprach mit Will, und Annabelle und Freddy hörten zu. George war zum Hopwood-Wirtshaus gegangen, um seinen Durst mit »'nem Rum oder zwei« zu stillen und jedem, der es hören wollte, ein Loblied auf Hal und die *Maid* zu singen. Sie waren bereits seit zwei Tagen in Echuca. Hal wollte unbedingt wieder fort. Freddy war nicht weniger ungeduldig.

»Wann fahren wir los?«, fragte er und nahm die Überlegungen seines Kapitäns praktisch als Tatsache.

»Je eher, desto besser. Ich hasse dieses Nichtstun, und es hat keinen Sinn, flussabwärts zu fahren, sofern wir keinen guten Grund dazu haben.«

»Du meinst, wir brauchen eine Ladung«, sagte Freddy.

»Es gibt noch ein paar andere Dinge, um die wir uns kümmern müssen, als um eine Ladung«, erinnerte Will Hal.

»Wenn Sie mich meinen«, sagte Annabelle, »ich würde gerne mit Ihnen mitfahren, Hal. Wenn Sie nichts dagegen haben.«

»Ich hatte vor, nach Bendigo zu reiten«, sagte Will, »und mir ein neues Fuhrwerk zu kaufen oder einen leichten Planwagen, sobald mein Pferd wieder fit genug ist.«

»Komm doch mit uns«, schlug Hal vor und sprach die Worte aus, die Annabelle am liebsten gesagt hätte. Mit angehaltenem Atem erwartete sie Wills Antwort. Die war jedoch unverbindlich und überhaupt nicht das, was sie hatte hören wollen.

»Selena könnte jeden Tag zurückkommen.«

Hal nickte nur, und Annabelle, die die beiden Männer beobachtete, war schon wieder eifersüchtig auf die unbekannte Selena.

»Und wenn die *Maid* stromaufwärts auf Grund läuft?«, fragte Freddy. »George hat mir erzählt, dass das Wasser im Fluss noch sehr viel niedriger werden wird, bevor es wieder steigt.«

»Ich bin bereit, das Risiko einzugehen. Selbst wenn wir einige Zeit stromaufwärts festmachen müssen, haben wir zumindest einen Vorsprung vor den anderen Dampfern. Ich erwarte allerdings keine Probleme. Der Fluss führt immer noch genügend Wasser. Die *Maid* hat nicht mal achtzig Zentimeter Tiefgang, wenn sie vollbeladen ist. Und ohne Ladung noch viel weniger.«

Will saß nachdenklich da. »Wenn auch nur das geringste Risiko besteht, dass du irgendwo auflaufen könntest, sollte Annabelle nicht mitfahren.«

»Hier kann ich nicht bleiben«, erklärte Annabelle. »Jedenfalls nicht alleine, wenn keine anständige Unterkunft zur Verfügung steht.«

»Sie könnten mit der Postkutsche nach Bendigo fahren, Annabelle. Dort kann ich Ihnen helfen, eine Arbeit und eine Bleibe zu finden.«

Einen Moment lang war Annabelle versucht, das zu tun, doch

sie war sicher, dass Will nicht lange in Bendigo bleiben würde. »Sie sind sehr freundlich, Will. Aber ich möchte nicht nach Bendigo. Es macht Ihnen doch nichts aus, mich mitzunehmen, Hal?«

»Ganz und gar nicht, Annabelle. In etwa zwei Wochen sind wir wahrscheinlich wieder in Echuca. Selbst wenn Sie eine Unterkunft hätten, wäre es besser, Sie kommen mit, als dass Sie in Echuca herumsitzen und nichts zu tun haben.«

»Wenn Annabelle auf der *Maid* bleibt, komme ich wohl besser auch mit.«

Hal warf einen raschen Blick zu seinem Bruder, der sich eher resigniert als begeistert anhörte. »Wieso hast du es dir anders überlegt?«

»Ich hab es mir nicht anders überlegt, ich hatte mich noch gar nicht entschieden. Doch ich denke, falls du tatsächlich irgendwo stecken bleibst, dann finde ich vielleicht eine Möglichkeit, Annabelle zurück nach Echuca zu bringen.«

»Womit sollten wir denn zurückreisen?« Die Aussicht, längere Zeit mit Will allein zu sein, ließ Annabelle beinahe wünschen, die *Maid* würde irgendwo auflaufen.

Will zuckte mit den Schultern. »Am Fluss sind zahlreiche Farmen. Wenn es nötig sein sollte, können wir vermutlich irgendwo einen Wagen oder zwei Pferde ausleihen.«

»Na schön«, sagte Hal. »Wenn sich alle einig sind, fahren wir morgen früh los.«

Wie Selena es zuvor für ihn getan hatte, hinterließ nun Will bei Mr Jones einen Brief für sie. Ihm war klar, dass sie über vieles reden mussten, über Dinge, die man nicht in einem Brief schreiben konnte. Also schrieb er nur, dass er mit Hal den Fluss hinauffahren und in etwa zwei Wochen wieder in Echuca sein würde. Er hoffe, dass auch sie dann zurück wäre. Nachdem er sich einmal entschlossen hatte, mit Hal mitzufahren, freute er sich sogar darauf, mehr von der Gegend im oberen Bereich des Flusses zu sehen.

Bis in den späten Abend schufteten sie heftig, um die *Maid* mit genügend Holz für den Dampfkessel zu beladen. Hal kaufte Mr Hopwood zu einem exorbitanten Preis alles an Lebensmitteln ab, was er da hatte.

Annabelle, die Mehl, Zucker, Reis, Tee und Kekse in der Bordküche verstaute, beklagte, dass sie kein Gemüse hatten. »In England hat mein Vater unser gesamtes Gemüse selbst angebaut. Wie ich es vermisse, vor dem Kochen in den Garten zu gehen und Erbsen, Salat oder Tomaten zu ernten.«

»Bei einigen Farmen können wir vielleicht frisches Gemüse bekommen. Obwohl es jetzt mitten im Sommer wahrscheinlich keine große Auswahl gibt.« Hal musste lachen, weil ihm plötzlich eine Idee kam. »Wenn Sie ein Mann wären, Annabelle, würde ich Ihnen vorschlagen, in Echuca eine Gemüsegärtnerei zu betreiben.«

Annabelle lachte. »Wenn ich ein Mann wäre, würde ich das auch tun. Vielleicht sollten Sie Will das mal vorschlagen?«

»Was vorschlagen?«, fragte Will, der gerade den Kopf durch die Küchentür steckte.

»Annabelle meint, du solltest eine Gemüsegärtnerei eröffnen, um die Leute am Fluss mit frischem Gemüse zu versorgen.«

»Ich könnte Ihnen dabei helfen, Will. Ich hab viel von meinem Vater darüber gelernt, wie man bestimmte Sachen anbaut. Im Gärtnern war er genauso gut wie im Brotbacken.«

Will kam das Bild von der kleinen Farm in den Sinn, auf der Jenny und er ihre Kinder hatten großziehen wollen. Er schüttelte den Kopf, lächelte jedoch dabei, um Annabelle nicht zu kränken. Ein Leben als Farmer hatte für ihn seinen Reiz verloren.

Beim ersten Morgengrauen zündeten George und Freddy das

Feuer für den Kessel an, damit die *Maid* genügend Dampf hatte, um in der Frühe loszufahren. Nach einigen Meilen stromaufwärts kamen sie an Moama vorbei, das am nördlichen Flussufer lag, also in New South Wales. Moama war eine viel größere und wohlhabendere Siedlung als Echuca, wie die fünf auf der *Maid* interessiert feststellten. Die *Maid* hingegen lockte die Einwohner von Moama an den Fluss, wo sie dem Schiff winkend zujubelten.

»Wenn wir anhalten, würde man uns sicher einen fürstlichen Empfang bereiten«, bemerkte Hal.

»Werden wir denn anhalten?«, fragte Annabelle. »Ich würde gerne sehen, wie groß die Siedlung tatsächlich ist.« Vielleicht würde sie dort Unterkunft und Arbeit finden. Dann wäre sie zumindest immer noch am Fluss.

»Diesmal nicht, Annabelle. Wir müssen uns beeilen, damit wir es noch hin und zurück schaffen, bevor das Wasser im Fluss zu niedrig wird.«

Auf dem breiten Flussabschnitt hier kamen sie gut voran und passierten zügig die hohen Uferböschungen auf beiden Seiten.

»Wie weit wollen Sie denn den Fluss hinauf fahren?«

»Wir fahren so lange, bis ich eine Ladung kriege.« Er grinste Annabelle an. »Ich hoffe, das wird in den nächsten Tagen passieren.«

Am späten Nachmittag, nachdem sie zweimal angehalten hatten, um ihre Holzvorräte aufzustocken, war Hal bereits weniger zuversichtlich. Sie befanden sich jetzt in einem Abschnitt des Murray, der auf beiden Seiten von Sandbänken gesäumt war, so dass man nur ganz langsam und vorsichtig hindurchfahren konnte. Während George den Dampfkessel kontrollierte, um den Druck niedrig zu halten, standen Freddy und Will jeweils auf einer Seite des Bugs und hielten nach Hindernissen Ausschau.

Im Ruderhaus stand Annabelle neben Hal und beobachtete ebenfalls den Fluss. Sie spürte die Spannung und sprach nur, um auf eventuelle Gefahren hinzuweisen. Als sie eine Stunde später wieder in offenem Wasser waren, merkte Annabelle an ihrer Erleichterung, dass auch sie große Angst davor gehabt hatte, dass die *Maid* auf Grund laufen könnte.

»Ich glaube, jetzt haben wir eine Weile gutes Wasser«, stellte Hal fest. Er lehnte sich entspannt zurück, und seine Hände lagen locker auf dem Steuerrad. »Das hier ist eine schöne Gegend.«

Statt der hohen Böschungen bei Echuca und Moama war nun auf beiden Seiten flaches, dicht bewaldetes Land mit üppigem Gras, das bis ans Ufer wuchs. Hal deutete auf einen mächtigen Ast unter einem Eukalyptusbaum.

»Auf so was müssen wir aufpassen, Annabelle. Ein solcher Ast unter Wasser könnte ein Loch in den Rumpf reißen oder ein Schaufelrad zerstören.«

»Mir war gar nicht klar, wie schwierig es ist, ein Schiff zu steuern. Sie wirkten sehr angespannt, als wir zwischen den Sandbänken durchgefahren sind.«

»Ich hab mich nur konzentriert. Sorgen mache ich mir ganz gewiss keine. Ich bin so glücklich und zufrieden, wie man nur sein kann, Annabelle. Ich besitze ein eigenes Schiff, so wie ich es mir immer erträumt hab. Allerdings«, er hielt grinsend inne, »hab ich immer gedacht, es würde ein Fischerboot im Saint Vincent Gulf sein.«

»Wo ist der Saint Vincent Gulf?«

»In Südaustralien. Tommy und ich wollten dorthin zurück, wenn wir genug Gold hätten.«

»Und warum haben Sie es nicht gemacht?«

»Tommy hat es sich als Erster anders überlegt. Er ist doch Sattler geworden und hat sich ja auch noch verliebt. Durch Selenas Vater hab ich erst so richtig angefangen, mich für Raddampfer zu interessieren. Alle nannten in Captain. Er hatte früher ein eigenes Schiff, mit dem er zwischen den Pazifischen Inseln Handel getrieben hat. Nachdem das Schiff gesunken war, ist er mit Selena auf die Goldfelder gezogen. Als er von den ersten Raddampfern hörte, die auf dem Murray River fuhren, hat ihn das sehr interessiert. Wir haben oft lange Gespräche darüber geführt.«

»Wo ist er jetzt?«

»Der Captain? Er fährt wieder zur See. Goldsuchen war nicht das Richtige für ihn.«

»Wollte Will sich denn nie an dem Fischerboot beteiligen?«

»Auf gar keinen Fall. Will steckt der Bergbau im Blut. In den Kupferminen wusste er immer ganz genau, wo die ergiebigen Adern waren. Das war richtig unheimlich. Auf den Goldfeldern war es genauso. Unsere Claims waren immer ertragreich. Im Augenblick mag er zwar glauben, dass er lieber etwas anderes tun will, aber eines Tages wird er zum Bergbau zurückkehren.«

»Da scheinen Sie sich sehr sicher zu sein.«

»Ich kenne doch meinen Bruder.«

Ich wünschte, das könnte ich auch von mir behaupten, dachte Annabelle. Höflichkeit und Freundlichkeit waren nicht das, was sie von Will erwartete. Während sie überlegte, wie sie Wills Interesse wecken könnte, ohne dass es zu offensichtlich wirkte, beobachtete sie, wie ein silbriger Fisch in hohem Bogen aus dem Wasser sprang und wieder hineinplatschte. Hatte sie sich in der Nacht, als sie zusammen an Deck saßen, eine gewisse Vertrautheit zwischen ihnen nur eingebildet? Hatte sie in seiner Freundlichkeit ein Interesse gesehen, das nicht existierte? Will hatte kaum mit ihr gesprochen, seit sie Echuca verlassen hatten. Offenbar fand er es interessanter, am Heck die Angelschnur auszuwerfen.

Sie wurde aus ihren Träumereien herausgerissen, als Freddy

laut unten vom Deck hinaufrief: »George hat gesagt, wir brauchen bald neues Holz.«

»In Ordnung«, rief Hal zurück. »Sag George, ich suche einen guten Platz, wo wir für die Nacht festmachen können. Wir schlagen das Holz, bevor es dunkel wird, damit wir morgen früh gleich weiterfahren können.«

Hinter der nächsten Biegung wurde der Fluss schlagartig schmaler. Hal, der sich weit aus dem Ruderhaus lehnte, um die Wassertiefe unter der *Maid* abzuschätzen, sah nicht, was Annabelle sah. Wie geisterhafte Wachposten ragten zahlreiche abgestorbene Bäume und Äste aus dem Wasser.

Als er bei Annabelles Warnschrei zusammenzuckte, hörte er schon das veränderte Maschinengeräusch. Das Schiff bebte, als die großen Schaufelräder zum Stillstand kamen und sich dann ächzend in die Gegenrichtung drehten. Hal riss das Steuerrad herum und konnte gerade noch dem ersten abgestorbenen Baum ausweichen, bevor die *Maid* begann, langsam rückwärtszufahren. Als die Gefahr vorüber war, brüllte er George zu, er solle den Dampfkessel abschalten, er wolle das Schiff ans Ufer treiben lassen.

»Das war aber verdammt knapp«, schimpfte George, der mit einem fettverschmierten Lappen auf das Vorderdeck kam. Er starrte seinen Kapitän wütend an. »Hast du da oben geschlafen?«

»Ich hab gerade geguckt, ob wir seitlich nicht auf Grund laufen. Wie gut, dass du die Bäume gesehen hast. Schon ein einziger hätte die *Maid* übel zurichten können.«

»Bedank dich bei unserem Freddy. Er wollte gerade übers Heck pinkeln – Verzeihung, Miss Annabelle – und hat zufällig erst noch mal vorne geguckt.«

»Von nun an müssen wir wohl alle den Fluss im Auge behalten. Solange wir unter Dampf sind, wird nicht mehr geangelt«, sagte er zu Will, der sich zu George gesellt hatte. »Ich brauche dich vorne.«

»Dann ist es ja gut, dass ich mitgekommen bin«, lautete Wills beiläufige Antwort. »Willst du jetzt versuchen, um die Bäume herumzukommen?«

»Nein. Wir bleiben über Nacht hier. Das Ufer ist so niedrig, dass wir die Planke auslegen können. Dann schlagen wir Holz, und vielleicht haben wir noch genug Zeit, einen Vorrat anzulegen, den wir auf dem Rückweg mitnehmen können.«

Während die Männer arbeiteten, saß Annabelle an Deck, schälte Kartoffeln und beobachtete staunend, wie die untergehende Sonne die Bäume am Fluss in leuchtend gelbes Licht tauchte und das Wasser in ein goldenes Band verwandelte. Die Luft war von den Rufen der Vögel erfüllt, manche wohltönend, andere rau, die die Abkühlung des späten Nachmittages nutzten, um Futter zu suchen. Ein Gefühl tiefen Friedens erfüllte Annabelle. Ganz gleich, was die Zukunft bringen würde, ebenso wie Freddy würde auch sie niemals den Murray verlassen.

Am nächsten Tag wartete Hal mit dem Aufbruch, bis die Sonne schon ziemlich hoch am Himmel stand. Er wollte gutes Licht haben, um die für das Schiff tödlichen Gefahren umgehen zu können. Im Schneckentempo, mit gerade mal zwei Knoten lenkte er die *Maid* um die halb unter Wasser liegenden Bäume herum. In diesem Abschnitt machte der Fluss zahlreiche scharfe Bögen, deshalb konnten sie immer nur wenige hundert Meter weit sehen. Mit äußerster Vorsicht durchfuhren sie jede Biegung, da sie nie wussten, was sie dahinter erwartete.

Die Stunden verstrichen, ohne dass irgendwer Zeit gehabt hätte, die Landschaft zu bewundern. Der Fluss erforderte ihre gesamte Aufmerksamkeit. Nachdem sie einmal nur ganz knapp an einem felsigen Riff vorbeigekommen waren, fragte Annabelle

Hal, ob es nicht besser sei, nach Echuca zurückzukehren. Mit jeder Flussbiegung schien das Risiko zu wachsen, dass der *Maid* ein Unglück zustieß. Dann waren sie plötzlich wieder in freiem Wasser und jauchzten vor Erleichterung. Man brauchte George gar nicht aufzufordern, ordentlich Dampf zu machen. Auf diesen guten Strecken mussten sie die Verzögerungen aufholen.

»Sieht aus, als hätten wir das Schlimmste hinter uns«, sagte Hal. »Wir sollten bald in die Nähe einer Farm kommen. Auf beiden Seiten des Flusses haben sich Schafzüchter niedergelassen. Mir ist es egal, von welcher Seite ich Wolle mitnehme, ob aus New South Wales oder aus Victoria.«

»Wo werden Sie die Wolle hinbringen?«

»Nach Südaustralien.«

Ach, bis hinunter nach Südaustralien, dachte Annabelle laut. »Ich wünschte, ich könnte mitfahren.«

»Falls ich zahlende Passagiere bekomme, könnte ich Sie als Köchin mitnehmen.« Hal grinste sie an.

»Meinen Sie das ernst? Würden Sie mich wirklich anstellen?« Sie war überrascht.

Hal lachte. »Nein, das war nur ein Scherz. Tut mir leid, Annabelle, aber im harten Alltagsbetrieb ist ein Schiff kein Ort für eine Frau. Das hier ist wie Urlaub verglichen mit dem, was auf uns zukommt, wenn der Schiffsbetrieb richtig losgeht.«

»Falls Sie es sich irgendwann anders überlegen, brauchen Sie mich nur zu fragen.«

»Ich werd's mir merken. Ich würd gern eine Tasse Tee trinken, Annabelle. Seien Sie doch ein gutes Mädchen und machen mir bitte eine.«

»Werden wir zum Mittagessen anhalten?«

»Solange wir gut vorankommen, will ich lieber weiterfahren. Ich hab keinen Hunger, aber die anderen können was essen, wenn sie möchten.«

Annabelle ging in die Küche. Der Kessel brodelte bereits auf dem Spirituskocher, da kam Will herein.

»Ah, Tee«, sagte er. »Genau das, was ich jetzt brauche.«

»Ich koche welchen für Hal. Möchten Sie etwas essen? Ihr Bruder will nicht zum Mittagessen anhalten. Ich dachte, ich öffne eine Dose Corned Beef und mache für den Rest von uns Sandwiches.«

»Ich helfe Ihnen. Wo haben Sie die Konserven verstaut?«

Annabelle zeigte auf den Schrank und wich etwas zurück, damit Will sich in dem engen Raum an ihr vorbeiquetschen konnte. Dann lag sie plötzlich in seinen Armen, weil sie sonst hingefallen wäre. Die *Maid* war mit einem so heftigen Ruck zum Stehen gekommen, dass Annabelle das Gleichgewicht verloren hatte. Trotz ihrer Bestürzung genoss sie insgeheim das Gefühl, Wills starke Arme um sich zu spüren. Sein Gesichtsausdruck spiegelte ihre Sorge wider.

»Was ist passiert?«, fragte sie, als sie wieder fest auf beiden Füßen stand.

»Ich würde sagen, wir sind auf Grund gelaufen.«

Sie hörten, wie Hal George Befehle zubrüllte. Der rief entweder zurück oder erteilte Freddy laut Anweisungen. Will ließ Annabelle los, die ihm auf den Fersen aus der Küche folgte, und rannte zum Bug, wo er auf Hal traf, der gerade vom Ruderhaus herunterkam. Die Maschine der *Maid* verstummte mit einem Rumpeln.

»Wir sind auf eine Sandbank aufgelaufen. Wir müssen versuchen, uns durch Staken zu befreien.«

»Hast du denn Stangen zum Staken?«

»Nur eine. Wir müssen an Land waten und uns noch mehr machen.« Er fluchte vor Wut auf sich selbst. »Ich kann es nicht fassen, dass ich das nicht gesehen hab.«

Es war jedoch keine Zeit für Diskussionen oder Selbstbezichtigungen. Hal und Will wateten durch das kniehohe Wasser und suchten nach geraden kräftigen jungen Bäumen, um sie zu fällen und zu Stangen zurechtzuschneiden. Als sie genügend Stangen hatten, stakten die Brüder jeweils auf einer Seite des Decks, während George und Freddy sich am Bug abmühten. Annabelle wurde hinauf ins Ruderhaus geschickt, um die *Maid* unter Kontrolle zu halten, falls sie plötzlich loskommen sollte, und um nach weiteren Hindernissen Ausschau zu halten.

Nach zwei Stunden mussten sich die Männer schweißgebadet, mit Blasen an den Händen und Schmerzen in Armen und Rücken geschlagen geben. Die *Maid* steckte fest.

»Was nun?«, fragte Will.

Hal schüttelte nur den Kopf, zu wütend auf sich selbst, um klar denken zu können. Er war sich so sicher gewesen, dass er ein großes Stück den Fluss hinaufkommen würde. Zwar hatte er mit unter Wasser liegenden Bäumen, mit Felsen und mit Sandbänken gerechnet, doch er hatte geglaubt, das Schiff sicher an allen Hindernissen vorbeinavigieren zu können. Nun saß seine geliebte *Maid* fest, und er hatte keine Ahnung, was für Schäden am Kiel oder an den Radschaufeln entstanden sein könnten.

»Tja«, meinte George, »wir können immer noch auf einen kräftigen Regen hoffen, der den Fluss so anschwellen lässt, dass wir freikommen. Andernfalls werden wir hier wohl festsitzen, bis das Wasser in zwei Monaten wieder steigt.«

»In zwei Monaten?« wiederholte Annabelle bestürzt. »Was sollen wir denn zwei Monate lang hier tun?«

Hal sah unglücklich aus. »Das weiß ich auch nicht, Annabelle.« Er stand auf und stieg wieder ins Ruderhaus hinauf.

Alle sahen schweigend hinter ihm her. »Was glaubst du, wie weit wir von Echuca entfernt sind?«, fragte Will schließlich George.

Der kratzte sich am Kinn und dachte nach. »Vermutlich nicht mehr als fünfzig Flussmeilen oder so.«

Will nickte und schob nachdenklich die Lippen übereinander. »Dann sollte es über Land weniger sein. Das könnte ich in drei bis vier Tagen zu Fuß schaffen.«

»Das können Sie nicht machen«, rief Annabelle mit blankem Entsetzen in der Stimme. »Ziehen Sie etwas so Gefährliches gar nicht erst in Erwägung, Will.«

»Machen Sie doch nicht so ein besorgtes Gesicht, Annabelle. Ich werde bestimmt nicht sofort losrennen. Mal sehen, was der morgige Tag bringt. Wer weiß, vielleicht verlagert sich die Sandbank ja, und die *Maid* kommt von alleine los.«

Annabelle konnte Wills Optimismus nur wenig trösten. Sie plagte die Vorstellung, wie er alleine durch den Busch ging. Ihre Angst war so groß, dass sie die erste Gelegenheit nutzte, um mit Will alleine zu reden.

»Bitte schlagen Sie sich den Gedanken aus dem Kopf, zu Fuß nach Echuca zu gehen. Ich hätte solche Angst um Sie, wenn Sie das täten.«

»Ich habe Ihnen doch gesagt, Sie sollen sich keine Sorgen machen. Ich bin schließlich kein Neuling, der gleich verdurstet. Ich habe keine Angst alleine im Busch, und wenn ich dem Fluss folge, kann ich mich nicht verlaufen.«

»Aber was ist mit den Aborigines? Wir haben so viele furchtbare Geschichten gehört, bevor wir nach Australien gekommen sind.«

»Die Hälfte davon ist vermutlich nicht wahr und die andere Hälfte übertrieben. Die Aborigines in diesem Teil des Landes sind freundlich zu Weißen.«

»Trotzdem ...« Sie verstummte, senkte den Blick und nahm ihren ganzen Mut zusammen. Dann schaute sie wieder auf und sah ihm direkt in die Augen. »Ich kenne Sie erst seit kurzer Zeit, und trotzdem bedeuten Sie mir alles, Will. Ich habe meine Eltern verloren. Ich möchte Sie nicht auch noch verlieren.«

»Annabelle.« Er hatte Mühe zu sprechen. »Machen Sie sich keine solchen Gedanken über mich. Ich bin einer Frau nicht würdig.«

»Doch, das sind Sie«, rief sie. »Wie können Sie so etwas nur sagen?«

»Weil es die Wahrheit ist. Ich werde Ihnen ein Freund sein, aber nicht mehr.«

Er ließ sie mit der Befürchtung zurück, vielleicht zu forsch gewesen zu sein. Dennoch war sie mehr denn je entschlossen, seine Distanziertheit zu durchbrechen. Wenn sie nur herausfinden würde, welche Tragödien sich in Will Collins' Vergangenheit ereignet hatten, würde sie ihm helfen können, wieder glücklich zu sein. Davon war sie fest überzeugt.

Bis spät in den Abend diskutierten Hal, George und Will über Mittel und Wege, die *Maid* wieder flottzumachen. Freddy erwies sich mit mehreren klugen Bemerkungen als wertvolles Mitglied der Besatzung. Annabelle hörte, das Kinn auf die Hand gestützt, einfach nur zu. Sie musste sich eingestehen, dass ihr die Vorstellung, zwei Monate hier festzusitzen, gar nicht gefiel. Sie würden sich bestimmt schon bald langweilen und in Streit geraten. Außerdem war da noch das Essensproblem. Die Vorräte an Bord würden keine zwei Monate für fünf Personen reichen.

Am nächsten Morgen versuchten die Männer es erneut mit den Stangen, jedoch genauso erfolglos wie beim ersten Mal. Das Schaufelrad auf der Steuerbordseite steckte zu tief im Sand.

»Wir brauchen irgendeine Art Winde«, erklärte Hal und bezog sich auf einen von Freddys Vorschlägen vom vergangenen Abend. »Wenn sich die *Maid* durch Drücken nicht bewegen lässt, geht es vielleicht mit Ziehen. Was meinst du, Will? Wir haben doch im Bergbau einfache Winden benutzt. Könnten wir nicht eine bauen, um die *Maid* damit zu ziehen?«

»Entschuldige, Hal«, mischte sich Freddy ein, »aber mit so

einer Vorrichtung, mit der man Erz einen Schacht hinaufbefördert, kann man keinen Dampfer ziehen. Ich könnte versuchen, einen Flaschenzug zu konstruieren.«

»Was weißt du denn über Flaschenzüge?«, fragte seine Schwester.

»Ich weiß eine ganze Menge darüber.« Er wandte sich wieder an Hal. »Ich hatte in der Schule einen sehr guten Mathematik- und Physiklehrer. Und weil ich mich mehr als die anderen Jungs dafür interessierte und mehr Fragen gestellt habe, hat er mir zusätzlichen Unterricht gegeben und mir Bücher geliehen.«

George strahlte vor Begeisterung. »Ich wusste doch, dass du ein kluger Junge bist. Am besten fängst du gleich an.«

»Alles klar.« Freddy grinste, als hätte man ihm eine Schachtel Pralinen geschenkt, und machte sich sofort auf die Suche nach Zeichenmaterial, um einen Flaschenzug zu entwerfen.

Will sprach erneut davon, zu Fuß nach Echuca zu gehen. Diesmal erhob Hal Einspruch. »Nicht alleine, Will. Wenn dir irgendwas zustößt, hätten wir keine Ahnung, wo wir dich suchen sollen. Ich kann die *Maid* nicht im Stich lassen, George ist zu alt für so einen weiten Weg und Freddy zu jung und unerfahren.«

»Und was ist mit mir?«, fragte Annabelle. »Ich könnte doch mit Will gehen.« Noch bevor die Männer ihr vehement widersprachen, wusste sie, dass es ein törichter Vorschlag gewesen war.

»Nun ja«, sagte sie kleinlaut, »war nur so eine Idee.«

»Eine sehr unüberlegte Idee«, erklärte Hal. »Das würden Sie keinen Tag lang durchhalten, Annabelle. Schon nach einem halben Tag wären Sie vollkommen erschöpft.«

»Außerdem will ich nicht die Verantwortung für Ihre Sicherheit übernehmen«, fügte Will hinzu.

»Dann sagt mir mal, was wir zwei Monate lang tun sollen, wenn Freddys Flaschenzug nicht funktioniert? Wir werden nichts mehr zu essen haben, und wenn wir nicht verhungern, werden wir bestimmt vor Langeweile sterben.« Ihre Stimme zitterte vor Beunruhigung.

»Sie wollten doch mitkommen«, erinnerte Hal sie. »Sie hätten ja in Echuca oder Moama bleiben können.«

Annabelle akzeptierte die Rüge und biss sich auf die Unterlippe. Hal hatte genug Probleme. Da brauchte sie nicht auch noch herumzujammern und ihm zu erklären, wie ernst die Lage war. Sie entschuldigte sich bei beiden Männern und schlenderte auf das hintere Deck, das noch ein wenig Schatten vor der Morgensonne bot. Während sie gedankenverloren das nördliche Ufer betrachtete, hörte sie plötzlich aufgeregte Stimmen hinter sich und wandte sich um. Eine Gruppe Aborigines stand laut redend und gestikulierend am Wasser.

Zum ersten Mal in ihrem Leben sah Annabelle Eingeborene in ihrer natürlichen Umgebung und ohne europäische Kleidung, um ihre Blöße zu bedecken. Fasziniert und schockiert zugleich, empfand sie dennoch keine Furcht, bis einer von ihnen auf sie zeigte und ihr bewusst wurde, dass man über sie sprach.

»Will! Hal!« rief sie. Sie wusste nicht, ob sie weglaufen oder stehen bleiben sollte, und starrte wie gebannt auf die tödlich aussehenden Speere, die die Männern in den Händen hielten. Würden sie alle ermordet werden, vielleicht sogar aufgegessen? Sie sprach gerade ein stilles Gebet, da kamen die Brüder nach hinten gerannt. Überrascht sah sie, wie beide die Hände hoben und freundlich grüßten.

»Hallo«, rief Will. »Ihr sprechen Sprach von weiße Mann?«

Die Gruppe unterhielt sich weiter untereinander.

»Ich glaub nicht, dass sie Englisch sprechen«, bemerkte Hal. »Sie wirken aber ganz friedfertig.«

»Friedfertig«, brachte Annabelle keuchend hervor. »Mit diesen Speeren?«

An der Blässe in ihrem Gesicht erkannte Will, dass sie wirklich Angst hatte. »Die sind auf der Jagd. Vermutlich versuchen sie, einen Fisch aufzuspießen oder vielleicht einen Waran oder eine Schlange. Wenn wir uns mit ihnen verständigen könnten, würden sie uns sicher gerne etwas Fleisch abgeben.«

Annabelle wurde ganz mulmig. Meinte Will das ernst? Waran essen oder Schlange?

Als er ihren Gesichtsausdruck bemerkte, zog Will sie noch ein bisschen auf. »Beides ist übrigens sehr schmackhaft, und wenn wir tatsächlich zwei Monate hier sind, werden Sie sich schon bald an Kängurufleisch gewöhnt haben.«

»Will, glaubst du, die wollen uns etwas sagen?«, fragte Hal mit leicht unsicherer Stimme.

Ein Mann, offenbar der älteste aus der Gruppe, zeigte abwechselnd auf das Schiff und dann nach rechts von ihm, während er sehr schnell in seiner eigenen Sprache redete.

»Vielleicht will er uns sagen, dass vor uns noch ein Dampfer ist.« Will zeigte auf das Deck, dann den Fluss hinauf.

Der Mann nickte heftig und redete mit seinen Begleitern. Dann verschwand die Gruppe ganz plötzlich zwischen den Bäumen.

Hal und Will sahen sich an.

»Was meinst du?«, fragte Hal.

»Die wollten uns ganz bestimmt etwas sagen. Ob die wohl gemerkt haben, dass wir festsitzen? Und wenn tatsächlich ein Schiff vor uns ist, dann frag ich mich, ob es sich in der gleichen misslichen Lage befindet.«

Hal schürzte nachdenklich die Lippen. »Ich werd mit George das Beiboot nehmen und ein Stück den Fluss hinauffahren.«

»Nimm eine Angelschnur mit, und fang uns ein paar Fische zum Abendessen. Hier ist es zu seicht für große Fische.«

»Warum hatten Sie solche Angst?«, fragte Will Annabelle,

nachdem Hal fort war. »Jeder konnte doch sehen, dass sie friedfertig waren.«

Annabelle verlor die Nerven und fauchte zurück: »Sie konnten das vielleicht, aber ich habe noch nie unbekleidete Eingeborene gesehen. Woher sollte ich denn wissen, ob wir nicht umgebracht und aufgegessen würden?« Sie wurde noch verdrossener, als Will anfing, schallend zu lachen.

»Aufgegessen? Wer hat Ihnen denn so einen Unsinn in den Kopf gesetzt? In diesem Teil der Welt gibt es keine Kannibalen.«

»Woher soll ich das denn wissen?« Sie war den Tränen nahe und musste beschämt feststellen, dass sie nicht so tapfer war, wie sie geglaubt hatte. Plötzlich wünschte sie sich sehnlichst, ihre Eltern wären beide noch am Leben und sie wäre mit ihnen auf der Farm in der Nähe von Swan Hill. Mit einer gemurmelten Entschuldigung hastete sie an Will vorbei und zog sich in ihre Kabine zurück.

Als die Tränen anfingen zu fließen, wurden sie rasch zu einem Sturzbach, und die Schluchzer ließen ihren ganzen Körper erbeben. Nun ließ sie der Trauer, die sie bisher unterdrückt hatte, endlich freien Lauf.

Unten an Deck hörten Will und Freddy ihr lautes Schluchzen. Der Junge wirkte plötzlich bekümmert, und seine Augen glänzten verdächtig.

»So habe ich Annabelle noch nie weinen hören. Meinst du, ich sollte zu ihr hochgehen?«, fragte er Will.

»Das musst du selber wissen, Freddy. Sie ist deine Schwester.«

Doch Freddy blickte zu Boden und schüttelte den Kopf. »Vermutlich möchte sie allein sein. Ich mach mich wieder an meine Zeichnungen.«

Und ich hab nichts zu tun, dachte Will. Er stieg ins Ruderhaus hinauf, von wo aus er eine gute Sicht auf den Fluss und seine Ufer hatte. Hal und George hatten bereits einige Meter stromaufwärts mit dem Beiboot zurückgelegt. Er stellte fest, dass er Hal beneidete, der so stolz auf die *River Maid* war und genau wusste, was er vom Leben wollte. Auch Tommy beneidete er, der glücklich und zufrieden mit seiner Sattlerei in Ballarat war.

Früher einmal war er der Stärkste von ihnen gewesen und hatte seine beiden jüngeren Brüder angeleitet. Er hatte die Idee gehabt, die Kupfermine in Burra zu verlassen und nach Victoria auf die Goldfelder zu gehen. Seine Brüder hatten auf ihn gehört, als er darauf bestand, dass sie beide reiten lernen sollten. Auf den Goldfeldern hatte er mit seinem angeborenen Gespür dafür, wo Gold zu finden war, ihre Claims ausgesucht. Doch trotz seiner Führungsrolle in vielen Dingen hatte er nie ehrgeizige Zukunftspläne gehabt. Er war mit dem Alltagsleben der Goldgräber zufrieden gewesen, deren Herz höher schlug, wenn eine bestimmte Farbe im Lehm auftauchte.

Seine Ruhe war erschüttert worden, als Jenny Tremayne nach Ballarat kam und ihn unbedingt heiraten wollte. Er hatte versprochen, sie zu heiraten, sobald er reich genug war, um ihr ein Haus zu bauen, das der Tochter eines Squires würdig war. Damals hatte er nichts weiter vom Leben gewollt, als mit der Frau, die er vom ersten Augenblick an geliebt hatte, eine Familie zu gründen. Tränen traten ihm in die Augen.

Wenn er Jenny sofort geheiratet hätte, statt zu warten, bis er sich ein angemessenes Haus leisten konnte, hätte sie nicht darauf bestanden, das Leben auf den Goldfeldern mit all seinen Entbehrungen zu ertragen, um ihm zu beweisen, dass sie keinen Reichtum und keine Besitztümer brauchte. Wenn sie nicht auf den Goldfeldern gewesen wäre, wäre sie nicht von Tom Roberts vergewaltigt worden. Wenn … Doch was nützten die vielen »Wenns«? Jenny war tot. Jetzt sollte er an Selena denken. Doch er stellte fest, dass er nicht so oft an sie dachte, wie er das eigentlich tun sollte.

Um seine morbiden Gedanken loszuwerden, wandte er sich

wieder der praktischen Frage zu, wie er nach Echuca gelangen könnte. Ihm war klar, dass das ein riskantes Unterfangen war. Schon als ihm die Idee gekommen war, hatte er gewusst, dass er einen solchen Marsch so ganz allein vielleicht nicht überleben würde. Doch die Gefahren waren ihm nicht wichtig erschienen. Das ganze Leben war ihm seit jenem schicksalsschweren Sonntagmorgen letztes Jahr im Dezember nicht mehr wichtig erschienen. Doch nun, wenn er an Selena dachte und nachdem Annabelle ihm ihre Gefühle offenbart hatte, wusste er, dass er es den Menschen, denen er etwas bedeutete, schuldig war, sein Leben nicht aufs Spiel zu setzen.

In der Abenddämmerung kehrten George und Hal zurück, brachten aber keine erfreulichen Nachrichten mit. Sie waren den Fluss so weit hinaufgerudert, bis sie umkehren mussten, um noch vor Einbruch der Dunkelheit wieder zur *Maid* zurückzukehren. Auf ihrer Fahrt waren sie weder einem Schiff begegnet, noch hatten sie Anzeichen dafür gesehen, dass sich irgendwo in der Nähe eine Farm befand.

»Wie weit bist du mit deinen Ideen für einen Flaschenzug gekommen?«, fragte Hal Freddy.

Freddy reichte ihm ein Blatt Papier. »Hier ist meine endgültige Konstruktion. Die Zeichnung zeigt, wie sie funktioniert. Alles, was wir brauchen, ist eine Vorrichtung aus mehreren Rollen und einem Drahtseil. Ich hab mehrere Lösungen durchgespielt und glaube, dass die hier am besten funktioniert.«

Hal schürzte die Lippen und nickte ab und zu mit dem Kopf. »Im Bergbau hab ich schon ähnliche Konstruktionen gesehen. Früher wurden Pferdegöpel zum Auf- und Abwickeln des Drahtseils benutzt. Als wir Burra verlassen haben, fingen sie dort gerade erst an, Dampfkraft einzusetzen.«

»Dampfkraft haben wir, Hal. Wir können die Dampfkraft der

Maid verwenden.« Er nahm die Zeichnung wieder und hielt sie so, dass alle sie sehen konnten. »Wir brauchen einen Block mit zwei Rollen und einen Block mit drei Rollen. Der mit den zwei Rollen wird am Bug befestigt, und der mit den drei Rollen an einem kräftigen Baum am Ufer. Das Drahtseil wird an einem Ende an der Antriebswalze der Schaufelradwelle befestigt. Das Seil wird von dort über eine der Rollen im Dreierblock geführt, zurück zum Zweierblock, noch einmal hin und zurück, dann ein letztes Mal zum Dreierblock, und wird schließlich am Zweierblock befestigt.

Dann heizen wir den Kessel an, um genügend Dampf zu haben, damit die Walze sich dreht und das Drahtseil aufwickelt. Während sich das Seil aufrollt, wird der Abstand zwischen den beiden Rollenblöcken allmählich kürzer und die *Maid* wird nach vorne gezogen und kommt aus der Sandbank heraus.« Er hielt inne und grinste triumphierend. »Eigentlich ganz einfach.«

George blickte Hal über die Schulter, um Freddys Erklärungen zu folgen. »Ich glaube, du hast das Problem gelöst, mein Junge, bis auf eine Sache.«

»Was denn?«, fragte Freddy, sichtlich in seinem Stolz gedämpft. »Ich hab doch an alles gedacht.«

»Nimm's nicht persönlich, Junge. Du hast gute Arbeit geleistet. Nur dass wir keinen Block mit drei Rollen an Bord haben. Würde es auch mit einem Zweierblock und einer einzelnen Rolle gehen?«

»Im Prinzip würde es immer noch funktionieren, bloß bei weitem nicht so effektiv, das heißt, die Maschine der *Maid* würde zu stark belastet.«

»Außerdem haben wir kein Drahtseil, das stark genug ist, um die Belastung auszuhalten«, fügte Hal hinzu.

»Wir würden ein Drahtseil von dreiviertel oder besser noch siebenachtel Zoll Durchmesser brauchen«, sagte Freddy.

»Unser stärkstes hat aber nur einen halben Zoll Durchmesser, nicht wahr, George?«

»Das stimmt, Hal. Und es wäre außerdem nicht lang genug.«

Freddy machte ein enttäuschtes Gesicht. »Also hab ich doch keine Lösung gefunden.«

»Du hast die richtige Lösung, Freddy. Wir haben nur nicht das erforderliche Material. Zumindest weiß ich jetzt, was ich mitnehmen muss für den Fall, dass wir noch mal in so eine Situation geraten. Du kannst stolz auf dich sein, Freddy.«

Hals Lob ließ das Gesicht des Jungen wieder strahlen. »Es hat mir viel Spaß gemacht, die Konstruktion auszutüfteln. Wenn ich den Fluss nicht so sehr lieben würde, würde ich wohl Ingenieur werden.«

George klopfte ihm väterlich auf die Schulter. »Vielleicht kannst du ja irgendwann mal beides miteinander verbinden.«

Nachdem Freddys Selbstwertgefühl wiederhergestellt war, wandten sie sich erneut der Frage dazu, was man mit der Zeit anfangen sollte, bis die *Maid* endlich wieder flottgemacht werden konnte. Niemandem fiel etwas Sinnvolles ein. Man könnte natürlich am Ufer einen Holzvorrat für künftige Fahrten anlegen. Doch diese Aufgabe würde die Männer nicht zwei ganze Monate beschäftigen.

»Denkst du immer noch darüber nach, zu Fuß nach Echuca zu gehen?«, fragte Hal Will.

»Ich hab die Idee noch nicht aufgegeben. Bevor unsere Lage ganz verzweifelt wird, werde ich gehen. Allerdings hab ich mich gefragt, ob du nicht mit George zurückrudern solltest.«

Hal sah George an. »Darüber haben wir heute Nachmittag auch schon gesprochen. Ich möchte mein Schiff lieber nicht verlassen. Falls wir doch ein Unwetter bekommen sollten und der Fluss plötzlich ansteigt, muss ich hier sein. Außerdem denke ich, dass das Beiboot hierbleiben sollte.«

Will nickte. »Das leuchtet mir ein. Dann werd ich wohl morgen auf Kängurujagd gehen. Mit frischem Fleisch und Fisch aus dem Fluss werden wir schon nicht verhungern. Kannst du schießen, Freddy?« Der Junge schüttelte den Kopf. »Dann ist das jetzt ein guter Zeitpunkt, um es zu lernen. Sie sollten ebenfalls schießen lernen, Annabelle.«

»Warum? Ich mag keine Waffen.«

»Es könnte sein, dass Sie eines Tages froh sind, es zu können. Selbst wenn Sie nur eine Tigerotter erschießen müssen.«

»Oje.« Annabelle war plötzlich verunsichert. »Ist es denn wahrscheinlich, dass mir eine Tigerotter über den Weg läuft?«

»Ihnen werden wahrscheinlich jede Menge Schlangen über den Weg laufen, und die meisten davon sind tödlich.«

»Oje«, sagte Annabelle noch einmal und runzelte die Stirn. Der Gedanke an Schlangen beunruhigte sie sehr. Obwohl sie noch nie im Leben eine lebende Schlange gesehen hatte, hatte sie Angst vor Reptilien. »Was mache ich denn, wenn ich eine Schlange sehe?«

George antwortete. »Am besten bleibt man ganz still stehen und wartet, bis die Schlange davongekrochen ist. Wenn Sie sich schnell bewegen, wird die Schlange zubeißen, weil sie meint, sie würde angegriffen. Es nützt auch, möglichst viel Lärm zu machen, wenn man durch den Busch geht. Dann wird jede Schlange Sie kommen hören und verschwinden.«

Georges Ratschläge beruhigten Annabelle nicht allzu sehr. Sie hoffte nur, dass ihr nie irgendwelche Schlangen begegnen würden, denn sie bezweifelte, dass sie in der Lage wäre, still zu stehen. »Also sind die Schlangen nicht wirklich gefährlich?«, fragte sie hoffnungsfroh.

»Die sind schon gefährlich. Man muss sich halt überall dort, wo Schlangen sein könnten, vorsichtig verhalten. Das gilt auch für dich, Freddy.«

»Ja, George. Was für gefährliche Viecher könnten uns denn sonst noch im Busch begegnen?«

»Du musst aufpassen, dass du nicht von einer Spinne gebissen wirst. Einige davon sind richtig übel, manche sogar tödlich. Und esst keine Früchte oder Beeren, die ihr nicht kennt. Ich will dir keine Angst machen, mein Junge, und Ihnen auch nicht, Miss Annabelle. Ich sag nur, dass ihr aufpassen sollt.«

Am nächsten Tag begannen sie mit den Schießübungen. Annabelle und Freddy durften jeder drei Schüsse abgeben. Will erklärte, dass sie sparsam mit ihrer Munition umgehen müssten. Doch selbst mit nur wenigen Schüssen pro Tag würden die Geschwister schon bald gut mit einem Gewehr umgehen können.

Nach den Schießübungen machten die Männer sich ans Holzschlagen. Während sie das Geräusch der Äxte und den Klang ihrer Stimmen in nicht allzu weiter Ferne hörte, war Annabelle froh, die *Maid* für sich alleine zu haben. Sie ging von Deck zu Deck und betrat nacheinander sämtliche Kabinen. Sie stieg ins Ruderhaus hinauf und legte die Hände locker auf das Steuerrad. Sie konnte sich ohne Weiteres vorstellen, die *Maid* den Fluss entlangzusteuern. Mit einem Mal überkam sie der innige Wunsch, zu lernen, wie man einen Dampfer steuerte.

Bevor der Fluss wieder anstieg, musste sie Hal irgendwie dazu bringen, dass er ihr erlaubte, auch die ganze Fahrt den Murray hinunter noch mitzumachen. Außerdem musste sie Will überreden, auf der Maid zu *bleiben*. Was Will betraf, so würde sie sicher in Hal einen Verbündeten haben.

Der Morgen des dritten Tages verlief nach dem gleichen Muster wie die vorherigen. Frühstück, Schießübungen und anschließend Holzvorrat anlegen. Alle waren sich darin einig, dass sie in den heißesten Stunden zwischen elf Uhr morgens und vier Uhr nachmittags ruhen sollten. George fuhr mit Freddy im Beiboot an eine tiefere Stelle zum Angeln. Annabelle setzte sich in ihre Kabine und schrieb an dem Tagebuch, das sie seit dem ersten Tag ihrer Reise nach Australien führte. Hal und Will ruhten sich auf dem unteren Deck aus und plauderten über dies und jenes.

In diese träge Stille drang ein lauter Ruf vom Ufer. »Ist jemand da?«, war die Stimme eines Mannes zu hören. Die Brüder sprangen überrascht auf und liefen an die Reling. Annabelle kam aus ihrer Kabine. Und George und Freddy vergaßen für einen Augenblick völlig ihre Angelschnüre.

Zwei Männer auf Pferden waren am Ufer. »Hallo«, rief Hal. »Wo kommen Sie denn her?«

»Meine Farm liegt etwa zehn Meilen flussaufwärts«, rief der jüngere Mann zurück. Nach seiner Kleidung zu urteilen – braune Cordhose, rot kariertes Hemd, Halstuch und flacher Strohhut – handelte es sich um einen Schafzüchter.

Hal sah Will mit einem leichten Stirnrunzeln an. »Als ich mit George den Fluss hinaufgerudert bin, müssen wir kurz vor der Farm umgekehrt sein. Kommen Sie an Bord«, rief er dem Schafzüchter zu. »Wir freuen uns sehr, Sie zu sehen.«

Die Reiter stiegen ab und kamen über die Planke aufs Schiff. Die vier Männer schüttelten sich die Hände und stellten sich vor.

»James Rochester«, sagte der Schafzüchter.

»Bill Smith. James' Aufseher.«

»Hal Collins, mein Bruder Will.«

Inzwischen hatte sich Annabelle zu ihnen gesellt und wurde vorgestellt, kurz darauf legten auch George und Freddy mit dem Beiboot längsseits an.

»Möchten die Herren eine Tasse Tee?«, fragte Annabelle und spielte die Gastgeberin.

»Ein Tee wäre jetzt genau das Richtige, Miss Jordan«, antwortete James Rochester.

»Was für ein Glück für uns, dass Sie zufällig hier vorbeigekommen sind«, sagte Hal. »Wir hatten nicht geglaubt, dass wir irgendjemanden sehen würden, bevor wir von dieser Sandbank wegkommen.«

»Das hat mit Glück nichts zu tun, Mr Collins. Ich hab von den Aborigines erfahren, dass hier ein Schiff liegt. Als Sie nicht an der Farm vorbeikamen, hab ich angenommen, dass Sie entweder umgekehrt sind oder in Schwierigkeiten stecken.«

Einen Moment lang war Hal verblüfft. »Die einzigen Aborigines, die wir gesehen haben, war eine Gruppe Jäger, vorgestern, glaube ich. Keiner von denen hat Englisch gesprochen.«

»Einige aus dem Stamm arbeiten für mich, und deren Angehörige haben die Nachricht weitergegeben. Wie sieht denn Ihre Lage genau aus? Glauben Sie, dass Sie Ihr Schiff von der Sandbank losbekommen?«

»Absolut keine Chance«, erklärte Hal. »Es sei denn, Sie hätten ein dickes Drahtseil und einen Block mit drei Rollen auf Ihrer Farm.«

»Wozu brauchen Sie denn das?«

»Unser Freddy hat einen Flaschenzug entworfen. Leider haben wir weder das Drahtseil noch die Rollen, die wir dazu brauchen.«

Rochester schüttelte den Kopf. »Tut mit leid. Da kann ich Ihnen auch nicht helfen. Aber, da Sie anscheinend hier festsitzen, bis der Fluss wieder ansteigt, was haben Sie denn in der Zwischenzeit vor?«

»Wir können nichts tun außer abwarten, bis das Wasser steigt.«

»Ich würde Ihnen gern Pferd und Wagen leihen, wenn Sie zurück nach Echuca wollen. Miss Jordan möchte vielleicht lieber zurück.«

»Das ist sehr freundlich von Ihnen«, sagte Annabelle, »doch es gibt in Echuca keine Unterkunft für mich.«

»Selena und Mrs Stoner sind vielleicht inzwischen zurück«,

sagte Will zu ihr. »Und wenn nicht, dann würden Sie bestimmt in Moama eine Unterkunft finden. Beides wäre sicher viel besser für Sie, als hierzubleiben.«

»Ich möchte Sie alle auf meine Farm einladen«, sagte Mr Rochester. »Mrs Rochester wird sich freuen, Gesellschaft zu haben, insbesondere wenn eine Frau dabei ist. Ich hole jetzt den Wagen und bringe Sie dann zu uns. Es wäre meiner Frau und mir eine Ehre, wenn Sie heute Abend zum Essen bleiben würden.«

Hal hatte Bedenken, die Einladung anzunehmen. »Ich möchte die *Maid* nicht zurücklassen, wenn niemand an Bord ist.«

»Ihr Schiff ist hier sicher. Wenn es Sie beruhigt, schicke ich einen meiner Männer zum Wachehalten her.«

Wenige Minuten später waren Rochester und sein Aufseher davongeritten. Hal, der nur zögernd Rochesters Angebot angenommen hatte, einen seiner Männer als Wache zu schicken, wollte immer noch nicht gern sein Schiff verlassen. George hatte eine andere Idee.

»Ihr wisst doch, dass ich kein Typ für feine Gesellschaften bin«, sagte er. »Ich bleib gern hier an Bord. Geht ihr vier jungen Leute nur und amüsiert euch.«

Nun konnte Hal der Aussicht auf einen Besuch der Farm samt Abendessen nicht länger widerstehen. Die vier hatten sich bereits gewaschen und fein gemacht, als James Rochester mit einem kleinen von zwei Pferden gezogenen Wagen zurückkam. Auf dem Weg zur Farm erzählte er seinen Gästen ein bisschen über sich selbst.

»Ich habe mich vor sechs Jahren hier niedergelassen, 1849. Ich habe 20.000 Hektar Weideland und kann 10.000 Schafe halten. Nachdem ich mich eingerichtet hatte, habe ich meine Verlobte aus England hierhergeholt, und 1852 haben wir geheiratet. Wir haben inzwischen zwei Söhne, und ein drittes Kind ist unterwegs.«

»Wie sieht denn Ihr Haus aus?«, fragte Annabelle und dachte dabei an das Holzhaus mit Rindendach, das ihr Vater gebaut hatte.

»Es ist ein zweistöckiges Steinhaus mit breiten Veranden auf drei Seiten und auf beiden Etagen. Hinten am Haupthaus sind zwei Flügel angebaut. In dem einen sind die Unterkünfte der Dienstboten und ein Lagerraum. In dem anderen sind Küche, Vorratskammer, Waschküche und Molkerei untergebracht. Dahinter liegt der Gemüsegarten. Ich habe einen wunderbaren chinesischen Gärtner, der praktisch alles anbauen kann. Noch ein Stück weiter befinden sich die Unterkünfte für meine Männer und für die Scherer, wenn sie zur Schafschur kommen. Der Wollschuppen ist etwa eine halbe Meile vom Farmhaus entfernt.«

»Haben Sie viel Wolle gelagert?«, fragte Hal sofort. »Ich bin nämlich nur deshalb um diese Jahreszeit flussaufwärts gefahren, weil ich mir eine Ladung für die Zeit sichern wollte, wenn der Fluss wieder ansteigt.«

Rochester sah ihn an. »Wenn Ihre Preise vernünftig sind, hätte ich mehr Wolle für Sie, als Ihr Schiff befördern kann. Da müssten Sie schon das ganze Jahr den Fluss rauf- und runterfahren.«

»Nicht wenn wir einen Schleppkahn hätten, den wir an die *Maid* anhängen könnten«, sagte Hal, dem dieser Gedanke gerade gekommen war.

»Wo willst du denn einen Schleppkahn herkriegen?«, fragte sein Bruder.

»Wir könnten einen bauen«, antwortete Hal. »Wenn George und ich die zerstörte *Elizabeth* instand setzen und als *River Maid* wieder flottmachen konnten, sollte doch ein Schleppkahn kein großes Problem darstellen.«

Sie näherten sich dem Farmhaus durch dichtes Buschland über einen Weg, der in mehreren Kehren eine kleine Anhöhe hinaufführte. Das Schieferdach war bereits zu erkennen, doch erst als sie an der höchsten Stelle ins Freie kamen, konnten sie das Haus in seiner ganzen Pracht sehen. Die Beschreibung, die James Rochester ihnen geliefert hatte, war der Realität bei weitem nicht gerecht geworden. Mit seinen großzügigen Abmessungen, den blühenden Sträuchern neben den Eingangsstufen und einem dicht mit Bäumen besetzten Rasen, der sich bis zum Ufer erstreckte, hätte das Farmhaus durchaus auch ein Herrenhaus irgendwo in England sein können.

Annabelle, die viel zu hingerissen war, um ihre Worte zu bedenken, sagte: »Da fehlt ja nur noch ein Springbrunnen vor dem Haus.«

James Rochester war jedoch nicht pikiert, sondern lächelte. »Der kommt auch noch eines Tages, Miss Jordan. Ich habe vor, Berriman zum elegantesten Anwesen am oberen Murray zu machen.«

Sie wurden herzlich von Mrs Rochester empfangen, ein Aborigine-Hausmädchen servierte Tee und Kuchen, und anschließend wurden sie über die *River Maid* ausgefragt. Als Mr Rochester fragte, ob sich seine Gäste nicht gerne das Anwesen anschauen wollten, bestand Mrs Rochester darauf, Annabelle durchs Haus zu führen und ihr die Kinder vorzustellen.

Nachdem die beiden kleinen Jungen ins Bett gebracht waren, um Mittagsschlaf zu halten, führte Mrs Rochester sie zu einem kühlen Platz auf der Veranda, von wo aus man auf den Fluss blicken konnte.

»Jetzt erzählen Sie mir doch bitte etwas über sich, Annabelle. Ich darf Sie doch Annabelle nennen? Und Sie müssen Grace zu mir sagen. Wie kommt es, dass Sie auf Mr Collins' Raddampfer mitfahren?«

Annabelle merkte plötzlich, wie sehr sie das Bedürfnis hatte, mit einer anderen Frau über das zu reden, was sie bewegte, und erzählte alles von dem Zeitpunkt an, als ihr Vater aus England geflohen war. Als Annabelle mit ihrer Geschichte zu Ende war, hatte Grace Rochester Tränen in den Augen, und Annabelle musste selbst gegen die Tränen ankämpfen. Grace ergriff Annabelles Hände.

»Meine Liebe, Sie können hier auf der Farm bleiben, so lange Sie wollen. Wir werden uns gegenseitig Gesellschaft leisten, und ich höre Ihnen jederzeit gerne zu, wenn Sie das Bedürfnis haben zu reden.«

Annabelle blinzelte ihre Tränen weg und lächelte zitternd. »Danke, Grace. Das würde ich sehr gerne tun.«

Die Männer kehrten am späten Nachmittag zurück. Hal und James Rochester hatten sich auf einen Preis für den Transport der Berriman-Wolle geeinigt, Freddy war ganz aufgeregt über alles, was er gesehen hatte. Rochester hatte Will ein Pferd geliehen. Damit würde er am Morgen nach Echuca aufbrechen und anschließend nach Bendigo reiten, um dort alles zu kaufen, was sie für die Konstruktion eines Flaschenzugs und den Bau eines Lastkahns brauchten.

Zehn Tage später kehrte Will mit einem Fuhrmann zurück, dessen Wagen mit den Teilen für den Flaschenzug sowie mit Material und Werkzeugen für den Bau des Lastkahns beladen war. Das Holz für den Lastkahn würde von der Hopwood-Sägemühle in Echuca gebracht werden. Außerdem hatte Will große Mengen Reis, Mehl, Tee, Zucker und getrocknete Früchte gekauft, Sardinen in Dosen und noch viele andere Lebensmittel. Er hoffte, das würde reichen, bis der Fluss wieder anstieg. Da Rochester bereit war, sie mit Fleisch und frischem Gemüse zu beliefern, war die Versorgung nun kein Problem mehr. Gleich nach dem Mittagessen begannen Freddy und George, den Flaschenzug aufzubauen. Hal ruderte mit dem Beiboot auf die andere Seite des Flusses. Während sie auf Wills Rückkehr gewartet hatten, hatte er viel Zeit gehabt, die tiefste Fahrrinne im Fluss zu suchen. Zum Glück zeigte der Bug der *Maid* ungefähr in die richtige Richtung. Freddy und er hatten sorgfältig den am besten platzierten Baum ausgesucht, um dort den Block mit den drei Rollen zu befestigen.

Als alles bereit war, blickten die Männer der *River Maid* sich einige Augenblick lang an. »Ich hoffe so sehr, dass meine Idee auch funktioniert«, sprach Freddy den Gedanken aus, der sie alle beschäftigte.

James Rochester, Bill Smith, Annabelle und Mrs Rochester mit den beiden kleinen Jungen, sie alle kamen, um zu beobachten, wie der Dampfer von der Sandbank gezogen wurde. George und Freddy heizten den Kessel an, damit sich langsam Druck aufbauen konnte. Freddy beobachtete angespannt vor Angst, dass etwas schiefgehen könnte, wie sich das Drahtseil um die Walze wickelte. Oben im Ruderhaus beobachteten Hal und Will genauso nervös, wie das Seil langsam an die Wasseroberfläche kam und immer höher gezogen wurde, bis es ganz straff war.

Der entscheidende Moment war gekommen. George steigerte langsam die Dampfmenge. Die *Maid* knarrte und bebte, rührte sich aber nicht von der Stelle. Das Drahtseil surrte bedrohlich.

Hal lehnte sich aus dem Ruderhaus. »Ist das verdammte Drahtseil stark genug?«, brüllte er Freddy zu. »Für mich hört sich das an, als würde es jeden Moment reißen.«

Die Spannung, die von dem Seil ausging, übertrug sich auf die Männer. Die Zeit schien stillzustehen. Das Einzige, was noch zählte, war der surrende Draht und das gequälte Maschinengeräusch der *River Maid*. Freddy, der ängstlich das Drahtseil beobachtete, das wie ein tödlicher Peitschenschlag durch die Luft sausen würde, wenn es riss, wollte George gerade auffordern, den Dampf zu drosseln, da hörte die *Maid* auf zu zittern.

Wie durch ein Wunder begann sich das Schiff langsam vorwärtszuschieben. Die Zuschauer am Ufer jubelten, doch an Bord brach kein Jubel aus. Auch wenn sich die *Maid* allmählich leichter bewegte und das Drahtseil nicht mehr unter der starken Belastung surrte, waren sie erst halb von der Sandbank herunter. Als das Schaufelrad auf der Backbordseite platschend ins tiefe Wasser sank, hielten alle an Bord noch einmal den Atem an. Dabei hätte sich die *Maid* nämlich leicht drehen und wieder in den Sand geraten können. Plötzlich veränderte sich das Geräusch der Maschine. Die *River Maid* schwamm wieder. Erst da begannen die vier Männer an Bord zu jubeln.

Dann wurde der Flaschenzug abgebaut und verstaut, damit er zur Verfügung stand, falls er noch einmal gebraucht wurde. Die Leute von der Farm winkten zum Abschied.

»Wir sehen uns in ein paar Stunden«, rief Hal.

Er wollte mit der *Maid* zur Berriman-Farm fahren, wo der Fluss selbst in den trockensten Jahren einigermaßen tief war, wie Rochester ihnen garantiert hatte. In Berriman wären sie für den Rest der Niedrigwassersaison sicher.

Sie kamen nur langsam voran und erlebten noch viele bange Momente. Manchmal war es schwierig, die Wassertiefe abzuschätzen. Viermal fuhr Hal mit dem Beiboot vor, um die sicherste Fahrrinne zu suchen, kam dann zurück und steuerte die *Maid* dort hindurch. An einer Stelle entgingen sie mit knapper Not einer weiteren Sandbank. Doch mehrere Stunden nachdem er mit Hilfe des Flaschenzugs befreit worden war, ging der Dampfer in Berriman vor Anker.

6

In ihrem ganzen Leben war Selena nie bewusst gewesen, dass ihr etwas fehlte, bis sie die Geschäfte in Melbourne sah. Seit sie in Australien war, hatte sie nur die vollgestopften Läden auf den Goldfeldern gekannt, jene Holzhütten mit ihrem Sammelsurium an Waren. Läden, in denen Fässer mit gepökelten Fischen neben Mehlsäcken, Hacken und Schaufeln standen, und dazwischen hing schon mal ein Damenkleid oder ein Herrenhemd.

Läden voller schöner Stoffe, Bänder und Spitzen, Kleidergeschäfte, die die neueste Mode verkauften, Hutmacher und elegante Schneidereien – das alles war neu für sie. Nur ihr gesunder Menschenverstand hielt sie vor extravaganten Käufen zurück. Auch wenn sie sehnsüchtig hinreißende Kleider oder erlesene Stoffe betrachtete, wusste sie, dass sie für so etwas keine Verwendung hatte.

»Sie sollten sich wenigstens *ein* schönes Kleid kaufen«, erklärte Mrs Stoner, als Selena Stoffe für strapazierfähige Röcke und Mieder aussuchte.

»Nein«, sagte Selena, auch wenn ihre Stimme leicht wehmütig klang. »Ich muss praktisch denken und Sachen kaufen, die ich in meinem Speisesaal tragen kann.«

»Sie haben wohl noch nie ein schönes Kleid besessen, Selena.« Mrs Stoner war eine sehr einfühlsame Frau. »Ich habe den Eindruck, dass Sie zum ersten Mal überhaupt solche Geschäfte sehen.«

»Ist das so offensichtlich?«, fragte Selena mit einem betrübten Lächeln.

Mrs Stoner lachte. »Mein Liebe, Sie verhalten sich wie ein Kind im Süßwarenladen. Seit wir in Melbourne angekommen sind, kommen Sie aus dem Staunen nicht heraus.«

Selena machte einen Schmollmund. »Dabei hab ich versucht, weltgewandt und erfahren zu wirken.« Dann musste sie über sich selbst lachen. »Melbourne ist sehr aufregend. Ich bin noch nie im Leben in einer so großen Stadt gewesen. Selbst als ich mit meinem Vater in Australien angekommen bin, haben wir nur Canvas Town am Yarra River gesehen. Ich habe Ihnen doch erzählt, dass ich meine Kindheit teilweise bei meiner Großmutter auf Tahiti und teilweise auf dem Schiff meines Vaters verbracht habe. Städte und schöne Geschäfte kamen in meiner unkonventionellen Erziehung nicht vor.«

»Ein Grund mehr, sich mal ein bisschen zu verwöhnen.«

Doch Selena schüttelte den Kopf. »Ich werde nur Sachen kaufen, die ich in Echuca anziehen kann.«

Sie war jedoch weniger vorsichtig, als sie anfingen, Stoffe für Vorhänge auszusuchen, und hätte am liebsten für jedes Zimmer im Gästehaus teuren Brokat genommen. Nachdem sie sich mehrere Stunden lang alle verfügbaren Stoffe angesehen hatten, entschieden sie sich für schweren, dunkelroten Brokat für das Rauchzimmer der Herren und einen kornblumenblauen Brokat für den Damensalon. Für die Schlafzimmer einigten sie sich auf dunkelgrünen Samt, der, wie sie hofften, im Winter dazu beitragen würde, die Zimmer warm zu halten, während er im Sommer die Hitze ein wenig abhielt.

Sie mussten so vieles anschaffen, von Küchenutensilien bis zu diversen Möbelstücken, dass am Ende der zwei Wochen immer noch viele Dinge nicht gekauft waren. Sie blieben weitere zehn Tage und nahmen dann die Postkutsche nach Ballarat, wo

Larry Benedict sie abholte und nach Langsdale brachte. Dort blieben sie fünf Tage, weil Con darauf bestand, dass sie warteten, bis er sie persönlich nach Echuca bringen konnte. Er wollte sich selbst einen Eindruck von dem im Bau befindlichen Haus verschaffen.

»Wenn mich das, was ich da sehe, nicht völlig überzeugt, Selena, kommst du wieder mit nach Hause. Das ist ein Befehl.«

Selena zog einen Schmollmund, sagte aber nichts. Sie wusste, wann man Con nicht widersprechen durfte. Allerdings hoffte sie, dass Mr Jones sein Versprechen gehalten und den Bau des Gästehauses so schnell wie möglich vorangetrieben hatte.

Genau an dem Tag, an dem die *River Maid* erfolgreich von der Sandbank gezogen wurde, verließen Selena und Mrs Stoner Langsdale. Zwei Tage später kehrten sie nach Echuca zurück. Sie trafen Mr Jones im Haus von Mrs Stoner an.

Übersprudelnd vor Neugier wollte Selena, nachdem ihr Bruder und Mr Jones einander vorgestellt worden waren, sofort wissen, ob das Gästehaus fertig war.

»Stoners Gästehaus«, er lächelte Mrs Stoner an, »wartet nur noch darauf, eingerichtet zu werden und die ersten Gäste aufzunehmen. Ich muss sagen, dass das Haus schon einiges Interesse erregt hat. Sie werden bestimmt nie über Mangel an Gästen klagen können.«

Selena klatschte in die Hände. »Wir müssen es uns sofort ansehen. Ich bin ja so aufgeregt. Sind Sie auch aufgeregt, Mrs Stoner?«

»Das bin ich, Selena, auch wenn man es mir nicht so ansieht.«

»Was ein Glück für uns ist«, sagte Con leicht ironisch. »Vielleicht schaffen Sie es ja, den Übermut meiner Schwester in Grenzen zu halten.«

Selena schlang die Arme um ihren Bruder und küsste ihn sanft auf die Wange. »Du willst doch gar nicht, dass ich anders bin.«

»Vermutlich nicht. Ich würde es vermissen, mir ständig Sorgen um dich machen zu müssen.« Das neckische Grinsen, das seine Bemerkung begleitete, brachte ihm von seiner Schwester einen spielerischen Schlag auf den Arm ein.

»Du Ekel.«

Das Gästehaus war viel eindrucksvoller, als Selena und Mrs Stoner es sich vorgestellt hatten. Beide schwiegen vor Verblüffung, als sie endlich in der Eingangshalle standen.

»Was halten Sie davon?«, fragte Mr Jones.

Con beantwortete die Frage, die eigentlich an die Damen gerichtet gewesen war. »Ich bin sehr beeindruckt.« Er legte Selena einen Arm um die Schultern. »Meine liebe Schwester, ich glaube, du hast endlich einmal etwas Vernünftiges in deinem Leben getan.«

Sie drehte sich um und umarmte ihn ganz impulsiv. »Warte erst mal, bis die Fuhrleute kommen und wir alles eingerichtet haben. Oh, ich bin ja so aufgeregt.«

Sie schlenderten durch die leeren Räume und diskutierten darüber, wo genau welches Möbelstück hingestellt werden sollte. Die Küche war bereits mit Schränken, einem Tisch und Anrichten ausgestattet, die an Ort und Stelle angefertigt worden waren, und in Miss Selenas Speissaal standen schon lange Tische und Bänke.

»Ich habe eine Überraschung für Sie beide«, verkündete Mr Jones, als die Besichtigung des Hauses beendet war. »Kommen Sie mit.«

Er führte sie hinters Haus. Dort war ein Chinese mit Zopf und einem merkwürdigen Hut auf dem Kopf eifrig damit beschäftigt, in einem großen Stück Garten den Boden zu bearbeiten.

»Lo Chuong ist mir in Bendigo über den Weg gelaufen. Er gehört zu den Leuten, die kein Glück auf den Goldfeldern gehabt haben. Er hatte sich gerade eine kleine Gemüsegärtnerei eingerichtet, die aber leider von den Schweinen der Nachbarn verwüstet worden war. In Ihrem Namen habe ich ihm eine Stellung als Gärtner angeboten. Kommen Sie, ich stelle Sie vor.«

Der Chinese verneigte sich, als sie auf ihn zukamen. »Lo Chuong«, sagte Mr Jones. »Das sind Ihre beiden Chefinnen, Mrs Stoner und Miss Selena.«

Sie wurden mit einer weiteren Verbeugung bedacht. »Lo Chuong ergebener Diener, Miz Stoner, Mizzy Selena, Lo Chuong pflanzt gute Gemüs.«

»Davon bin ich überzeugt«, antwortete Mrs Stoner. »Schläft er in den Unterkünften der Dienstboten?«, fragte sie Mr Jones.

»Die Hütte dort am Hühnerhof gehört Lo Chuong. Er wollte gerne für sich sein.«

»Wir haben auch Hühner«, rief Selena. »Sie haben ja wirklich für alles gesorgt, Mr Jones. Oh Con, ist das alles nicht einfach wunderbar?«

»Da muss ich dir ausnahmsweise zustimmen, Selena. Mr Jones, Sie haben eine Menge Zeit und Arbeit in dieses Projekt gesteckt.«

»Es hat mir sehr viel Freude gemacht, den Bau des Hauses zu beaufsichtigen. Mrs Stoner, erinnern Sie sich noch an den Vorschlag zur Zusammenarbeit, den ich Ihnen gemacht hatte, bevor Sie nach Melbourne gefahren sind? Ich bin jetzt sogar mehr denn je davon überzeugt, dass sich meine Ideen in die Tat umsetzen lassen. Ich würde gerne mit Ihnen über die Einzelheiten reden, wenn Sie ein bisschen Zeit für mich erübrigen könnten.«

»Bis unsere Sachen aus Melbourne kommen, wird meine Zeit nicht besonders stark beansprucht werden, Mr Jones. Wenn wir zurück zu mir nach Hause gehen, könnten wir uns vielleicht bei einer Tasse Tee unterhalten. Möchten Sie auch zum Tee kommen?«, fragte sie Selena und Con.

»Ich würde gerne noch etwas hierbleiben«, antwortete Selena.

»Ich bleibe bei meiner Schwester«, sagte Con.

Als sie alleine waren, ging Selena zurück in den Speisesaal und setzte sich auf eine der Holzbänke. Die Ellbogen auf den Tisch und das Kinn auf die Hände gestützt, blickte sie sich um. Sie stellte sich den Raum voller Gäste vor, die hungrig Teller voll Roastbeef und Bratensauce leerten, mit frischem Gemüse aus Lo Chuongs Garten als Beilage. Sie würden auch Lammbraten servieren und später noch Hühnchen und Truthahn.

Con, der zur Tür gegangen war, um einen Blick auf den Fluss zu werfen, kam zurück und setzte sich ihr gegenüber. »Ich bin erstaunt, Selena.«

»Erstaunt worüber? Dass ich ein Gästehaus habe?«

»Das auch, aber ich meinte die kurze Zeit, in der dieses Gästehaus errichtet wurde. Wenn in dem Tempo weitergebaut wird, wird Echuca schon bald eine ganz ansehnliche Stadt sein.«

»Du hast also jetzt nichts mehr dagegen, dass ich in Echuca bleibe?« Sie legte den Kopf schief und schenkte ihm ihr schelmischstes Lächeln.

Cons Lippen verzogen sich ebenfalls zu einem Lächeln. »Ich bin bereit, dir die Chance zu geben, dieses Unternehmen zum Erfolg zu führen. Sollte es aus irgendeinem Grund scheitern, kommst du nach Langsdale zurück. Ohne Widerrede, es sei denn, es steckt ein Ehering an deinem Finger.«

Selena biss sich auf die Lippe. Con wusste, dass sie den kurzen Brief erhalten hatte, den Will vor nur wenigen Tagen bei Mr Jones hinterlassen hatte und in dem er ihr mitteilte, dass die *River Maid* weiter oben am Fluss auf Grund gelaufen war und dass er eine Weile dort bleiben würde, um Hal beim Bau eines Lastkahns zu helfen.

»Con«, sagte sie zögernd, da sie nicht wusste, was für eine Antwort sie erwartete, »würdest du, bevor du nach Langsdale zurückkehrst, mit mir zur Berriman-Farm fahren?«

Ihr Bruder zog eine Augenbraue hoch. »Du möchtest Will sehen?«

Sie nickte. Sie hatte zwar geglaubt, sie wäre bereit, so lange zu warten, bis Will sie heiraten würde. Davon war sie während der ganzen Zeit, die sie von Echuca fort war, fest überzeugt gewesen. Sie hatte jedoch überhaupt nicht mit der großen Enttäuschung gerechnet, die sie empfand, als sie feststellen musste, dass Will anscheinend schon wieder fortgegangen war, ohne einen Gedanken an sie zu verschwenden. Zum ersten Mal fragte sie sich, ob ihre Überzeugung, dass Will und sie füreinander bestimmt seien, weniger auf einer Vorahnung als auf Wunschdenken beruhte.

»Ja«, bestätigte sie. »Ich liebe ihn wirklich, Con.«

Con ging um den Tisch herum und nahm sie in die Arme. »Ich weiß, mein Liebes, was du empfindest. Ich hab auch verstanden, was du empfunden hast, als du für Jenny auf ihn verzichtet hast.«

»Tatsächlich?« Sie sah ihren Bruder mit fragenden Augen an.

»Die Liebe zwischen Meggan und mir hat sich auch erst nach einigen Umwegen erfüllt. Eine Zeitlang habe ich geglaubt, ich hätte sie für immer verloren.«

»Das hast du mir nie erzählt.« Die Vorstellung, dass ihr starker und tatkräftiger Bruder auch die Qualen der Liebe kennen gelernt hatte, überraschte Selena.

»Weshalb sollte ich vergangenem Leid nachhängen, wo wir doch jetzt so reich gesegnet sind? Glaube mir, ich hoffe wirklich, dass du den Mann bekommst, den du dir wünschst. Ich möchte, dass du genauso glücklich wirst, wie Meggan und ich es sind.«

Tränen stiegen Selena in die Augen. »Danke. Ich bin so froh, dass du mein Bruder bist.« Sie umarmte ihn heftig, denn in diesem Moment vermisste sie sowohl ihren Vater als auch ihre seit langem tote Mutter sehr.

Wenn man schon irgendwo stranden musste, dann war die Berriman-Farm dafür zweifellos ein angenehmer Ort. Selbst ihre nörglerische Mutter hätte nur wenig gefunden, worüber sie sich hätte beklagen können. Annabelle hatte überhaupt keinen Grund zur Klage. Als Dank für ihre bequeme Unterkunft war sie gerne bereit, Mrs Rochester mit den Kindern und auch im Haushalt zu helfen.

Am glücklichsten war sie jedoch darüber, dass sie in Wills Nähe sein konnte. Er hatte versprochen, seinem Bruder beim Bau des Lastkahns zu helfen, und Annabelle hoffte, bis dahin seine Zuneigung gewonnen zu haben. Sie gab sich keinen Augenblick lang der Illusion hin, sie könnte Will Collins in nur wenigen Wochen dazu bringen, sich in sie zu verlieben. Er sollte vielmehr zu der Überzeugung gelangen, dass sie für ihn die perfekte Ehefrau wäre. Er mochte sie bereits, sie fühlten sich wohl miteinander, und sie wusste, dass er sich für ihre Zukunft verantwortlich fühlte. All das sprach dafür, dass es ihr gelingen würde, sich ihren Herzenswunsch zu erfüllen.

Ihre Gelassenheit wurde heftig erschüttert, als die Besucher auftauchten. Zunächst hatte sie den großen, dunkelhaarigen Mann und die junge Frau an seiner Seite für ein Ehepaar gehalten. Doch als er sich und seine Begleiterin vorstellte, merkte sie, wie falsch sie damit lag.

»Mein Name ist Con Trevannick, und das ist meine Schwester Selena. Der Kapitän des Schiffs, das unterhalb ihres Hauses festgemacht hat, ist mein Schwager.«

In dem Moment, wo Annabelle den Namen der jungen Frau erfuhr, hörte sie nicht mehr zu. Das war also diese Selena, die in irgendeiner Weise wichtig für Will war. Auch wenn Will sie nur als angeheiratete Verwandte bezeichnet hatte, sagte Annabelle ihre weibliche Intuition, dass Selena ihre Rivalin um Wills Gunst war.

Als sie merkte, dass sie die junge Frau bereits unhöflich lange anstarrte, stellte sie sich rasch vor. »Oh, hallo, ich bin Annabelle Jordan. Will hat Ihren Namen erwähnt. Ich freue mich, Sie kennenzulernen«, obwohl sie in Wirklichkeit ganz und gar nicht erfreut über Selenas Erscheinen war.

Selena runzelte die Stirn. »Will hat eine Familie namens Jordan zu einem Haus in der Nähe von Swan Hill begleitet.«

»Ja«, pflichtete Annabelle bei. »Als wir dort ankamen, mussten wir feststellen, dass mein Vater schon einige Zeit tot war. Und am nächsten Tag versagte das Herz meiner Mutter. Seitdem sind mein Bruder und ich auf der *River Maid.*«

»Wie furchtbar für Sie«, erklärte Selena, die immer ein Herz für Menschen hatten, denen ein Unglück widerfahren war.

»Es war ein Glück für uns, dass Will dabei war und dass Hal außerdem zur gleichen Zeit mit der *Maid* dort vorbeikam.«

»Das sind beides sehr anständige junge Männer«, sagte Mrs Rochester, die gerade Höflichkeiten mit Con ausgetauscht hatte. »Doch zunächst einmal möchte ich Sie, Mr Trevannick, und Ihre Schwester bitten, so lange unsere Gäste zu sein, wie Sie möchten. Ich freue mich immer, Gäste im Haus zu haben.«

»Sie sind sehr großzügig, Mrs Rochester, und wir nehmen Ihre Gastfreundschaft gerne an. Leider werden wir nicht länger bleiben können, da ich Selena zurück nach Echuca bringen muss, bevor ich auf meine eigene Farm in der Nähe von Creswick zurückkehre.«

»Das ist aber schade. Mr Rochester würde sich bestimmt gerne mit Ihnen ausführlich über Schafe und Wollproduktion unterhalten. Was möchten Sie denn als Erstes tun? Ein paar Erfrischungen zu sich nehmen, auf Ihre Zimmer gehen oder die jungen Männer am Fluss begrüßen? Sie kommen alle heute Abend zum Essen.«

Con warf einen kurzen Blick zu Selena. Sie hatten während der Fahrt hierher kaum über Will gesprochen. Selena hatte jedoch zu verstehen gegeben, dass sie ihn mit ihrer Ankunft überraschen wollte. Er war ebenfalls für eine Überraschung, da er hoffte, an Wills Reaktion etwas über die wahren Gefühle seines Schwagers Selena gegenüber erkennen zu können.

»Ich hätte jetzt am liebsten eine Tasse Tee«, sagte Selena zu ihrer Gastgeberin. »Ich kann bis zum Abend darauf warten, Will zu sehen. Und Hal natürlich.«

Zum ersten Mal seit vielen Monaten fühlte sich Will einigermaßen zufrieden. Er freute sich, mit seinem Bruder zusammen zu sein, und war stolz auf das, was Hal bisher geleistet hatte und mit der *River Maid* noch vorhatte. Dann war da der Murray River selbst. Nach den Goldfeldern von Ballarat mit dem ständigen Geklapper der Waschrinnen, dem Klirren der Hacken, wenn sie auf Fels trafen, dem Lärm Tausender von Menschen, die gleichzeitig redeten, und dem ohrenbetäubenden Krach der Waffen, die jede Nacht abgefeuert wurden, um sie mit trockenem Pulver neu zu laden, war der Fluss ein Paradies des Friedens.

Er hatte geglaubt, dass ihm die Einsamkeit des Buschs gefiel, bis er den Charme des Flusses entdeckte. An manchen Abschnitten des Flusses, wuchsen die Bäume und das Dickicht bis ganz nah ans Ufer. Das waren stille und friedliche Strecken, wo man, wenn die Maschine der *Maid* ausgeschaltet war, nur noch die Geräusche der Natur hörte. Die Rufe der Vögel, das gelegentliche dumpfe Trommeln, wenn ein Känguru durch den Busch sprang, das Seufzen einer Brise in den Kronen der hohen Eukalyptusbäume und das Platschen, mit dem ein springender Fisch wieder im Wasser landete.

»Ich würd zu gern wissen, was du gerade denkst«, sagte Hal und stellte sich neben ihn aufs Deck, wo er die in goldenes Licht getauchten Bäume und den sich allmählich rosa färbenden Himmel des späten Nachmittags bewunderte.

»Heute gibt es einen schönen Sonnenuntergang.«

Hal, der die gestreiften Wolken betrachtete, die immer mehr Farbe annahmen, stimmte ihm zu. »Aber du hast doch nicht nur über den Sonnenuntergang nachgedacht. Oder willst du mir deine Gedanken nicht verraten?«

»Ich habe über den Fluss nachgedacht und über den Frieden hier. Das gefällt mir, Hal.«

»So sehr, dass du mit mir auf der *Maid* bleiben würdest?«

»Um für dich zu arbeiten?«

»Eher um mit mir zusammenzuarbeiten. Ich hab dich beobachtet, Will, und ich kann sehen, wie der Blick in deinen Augen wieder lebhafter wird. Das kommt vom Fluss.«

Will nickte. »Das stimmt, ich weiß allerdings nicht, ob ich mein ganzes Leben auf einem Raddampfer verbringen möchte.«

»Was hast du sonst vor? Selena scheint doch mit ihrem Gästehaus in Echuca ganz gut beschäftigt zu sein. Willst du dorthin zurück und ihr helfen?«

Diesmal schüttelte Will den Kopf. »Wenn wir von hier wegfahren, werde ich mir vielleicht die Jordan-Farm noch mal ein bisschen genauer ansehen. Das ist ein schönes Stück Land.«

»Hast du vor, Farmer zu werden?«

Will zuckte mit den Schultern. »Ich hab immer noch keine Ahnung, was ich wirklich tun will, Hal. Zumindest habe ich nicht mehr das Gefühl, dass das Leben überhaupt keinen Sinn hat. Das habe ich dir und der *River Maid* zu verdanken.«

Später, während sie zur Farm zurückgingen, tollte Blackie vor ihnen her. George und Freddy folgten ihnen, tief in ein Gespräch versunken. Will und Hal sprachen über die Fortschritte beim Bau des Lastkahns. Die Grundkonstruktion war an diesem Nachmittag fertig geworden. Am Morgen würden sie anfangen, die Planken für den Schiffsrumpf daraufzunageln.

»Ich wollte schon immer ein eigenes Boot haben«, sagte Hal,

»allerdings hab ich mir nie vorgestellt, dass ich mir mal eins bauen würde. Bei der *Maid* brauchten wir ja nur das Oberdeck neu aufzubauen und das Ruderhaus zu reparieren. Wenn wir den Lastkahn zu Wasser lassen, werde ich dafür beten, dass er nicht untergeht.«

»Ich hab den Eindruck, dass du genau weißt, was du tust.«

»Du erinnerst dich doch bestimmt noch, wie Ma immer mit mir geschimpft hat, weil ich so viel Zeit unten bei den Fischern am Strand verbracht habe. Ich habe oft zugesehen, wie Boote repariert wurden, und die Männer mit endlosen Fragen gequält. Sieht aus, als hätte ich einiges von dem behalten, was sie mir erzählt haben.«

Sie öffneten die Tür zum Farmhaus, ohne anzuklopfen. Mrs Rochester hatte schon bald darauf bestanden, dass sie sich wie zu Hause fühlen sollten. Aus dem Wohnzimmer hörten sie Stimmen. Will öffnete die Tür und blieb dann so abrupt stehen, dass Hal gegen ihn stieß.

Will erlebte ein überwältigendes Déjà-vu-Gefühl. Für einen kurzen Moment kam er sich so vor wie damals, als er in Meggans gemietetem Haus in Melbourne stand und Jenny ihn quer durch den Raum ansah. Jenny, von der er geglaubt hatte, sie wäre in Cornwall. Er hätte niemals erwartet, sie wiederzusehen, genauso wenig wie er in diesem Moment mit Selena gerechnet hatte. In diesen wenigen Sekunden wurde ihm klar, dass seine emotionale Reaktion dieses Mal eine völlig andere war. Als er ins Zimmer trat, stellte er fest, dass Con ebenfalls da war.

»Na, das ist ja eine Überraschung. Wie kommt es, dass ihr beide hier seid?« Er schüttelte seinem Schwager die Hand. »Ist in Langsdale alles in Ordnung?«

»Deiner Schwester samt Nichte und Neffe und auch allen anderen auf Langsdale geht es gut. Ich habe Selena und Mrs Stoner zurück nach Echuca gebracht. Selena kam dann auf die Idee,

Hal und dich zu besuchen, während sie auf die Lieferung aus Melbourne warten.« Er hielt inne, um Hal die Hand zu schütteln und sich mit George und Freddy bekannt zu machen. »Ich würde mir sehr gern deinen Dampfer ansehen«, sagte er zu Hal.

»Es wäre mir ein Vergnügen, dir die *Maid* zu zeigen. Sie ist ein feines Schiff.«

Das Gespräch wurde an dieser Stelle unterbrochen, da das Hausmädchen ankündigte, das Abendessen könne serviert werden. Will landete auf einem Platz gegenüber von Selena und Annabelle, was ihm einiges Unbehagen bereitete. Selenas plötzliches Auftauchen hatte sein Herz nicht zum Hämmern gebracht und all seine Gefühle in Aufruhr versetzt wie damals, als er Jenny völlig unerwartet in Meggans Haus in Melbourne angetroffen hatte. Nun hatte er ein schlechtes Gewissen, weil er sich nicht mehr darüber freute, dass Selena den weiten Weg von Echuca hierher gekommen war, um ihn zu sehen. Die Erinnerung an ihr letztes Zusammensein macht es ihm schwer, ihr in die Augen zu blicken.

Ebensowenig konnte er Annabelle direkt in die Augen sehen. Er war sich sehr wohl dessen bewusst, dass sie ihn mochte, und fragte sich, ob er ihr Grund zu der Annahme gegeben hatte, dass sein Verhalten ihr gegenüber mehr als freundschaftlich sein könnte. Für keine der beiden Frauen fielen ihm die passenden Worte ein, und er wünschte sich sehnlichst, er wäre auf der *Maid* geblieben. Hal rettete ihn, indem er Selena aufforderte, ihnen von dem neuen Gästehaus zu erzählen.

»Wer hatte denn die Idee?«, fragte er.

»Ich habe Mrs Stoner den Vorschlag gemacht. Er hat ihr sofort gefallen, weil sie schon häufiger gedacht hatte, dass ein Gästehaus genau das Richtige für sie wäre. Habt ihr gewusst, dass sie eine erstaunliche Künstlerin ist? Sie hat wunderbare Zeichnungen gemacht, wie unser Gästehaus aussehen soll, wenn es fertig ist. Während wir in Melbourne waren, hat sie auch alle Räume gezeichnet. Dadurch war es für uns viel einfacher, die richtigen Möbel auszusuchen.«

»Wann bist du denn überhaupt auf die Idee mit diesem Gästehaus gekommen?«, fragte Will. Eigentlich wollte er wissen, ob das, was er getan hatte, in irgendeiner Weise mit der Entstehung dieses großen Plans zu tun hatte.

»So richtig erst an dem Tag, bevor du fortgegangen bist. Die Idee kam mir ganz plötzlich, als ich darüber nachgedacht hab, was für ein Glück wir doch hatten, bei Mrs Stoner untergekommen zu sein.«

»Meine Schwester war schon immer sehr impulsiv«, bemerkte Con. »Ich frage mich, wie lange es dauert, bis sie genug von Ihrem Gästehaus und dem Speisesaal hat.«

»Wart's nur ab, Con Trevannick. Ich werd's euch noch allen zeigen.«

Plötzlich sah Will wieder die alte Selena vor sich, die er kennengelernt hatte, bevor ihr beider Leben von Tragödien überschattet wurde, und musste lächeln. »Ich wünsche dir viel Erfolg.«

»Ach ja?«

Will hörte die Frage, die hinter den leisen Worten stand, und er merkte, dass auch Con ihn ansah. Also erwartete er ebenfalls eine Antwort auf Selenas unausgesprochene Frage. Eine Antwort, die er nicht geben konnte.

Hal rettete ihn erneut. »Es gibt doch gar keinen Grund, weshalb du nicht erfolgreich sein solltest. Echuca wird wachsen. Im Augenblick fahren ungefähr zehn Dampfer auf dem Fluss. Jedes Jahr werden weitere hinzukommen und Handel treiben. Wenn man bei einem Unternehmen, egal was es ist, zu den Ersten gehört, oder wie in deinem Fall die Allererste ist, die so etwas macht, dann hat man einen Vorsprung vor der Konkurrenz.«

»Glauben Sie wirklich, dass sich der Handel per Schiff zu einem größeren Geschäft entwickelt?«, fragte Mr Rochester.

»Davon bin ich überzeugt, und ich will in dieses Geschäft groß einsteigen. Die *River Maid* ist mein erster Dampfer, und sie wird nicht mein letzter sein. Ich habe vor, mir eine ganze Flotte aufzubauen.«

Das Gespräch wandte sich nun dem noch jungen Schiffshandel zu und der Frage, welche Folge er für die Erschließung des Landes haben würde.

Nach dem Essen fand Selena Gelegenheit, mit Will allein zu sprechen. »Annabelle hat mir ihre Geschichte erzählt. Was für ein Glück, dass sie dich hatten, Will.«

»Unser Glück war, dass Hal zur gleichen Zeit dort vorbeikam. Ich habe nur getan, was jeder anständige Mann tun würde.«

»Ich mag Annabelle. Magst du sie auch?«

»Ich mag beide, Annabelle und ihren Bruder.«

»Wirst du dich in sie verlieben?«

Er sah sie stirnrunzelnd an. »Was soll das? Glaubst du das etwa?«

Selena biss sich auf die Lippen, dann sah sie ihn entschlossen an. »Ich möchte ehrlich mit dir sein, Will. Ich bin hergekommen, um dich zu überraschen, weil ich wissen musste, was du wirklich für mich empfindest. Ich konnte dir deine Gefühle am Gesicht ablesen. Du hast dich kein bisschen gefreut, mich zu sehen.«

So mit der Wahrheit konfrontiert zu werden, verschlimmerte Wills schlechtes Gewissen noch. Die Kehle schnürte sich ihm zu, und er musste heftig schlucken. »Ich war einfach nur überrascht, Selena. Es gibt nur eine Frau, die ich je geliebt habe, die ich überhaupt jemals lieben konnte. Und auch wenn ich das, was in Echuca zwischen uns geschehen ist, nicht unbedingt bedaure, so weiß ich doch, dass ich dir unrecht getan habe. Du brauchst dir keine Sorgen um deinen guten Namen zu machen. Ich verspreche dir, dass ich dich heiraten werde, Selena.«

Sie reagierte leicht gereizt. »Mein guter Name ist absolut nicht in Gefahr. Nur du und ich wissen, was passiert ist. Und ich erwarte kein Kind, falls es das ist, was dir Sorgen macht.«

Er wandte sich abrupt von ihr ab, weil er nicht wollte, dass sie sein Gesicht sah. »Ja, das hat mir Sorgen gemacht. Ich weiß, was für Tragödien durch außerehelich geborene Kinder entstehen können.« Er wusste, dass seine Worte bitter klangen. Die schmerzliche Erinnerung an Dinge, die weit in der Vergangenheit lagen, überwältigte ihn. Er schlug mit der Hand heftig gegen den Verandapfosten, dann drehte er sich um und sagte mit sanfterer Stimme: »Verzeih mir, Selena, das war nicht fair.«

Selena lächelte ihn traurig an. »Du bittest mich ständig, dir zu verzeihen. Das brauchst du nicht. Ich bin dumm genug, dir alles zu verzeihen, weil ich dich immer geliebt habe. Ich weiß, dass keine andere Frau je Jennys Platz in deinem Herzen einnehmen kann, aber ich weiß, dass ich dich glücklich machen könnte, Will. Ich hatte gehofft, dass du lernen würdest, mich wenigsten ein bisschen zu lieben. Doch jetzt sehe ich, dass das nicht geschieht, und ich will nicht heiraten, wenn die Liebe nur einseitig ist. Ich werde dich nicht aufhalten, Will. Tu, was du für richtig hältst, und geh, wohin du willst. Ich werde mich immer freuen, dich in Echuca zu sehen.«

Ohne ein weiteres Wort zu sagen, ließ sie ihn stehen. Will trat fluchend gegen den Verandapfosten und fragte sich, warum zum Teufel das Leben nur so ein verdammter Schlamassel war. Das Gefühl von Frieden, das er bei Sonnenuntergang empfunden hatte, war dahin. Als er Schritte hörte, drehte er sich rasch um und sah Con auf sich zukommen. Er brauchte Con nur anzusehen, um zu wissen, was er wollte.

»Ich bin nicht in der Stimmung, dir zuzuhören, Con.«

»Mag sein, aber ich werde es dir trotzdem sagen. In Abwesenheit unseres Vaters bin ich für die Sicherheit und das Wohlergehen meiner Schwester verantwortlich. Schon allein, dass sie dir gefolgt ist, war verdammt töricht von ihr. Wenn ich nicht draußen auf der Weide gewesen wäre, hätte ich ihr niemals erlaubt, Langsdale zu verlassen. Ich wäre hinter euch her geritten und hätte sie zurück nach Hause geholt, wenn Meggan es mir nicht ausgeredet hätte. Sie hatte erwartet, dass ihr nach wenigen Tagen mit der Ankündigung zurückkommen würdet, dass ihr heiratet. Ich hätte gerne eine Erklärung von dir, Will, warum du meine Schwester noch nicht geheiratet hast.«

»Das solltest du Selena fragen«, antwortete Will aufbrausend. »Sie hat mir gerade erklärt, dass sie mich nicht heiraten will. Mach mich nicht für den Eigensinn deiner Schwester verantwortlich.« Dann stolzierte er davon, drehte sich aber nach wenigen Schritten noch einmal um. »Und bestell Meggan Grüße von mir.«

Es scherte ihn nicht, dass er sich ungehörig verhielt. Er schlenderte am Flussufer entlang, bis er vor sich die Feuer der Aborigines flackern sah. Erst dann kehrte er um und ging zur *River Maid* zurück. Die anderen waren noch nicht da. Er stieg in seine Koje in Hals Kabine und stellte sich schlafend, als sein Bruder hereinkam. An diesem Abend war ihm nach keinem weiteren Gespräch zumute.

Am nächsten Morgen stand er früh auf und fuhr mit dem Beiboot den Fluss hinauf bis um den nächsten Bogen herum, um zu angeln. Er wollte sich unsichtbar machen, bis Hal Con und Selena die *Maid* gezeigt und die beiden sich auf den Rückweg nach Echuca gemacht hatten.

Während der Rückfahrt nach Echuca sprach Selena nur wenig. Ihre ungewöhnlich trübsinnige Stimmung riss ihren Bruder zu der Bemerkung hin: »Ich würde Will Collins am liebsten eins mit der Peitsche überziehen.«

»Nein!« Selena wurde aus ihren Gedanken hochgerissen. »Will hat mich nie darum gebeten, ihm zu folgen. Er hat mir sogar mehrmals ans Herz legt, nach Langsdale zurückzukehren. Ich habe darauf bestanden, bei ihm zu bleiben. Ich wollte mit ihm zusammen sein.«

»Und was hat es dir eingebracht? Jetzt sitzt du hier wie ein Häufchen Elend, weil du einem Mann nachgelaufen bist, der deiner nicht wert ist.«

»Vielleicht bin ich ja seiner nicht wert«, rief sie. »Denn wenn ich das wäre, würde er mich doch wenigstens ein bisschen lieben.«

Sie schlang die Arme um ihre Knie, legte den Kopf darauf und fing an zu schluchzen. Con ließ sie sich ausweinen. Er wünschte, es stünde in seiner Macht, dafür zu sorgen, dass seine geliebte kleine Schwester glücklich wurde. Als sie schließlich wieder aufrecht saß und die letzten Tränen wegschniefte, legte er ihr einen Arm um die Schultern und zog sie an sich.

»Tut mir leid, wenn ich zu hart zu dir gesprochen habe, Liebes, aber ich möchte doch nur, dass du glücklich wirst. Ich finde, dass du in deinem jungen Leben schon viel zu viel Kummer und Leid erlebt hast.«

»Erst seit Vater und ich nach Australien gegangen sind. Alles war perfekt, solange Maman noch am Leben war.« Energisch rieb sie sich neue Tränen aus dem Gesicht. »Ich hätte mit Vater mitgehen sollen, als er wieder zur See gegangen ist. Dann hätte ich Jenny nicht lange genug gekannt, um sie gern zu haben. Ich wär nicht in Eureka gewesen. Und ich hätte nicht zwei Männer get-t-tötet.«

»Ganz ruhig!« Con drückte ihr fest die Schulter. »Du sollst nicht an Eureka denken. Du hast getan, was nötig war. Niemand auf Erden oder im Himmel kann dich dafür verurteilen.«

Selena nickte dumpf und fragte sich, ob sie sich jemals damit abfinden würde, dass sie diese beiden tödlichen Schüsse abgefeuert hatte. Den Tod von Tom Roberts würde sie niemals bedauern. Die Welt war ein besserer Ort ohne Leute wie ihn. Aber hatte dieser Soldat tatsächlich den Tod verdient? Er hatte nur den Befehl befolgt, alle Hütten abzubrennen, die den Goldgräbern gehörten.

»Will grübelt ständig über Eureka nach. Ich glaube, er wird sich immer die Schuld für Adams Tod geben. Manchmal glaube ich, er bedauert es, dass er nicht auch gestorben ist. Ich habe versucht, ihm zu helfen, Con, einfach dadurch, dass ich für ihn da war, dass ich ihn wissen ließ, dass er mit mir über alles reden könnte, wenn er wollte. Aber er hat alle Gefühle von Bitterkeit, Hass, Trauer und Schuld in sich verschlossen. Ich muss ihn in Ruhe lassen, bis er sich von seinen Dämonen befreit hat. Wenn es wirklich vorherbestimmt ist, werde ich vielleicht doch noch eines Tages seine Frau.«

Lange Zeit saß sie gegen die Schulter ihres Bruders gelehnt da und fand Trost in seinem Arm. Nach den Tränen, die sie vergossen hatte, war ihr leichter ums Herz geworden. Sie dachte über alles nach, was geschehen war und was hätte sein können. Beinah wie im Traum sprach sie ihren Gedanken aus.

»Was für ein grausames Schicksal, dass Adam sterben musste. Joshua war doch das schwarze Schaf in dieser Familie.«

7

An einem schönen, klaren Aprilmorgen, einem Tag, an dem die Natur völlig mit sich im Einklang zu sein schien, spürte Joshua Winton nur wenig Frieden im Herzen. Er saß leicht vornübergebeugt im Sattel und fragte sich, weshalb er diese spezielle Stelle an der Straße nach Riverview auf Anhieb wiedererkannte. Wie konnte er so sicher sein, dass sie vor all den Jahren genau unter diesem Baum dort Jane und ihre Mutter gefunden hatten? Etwa hundert Meilen war er gerade durch spärlich bewaldetes Gebiet geritten, wo nur wenig das ewige Einerlei von gelb gefärbtem Gras und grau-grünen Bäumen unterbrach. Doch das Bild, das er jetzt wieder vor Augen hatte, war so klar, als wäre die Zeit zurückgedreht worden.

Was wäre aus der Frau und dem Mädchen geworden, die beide krank und halb verhungert waren, wenn die Familie Winton nicht auf sie gestoßen wäre? Seine Schwester Anne hatte sie als Erste gesehen. Ohne zu zögern hatte ihr Vater den Wagen angehalten, ihre Mutter hatte den beiden Wasser und Kekse gegeben und Joshua aufgefordert, eins von seinen Hemden zu holen, damit das Mädchen seine Blöße bedecken konnte. Damals hatte er zum ersten Mal ein halbnacktes weibliches Wesen gesehen und zu seiner Schande körperlich darauf reagiert. Dass dieses weibliche Wesen ein schmutziges und halbverhungertes Aborigine-Mädchen gewesen war, hatte in ihm Hass auf alle Aborigine-Frauen geweckt.

Verdammt noch mal! Wo kam bloß auf einmal diese ganze Selbstanalyse her? Niemand konnte die Vergangenheit ändern. Was er getan hatte, hatte er getan. Wer hätte denn vorhersehen können, dass aus dem dürren verwahrlosten Kind, das Anne Jane genannt hatte und das wie eine Schwester bei ihnen aufgewachsen war, eines Tages eine schöne, intelligente Frau werden würde? Wo mochte Jane jetzt sein? Waren sie und Adam immer noch auf Goldsuche in Ballarat?

Joshua lachte hämisch und trieb sein Pferd wieder an. Sollte sein Bruder sich doch abrackern und tiefe Schächte graben, wo doch eh nur wenig Hoffnung bestand, auf dem Grund ein paar Nuggets zu finden. Joshua war das Schicksal dagegen trotz der schlimmen Dinge, die er getan hatte, günstig gewesen. Er lachte wieder, diesmal noch zynischer. Als indirekte Folge seiner Schandtaten war er jetzt reicher, als er sich das in seinen kühnsten Träumen hätte vorstellen können. Wenn er nicht auf der Flucht vor der Polizei gewesen wäre, hätte er niemals dieses große Nugget gefunden, das nun sicher in Adelaide auf der Bank lag. Nun könnte er bekommen, wovon er immer geträumt hatte: die größte Schafzucht in Australien. Und anfangen würde er mit dem inzwischen verlassenen Grundstück, das im Norden an Riverview grenzte.

Einige Stunden später, als die Bäume bereits lange Schatten warfen, ritt Joshua an Riverviews großem Scherschuppen vorbei. Die Pferche hinter den Schuppen waren voll mit ungeschorenen Schafen. Auf der Weide daneben waren die Tiere, denen bereits das Vlies entfernt worden war. Joshua schätzte, dass man erst vor zwei bis drei Tagen mit dem Scheren begonnen hatte. Bei genauerer Betrachtung merkte er, dass viele Schafe schlecht geschoren waren. Wieso duldete sein Vater so schlampige Arbeit?

Ein Mann kam die Treppe vom Schuppen hinunter. Er war groß und dunkelhäutig. Ein Mischling, vermutete Joshua. Er kannte den Mann nicht, doch das war nicht weiter verwunderlich.

»Ist der Boss da?«, fragte Joshua und deutete mit dem Kopf auf den Scherschuppen.

»Im Haus.« Der Mann deutete, ebenfalls mit dem Kopf, auf das zweistöckige Steingebäude, das etwa eine halbe Meile vom Schuppen entfernt stand.

Joshua runzelte die Stirn. Wenn sein Vater kein wachsames Auge auf die Scherer warf – was an sich schon ungewöhnlich war – dann war das vielleicht die Erklärung für die schlecht geschorenen Schafe. Normalerweise kümmerte sich Charles Winton sehr gründlich um seine Herden.

Irgendetwas irritierte Joshua, als er weiterritt. Lag es nur an seiner dreijährigen Abwesenheit, dass ihm alles anders vorkam? Er hatte eine blühende Schaffarm in Erinnerung, konnte allerdings nicht genau festmachen, weshalb sie jetzt einen heruntergekommenen Eindruck machte. Lag es daran, dass alles ein wenig vernachlässigt wirkte? Jedenfalls schien definitiv etwas nicht zu stimmen. Oder war es seine eigene Nervosität, weil er in wenigen Minuten seinen Eltern gegenübertreten würde, mit denen er sich zerstritten hatte.

Die Ställe sahen aus wie immer, den Stalljungen kannte er nicht. Joshua ließ sein Pferd bei ihm und klopfte sich den Staub von Hose und Jacke. Dann ging er um das Haus herum. Fünf breite Steinstufen führten zu der von Säulen eingefassten Eingangstür. Als er den Fuß auf die vierte Stufe setzte, ging plötzlich die Tür auf.

Jane stand im Eingang, in schwarzer Trauerkleidung.

Eine fast lähmende Angst schnürte ihm die Kehle zu. »Mein Vater?« brachte er mühsam hervor.

»Meine Eltern sind im Wohnzimmer.« Jane ging zurück ins Haus und ließ die Tür offen stehen.

Joshua war einen Moment lang starr vor Zorn. Ihre Eltern? Das waren seine Eltern, selbst wenn sie ihn aus dem Haus gewiesen hatten und nichts mehr mit ihm zu tun haben wollten. Er eilte hinter Jane her und war nur wenige Schritte hinter ihr, als sie das Wohnzimmer betrat. Er wollte nicht, dass sie ihn ankündigte und ihm die Möglichkeit nahm, die Reaktion seiner Eltern zu sehen.

Die Reaktion war Schweigen. Ein Schweigen, das so lange anhielt, dass Joshua bemerkte, dass sein Vater mit einer Decke über den Beinen in seinem Lieblingssessel saß. Sein Gesichtsausdruck war unergründlich. Joshua sah seine Mutter an, die in diesem Moment in Tränen ausbrach.

»Joshua.«

Sie stemmte sich mühsam hoch, und er stellte entsetzt und beinah angewidert fest, dass sie hochschwanger war. Doch an der Freude in ihrem Gesicht erkannte er, dass sie ihm entweder verziehen oder seine Missetat vergessen hatte. Sie schlang die Arme um ihn, drückte ihn fest an sich und wiederholte immer wieder seinen Namen.

»Es reicht, Mary.« Charles Wintons Stimme war keine Freude über die Rückkehr seines Sohnes anzuhören.

Joshua sah seinen Vater herausfordernd an, als wolle er ihn zwingen, seine Rückkehr zu akzeptieren. Seine Mutter sprach als Erste.

»Ich bin so froh, dass du nach Hause gekommen bist. Die Vorstellung, beide Söhne verloren zu haben, hat mir fast das Herz gebrochen.«

Joshua war so gerührt über den tränenreichen Empfang durch seine Mutter, dass er ihre Worte nicht sofort begriff. Dann wurde ihm bewusst, dass seine Mutter auch in Trauer war. Er hielt sie ein Stück von sich und blickte von einem Elternteil zum anderen. Erst jetzt bemerkte er die Kummerfalten im Gesicht seines Vaters. Es befiel ihn eine noch viel größere Angst, als ihn vorhin auf der Treppe ergriffen hatte. Nein, das konnte doch nicht sein. In seiner Kehle bildete sich ein Klumpen. Er musste zweimal schlucken, bevor er die nächsten Worte herausbekam.

»Wo ist Adam?«

»Adam ist tot«, antwortete Jane. »Er ist letztes Jahr im Dezember beim Eureka-Aufstand ums Leben gekommen.«

»Eureka? Adam? Ich … nein, nein.« Sein Verstand bemühte sich, das Unbegreifliche zu verstehen.

Jane betrachtete ihn neugierig. »Du hast das nicht gewusst?«

Er schüttelte den Kopf. Dann ließ er sich in einen Sessel fallen und stützte den Kopf in die Hände. »Ich kann es nicht fassen. Adam ist tot?«

Seine Mutter stellte sich neben ihn und strich ihm beruhigend über den Kopf, wie sie es getan hatte, als er noch ein Kind war.

»Jane hat uns die Nachricht gebracht. Und sie hat uns erzählt, dass du auch in Ballarat warst. Deshalb haben wir gedacht, du wüsstest es.«

Joshua versuchte, einen klaren Kopf zu bekommen. »Ich hab Ballarat verlassen, bevor die Unruhen anfingen. Ich hab von der Schlacht in Eureka gehört und wusste, dass dabei Menschen getötet worden sind. Aber Adams Name ist nie gefallen. Ich hab nicht mal gewusst, dass er an dem Aufstand beteiligt war.« Er sah zu Jane hinüber. »Was ist mit den anderen?« Er brauchte keine Namen zu nennen.

»Von denen war nur Will Collins beteiligt. Er wurde schwer verwundet, und seine Schwester Meggan hat ihn gesund gepflegt.«

»Auf Langsdale? Warst du zu der Zeit immer noch dort?«

»Ja.«

Steckte hinter dieser kurzen Bestätigung etwa mehr? Wusste

Jane, dass er mal auf Langsdale gearbeitet hatte, und kannte sie den Grund, weshalb Con Trevannick ihn fortgeschickt hatte? Wenn ja und wenn sie es seinen Eltern erzählt hatte, dann bestand keine Chance, dass sie ihn jemals wieder als ihren Sohn akzeptieren würden. Wobei seine Mutter es ja bereits getan hatte, nur sein Vater noch nicht.

»Willst du mich nicht zu Hause willkommen heißen, Vater?«

»Deine Mutter hat das ja anscheinend schon getan.«

Joshua senkte den Blick, dann sah er seinem Vater wieder in die Augen. »Aber du tust es nicht.«

»Du kannst Adams Platz nicht einnehmen.«

Joshua spürte, wie ihm das Blut ins Gesicht stieg. Adam, immer nur Adam. Der Lieblingssohn.

Jane nahm ihre Mutter am Arm. »Komm, Mama. Wir sollten Papa und Joshua allein miteinander reden lassen.«

Joshua fand zunächst keine Worte, die er seinem Vater sagen konnte. Er konnte es immer noch nicht fassen, dass Adam tatsächlich tot war, und bedauerte es zutiefst, dass die letzten Worte, die er mit seinem Bruder gewechselt hatte, unfreundlich gewesen waren. Könnte man doch nur vergangenes Unrecht wiedergutmachen. Er war nach Riverview zurückgekehrt, um mit seinem Reichtum zu protzen, um seinen Eltern zu zeigen, dass der verstoßene Sohn jetzt die Mittel hatte, ein Mann von Bedeutung zu werden. Nun wurde ihm klar, dass der wahre Grund für seine Rückkehr der Wunsch gewesen war, wieder mit seiner Familie zusammen zu sein.

»Nun? Was hast du mir zu sagen?« Die Worte waren im Ton eines Schulleiters gesprochen, der einen widerspenstigen Schüler maßregeln will.

Joshua antwortete mit einer Gegenfrage. »Was ist mit dir los? Nein, schüttele nicht den Kopf. Ich habe Anzeichen von Vernachlässigung gesehen. Ich hab gesehen, wie schlecht die Schafe geschoren werden. Und nun sehe ich dich hier wie einen Invaliden sitzen, mit einer Decke über den Knien.«

Charles Winton nickte bedächtig. »Ja, Joshua, dir sind immer selbst kleine Details aufgefallen. Das war eine besondere Fähigkeit von dir. Und was du auch sonst für ein Mensch sein magst, mit Schafen konntest du immer gut umgehen.«

»Ich bin jetzt ein reicher Mann, Vater. Ich habe Gold gefunden.«

»Du hast Gold? Hast du es in Ballarat gefunden?«

»Ich habe mein Gold in den Pyrenees gefunden. Ich war nur kurz in Ballarat.« Am liebsten hätte er geleugnet, überhaupt in der Nähe von Ballarat gewesen zu sein. Ihm war klar, dass er manche Dinge für immer geheim halten musste. »Du hast mir immer noch nicht gesagt, was mit dir los ist.«

»Ein übler Sturz vom Pferd. Mein rechtes Bein war an zwei Stellen gebrochen.«

»Kannst du denn gehen?« Joshua war bestürzt. Sein starker, lebenssprühender Vater konnte doch kein Krüppel sein.

»Mit Hilfe eines Stocks, ja. Das Bein tut aber immer noch weh. Und ich kann auch nicht lange stehen.«

In weniger als einer Sekunde hatte Joshua seine Entscheidung getroffen. »Erlaube mir hierzubleiben, Vater. Du brauchst meine Hilfe.«

Sein Vater seufzte tief. »Ich muss zugeben, dass das stimmt. Ich weiß, dass so manche Schlamperei eingerissen ist, seit ich nicht mehr in der Lage bin, ständig ein wachsames Auge auf die Männer zu werfen.«

»Dann erlaubst du mir also zu bleiben?«

Sein Vater wirkte plötzlich erschöpft. »Diese Entscheidung kann ich nicht treffen, Joshua. Du weißt doch, weshalb du fortgeschickt worden bist.«

Joshua schwieg, spürte jedoch wieder das Blut in seinem Gesicht.

»Wenn Jane mit deiner Anwesenheit hier einverstanden ist, werde ich deine Hilfe gerne annehmen. Vielleicht erweist du dich ja als würdig, wieder mein Sohn genannt zu werden.«

Die ungeheure Erleichterung, die Joshua empfand, war begleitet von dem Gefühl, wieder dort zu sein, wo er hingehörte. »Ich werde mein Bestes geben, Vater. Wenn es dir recht ist, gehe ich jetzt zum Scherschuppen. Diese Scherer müssen mit ihren Messern sorgfältiger umgehen.«

Aufgewühlt über die Rückkehr ihres jüngeren Sohnes und erschöpft von ihrer Schwangerschaft, ließ sich Mary Winton von Jane ins Bett bringen. Als diese gerade das Zimmer verlassen wollte, rief sie sie zurück.

»Jane, meine Liebe, was empfindest du dabei, Joshua wiederzusehen?«

Jane wandte sich langsam um. »Ich empfinde gar nichts für Joshua. Er ist für mich wie ein Fremder.«

»Würde es dir nichts ausmachen, wenn er bleibt?«

Jane trat ans Bett und nahm die Hand ihrer Pflegemutter. »Mama, du hast bereits einen Sohn verloren, nun ist der andere zu dir zurückgekommen. Ich habe nicht das Recht zu bestimmen, ob er hierbleiben darf oder nicht. Papa braucht Joshuas Hilfe bei den Schafen. Du brauchst mich, um dir bei der Entbindung beizustehen. Um euretwillen werde ich mich mit Joshuas Rückkehr abfinden.«

»Meine liebe Jane, du bist eine pflichtbewusstere Tochter, als Anne es je war.«

Jane lächelte. »Anne hat alle Hände voll mit ihrer eigenen Kinderschar zu tun. Ist dir klar, dass sie jetzt eine Tante oder einen Onkel bekommen, der jünger ist als sie?«

»Ja, wie lächerlich für eine Frau in meinem Alter, noch ein Kind zu bekommen.«

Jane betrachtete ihre Pflegemutter zärtlich. »Einen Nachkömmling, der dir helfen wird, die Lücke zu füllen, die Adam hinterlassen hat. Nun versuch zu schlafen, Mama. Ich muss mal nachsehen, was mein kleiner Schlingel so treibt.«

Charles Winton rief sie ins Wohnzimmer. »Jane, meine Liebe, komm bitte einen Moment zu mir.«

Jane setzte sich zu ihm und nahm seine Hand. »Ich weiß, was du mich fragen willst. Mama hat mir bereits die gleiche Frage gestellt.«

»Und?«

»Es steht mir nicht zu zu entscheiden, ob Joshua bleiben darf oder nicht.«

»Was er dir angetan hat, ist und bleibt unverzeihlich.«

»Ich kann ihm nicht verzeihen, aber für dich und für Mama bin ich bereit zu vergessen. Joshua wird es nicht wagen, mich noch einmal zu belästigen.«

Charles Winton schlug mit der Faust auf sein Bein und stöhnte verzweifelt. »Wenn das verdammte Bein nicht wäre, würde ich ihn zum Teufel jagen. Wenn Adam hier wäre … Verdammt, Jane, ich brauche Joshua, ob es mir gefällt oder nicht. Ach.« Er seufzte tief. »Verzeih mir, dass ich in deiner Gegenwart geflucht habe. Doch dass er einfach so hier auftaucht, hat mich ganz durcheinandergebracht. Wenn man doch nur die Zeit zurückdrehen könnte.«

»Das kenne ich, das Gefühl. Allerdings kann ich mir ein Leben ohne Darcy nicht vorstellen.«

»Wo ist denn der kleine Frechdachs überhaupt?«

»Bestimmt stellt er gerade wieder irgendwas an.« Sie lächelte das nachsichtige Lächeln einer Mutter.

»Für einen Dreijährigen ist er ganz schön umtriebig.«

»Er ist erst zwei.« Jane lachte. »Nun ja, zweieinhalb. Ich wollte gerade nach ihm sehen. Brauchst du irgendetwas?«

»Nein danke, meine Liebe. Ich muss über vieles nachdenken.«

»Dann lasse ich dich jetzt allein.« Sie küsste ihn leicht auf die Stirn. »Und mach dir meinetwegen keine Sorgen. Ich werde mit Joshua schon fertig. Die Nachricht über Adams Tod hat ihn zutiefst getroffen. Ich glaube, vor allem das wird dafür sorgen, dass er sich anständig benimmt.«

Bessie, die Köchin, berichtete Jane, ihr Sohn sei in der Küche gewesen, habe ihr ein Stück Kuchen abgeschwatzt und sei dann durch die Hintertür hinausgegangen. Bessie, eine Aborigine, konnte unvorstellbar lockeres Brot backen und einen perfekten Rostbraten zubereiten. Sie hatte eine Schwäche für Janes Mischlingssohn, beneidete sie jedoch insgeheim, weil sie die wahrscheinlich einzige Aborigine-Frau der Welt war, die das Glück hatte, als Tochter einer weißen Familie aufgewachsen zu sein. Bessie waren die Unterschiede zwischen ihrer und Janes Lebenssituation sehr bewusst, und manchmal ärgerte sie sich auch darüber, wobei sie allerdings niemals zulassen würde, dass sich eines der Hausmädchen darüber beklagte, dass eine Aborigine ihm Anweisungen erteilte.

Bei den Ställen, einem anderen Lieblingsort von Darcy, erfuhr Jane ebenfalls, dass ihr Sohn da gewesen und wieder gegangen war. Sie ging gerade über den Hof zurück, da sah sie Joshua mit Darcy auf den Schultern aus dem Scherschuppen kommen. Sofort kam ihr das Bild in den Sinn, wie Joshua Darcy und Etty auf seinem Pferd zurück nach Langsdale gebracht hatte, nachdem die beiden fast im Busch verloren gegangen wären.

Ihr Sohn winkte ihr zu. »Hallo, Mummy. Das ist Onkel Josh.«

»Das weiß ich, Schatz.«

Als sie bei ihr waren, hob Joshua Darcy von seiner Schulter und stellte ihn auf den Boden. Sofort rannte er Richtung Küche, zweifellos um Bessie noch mehr Kuchen abzuschwatzen.

»Du hast einen prächtigen Sohn, Jane.«

»Danke.«

Sie standen sich gegenüber, und einen Augenblick lang wusste keiner von ihnen etwas zu sagen.

»Joshua.«

»Ja?«

»Vater hat sehr gelitten, erst durch den Unfall, dann wegen des Verlusts von Adam. Bitte bereite ihm nicht noch mehr Kummer.«

Joshua zog die Mundwinkel herunter. »Ich werde dir nie wieder etwas zuleide tun, Jane.«

»Das hab ich nicht gemeint. Ich hab nicht an mich gedacht.«

»Was hast du denn gemeint?« Wusste Jane etwas über seine rechtswidrigen Aktivitäten in Victoria? Sollte das eine subtile Drohung sein?

»Ich bitte dich nur, Vater in keiner Weise Kummer zu bereiten. Mama ist überglücklich, dass du wieder da bist. Sie wäre am Boden zerstört, wenn man dich wieder fortschicken müsste.«

Die nächsten Worte sprach Joshua aus, ohne vorher nachzudenken, und sie überraschten ihn selbst. »Ich möchte mich dafür entschuldigen, dass ich dich vergewaltigt habe, Jane. Kannst du mir verzeihen?«

»Ich kann weder deine Entschuldigung annehmen, noch dir verzeihen.«

»Hältst du immer noch an deinem Schwur fest, mich umzubringen?« Er stellte die Frage mit reumütig verzogenem Mund.

»Ich werde dir immer dafür dankbar sein, dass du Darcy und Etty gefunden hast, als sie sich verlaufen haben.«

»Du hast meine Frage nicht beantwortet.«

»Ich habe dir die einzige Antwort gegeben, die du von mir bekommen wirst. Mama zuliebe werde ich höflich zu dir sein.«

Als sie sich umdrehte, um zu gehen, hielt er sie am Arm zurück. Sie blickte auf seine Hand, dann sah sie ihm warnend ins Gesicht. Joshua ließ sie los und hob beide Hände.

»Tut mir leid, ich wollte dir nicht wehtun. Jane, erzähl mir, wie Adam gestorben ist.«

»Er wurde in Eureka getötet.«

»Wieso war er denn in diese Schlacht verwickelt?« Er hielt inne. »Jane, bitte. Erzähl mir alles, was du weißt. Adam und ich sind im Zorn auseinandergegangen. Das werde ich bereuen, solange ich lebe.«

»Du hast dich für deinen Weg entschieden, Joshua.« Sie konnte kein Mitleid mit ihm empfinden. »Aus Freundschaft zu Will Collins hat Adam an dem Goldgräberaufstand teilgenommen.«

»Will hat überlebt, und sein guter Freund ist gestorben«, sagte Joshua mit bitterem Unterton.

»Will hat auch nicht unbeschadet überlebt. Er hat sehr gelitten. Bevor er selbst verwundet wurde, musste er mit ansehen, wie seine Frau ermordet wurde.«

»Wie furchtbar. Habe ich seine Frau gekannt?«

»Du hast ihren Bruder gut gekannt. James Pengelly, der ehemalige Buchhalter hier auf Riverview, von dem sich später herausstellte, dass er eigentlich Rodney Tremayne hieß.«

Joshua verzog erneut den Mund. »Der Vater deines Sohns.« Trotz aller guten Vorsätze empfand er erneut die Eifersucht, die ihn wahnsinnig gemacht hatte, als Jane damals zugegeben hatte, dass sie von dem Engländer ein Kind erwartete. Abrupt wandte er sich ab und ging mit großen Schritten zum Scherschuppen zurück.

Statt ins Haus zurückzukehren, spazierte Jane zu einer Bank unter einem Geißblatt, von wo aus man auf den Fluss blicken konnte. Joshuas unerwartetes Auftauchen hatte in ihr gemischte Gefühle ausgelöst und zahlreiche Erinnerungen geweckt. Sie dachte an den Tag, an dem die Wintons sie und ihre Mutter gerettet hatten. Obwohl sie beide die weißen Menschen nicht verstehen konnten, hatten sie ihre Freundlichkeit gespürt.

Ein Lächeln trat auf ihre Lippen, als sie sich an die Fahrt zum Fluss erinnerte. Anne hatte sie Jane genannt, da sie ihren Aborigine-Namen nicht aussprechen konnte. Jane konnte sich selbst nicht mehr an diesen Namen erinnern. Sie war gleichberechtigt mit Anne, Joshua und Adam aufgewachsen. Eines Tages hatten ihre Eltern Anne und sie mit nach Adelaide genommen, um am Ball des Gouverneurs teilzunehmen. Sie waren stolz darauf, sie ihre Tochter zu nennen, und verachteten diejenigen, die sie wegen ihrer Herkunft ablehnten.

Was für ein dramatischer Abend das gewesen war, als Meggan in James Pengelly, der mit Anne verlobt war, Rodney Tremayne erkannte, dessen Vater wollte, dass er nach Cornwall zurückkehrte. In jener Nacht hatte Jane, die von einem versnobten weiblichen Gast auf dem Ball bösartig beschimpft worden war, Trost in den Armen dieses Mannes gesucht, den sie liebte. Dabei war Darcy gezeugt worden. Diese Nacht und ihre Folgen hatten das Leben aller Beteiligten verändert, in mancher Hinsicht zum Besseren.

Anne, die furchtbar wütend auf Jane und unversöhnlich war, war nach Adelaide gezogen. Dort hatte sie einen Lehrer geheiratet, war sehr glücklich und hatte eine große Familie. Weil Jane unverheiratet schwanger war, hatte sich Joshua brutal das genommen, was ihm seiner Meinung nach sowieso zustand. Daraufhin hatte Jane ebenfalls Riverview verlassen und bei Meggan Zuflucht gesucht. Zwischen den beiden hatte sich eine enge Freundschaft entwickelt. Jane hatte Meggan bei Ettys Geburt geholfen, und wenige Wochen später war ihr Darcy geboren worden. Ihr Sohn war für sie der wichtigste Mensch auf der Welt, auch wenn sie schon lange aufgehört hatte, den Vater des Jungen zu lieben.

Jane wäre erstaunt gewesen, wenn sie gewusst hätte, dass genau in diesem Moment Darcys Vater an sie dachte. Rodney Tremayne saß im Salon des Farmhauses Langsdale, wo er erst vor zwei Stunden eingetroffen war. Er hörte Meggan und Con zu, die ihm erzählten, wie seine Schwester Jenny auf den Goldfeldern gelebt hatte.

»Ich kann mir meine Schwester gar nicht in diesen primitiven Verhältnissen vorstellen, die ich gesehen habe, als die Postkutsche an den Goldfeldern vorbeifuhr. Jenny war immer so sanft und kultiviert.«

»Sie hat uns alle mit ihrer Entschlossenheit verblüfft. Ich weiß, dass sie das Leben dort manchmal extrem schwierig fand. Aber sie hat Will so sehr geliebt, dass sie es abgelehnt hat, zu uns zurückzukehren, wo sie es doch viel bequemer gehabt hätte.« Meggan erzählte noch mehr über Jennys Leben.

Rodney kochte vor Wut, als er hörte, dass seine sanftmütige Schwester von dem brutalen Tom Roberts vergewaltigt und geschwängert worden war. »Wenn der Kerl nicht bereits tot wäre, würde ich ihn suchen und eigenhändig umbringen.«

»Da wären dir bereits andere zuvorgekommen, ich zum Beispiel«, sagte Con, »bloß dass Jenny sich immer geweigert hat, den Namen des Mannes zu nennen. Sie hat immer behauptet, es sei ein Fremder gewesen.«

Darüber zu sprechen, wie Jenny gestorben war, war für alle sehr schmerzlich. Danach hatte Rodney immer noch viele Fragen. Im Laufe des Gesprächs kam man auch auf Adam Winton und Jane.

»Jane hat also Adam geheiratet. Waren sie glücklich miteinander?«

»Ich glaube ja«, antwortete Meggan. »Jane hat Adam lieben gelernt. Sein Tod war eine furchtbare Tragödie.«

»Genauso tragisch wie der von Jenny. Ich glaube, die Nachricht von ihrem Tod war es, die meinen Vater getötet hat. Selbst deine Mutter, Meggan, konnte ihn nicht trösten. Hast du gewusst, dass er sie regelmäßig besucht hat? Sie sind enge Freunde geworden.«

»Ma hat in einem ihrer Briefe von seinen Besuchen erzählt. Sie hat mir gestanden, dass sie nie aufgehört hat, deinen Vater zu lieben.«

»Heute weiß ich, dass mein Vater diese Liebe immer erwidert hat. Es ist traurig, dass die beiden aufgrund der gesellschaftlichen Schranken nicht heiraten konnten. Andererseits, wenn sie geheiratet hätten, würde es dich und mich nicht geben.«

»Die Welt ist schon manchmal seltsam, Rodney. Will hat lange Zeit geglaubt, dass er nicht gut genug für Jenny wäre. Sie wollte dagegen unbedingt, dass er sie als ebenbürtig ansah, und nicht als die Tochter des Squires.«

»Sie hat ihn sehr geliebt. Ich muss dich das fragen, Meggan. Hat dein Bruder meine Schwester geliebt?«

»Will hat Jenny von dem Moment an geliebt, als er sie das erste Mal in Burra gesehen hat.«

»Ach so, als du«, er nickte Con zu, »und Jenny mich gesucht habt.«

»Und dich nicht finden konnten, weil du dich James Pengelly genannt hast.«

»Das stimmt«, gab Rodney zu. »Als ich Tremayne Manor verlassen habe, habe ich meinem Vater geschworen, dass ich den Namen Tremayne nie wieder benutzen würde.« Er seufzte tief. »Was für verworrene Leben wir doch geführt haben, die Tremaynes, die Collins' und die Roberts'. Als wir Mitte der vierziger Jahre zu unterschiedlichen Zeiten Cornwall verlassen haben, wer hätte da gedacht, dass sich unsere Lebenswege hier in Australien wieder kreuzen würden. Ihr beiden scheint allerdings die Einzigen zu sein, die ihr Glück gefunden haben.«

»Vergiss nicht Agnes Roberts«, erinnerte ihn Meggan. »Agnes ist sehr glücklich mit ihrem Larry und erwartet im September ihr erstes Kind.« Sie hielt einen Moment inne. »Die beiden möchten gerne die kleine Louisa adoptieren. Sie ist ein entzückendes Baby, das Ebenbild von Jenny. Wir haben sie alle sehr lieb.«

»Hat meine Schwester das Kind geliebt?«

»Als Louisa geboren wurde, hatte Jenny jeden Gedanken daran verdrängt, auf welch brutale Weise sie gezeugt worden war. Sie wollte Tom Roberts einfach nicht als den Vater des Kindes sehen. Sie hat gehofft, dass Will bereit wäre, das Kind als seine Tochter großzuziehen.«

»Glaubst du, dass dein Bruder dazu bereit gewesen wäre?«

Meggan schüttelte den Kopf, und ihr Blick verdüsterte sich. »Nein. Selbst als er sich nach Eureka hier von seinen Verletzungen erholte, hat er sich geweigert, Louisa zur Kenntnis zu nehmen. Er hat während dieser ganzen furchtbaren Zeit sehr gelitten, von dem Moment an, als er erfuhr, dass Jenny vergewaltigt worden war und ein Kind erwartete, bis sie von dem gemeinen Kerl erschossen wurde, der ihr das angetan hatte. Ich glaube, er wird noch lange darunter leiden. Con und ich hatten geglaubt, dass Selena ihm neuen Lebensmut geben könnte. Aber anscheinend ist ihr das nicht gelungen.«

»Wo ist eigentlich dein Bruder Hal?«

»Hal? Er hat einen Raddampfer auf dem Murray River. Warum fragst du?«

»Zum Teil bin ich seinetwegen nach Australien gekommen. Mein Vater hat mich um zwei Dinge gebeten, bevor er starb. Zum einen sollte ich Jennys Grab besuchen. Zum anderen sollte ich Hal einen Brief überbringen.«

Meggan wechselte einen verwunderten Blick mit ihrem Mann, bevor sie Rodney wieder mit leicht gerunzelter Stirn ansah. »Das versteh ich nicht.«

»Ich fürchte, du wirst genauso schockiert sein, wie ich es war, als mein Vater mir dieses Geständnis gemacht hat.« Er holte tief Luft und atmete ganz langsam aus. Dann sah er Meggan direkt in die Augen. »Du weißt, dass deine Schwester Caroline ein Kind meines Vaters war. Hal ist ihr leiblicher Bruder.«

Rodney war erstaunt, als Meggan nur nickte. »Meine Mutter hat mir das vor einiger Zeit in einem Brief anvertraut.«

Meggan sah ihren Mann an. »Entschuldige, Liebster, dass ich dir nichts davon gesagt habe. Aber ich habe geglaubt, dass meine Mutter nicht wollte, dass ich ihr Geheimnis weitergebe.«

»Du hast richtig gehandelt, Liebste. Das war eine Sache zwischen Mutter und Tochter.«

»Soweit ich weiß, hat Hal keine Ahnung, dass er nicht Henry Collins' Sohn ist. Ich stehe nun vor dem Problem, dass mein Vater und deine Mutter nie gewollt haben, dass die Wahrheit ans Licht kommt. Mein Vater hat tief um Caroline getrauert. Ich glaube, damals ist in ihm ein gewisses Schuldgefühl geweckt worden, weil er sie während ihres ganzen kurzen Lebens ignoriert hat. Er wollte Hal etwas in seinem Testament hinterlassen. Doch deine Mutter hat darauf bestanden, dass Hal weiterhin glauben sollte, er sei ein richtiger Collins.«

»Warum hat dein Vater dich dann gebeten, ihn aufzusuchen?«

»Er hat mir einen Bankwechsel über fünfhundert Pfund anvertraut. Den soll ich Hal geben.«

Con mischte sich in das Gespräch ein. »Wie willst du das denn machen, ohne das Geheimnis preiszugeben, das seine Mutter gewahrt wissen möchte?«

»Mir fällt leider keine Möglichkeit ein, deshalb habe ich euch die Wahrheit gesagt. Ich hoffe, dass ihr mir aus diesem Dilemma helfen könnt.«

Da die anschließende Diskussion keine Lösung brachte, ging Rodney den Hang hinauf zum Grab seiner Schwester. Aus dem

Brief, den Meggan ihm geschrieben hatte, hatte er bereits einiges über Jennys Schicksal und ihren Tod gewusst. Doch was er heute noch erfahren hatte, erfüllte ihn mit Schmerz. Gott sei Dank hatte sein Vater nicht gewusst, dass Tom Roberts, ein Schurke wie er im Buche stand, Jenny vergewaltigt hatte. Ein Glück, dass die Menschheit so einen wie ihn los war.

Rodney blieb eine Weile am Grab stehen und erging sich in Erinnerungen. Jenny war zwar immer sanft und liebenswürdig gewesen, doch von einer eisernen Entschlossenheit. Als er gesehen hatte, unter welch primitiven und erbärmlichen Umständen die Menschen auf den Goldfeldern lebten, hatte er sich seine behütet aufgewachsene Schwester in solch einer Umgebung nicht vorstellen können. Er hatte seine Schwester sehr geliebt, und er hatte Will Collins immer respektiert. Was für ein grausames Schicksal, das ihnen ein glückliches gemeinsames Leben verwehrt hatte.

Plötzlich spürte er hinter sich eine Bewegung. Er drehte sich um und sah eine Frau mit einem Kind auf dem Arm auf sich zukommen.

»Ich bin Agnes, Mr Tremayne. Und das ist Jennys Tochter Louisa.«

Sie hielt Rodney das Kind hin. Er nahm es so, dass das Köpfchen bequem auf seinem linken Arm lag. Das Kind war wach. Blaue Augen blickten ihn ernst an, während er von einem überwältigenden Déjà-vu-Gefühl ergriffen wurde. Er war erst fünf Jahre alt gewesen, als Jenny geboren wurde, doch er fühlte sich wieder so wie damals, als seine Mutter ihm die winzige Schwester in den Arm gelegt und sie ihn mit ernsten blauen Augen angesehen hatte.

Er drückte das Kind an seine Brust und fing an zu weinen. Er weinte um Jenny, und er weinte um seine Halbschwester Caroline, von der er nicht gewusst hatte, dass sie seine Halbschwester war, und die er leidenschaftlich geliebt hatte. Und er weinte über die verhängnisvolle Liebe zwischen Phillip Tremayne und Joanna Collins, eine Liebe, die über verschlungene Wege des Schicksals zu diesem Kind geführt hatte, das er jetzt an seiner Brust wiegte.

Als er sich mit dem rechten Ärmel über die Augen rieb, sah er, dass Agnes, die sich zwar von ihm abgewandt hatte, ebenfalls Tränen in den Augen hatte. »Sie sind eine gute Frau, Agnes Roberts.«

»Ich heiße jetzt Agnes Benedict.«

»Ja, natürlich. Entschuldigen Sie.« Er betrachtete das Baby und liebkoste seine Wange mit der Fingerspitze. »Sie ist das Ebenbild ihrer Mutter. Jenny lebt in ihrer Tochter weiter.«

»Haben Sie etwas dagegen, wenn Larry und ich sie wie unser eigenes Kind großziehen?«

»Hätten Sie gefragt, wenn ich nicht nach Australien gekommen wäre?«

Agnes lächelte. »Nein.«

»Ich bin froh, wenn sie in einer liebevollen Familie aufwächst, und das tut sie bei Ihnen bestimmt. Ich möchte Sie und Ihren Mann nur um eines bitten, Agnes.«

»Was denn?«

»Wenn Louisa alt genug ist, es zu verstehen, dann möchte ich, dass sie erfährt, dass Jenny ihre Mutter war. Bitte.«

»Wenn die Zeit gekommen ist, werden wir es ihr sagen. Soll ich sie wieder nehmen?« Agnes streckte die Arme aus, doch Rodney schüttelte den Kopf.

»Ich werde meine Nichte tragen. Ich fühle mich Jenny nahe, wenn ich ihre Tochter auf dem Arm habe.«

8

Stoners Gästehaus wurde nur langsam fertig für die ersten Gäste. Mr Jones hatte zwar ein paar Männer gefunden, die bereit gewesen waren, die Möbel von den Ochsenkarren abzuladen und an die jeweils vorgesehene Stelle in den diversen Räumen zu tragen. Doch als Selena und Mrs Stoner anfingen, die vielen Sachen auszupacken, die sie in Melbourne bestellt hatten, wurde ihnen klar, was für eine große Aufgabe sie sich vorgenommen hatten.

Mrs Stoner ließ sich in einen der bequemen Salonsessel plumpsen und fächelte ihrem verschwitzten Gesicht Luft zu. »Du meine Güte, Selena«, sagte sie seufzend, »glauben Sie, dass wir uns vielleicht zu viel vorgenommen haben?«

Selena hatte eine Hand ins Kreuz gelegt und streckte ihr Rückgrat, um die Schmerzen zu lindern. »Ich muss zugeben, dass wir für alles viel länger brauchen, als ich mir vorgestellt habe. Meinen Sie, wir sollten ein paar von den Männern um Hilfe bitten?«

»Ich denke über das Auspacken hinaus, meine Liebe. Seit Tagen beschäftigt mich schon das Problem, dass wir eigentlich eine weitere Frau zur Unterstützung brauchen. Männer sind ziemlich nutzlos beim Wäschefalten oder wenn es darum geht, die Zimmer ein bisschen hübsch zu machen.«

»Soll ich mich mal bei den wenigen Frauen umhören, die in Echuca leben?«

»Nein, eigentlich nicht. Ich möchte ja nicht snobistisch erscheinen, und ich habe auch nichts gegen die Frauen hier am Ort, aber ich habe an eine Frau von einer gewissen Kultiviertheit gedacht, die sich auf die Feinheiten des Lebens versteht und auf die besondere Atmosphäre, die wir in unserem Haus schaffen wollen.«

»Annabelle Jordan«, folgerte Selena.

Mrs Stoners warmherziges Lächeln bestätigte, dass Selena richtig vermutet hatte. »Ja, meine Liebe. Sie haben mir doch erzählt, dass die junge Frau eine Arbeit sucht, die es ihr erlaubt, in Echuca zu wohnen. Es mag zwar noch eine Weile dauern, bis die ersten Gäste kommen, aber sobald wir hier richtig zu tun haben, brauchen wir Hilfe. Miss Jordan scheint mir dafür ideal.«

Selena dachte an das wenige, was sie über die junge Frau wusste, die sie nur kurz kennengelernt hatte. Sie hatte einen positiven Eindruck von ihr gehabt. »Ich glaube, Sie haben recht, Mrs Stoner. Wie können wir uns mit Miss Jordan in Verbindung setzen?«

»Mr Jones wird schon eine Möglichkeit finden.« Selena grinste in sich hinein, als sie sah, wie Mrs Stoners Wangen leicht erröteten.

Mr Jones fand tatsächlich eine Möglichkeit. Erfreut teilte er den Damen mit, dass Miss Jordan ganz begeistert von dem Angebot war und innerhalb einer Woche bei ihnen sein würde.

Ein paar Tage später verabschiedete Annabelle sich von Mrs Rochester und ihren kleinen Söhnen, sagte allen an Bord der *Maid* Lebewohl und stieg in den Wagen, mit dem Mr Rochester sie von Berriman nach Echuca bringen sollte.

Angesteckt von Selenas fröhlicher Begeisterung, legte sich Annabelle bei der Arbeit mächtig ins Zeug. Obwohl sie ein wenig eifersüchtig auf Selena war, weil diese Will offenbar sehr nahe stand, mochte sie sie wirklich. Mrs Stoner war charmant, Mr Jones hilfsbereit, und Annabelle und Selena beobachteten vergnügt, wie sich die Romanze zwischen dem älteren Paar langsam entwickelte.

Als die Vorhänge schließlich hingen, die Betten bezogen und alles auf Hochglanz poliert war, kochte Annabelle ein Festessen, zu dem auch Mr Jones eingeladen war. Er sprach einen Toast auf Mrs Stoner und Selena aus, die wiederum einen Toast auf ihn aussprachen und ihm für seine unschätzbare Hilfe und Unterstützung dankten.

Mr Jones nahm ihren Dank galant entgegen. »Danke, sehr freundlich von Ihnen. Ich muss allerdings zugeben, dass meine Unterstützung Ihres Projekts nicht ganz uneigennützig war. Und nun, da ›Stoners Gästehaus‹ eröffnet ist, hoffe ich, meine werte Dame«, er lächelte Mrs Stoner an, »dass Sie nun Zeit für die Zeichnungen von den Häusern haben, die ich bauen will.«

Selena und Annabelle tauschten heimlich ein Lächeln. Sie würden gemeinsam dafür sorgen, dass Mrs Stoner viel Zeit hatte, um die Zeichnungen für Mr Jones anzufertigen.

Am 20. April war Annabelle nachmittags allein im Gästehaus. Mrs Stoner, Mr Jones und Selena waren unterwegs, um die Häuser zu inspizieren, die Mr Jones baute. So kam es, dass Annabelle diejenige war, die den ersten Gast empfing. Da er auf der Türschwelle stehen blieb, offenbar um sie zu mustern, konnte auch sie sich den Mann genauer ansehen. Seine Kleidung war die eines Gentlemans. Er hatte blonde Haare und blaue Augen, und seine frische Gesichtshaut ließ erkennen, dass er noch nicht lange der unbarmherzigen australischen Sonne ausgesetzt gewesen war. In der Hand hielt er einen kleinen Koffer.

»Guten Tag, Sir«, grüßte Annabelle. »Willkommen in ›Stoners Gästehaus‹. Möchten Sie ein Zimmer mieten?«

Der Mann kam zum Empfangstisch. »Ja, das möchte ich«, sagte er. »Sie müssen Selena sein«, fügte er zu Annabelles Verblüffung hinzu.

Einen Moment lang war sie sprachlos, sowohl wegen der unerwarteten Verwechslung als auch wegen des warmherzigen Lächelns, das die Worte des Mannes begleitet hatte, doch sie fing sich rasch wieder. »Nein, ich bin nicht Selena. Selena und die Mitinhaberin Mrs Stoner sind im Augenblick beide nicht da. Sie kommen später wieder. Ich kann Ihnen aber ein Zimmer geben.«

»Danke.« Er betrachtete sie erneut. »Wenn Sie nicht Selena sind, dürfte ich dann Ihren Namen erfahren?«

»Annabelle Jordan.«

Er verbeugte sich leicht. »Ich freue mich, Ihre Bekanntschaft zu machen. Ich bin Rodney Tremayne.« Er schrieb seinen Namen in das Buch, das Annabelle ihm hinlegte. Dann gab er es ihr mit einem fragenden Blick zurück. »Mein Name sagt Ihnen nichts?«

»Nein.« Sie runzelte die Stirn. »Sollte er mir etwas sagen?«

Er lächelte. »Vermutlich nicht.«

Merkwürdig, dachte Annabelle. Erst hielt er sie für Selena, und nun glaubte er, sie könne seinen Namen kennen. Irgendetwas hatte sie anscheinend nicht mitbekommen. Sie gab ihm den Schlüssel zu seinem Zimmer.

»Ich habe Ihnen ein Zimmer auf der ersten Etage gegeben.«

»Ist das eine besondere Auszeichnung?«, fragte er lächelnd.

»Das sind die besseren Zimmer. Die Dachkammern sind für Leute, die eine preiswerte Unterkunft suchen.«

»Ich verstehe. Wo kann ich denn Tee bestellen, wenn Sie im Augenblick allein hier sind?«

»Kommen Sie, wenn Sie fertig sind, hinunter in den Salon, dann mache ich Ihnen Tee. Wir haben gerade erst eröffnet und haben noch nicht allzu viele Gäste.«

»Danke, Miss Jordan. Ich stelle nur meinen Koffer ins Zimmer und bin sofort wieder da.«

Rodney Tremayne hatte zwei Tassen Tee getrunken, die dazu servierten saftigen Früchtebrotscheiben gegessen und dachte gerade daran, einen Spaziergang am Fluss zu machen, da hörte er Annabelles Stimme.

»Selena, Sie werden sich bestimmt sehr freuen. Sie haben Ihren ersten Gast.«

Eine helle, angenehm überrascht klingende Stimme, die sicher Selena gehörte, antwortete. »Tatsächlich? Wann ist der Gentleman denn angekommen? Ich nehme doch an, dass es ein Gentleman ist.«

»Ja, er ist vor etwa einer Stunde angekommen, und aufgrund der Art und Weise, wie er gekleidet ist, würde ich ihn für einen wirklichen Gentleman halten.«

Rodney lächelte über das Kompliment und hörte der Unterhaltung zwischen den beiden Frauen weiter schamlos zu.

»Hat er für längere Zeit gemietet?«

»Er möchte bleiben, bis ein Schiff kommt, das ihn den Fluss hinunterbringt. Er hat für zwei Tage im Voraus bezahlt und sich ins Gästebuch eingetragen. Ein Mr Rodney Tremayne.«

Beim nachfolgenden Schweigen wünschte sich Rodney, er könnte Selenas Gesicht sehen. Als sie wieder sprach, klang ihre Stimme angespannt.

»Haben Sie Rodney Tremayne gesagt?«

»Ja. Warum? Was ist los?«

Es folgte keine Antwort, nur forsche Schritte waren zu hören, die auf den Salon zukamen. Rodney stand auf, noch bevor die Tür aufging. Einen Moment lang starrte sie ihn nur an, dann schloss sie die Tür leise hinter sich und ging auf ihn zu.

»Ich bin Selena Trevannick.«

Er begrüßte sie mit einer leichten Verbeugung. »Ich freue mich, Sie kennenzulernen, Selena. Sie wissen natürlich, wer ich bin.«

»Ja. Setzen Sie sich doch bitte wieder, Mr Tremayne.«

Er wartete, bis sie auf einem der Sessel Platz genommen hatte, bevor er sich wieder hinsetzte.

»Seit wann sind Sie in Australien?« Und noch bevor er antworten konnte, fügte sie hinzu: »Waren Sie schon auf Langsdale?«

»Ich war eine Woche in Langsdale und bin zwei Tage vorher in Melbourne angekommen. Nach dem, was Con mir erzählt hat, waren Sie anscheinend sehr gut mit Jenny befreundet.«

Selenas Augen wurden feucht. »Ich habe sie geliebt wie eine Schwester.«

»Darf ich Sie als Schwester betrachten, Selena? Ich darf Sie doch Selena nennen?« Sie nickte. »Sie wissen, dass Con bei meinen Eltern aufgewachsen ist«, fuhr Rodney fort. »Ich habe ihn immer als meinen älteren Bruder betrachtet. Da Sie seine Schwester sind, möchte ich gerne, dass auch Sie meine Schwester sind.«

»Es ist mir eine Ehre. Dann wissen Sie sicher auch, dass Con und ich keine Ahnung voneinander hatten, bis das Schicksal uns auf den Goldfeldern zusammengeführt hat. Er hat mir so viele Geschichten aus seiner Kindheit in Cornwall erzählt und über Jenny und Sie, dass Sie beide für mich auch schon fast wie Familienangehörige waren.« Sie hielt kurz inne, um Luft zu holen. »Ich nehme an, Con hat Ihnen eine ganze Menge über mich erzählt.«

Es amüsierte ihn, wie sie schuldbewusst den Mund verzog. »Ich glaube, Sie haben Con manchmal ganz schön in Angst versetzt und zur Verzweiflung getrieben. Je mehr ich über Ihre Abenteuer erfahren habe, desto neugieriger wurde ich auf Sie.«

Sie lächelten sich an. »Ich glaube, ich werde Sie mögen, Mr Tremayne.«

»Ich mag Sie bereits, Miss Trevannick.«

Sie lächelten sich erneut zu. »Weshalb möchten Sie denn den Fluss hinunterfahren?«, fragte Selena schließlich.

»Als ich vor einigen Jahren in Australien war, habe ich auf einer Farm namens Riverview gearbeitet. Sie liegt in Südaustralien am Murray River. Bevor ich Australien wieder verlasse, möchte ich die Familie dort besuchen.«

Selena bekam vor Überraschung ganz große Augen. »Meinen Sie das Riverview, das den Wintons gehört?«

Rodney schlug sich leicht an den Kopf. »Ach natürlich. Ich hab ganz vergessen, dass Sie Adam und Jane kennengelernt haben.«

»Ich habe auch Joshua kennengelernt.«

»Daraus, wie Sie das sagen, schließe ich, dass Sie Joshua nicht besonders mögen.«

»Er ist ein schlechter Mensch.«

»Schlecht? Ist das nicht ein bisschen stark? Er war ziemlich launisch, und ich weiß, dass er sich einige Male durch Trinken und Spielen in Schwierigkeiten gebracht hat. Auch hab ich mal gehört, wie sein Vater ihn ermahnt hat, sich von den Aborigine-Frauen fernzuhalten. Aber schlecht?«

»Joshua Winton hat auf den Goldfeldern einige sehr üble Dinge getan. Darüber möchte ich jedoch nicht reden. Ich glaube nicht, dass sich unsere Wege noch einmal kreuzen werden.«

Plötzlich schwankte sie und fuhr sich mit der Hand an den Kopf. Rodney kniete sofort neben ihr. »Was ist los, Selena? Sind Sie krank?«

Als sie die Hand herunternahm, sah er, dass sie ganz bleich geworden war. »Mir war nur ein bisschen schwindlig«, sagte sie entschuldigend. »Jetzt ist wieder alles in Ordnung.«

»Soll ich Miss Jordan bitten, frischen Tee zu bringen.«

»Das wäre sehr schön. Danke.«

Als Rodney hinausging, um den Tee zu bestellen, legte Selena den Kopf zurück und schloss die Augen. In Ballarat hatte sie eine Zeitlang geglaubt, dass Joshua sie umbringen wollte. Monate später hatte sie Larry Benedict daran gehindert, Joshua zu erschießen. Die Vision, die sie gerade gehabt hatte, hatte ihr gezeigt, dass sie Joshua doch noch einmal begegnen würde. Sie hatte sich ihm gegenüberstehen gesehen, und der Tod hatte im Hintergrund gelauert. Sie hatte jedoch nicht gesehen, wer von ihnen sterben würde.

Wenige Minuten später kehrte Rodney mit dem Tee zurück. Nachdem Selena ihnen beiden eingeschenkt hatte, lehnte er sich entspannt zurück. »Ich hatte gehofft, dass Hal Collins mit seinem Schiff hier sein würde.«

»Er war etwa fünfzig Meilen von Echuca auf eine Sandbank aufgelaufen und wartet nun darauf, dass der Fluss wieder mehr Wasser führt. Es steigt jeden Tag ein bisschen. Ich nehme an, dass Hal bald hier sein wird. Aber vielleicht kommen ja andere Schiffe vorher hier an. Werden Sie das erste nehmen, das kommt, oder wollen Sie auf Hal und die *River Maid* warten?«

»Ich werde auf die *River Maid* warten. Con und Meggan möchten möglichst viel über meine Reise mit Hal lesen.«

»Sie wollen bestimmt alles ganz genau wissen. Oh«, Selena runzelte die Stirn, »aber Sie haben ›lesen‹ gesagt. Heißt das, dass Sie nicht mehr hierher zurückkommen?«

»Ich habe getan, was ich meinem Vater versprochen habe. Ich habe das Grab meiner Schwester besucht. Von Riverview fahre ich zurück nach Adelaide und von dort mit dem Schiff nach Hause.«

»Reizt es Sie nicht, in Australien zu bleiben?«

»Nein. Cornwall ist meine Heimat. Auch wenn unsere Kupfermine schon lange stillgelegt ist, der Farmbetrieb floriert. Außerdem«, er hielt inne und lächelte, »habe ich eine Verlobte, die auf meine Rückkehr wartet.«

»Wie wunderbar. Meine allerbesten Wünsche für Sie beide. Wie haben Sie Ihre Verlobte denn kennengelernt?«

»Eigentlich habe ich sie schon mein ganzes Leben lang gekannt. Sie heißt Jenna Gribble und ist die Tochter des Arztes in unserem Dorf. Ich hatte beschlossen, dass sie eine gute Ehefrau für mich wäre, und bin gar nicht auf die Idee gekommen, dass sie meinen Antrag ablehnen könnte. Als sie es dann doch tat, habe ich plötzlich gemerkt, dass ich das Mädchen liebe. Ich habe sie so lange heftig umworben, bis sie zugegeben hat, dass sie mich auch liebt. Danach war es ganz einfach, sie davon zu überzeugen, dass sie würdig ist, Herrin von Tremayne Manor zu werden.«

Selena klatschte vor Begeisterung in die Hände. »Ich liebe romantische Geschichten. Ich hoffe, Sie werden eine lange und glückliche Ehe führen, die mit vielen Kindern gesegnet ist.«

»Das hoffe ich auch. Tremayne Manor war schon viel zu lange ein düsteres Haus. Vielleicht kommen Sie eines Tages nach Cornwall und besuchen uns.«

»Vielleicht«, räumte Selena ein. »Keiner von uns weiß, was die Zukunft bringt.« Nur ich manchmal, und ich wünschte, dem wäre nicht so.

Jeden Tag prüfte Hal an einem langen Pfahl, den er in Ufernähe in den Fluss getrieben hatte, den langsam ansteigenden Wasserstand. Der Lastkahn, den sie *Pengelly* genannt hatten nach ihrem Dorf in Cornwall, war inzwischen fertig und mit eintausendfünfhundert Ballen Wolle beladen. Hal konnte es kaum erwarten, die Fahrt den Fluss hinunter anzutreten. Fünf Wochen und zwei Tage, nachdem die *Maid* auf die Sandbank aufgelaufen war, dampfte sie unter dem Jubel aller Farmbewohner von Berriman ab. Zwei Tage später näherte sie sich mit lautem Pfeifen Echuca.

Noch bevor das Pfeifen einsetzte, war das Geräusch der

Schiffsmaschine in der Siedlung zu hören. Die meisten der etwa zweihundert Einwohner ließen alles stehen und liegen und eilten zum Flussufer. Sie jubelten, als die *River Maid* um die Biegung kam. Sie war der erste Raddampfer, der Echuca erreichte, seit der Fluss wieder angestiegen war. Als er das sah, ließ Hal die Pfeife noch einmal triumphierend ertönen. Er schrie vor Freude. Die *Maid* würde das erste Schiff sein, das den Fluss hinunter bis Mannum fuhr.

Will, der sich über die Ausgelassenheit seines Bruders amüsierte, betrachtete die Menschen, die zur Begrüßung des Schiffs gekommen waren. »Ich kann Selena und Annabelle sehen, daneben Mrs Stoner und Mr Jones.« Die Art und Weise, wie er die letzten Worte aussprach, ließ Hal stutzig werden.

»Was ist los?«

»Ich glaube, ich sehe Gespenster. Das kann doch unmöglich Rodney Tremayne sein.«

»Wo?« Hal blickte zu den winkenden Menschen hinüber.

»Ein kleines Stück hinter Selena.«

»Na so was, Rodney Tremayne, tatsächlich. Er sieht älter aus als bei unserer letzten Begegnung.«

»In den zehn Jahren sind wir alle gealtert.« Will hatte die Stirn in tiefe Falten gelegt. »Was mag er wohl in Echuca wollen?«

»Das werden wir bald erfahren. Da kommt Selena.« Hal musste lachen, als er Selena die abschüssige Böschung hinunterrennen sah. »Sie hat sich zumindest nicht verändert.« Er beobachtete amüsiert und anerkennend zugleich, wie sie ihre Röcke raffte und leichtfüßig über die Planke an Deck kam.

»Hallo Selena.«

»Hallo Hal. Hallo Will. Huch, wer ist das denn?« Sie tätschelte den schwarzen Kopf, der gegen ihr Bein stieß.

»Das ist Freddys Hund Blackie. Lauf, Blackie, lauf an Land.«

Der Hund verschmähte die Planke, sprang über Bord und

schwamm an Land, wo er sich heftig schüttelte, bevor er lostrottete, um die Gegend zu erkunden.

Nachdem sie eine Weile dem Hund zugeschaut hatte, drehte sich Selena den beiden Brüdern zu, wobei sie sich eher an Hal wandte als an Will. »Ratet mal, wer in unserem Gästehaus logiert?«

»Das wissen wir bereits«, antwortete Will. »Er steht da drüben und redet mit Annabelle. Was will Rodney Tremayne denn hier?«

»Er wartet auf Hal. Rodney möchte, dass du ihn mit nach Riverview nimmst, um die Wintons zu besuchen. Er hat mal für sie gearbeitet, wusstet ihr das?«

Beide Brüder waren überrascht. »Nein«, sagte Hal, »ich hab nicht gewusst, dass er für die Wintons gearbeitet hat. Wir wussten, dass er irgendwo in Australien war, als wir noch in Burra Kupfer abgebaut haben. Stimmt schon, was die Leute sagen. Die Welt ist wirklich klein. Entschuldige mich bitte, Selena. Ich muss mit George prüfen, ob alles in Ordnung ist, bevor wir an Land gehen.«

Sobald sie allein waren, wandte sich Selena eindringlich an Will. »Ich wollte mit dir reden, bevor du Rodney siehst. Bevor er nach Echuca gekommen ist, war er in Langsdale.«

Will zuckte gleichgültig mit den Schultern. »Con ist sein Pflegebruder.«

»Ja, und Rodney und ich betrachten uns jetzt auch als Bruder und Schwester. Du solltest wissen, dass er nur nach Australien gekommen ist, um Jennys Grab zu besuchen.« Sie bemerkte, wie Wills Gesicht zu einer Maske erstarrte. Es tat ihr in der Seele weh, seinen Schmerz mit ansehen zu müssen und zu wissen, dass sie nichts dagegen tun konnte. Sie berührte seinen Arm und sagte mitfühlend: »Rodney weiß alles darüber, wie es Jenny auf den Goldfeldern ergangen ist. Er kennt die genauen

Umstände ihres Todes. Ich fürchte, dass er dir nicht besonders freundlich gesinnt ist.«

Will wurde plötzlich wütend. »Ich bin ihm ganz und gar nicht freundlich gesinnt, seit meine Schwester Caroline seinetwegen Selbstmord begangen hat. Aber mach dir keine Sorgen, Selena. Ich werde in deinem Gästehaus keinen Streit anfangen. Ich hole nur mein Pferd, und dann bin ich auch schon weg.«

»Wo willst du denn hin?«, fragte sie. Sie hatte gehofft, dass sie nun, wo Will wieder in Echuca war, Zeit miteinander verbringen und die Freundschaft erneuern könnten, die immer rascher zu zerbrechen schien. Sie biss sich vor Enttäuschung auf die Unterlippe. »Warum bleibst du denn nicht wenigstens ein paar Tage?« Und weil sie wirklich nicht wollte, dass er fortging, fügte sie noch hinzu: »Annabelle hat sich auch darauf gefreut, dass du bleibst.«

An diesem Punkt gesellte Hal sich wieder zu ihnen. »Willst du uns schon wieder verlassen?«, fragte er seinen Bruder, da er Selenas letzte Worte mitbekommen hatte.

»Sobald ich meine Satteltasche gepackt habe. Ich verabschiede mich noch von George und Freddy, hole meine Sachen, und dann bin ich weg.« Er sah, dass Annabelle und Tremayne näher an den Dampfer herangekommen waren. Sie versuchten, sich einen Weg zwischen den Männern hindurch zu bahnen, die hinuntergeeilt waren, um den Leuten auf der *Maid* Willkommensgrüße zuzurufen und Fragen zu stellen.

Will wandte sich ab und ging rasch die Treppe zum Kabinendeck hinauf. Gestern Abend hatte er bereits seine Kleidung und die wenigen persönlichen Dinge, die er bei sich hatte, in eine Tasche gepackt. Er brauchte sie bloß zu nehmen und zu gehen, nur dass Selena zwischen ihm und der Tür stand. Er hatte nicht gemerkt, dass sie ihm in seine Kabine gefolgt war.

Er beäugte sie misstrauisch. »Was willst du denn nun noch?«, fragte er und bedauerte sofort den schroffen Ton, als er sah, wie sie sich auf die Unterlippe biss. Er bemerkte, wie sie heftig schluckte. Ihre Augen blinzelten rasch mehrere Male, bevor sie ihn wieder unverwandt ansah.

»Vor fast drei Wochen sind wir im Zorn auseinandergegangen, Will. Bitte geh nicht wieder im Zorn.«

»Ich bin nicht zornig auf dich.«

»Wenn du nicht zornig bist, dann sag mir doch, was zwischen uns getreten ist«, verlangte sie zu wissen. »Nichts ist mehr so, wie es war, bevor wir nach Echuca gekommen sind. Ich glaube nicht, dass ich mich verändert habe, aber irgendetwas hat sich verändert.«

Die Tränen, die an ihren Wimpern schimmerten, bewogen ihn, sie in die Arme zu nehmen. Er küsste sie auf den Kopf, küsste ihre Wange, ihren Mund, und aus der Berührung der Lippen wurde rasch brennende Leidenschaft. Will spürte, wie sie reagierte, und wusste, dass sie mehr als bereit war, erneut mit ihm intim zu werden. Er legte beide Hände auf ihre Schultern und schob sie von sich.

»Es tut mir leid, Selena. Verlangen ist nicht Liebe. Ich kann dir niemals geben, was du möchtest. Such dir einen Mann, der das kann.«

Er ließ sie in der Kabine stehen und verfluchte sich als Feigling und Schuft, weil er ihre Tränen nicht hatte ertragen können. Rasch ging er auf das untere Deck hinunter, vergaß, sich von George und Freddy zu verabschieden, und überquerte die Planke. Er ignorierte die zum Gruß erhobene Hand von Rodney Tremayne und ging rasch in die entgegensetzte Richtung.

Nachdem sein Pferd sich viele Wochen hatte ausruhen können, war es wieder bei guter Gesundheit und freute sich, geritten zu werden. Noch keine Stunde, nachdem Will die *River Maid* verlassen hatte, ritt er von Echuca fort. Er wusste ganz genau, wo er hinwollte.

Zutiefst verletzt über Wills Abweisung, brauchte Selena etwas Zeit, um sich zu fassen und alle Tränen aus ihrem Gesicht zu wischen. Bei all der Aufregung unten am Ufer konnte sie unbemerkt die Leiter zum Ruderhaus hinaufsteigen. Von dort oben schaute sie Will nach, bis er nicht mehr zu sehen war. Als sie nach unten blickte, sah sie, dass Rodney mit Hal sprach. Annabelle war nirgends zu entdecken, deshalb nahm Selena an, dass sie bei ihrem Bruder Freddy war.

Dann sah sie mehrere Minuten lang nur Bilder aus der Vergangenheit vor sich. Sie dachte an die Male, die Will aus Ballarat gekommen war, um sie und ihren Vater in Creswick zu besuchen. Als sie sich daran erinnerte, wie sie einmal in einem Bach geplantscht hatte und sie sich anschließend gegenseitig mit Wasser bespritzt hatten, musste sie innerlich lächeln. Schon damals war sie in ihn verliebt gewesen, und an jenem Tag hatte sie geglaubt, dass er vielleicht dabei war, sich in sie zu verlieben. Mit all den Schrecknissen, die sie beide durchzustehen hatten, war Selenas Liebe nur noch stärker geworden.

Sie war so in sich versunken, dass sie erst merkte, dass Hal das Ruderhaus betreten hatte, als er ihren Namen sprach. Erschrocken kehrte sie in die Gegenwart zurück.

»Du warst aber weit weg, Selena. Woran hast du gedacht?«

»An viele Dinge.«

»Will ist fort.«

»Ich weiß.« Ihre Lippen zitterten.

Hal fluchte. »Wenn mein Bruder dir wehgetan hat, Selena, soll er dafür büßen.«

Selena schüttelte traurig den Kopf. »Es ist nicht Wills Schuld, dass er mich nicht liebt. Man kann nichts erzwingen, was nicht da ist.«

»Vielleicht mit der Zeit, Selena. Will muss sich noch von vielen Dämonen befreien.«

»Ich weiß«, sagte sie wieder. »Dann muss ich eben warten, bis er mit diesen Dämonen fertig ist.«

»Willst du dein Leben damit vergeuden, auf Will zu warten?«

Verblüfft über seinen kritischen, tadelnden oder missbilligen Ton – sie war sich nicht sicher, was es war – riss sie die Augen auf. »Mit einem Gästehaus und einem Speisesaal, um die ich mich kümmern muss, vergeude ich mein Leben doch nicht.«

Hal blickte zu dem Gebäude hinauf. »Wir haben dein Gästehaus gesehen, als es erst teilweise fertig war. Jetzt sieht es wirklich großartig aus.«

Selena war erleichtert, dass sie das Thema gewechselt hatten. »Mrs Stoner und ich sind sehr stolz. Ich möchte dich, George und Freddy heute Abend zum Essen einladen. Wir feiern ein großes Fest, um eure sichere Rückkehr zu feiern.« Sie schenkte ihm ein freundliches Lächeln, das genauso freundlich erwidert wurde.

»Im Namen von uns allen nehme ich deine Einladung mit Vergnügen an.«

»Dann muss ich jetzt anfangen, ein paar besondere Gerichte vorzubereiten.« Kurz vor der Tür hielt sie noch einmal inne. »Annabelle ist eine wunderbare Köchin. Was sie kocht, schmeckt viel besser als alles, was Mrs Stoner und ich hinkriegen. Und wir haben uns schon für gute Köchinnen gehalten.«

Ohne Fuhrwerk kam Will viel schneller voran und erreichte die Jordan-Farm, nachdem er nur drei Nächte im Freien verbracht hatte. Das Haus machte noch keinen verlassenen Eindruck. Hätte er es nicht besser gewusst, hätte er geglaubt, die Besitzer wären erst vor kurzem fortgegangen. Bis auf eine etwas dickere Staubschicht waren die Räume noch genauso, wie sie beim letzten Mal gewesen waren.

Will führte sein Pferd gerade zum Grasen hinunter ans niedrige Ufer, da hörte er ein dumpfes Brüllen. Die Kuh musste noch in der Nähe sein. Er fragte sich, ob sie wohl noch Milch gab. Wenn nicht, könnte er sie jederzeit schlachten.

Als er viel später ausgestreckt auf dem Doppelbett lag, schlief Will so gut wie seit Monaten nicht mehr. Er wachte bei Tagesanbruch auf und fühlte sich körperlich ausgeruht und unbeschwerter im Kopf. Er stellte sich vor das Haus und streckte die Arme in die Höhe, um seine Muskeln zu dehnen. Ein dicht über dem Wasser liegender Dunst verwandelte die Büsche am gegenüberliegenden Ufer in geisterhafte Schemen.

Will schlenderte hinunter ans Ufer, kniete sich hin und spritzte sich Wasser ins Gesicht. Bevor er die Böschung wieder hinaufging, tätschelte er aufmunternd sein Pferd. Das bescheidene Haus leuchtete im Licht der Sonne, die sich gerade über den Horizont schob. Die hellen Lichtstrahlen ließen die Fassade freundlicher erscheinen, verfärbten die umliegenden Bäume golden und gaben dem Himmel einen wärmeren Ton. Ein Schwarm geschwätziger weißer Kakadus kreiste mit von der Sonne vergoldeten Flügelspitzen über ihm.

Während Will dort stand und staunend beobachtete, wie das Morgenlicht Alltäglichem Schönheit verlieh, spürte er plötzlich einen ungeheuren Frieden. Der neue Tag begann verheißungsvoll, und Will wusste, dass er den Ort gefunden hatte, an dem seine Seele genesen würde.

Hal blieb nur eine Nacht in Echuca. Es galt, keine Zeit zu verlieren. Nachdem er sich mit George beraten hatte, schätzte er, dass die Fahrt von Echuca nach Mannum und zurück etwa fünf Wochen in Anspruch nehmen würde. Falls das Schiff erneut strandete oder andere Pannen passierten, könnte die Fahrt auch länger dauern. Während der acht Monate, in denen der Fluss schiffbar war, wollte er mindestens sechs komplette Fahrten durchführen.

Während des Festessens schlug Annabelle Hal erneut vor, sie als Köchin auf der *Maid* anzustellen. Doch er erklärte ihr noch einmal, dass ein Dampfer im harten Alltagsbetrieb kein Ort für eine Frau sei.

»Ich dachte, Sie sind glücklich hier im Gästehaus.«

»Das bin ich auch. Ich bin ganz zufrieden hier. Aber ich denke, dass ich auf Ihrem Schiff noch glücklicher sein könnte.« Abgesehen davon, dass das Leben auf dem Fluss sie stark reizte, glaubte sie, dass sie, wenn sie unterwegs war, eher herausfinden würde, wo Will sich aufhielt. Mit typisch weiblicher Intuition hatte sie erkannt, dass die Beziehung, die zwischen Selena und Will bestanden hatte, nicht mehr existierte.

»Bitte versprechen Sie mir, Hal, falls Sie doch jemals eine Köchin brauchen, dass Sie dann zuerst an mich denken.«

»Na schön, Annabelle. Ich versprech's Ihnen.«

Als die *River Maid* am nächsten Morgen bei Tagesanbruch den Anker lichtete, waren weniger Menschen am Ufer, um sie zu verabschieden, als sie bei ihrer Ankunft begrüßt hatten. Doch alle, die noch im Bett waren, wurden bestimmt von dem lauten Abschiedspfeifen geweckt, das ertönte, während das Schiff in das tiefere Wasser in der Flussmitte tuckerte.

Nachdem richtig Druck auf dem Kessel war, erreichte die *Maid* eine gute Geschwindigkeit. Das rhythmische Plätschern der Schaufelräder war Musik in Hals Ohren. Er war glücklich. Das Leben meinte es gut mit ihm, und alles würde nur noch besser werden.

Als sie sich der Jordan-Farm näherten, fragte Hal Freddy, ob er an Land gehen und die Gräber seiner Eltern besuchen wolle. Der Junge zögerte einen Moment und sagte dann, er wolle lieber nicht zu den Gräbern seiner Eltern.

Anschließend hatte er deswegen ein leicht schlechtes Gewissen und fragte George: »Meinst du, es war schlecht von mir, dass ich die Gräber nicht besuchen wollte? Ich hab bloß gedacht, ich wäre nicht stark genug, um nicht zu weinen.«

»Es ist keine Schande zu weinen, mein Junge. Egal was die anderen denken. Du musst tun, was du für richtig hältst.«

»Danke, George. Du bist ein guter Freund.«

»Ich pass bloß auf dich auf, wie ich's deiner Schwester versprochen hab«, grummelte George. »Hey, was ist denn mit deinem Hund los?«

Blackie lief abwechselnd kläffend und jaulend das Vorderdeck auf und ab.

»Was meinst du?«, fragte George. »Ich glaube, er erkennt sein altes Zuhause und will an Land.«

»Wenn ich ihn an Land lasse, kommt er vielleicht nicht wieder. Ich bin froh, dass ich Hal gesagt hab, er soll nicht anhalten.«

Er ging mit dem Hund nach drinnen und streichelte ihn, um ihn zu beruhigen. »Weißt du, George, das Haus sieht immer noch so aus wie vor Wochen, als wir hier ankamen. Was wohl jetzt mit ihm passieren wird? Meinst du, dass es Annabelle und mir gehört?«

»Kann schon sein. Ich nehm mal an, ihr habt genauso ein Recht darauf wie jeder andere. Red mal mit deiner Schwester darüber, wenn wir zurück sind. Wenn man alles so lässt, wie es ist, dauert es nicht lange, dann zieht jemand anders ein und übernimmt das Land.«

»Kann man das denn einfach so? Ich meine, irgendwo einziehen und dann behaupten, es gehört einem?«

»Hast du noch nie was von Hausbesetzern gehört, mein Junge? Siedler, die sich irgendwo niederlassen und das Land einfach in Besitz nehmen.«

»Ob mein Vater das auch so gemacht hat?«

»Könnte schon sein. Ich nehm aber an, dass das Haus noch leer ist. Sieht jedenfalls nicht so aus, als ob jemand dort wohnt.«

Gut verborgen zwischen den Bäumen hinterm Haus stand Will und hielt seinem Pferd beruhigend eine Hand auf die Nüstern. Er hatte den Dampfer kommen gehört und am Geräusch der Maschine und dem Pfeifen in der Ferne erkannt, dass es die *Maid* war. Auch wenn es vielleicht selbstsüchtig von ihm war, so wollte er noch nicht, dass jemand wusste, wo er sich aufhielt. Während der letzten zwei Tage hatte er angefangen, sich zu entspannen. Er wollte – nein, er musste – sich von all seinen Dämonen befreien, bevor er sich wieder unter Menschen begeben konnte.

9

Joshua hatte jetzt einen Schatten. Wo auch immer er auf der Farm hinging, Darcy folgte ihm. Zu Anfang hatte es ihn gestört, dann amüsiert, und mittlerweile stellte er fest, dass er sich über die Gegenwart des Kindes freute. Obwohl der Junge noch keine drei Jahre alt war, war er erstaunlich aufmerksam und interessierte sich für alles. Immer wieder überraschte er Joshua mit seinen Kommentaren oder Fragen.

Vier Wochen nach seiner Rückkehr nach Riverview ritt Joshua hinaus, um einen der Zäune zu überprüfen. Darcy saß vor ihm im Sattel. Er hörte dem Geplapper des Jungen nur mit einem Ohr zu, und seine Antworten waren entsprechend zerstreut. Mit seinen übrigen Gedanken war er bei Jane. Er fand sie begehrenswerter denn je. Doch all seine Versuche, mit ihr ein lockeres freundliches Gespräch zu führen, waren entschieden zurückgewiesen worden. Sie behandelte ihn mit einer Höflichkeit, die keinen Zweifel daran ließ, dass sie ihn nur seinen Eltern zuliebe duldete.

Auch wenn er bisher nie wegen seines unkontrollierbaren Drangs nach Sex mit Aborigine-Frauen – ob sie wollten oder nicht – ein schlechtes Gewissen gehabt hatte, bedauerte er nun, dass er sich damals aus Eifersucht dazu hatte hinreißen lassen, Jane zu vergewaltigen. Während der vergangenen Wochen hatte er sich sehr bemüht, ihr zu beweisen, dass er sich geändert hatte. Dass Jane ihm erlaubte, Darcy mit sich herumzutragen, ließ

Joshua hoffen, dass sich ihre Haltung ihm gegenüber allmählich entspannen würde.

»Ich will selber ein Pferd reiten, Onkel Josh.« Darcy drehte den Kopf, um seinen Onkel anzusehen.

Joshua blickte zu dem Jungen hinab. »Dann werd ich dir wohl Reiten beibringen müssen.«

»Jetzt gleich.«

»Nein, junger Mann, nicht jetzt gleich. Du wirst auf der Farm auf einem kleinen Pony reiten lernen. Und wenn du groß genug bist, kannst du mich mit deinem Pony begleiten und mir auf der Farm helfen.«

»Bin jetzt schon groß genug.«

Joshua zerzauste dem Jungen die schwarzen Locken. »Ich glaube, du musst noch ein bisschen wachsen, bevor du auf den Weiden herumreiten kannst.«

»Onkel Josh? Bringst du Mummy auch Reiten bei? Dann kann Mummy auch mitkommen.«

»Deine Mummy kann schon längst reiten. Ah, da ist ja der Zaun. Wir werden bis zum Fluss daran entlangreiten. Du kannst mir helfen, indem du nach kaputten Drähten guckst, die wir flicken müssen.«

Stolz, dass er eine so wichtige Aufgabe erhalten hatte, blickte Darcy ganz konzentriert auf die lange Reihe von Pfosten und Drähten. Nach einer halben Meile zeigte er mit dem Finger und rief: »Da, Onkel Josh.«

Joshua betrachtete den Zaun. »Ich sehe keinen kaputten Draht, Darcy.«

»Nicht hier, Onkel Josh. Da drüben.«

Drei Pfosten weiter sah Joshua die kaputte Stelle. »Du musst aber gute Augen haben, Darcy.«

»Das ist, weil ich ein Aborigine bin«, erklärte er mit einem Stolz, der Joshua ein wenig den Atem verschlug.

»Tatsächlich?« antwortete er etwas dümmlich, weil er einen Moment lang nicht klar denken konnte.

Darcy drehte sich um und stieß ihn in die Rippen. »Dummer Onkel Josh, weißt du doch.«

»Mhm. Na schön, Darcy, du kannst mir helfen, den Draht zu flicken.«

Er schwang sich aus dem Sattel und hob das Kind herunter. Am Sattel hing eine Rolle Draht. Schere und Zange waren in der Satteltasche. Darcy erhielt die Aufgabe, das Werkzeug zu halten.

Im Laufe der nächsten Stunde fanden sie zwei weitere Stränge, die repariert werden mussten. Joshua spannte gerade einen Draht, da fragte Darcy: »Hörst du das Geräusch, Onkel Josh?«

Joshua lauschte. Zunächst hörte er nichts, dann vernahm er ein leises Geräusch, das nicht zu den üblichen Geräuschen auf dem Land passte. Darcys Gehör musste genauso scharf sein wie seine Sehkraft, stellte er fest.

»Was macht das Geräusch, Onkel Josh?«

»Ich denke, das könnte ein Schiff sein, das den Fluss herunterkommt. Hört sich aber so an, als wäre es noch ziemlich weit weg.«

»Gehen wir gucken?«

»Wenn wir mit dem Zaun fertig sind. Wir haben noch viel Zeit«, fügte er hinzu, als er die Ungeduld in dem jungen Gesicht sah.

Sie saßen auf der Uferböschung, als der Dampfer in Sicht kam. Darcy war ganz aufgeregt. Joshua betrachtete das Schiff interessiert. Es war ein ansehnliches Schiff mit einem Lastkahn im Schlepp. Der Lastkahn war mit Wollballen beladen. Als das Schiff näher kam, sah er, dass es *The River Maid* hieß. Und als es fast auf einer Höhe mit ihnen war, sah er, dass es von einem Jungen gesteuert wurde. Ein schwarzer Hund mit hängender Zunge streckte seinen Kopf aus dem Fenster des Ruderhauses.

Darcy sprang auf und ab und winkte wie wild. Der Hund bellte, und der Junge winkte zurück. Joshua erwiderte den Gruß. Dann stand er auf.

»Wir müssen weiter, Darcy. Jetzt hast du das Schiff ja gesehen.«

Darcy ließ sich nur widerwillig in den Sattel heben. Joshua stieg hinter ihm auf und sorgte dafür, dass der Junge sicher saß. Er ritt am Zaun entlang zurück, da die Vegetation am Fluss zu dicht war.

»Sehen wir das Schiff wieder?«, fragte Darcy.

»Weißt du, was ich glaube?«

»Was?«

»Ich glaube, dass das Schiff bei uns zu Hause anhält.«

»Ohhh.«

»Freu dich mal nicht zu früh. Vielleicht fährt es auch einfach weiter den Fluss hinunter.«

»Ich will, dass es hält.«

»Ich auch.« Joshua hatte ein besonderes Interesse an Raddampfern, das er seiner Familie bisher verschwiegen hatte.

Auf Riverview hörte man den Raddampfer ebenfalls lange bevor er ankam. Mary Winton, die sich aufs Sofa gelegt hatte, wie sie das jetzt jeden Tag tat, stand auf und ging ans Fenster. Sie rief nach Jane, die im Garten war und in den Blumenbeeten Unkraut jätete.

»Hörst du das Schiff? Es kommt bestimmt den Fluss herunter. Ich kann mich allerdings nicht erinnern, dass bei uns ein Schiff vorbeigekommen ist, seit der Fluss im Sommer so stark gesunken ist. Hast du eins hinauffahren sehen oder gehört?«

»Nein, hab ich nicht.«

»Das Schiff muss neu hier auf dem Murray sein. Wem es wohl gehören mag? Warum lächelst du?«

Jane stand auf, zog ihre Gartenhandschuhe aus und wischte sich den Rock ab. »Ich glaube, ich weiß, wem es gehört. Es könnten natürlich auch andere Schiffe hier herunterkommen.«

»Wovon redest du, Jane?«

»Erinnerst du dich an Hal Collins, Mama? Er hat Ballarat verlassen und ist nach Echuca gegangen. Dort hat er einen herrenlosen Raddampfer wieder instand gesetzt.«

Marys Gedanken schweiften ab. »War das nach …?« Sie ließ die Frage offen.

»Nein, Mama«, sagte Jane mit sanfter Stimme. Mary trauerte immer noch um ihren ältesten Sohn. »Hal ist wenige Wochen vor den Unruhen fortgegangen.«

»Ach so. Ich hoffe auf jeden Fall, dass er bei uns vorbeischaut. Darcy wird bestimmt ganz aufgeregt sein.« Sie blickte sich im Garten um. »Wo ist der Schlingel überhaupt?«

»Joshua hat ihn mitgenommen. Er will einen der Zäune überprüfen.«

Mary war schockiert. »Um Gottes willen. Soll das heißen, dass Joshua ihn auf dem Pferd mitgenommen hat? Das hast du ihm erlaubt?«, fragte sie, nachdem Jane genickt hatte.

Jane lachte. »Mein Sohn kann sehr hartnäckig sein und einen geschickt um den Finger wickeln. Ich vertraue Joshua, dass er gut auf Darcy aufpasst. Ich glaube, er mag meinen Sohn mittlerweile ganz gern, und Darcy vergöttert seinen Onkel. Du weißt doch, dass er Joshua auf Schritt und Tritt folgt wie ein Schatten.«

»Stört es dich nicht, dass die beiden so ein enges Verhältnis entwickelt haben?«

»Was auch immer in der Vergangenheit passiert ist, Mama, wir sind eine Familie. Ich habe nicht vor, Riverview jemals wieder zu verlassen, und ich glaube auch nicht, dass Joshua freiwillig gehen wird. Darcy interessiert sich schon jetzt für alles, was mit Schafen zu tun hat. Und Joshua wird ihm alles beibringen können, was er wissen muss.« Sie fügte nicht hinzu, dass sie insgeheim hoffte, dass Darcy eines Tages Riverview erben würde, wenn Joshua keine Söhne hätte.

Mary seufzte. »Joshua war immer derjenige, der Riverview am meisten geliebt hat.« Sie schüttelte jeden Gedanken an die Vergangenheit ab. »Warte auf mich, Jane, ich hole mir nur einen Umhang. Dann gehen wir hinunter und begrüßen den Dampfer.«

»Wenn es Hals Schiff ist, heißt es *The River Maid*.«

Rodney Tremayne stand auf dem schmalen Vorsprung, der auf drei Seiten um das Ruderhaus herumlief. Hal gab Freddy gerade Anweisungen, wie er die *Maid* ans Ufer manövrieren sollte. Die Riverview-Farm war jetzt deutlich zu sehen.

»Wie anders die Farm von hier aussieht. Außerdem ist sie größer geworden seit damals. Da stehen Gebäude, die es zu meiner Zeit noch nicht gab.«

»Sind Sie nie auf dem Fluss gewesen, als Sie hier gearbeitet haben?«, fragte Hal. Ein kleines Ruderboot lag umgedreht am Ufer.

»Ich bin ein paarmal mit Charles oder Adam angeln gegangen. Aber aus einem kleinen Boot hat man eine andere Sicht als von hier oben vom Ruderhaus.«

»Wie sind Sie eigentlich mit Joshua ausgekommen?« Hal war plötzlich neugierig. Zwei unterschiedlichere Männer als Rodney Tremayne und Joshua Winton konnte er sich kaum vorstellen.

»Er war der Sohn vom Boss. Ich war der Buchhalter. Auf solche Unterschiede hat Joshua Wert gelegt. Wir waren gezwungenermaßen höflich zueinander, so könnte man das Verhältnis zwischen uns vielleicht am ehesten beschreiben.« Er lächelte leicht zynisch. »Ich hab mich oft gefragt, ob er sich mir gegenüber anders verhalten hätte, wenn er gewusst hätte, dass ich aus einer reichen Großgrundbesitzerfamilie stamme.«

»Dann hätte er Sie vermutlich noch mehr verachtet, weil seine Familie hart arbeiten musste, um es als Viehzüchter zu was zu bringen.«

»Da könnten Sie recht haben, Hal. Warum interessiert Sie das?«

»Ich habe ganz persönliche Gründe, weshalb ich Joshua nicht mag. Er ist ein seltsamer Mensch. Er scheint eine merkwürdige Mischung aus guten und ziemlich schlechten Eigenschaften in sich zu haben. Aah. Sieht aus, als wollte man uns willkommen heißen.«

»Jane und Mary Winton. Ich hoffe, mein unerwarteter Besuch ist eine angenehme Überraschung für sie und kein Schock. Besonders für Mary nicht in ihrem offenkundigen Zustand.«

»Vielleicht sollten Sie sich erst sehen lassen, nachdem ich die beiden vorgewarnt habe, dass Sie an Bord sind.«

»Zu spät. So wie Jane gerade reagiert, würde ich vermuten, dass man mich bereits erkannt hat.« Er hob grüßend eine Hand. »Hallo!«

Mary Winton hob ihre Hand auf Schulterhöhe und wackelte kurz mit den Fingern, als wisse sie nicht genau, wie sie reagieren sollte. Jane starrte ihn entgeistert an.

»Hi Jane, Mrs Winton«, rief Hal aus dem Ruderhaus. »Ich habe Ihnen einen Gast mitgebracht.« Insgeheim dachte er, dass keine der Frauen sehr erfreut aussah.

Rodney war bereits die Leiter hinuntergestiegen. Sobald die Planke ausgelegt war, eilte er an Land. Hal beobachtete, wie er auf die beiden Frauen zuging. Wenn er blieb, wo er war, könnte er hören, was sie sagten. Seine Neugier überwog das schlechte Gewissen darüber, dass er sie belauschte.

»Kann ich jetzt an Land gehen, Hal? Blackie will bestimmt ein bisschen rumrennen.«

»Geh ruhig. Du hast dich am Steuer der *Maid* wacker geschlagen. Ich komme gleich nach.«

Rodney blieb vor den beiden Frauen stehen. »Ich hoffe, mein unerwartetes Auftauchen hier schockiert Sie nicht allzu sehr.«

»Wieso sollten wir nicht schockiert sein?« erwiderte Jane in schroffem Ton. Was um alles in der Welt veranlasste diesen Mann, zurück nach Riverview zu kommen? Wusste er, dass er einen Sohn hatte? Wollte er versuchen, ihr diesen Sohn wegzunehmen?

»Jane, meine Liebe«, schalt Mary sanft und runzelte missbilligend die Stirn. Sie rang sich ein Lächeln für ihren Besucher ab. »Wir sind beide sehr überrascht, Sie zu sehen, James. Ach nein«, sie legte sich einen Finger auf den Mund, »ich hab vergessen, dass Sie ja gar nicht James heißen. Sie haben einen ganz anderen Namen.«

»Rodney James Tremayne. Sie können aber ruhig weiter James zu mir sagen. Schließlich ist das der Name, unter dem Sie mich gekannt haben. Und du auch, Jane.«

»Ich werde mich sehr bemühen, dich *nicht* James zu nennen«, erklärte sie. Wenn ich ihn nicht mit dem Namen des Mannes anrede, den ich gekannt habe, sagte sie sich, kann ich so tun, als wäre er nicht der Vater meines Kindes. Es fiel ihr nicht leicht, ihren Groll zu unterdrücken und sich so höflich zu verhalten, wie ihre Mutter es von ihr erwartete. »Wie kommt es, dass du mit Hal nach Riverview gefahren bist?«

»Ich bin nach Australien gekommen, um Con und Meggan zu besuchen.«

Jane verstand, auch ohne dass er Jennys Namen erwähnte. Ihr Groll schwand. Sie schenkte ihm einen mitfühlenden Blick, den er mit einem leichten Zucken der Mundwinkel zur Kenntnis nahm.

»Darf ich Ihre Gastfreundschaft für ein paar Tage in Anspruch nehmen, Mary? Ich möchte von hier nach Adelaide fahren und dann mit dem Schiff zurück nach England.«

»Sie können gerne bleiben, solange Sie möchten, James, ich meine Rodney – äh, Mr Tremayne. Meine Güte, ist das verwirrend.«

»Reden Sie mich einfach mit dem Namen an, der Ihnen als Erstes in den Sinn kommt. Ich höre auf alle.«

»Möchten Sie jetzt mit ins Haus kommen?«

»Ich hole nur schnell mein Gepäck. Es ist nicht viel, eine Kiste und ein kleiner Handkoffer. Ah, da ist ja Hal.«

»Hallo, Mrs Winton, erinnern Sie sich noch an mich?«

Mary lächelte. »Ich erinnere mich an einen Jungen auf dem Schiff nach Australien. Und ich finde, Sie sehen immer noch so aus.«

Hal lachte. »Außer dass ich älter geworden bin und hoffentlich um einiges klüger. Wie geht es dir, Jane?«

»Mir geht es gut, Hal.« Sie blickte zu dem Dampfer hinüber. »Das ist also dein ganzer Stolz. Die *River Maid.*«

»Gefällt sie dir?«

»Sie sieht großartig aus. Bleibst du über Nacht hier?«

»Ich möchte eigentlich weiterfahren, bis es dunkel wird.«

»Wollen Sie die ganze Strecke bis nach Goolwa fahren?«, fragte Mary Winton.

»Wir werden nur bis Mannum fahren. Ich möchte mit der *Maid* nicht den Lake Alexandrina überqueren. Ich werde nur auf der Strecke zwischen Echuca und Mannum arbeiten.«

»Mannum ist nicht weit von Riverview entfernt, vielleicht einen Tag mit dem Schiff. Wir würden uns sehr freuen, wenn Sie heute Abend unser Gast wären. Ich möchte ausführlich hören, wie es Ihrer Familie ergangen ist, seit sich unsere Wege vor so vielen Jahren getrennt haben.«

»Ich schließe mich Mamas Bitte an, Hal. Wir würden uns sehr über deine Gesellschaft freuen.«

Hal war nicht in der Lage, Mrs Winton und Jane diesen

Wunsch abzuschlagen. »Vielen Dank. Ich nehme Ihre Gastfreundschaft an. Ich komme nachher rüber.«

»Ist das Schiff da, Onkel Josh? Ist es da? Ist es da?« Das Kind hüpfte aufgeregt im Sattel auf und ab.

Joshua legte dem Jungen einen Arm um die Taille, um ihn ruhig zu halten. »Sitz still, Darcy, sonst fällst du noch runter.«

»Bin ganz aufregt.«

»Ich weiß, dass du aufgeregt bist, aber wenn du von Nugget runterfällst und dir wehtust, wird deine Mutter dir nie mehr erlauben, mit mir mitzukommen.«

Eine so massive Drohung setzte Darcys Hüpferei ein Ende. Er saß absolut still, bis er den Dampfer erblickte. Da stieß er einen aufgeregten Schrei aus, drehte sich zu seinem Onkel um und kippte seitwärts und halb rückwärts vom Sattel. Ob aufgrund guter Reflexe oder einfach nur aus Glück, Joshua schaffte es, mit der rechten Hand ein Bein des Kindes zu packen. Er beugte sich tief hinunter, setzte Darcy vorsichtig auf dem Boden ab und ging mit seinem Pferd ein paar Schritte weiter, damit es nicht auf den Jungen trat. Dann stieg er ab, um Darcy auszuschimpfen, der sich unverletzt wieder aufgerappelt hatte.

Bevor Joshua auch nur den Mund aufmachen konnte, sagte Darcy, den nicht zu kümmern schien, dass er nur knapp einem Sturz entgangen war: »Danke, Onkel Josh.«

»Ist das alles, was du dazu zu sagen hast?« Joshua platzte fast vor Zorn. Die Angst, die er empfunden hatte, als das Kind stürzte, schlug in Wut um. »Ich hab dir doch gesagt, du sollst stillsitzen.«

»Tut mir leid, Onkel Josh. Gehen wir jetzt das Schiff gucken?«

»Nein, das tun wir nicht, du ungezogenes Kind. Weißt du, dass du mir eine Todesangst eingejagt hast? Ich bringe dich zurück zu deiner Mutter.« Er hob den Jungen aufs Pferd und stieg selbst wieder auf.

»Will nicht zu Mummy. Will zum Schiff.«

Joshua drehte sein Pferd vom Fluss weg. »Wir gehen jetzt nicht zum Schiff. Du wolltest ja nicht auf mich hören.«

»Will das Schiff sehen.« Seine Stimme wurde immer bockiger. Er wusste, dass sein Onkel sehr böse auf ihn war.

»Hör auf zu quengeln. Ich hab nein gesagt.«

»Will das Schiff sehen.«

Seine Worte waren jetzt nur noch ein tränenersticktes Gemurmel. Je mehr er weinte und je mehr er immer wieder das Gleiche sagte, desto wütender wurde Joshua. Der kleine Darcy hatte ihm den Schrecken seines Lebens eingejagt. Dafür musste ihm eine Lektion erteilt werden.

Als Joshua Darcy am Haus vom Pferd hob und auf den Boden stellte, boxte der Junge ihn sofort ins Bein. »Hasse Onkel Josh.« Er drehte sich um und lief zum Haus, direkt in die Arme seiner Mutter, die die Treppe hinunter geeilt kam.

»Was ist denn mit Darcy los?«, wollte Jane wissen. »Ich hab ihn schon drinnen im Haus weinen gehört.«

Sie nahm ihren Sohn in die Arme, der sofort sein Gesicht an ihre Schulter drückte und weiter weinte. »Hasse Onkel Josh«, murmelte er.

»Joshua?« Ihr Misstrauen war unüberhörbar.

»Dein Sohn muss lernen zu gehorchen«, sagte Joshua unwirsch und führte sein Pferd zum Stall. Im Augenblick war ihm nicht danach, irgendwelche Erklärungen abzugeben. Wenn er sich später einigermaßen beruhigt hatte, würde er Jane vielleicht sagen, was vorgefallen war.

Jane trug ihren Sohn ins Haus und sprach beruhigend auf ihn ein, damit er aufhörte zu schluchzen. Auch wenn ihr davor graute, was Joshua Darcy angetan haben könnte, dass er so außer sich war, war sie andererseits froh, dass sie nun einen plausiblen Grund hatte, Darcys Vater im Augenblick noch nicht zu erlauben, ihren Sohn zu sehen. Sie trug Darcy in ihr Zimmer, setzte sich mit ihm aufs Bett und hielt ihn in den Armen.

»Du musst aufhören zu weinen, mein Schatz, sonst wirst du noch krank. Ganz ruhig.«

Sie wiegte ihren Sohn in den Armen, küsste ihn auf den Kopf und streichelte ihm die Wange, bis er unter Tränen hickste. »W-w-will das Sch-sch-schiff s-s-sehen.«

»Du kannst das Schiff doch sehen, mein Schatz. Das ist doch kein Grund zu weinen.«

»O-onkel J-josh hat ge-ge-sagt, ich kann's n-nicht s-sehen.«

»Warum hat Onkel Josh das gesagt?«

Darcy zog die Mundwinkel herunter und schob die Unterlippe vor. »Hasse Onkel Josh«, war die einzige Antwort, die Jane aus ihm herauskriegen konnte.

Jane seufzte. Sie würde Joshua fragen müssen, was das Ganze sollte. Und er sollte besser eine sehr gute Erklärung dafür haben. Sie hob Darcy von ihrem Schoß. »Setz dich aufs Bett, Schatz, dann mach ich einen Lappen nass und wasch dir das Gesicht. Danach gehen wir in die Küche, und da bekommst du ein Glas Milch und ein Stück Kuchen.«

Jane ließ ein gut gelauntes Kind, das keine Tränen mehr kannte, in der Küche zurück, wo es von der Köchin und den beiden Hausmädchen verwöhnt wurde. Als sie ins Wohnzimmer zurückkam, wollte Mary sofort wissen, weswegen sich denn Darcy so aufgeregt hätte.

»So wie ich das verstanden hab, wollte Darcy hinunter zu dem Schiff und Joshua hat es ihm aus irgendeinem Grund nicht erlaubt.«

»Wo ist dein Sohn denn?«, fragte Rodney.

Im Zimmer breitete sich betretenes Schweigen aus, als ob Mary und Charles Winton sich plötzlich daran erinnert hätten, dass ihr Gast Darcys leiblicher Vater war.

»Er ist in der Küche und wird mit Kuchen verwöhnt«, antwortete Jane, der gleichzeitig auffiel, dass ihre Mutter ihrem Vater etwas ins Ohr flüsterte.

»Entschuldigt mich bitte«, sagte Mary, »ich muss mit der Köchin über das Abendessen sprechen.«

»Und ich muss mir mal die Füße vertreten«, erklärte Charles, »wenn ich zu lange sitze, werde ich ganz steif.«

Dann waren Jane und Rodney plötzlich allein.

»Das war wohl abgesprochen«, bemerkte Rodney.

»Ja«, stimmte Jane ihm zu. In dem Moment, als sie diesen Mann auf der *River Maid* gesehen hatte, hatte sie gewusst, dass sie über Darcy würden reden müssen.

»Du weißt, dass er dein Sohn ist?«

»Ja. Meggan hat es mir gesagt, als sie ihre Mutter zurück nach Cornwall gebracht hat. Falls du jemals Geld oder sonst irgendetwas brauchst, Jane, brauchst du es nur zu sagen. Ich fühle mich durchaus verantwortlich für deinen Sohn.«

»Ich bin froh, dass du ihn als meinen Sohn bezeichnest. Was mich betrifft, so hast du weder einen Anspruch noch eine Verantwortung. Ich habe dich in der Nacht, als er gezeugt wurde, gebeten, bei mir zu bleiben. Ich habe mich dir freiwillig angeboten.«

»Es war meine Schuld, dass ich dein Angebot angenommen habe. Und es war auch meine Schuld, dass ich nicht an die Möglichkeit gedacht habe, dass du ein Kind empfangen könntest.«

»Das habe ich auch nicht. Aber ich bereue es nicht, auch wenn ich zugeben muss, dass ich völlig am Boden zerstört war, als ich merkte, was passiert war. Darcy ist für mich das Wichtigste auf der Welt. Ich kann mir ein Leben ohne ihn nicht vorstellen.«

»Ich bin nicht gekommen, um ihn dir fortzunehmen, Jane, falls dich das beunruhigt. Wenn ich nach Cornwall zurückkehre, werde ich heiraten. Mein Leben ist dort. Dein Leben und das deines Sohnes ist hier in Australien. Du sollst nur wissen, dass ich dir helfen werde, so gut ich kann, falls du jemals in Not gerätst.«

»Danke. Darcy ist noch zu klein, um sich darüber zu wundern, dass er nur eine Mutter hat. Wenn er alt genug ist, werde ich ihm sagen, dass Adam sein Vater war.« Sie betrachtete aufmerksam Rodneys Gesicht, um seine Reaktion zu erkennen. Doch was auch immer er empfand, sein Gesicht verriet nichts davon.

»Ach ja. Du hast Adam geheiratet.«

»Adam war bereit, Darcy als seinen Sohn aufzuziehen. Wenn er uns nicht genommen geworden wäre, wäre er ein guter Ehemann und Vater gewesen.«

»Ich habe Adam immer sehr geschätzt. Es tut mir sehr leid, Jane, dass du ihn verloren hast.«

Jane neigte dankend den Kopf.

»Können wir nicht Freunde sein, Jane? Ich glaube, unsere Verrücktheit nacheinander ist längst abgeklungen.«

Jane verzog den Mund zu einem winzigen Lächeln. »Das stimmt. Ich werde dich gern einen Freund nennen – Rodney.«

»Nicht James?« Seine Lippen zuckten.

»Es ist dir doch sicher lieber, wenn man dich mit deinem richtigen Namen anspricht?«

Da ging Rodney auf sie zu, nahm ihre Hände und drückte einen leichten Kuss auf ihre Stirn. »Mögest du ein gutes Leben haben, Jane. Du bist eine wirklich wunderbare Frau.«

Zum ersten Mal, seit er Nugget erworben hatte, ließ Joshua das Pferd in der Obhut eines jungen Aborigine, der in den Ställen und auf dem Hof half. Normalerweise ließ er keine fremden Hände an seinen kostbaren Wallach heran. Mit forschen Schritten ging Joshua dann zum Fluss hinunter. Er kam am oberen

Ende des Pfades an, der die Uferböschung hinunterführte, als Hal gerade das untere Ende erreichte.

Beide Männer blieben stehen. Sie starrten sich an. Beide waren gleichermaßen überrascht. Sie misstrauten einander.

»Joshua.« Hal brach als Erster das Schweigen. »Dich hatte ich hier nicht erwartet.«

Joshua zog zynisch eine Augenbraue hoch. »Und warum nicht? Riverview ist mein Zuhause. Was führt dich hierher?«

»Die *River Maid* ist mein Schiff.«

»Ist ja interessant. Hal Collins, Kapitän eines Raddampfers.« Er gluckste amüsiert über irgendeinen privaten Scherz.

»Besitzer eines Raddampfers«, stellte Hal richtig.

Joshua war überrascht und ließ es sich auch anmerken. »Dann warst du erfolgreich auf den Goldfeldern?«

»Mir hat's gereicht.« Kurzes Schweigen. »Deine Mutter hat uns zum Abendessen eingeladen.«

»Ich verspreche dir, dass ich mich nicht wieder mit dir prügele.«

»Du weißt verdammt gut, dass es darum nicht geht.« Er hielt Joshuas Blick stand und wünschte wie schon so oft, er könnte diese schändliche und von ihm zutiefst bedauerte Nacht in Adelaide aus seinem Leben streichen.

Joshua verzog den Mund zu einem höhnischen Grinsen. »Wir könnten beide Geschichten übereinander erzählen.«

»Schließen wir also für heute Abend Waffenstillstand.«

»Und für jedes weitere Mal, wenn du in Riverview zu Besuch bist? Aus dem Lastkahn voller Wolle, den du mit dir schleppst, kann ich doch wohl schließen, dass du vorhast, häufiger hier vorbeizukommen.«

»Ich werde hier vorbeikommen, aber ich werde nicht uneingeladen zu Besuch kommen. Diesmal haben wir nur angehalten, um einen Passagier abzusetzen.«

Joshua war verblüfft. »Wir erwarten niemanden.«

»Dann mach dich mal auf eine Überraschung gefasst.« Auch aus so manchem, was Adam ihnen erzählt hatte, hatte er geschlossen, dass Joshua und Rodney Tremayne sich nicht mochten. »Lässt du mich vorbei, damit ich zum Haus kann?«

»Ich würd mir gern dein Schiff genauer ansehen, wenn ich darf.«

»Mein Maschinist ist noch an Bord. Der kann dich herumführen.«

Joshua grinste unangenehm, trat aber beiseite und bedeutete Hal, den Pfad hinaufzukommen. Als sie einander gegenüberstanden, sahen sie sich noch einmal vielsagend an. Sie würden nie wieder miteinander befreundet sein können.

Auf dem Weg zum Haus schaute sich Hal interessiert um. Für seine unerfahrenen Augen schien es sich um ein florierendes Anwesen zu handeln. Das zweistöckige Farmhaus aus Stein strahlte zwar nicht den Überfluss von Berriman aus, doch es war groß und von schönen Gärten umgeben, in denen bunte Herbstblumen blühten.

Charles Winton begrüßte ihn sehr freundlich. »So kreuzen sich die Wege der Wintons und der Collins' wieder einmal, junger Mann.«

Hal streckte seine Hand aus. »Wie geht es Ihnen, Sir?«

»Bin leider nicht mehr so agil, wie ich mal war. Joshua nimmt mir eine Menge Arbeit ab. Er hat schon immer viel von Schafen verstanden, auch wenn er ein Schurke war.«

Darauf wusste Hal nichts zu sagen. »Transportieren Sie Ihre Wolle über den Fluss?«, fragte er stattdessen.

»Ich lasse sie immer noch mit Ochsenkarren nach Adelaide bringen. Joshua würde sie lieber per Raddampfer nach Goolwa schicken. Wären Sie daran interessiert, für uns zu fahren?«

»Ich habe vor, zwischen Echuca und Mannum zu arbeiten.

Soweit ich weiß, wird der untere Teil des Murray von einem guten halben Dutzend Schiffen befahren.«

»Das hab ich auch gehört. Joshua muss mich allerdings noch von den Vorteilen des Transports über den Fluss überzeugen. Jane hat uns erzählt, dass der Mann Ihrer Schwester eine gute Schaffarm in Victoria hat. Darüber würde ich gern mehr erfahren.«

»Jane hat Ihnen vermutlich mehr darüber erzählt, als ich das könnte. Sie hat ja eine Zeitlang bei Meggan und Con gewohnt. Meine Brüder und ich sind nur ab und zu in Langsdale. Ich glaube, dass es Con gut geht, auch wenn vor zwei Jahren die Räude beinahe seine ganze Herde vernichtet hat.«

Charles Winton war voller Mitgefühl. »Furchtbare Krankheit. Hier in Südaustralien sind wir zum Glück davon verschont geblieben. Doch nun, mein lieber Hal, würde ich mir gerne Ihr Schiff ansehen. Das heißt, wenn ich Ihnen mit meinem Hinken nicht zu langsam bin.«

»Überhaupt nicht, Mr Winton, Sir. Es ist mir ein Vergnügen, Ihnen meinen ganzen Stolz zu zeigen.«

»Ich sag nur kurz Bescheid. Diese Frauen hier machen viel zu viel Theater um mich. Ah, da drüben ist ja Jane. Sie geht mit meinem ehemaligen Buchhalter, wie auch immer der heißen mag, im Garten spazieren.«

»Rodney Tremayne.«

»Hmh, ja. Wenn man einen Menschen mehrere Jahre unter einem bestimmten Namen gekannt hat, ist es merkwürdig, wenn man ihn plötzlich mit einem anderen anreden soll.«

Die beiden Männer verließen das Haus, und Charles Winton rief seiner Pflegetochter zu, dass er hinunter zum Schiff gehen wolle. Jane winkte, dass sie verstanden hätte, behielt dabei aber Darcy im Auge, der auf dem Rasen Purzelbäume schlug. Um sich aufzuspielen, wie Jane Rodney gegenüber bemerkte.

Darcy reagierte sofort auf das Wort »Schiff« und rappelte sich auf. »Will das Schiff sehen. Mit Opa mitgehen. Komm, Mummy.«

Jane, die fast das Gleichgewicht verloren hätte, weil ihr Sohn so fest an ihrer Hand zog, lächelte ihrem Begleiter entschuldigend zu. »Hast du was dagegen, Rodney? Darcy ist heute Nachmittag ganz aufgelöst nach Hause gekommen, weil Joshua nicht mit ihm zum Schiff wollte.«

»Geht ihr nur. Nach vierzehn Tagen an Bord kenne ich jede Ecke und jeden Winkel des Schiffs. Ich spaziere einfach eine Weile allein herum und schwelge in Erinnerungen.«

»Mama«, Darcy zog noch fester an der Hand seiner Mutter. »Will mit Opa gehen.«

»Ja, Schatz.«

Darcy ließ die Hand seiner Mutter los und schoss wie ein Kaninchen davon. »Opa. Warte auf mich.«

Charles drehte sich um. »Kommst du auch mit, Jane?«

»Ja. Darcy, nicht so schnell, sonst fällst zu hin und tust dir weh.«

Charles Winton lachte in sich hinein. »Ich hab noch nie einen kleinen Kerl mit so viel Energie erlebt wie den hier«, bemerkte er zu Hal. »Manchmal werde ich schon müde, wenn ich ihm nur zusehe.«

Darcy kam angelaufen und nahm Charles' Hand. »Ich helf dir, Opa.«

»Danke, junger Mann. Ich kann viel besser gehen, wenn du mich an der Hand hältst.«

»Klar kannst du das, Opa.«

Jane, die ein paar Schritte hinter den beiden ging, lächelte über die zärtliche Nachsicht, mit der ihr Vater Darcy behandelte, und darüber, wie stolz ihr Sohn seinen Kopf trug. Die beiden liebten sich sehr, auch wenn keine Blutsverwandtschaft zwischen ihnen bestand.

Sie trafen Joshua, der gerade vom Fluss zurückkam. Darcy kriegte von seiner Mutter eins hinter die Ohren, weil er Joshua die Zunge herausstreckte.

»Das war ungehörig, Darcy. Entschuldige dich bei Onkel Joshua.« Was auch immer Joshua getan hatte, Darcy musste lernen, sich zu benehmen.

»Tut mir leid«, murmelte Darcy und blickte dabei unruhig zum Wasser.

»Tut mir leid, Onkel Joshua«, korrigierte Jane.

»T-tut mir leid, Onkel Joshua.«

Meine Güte, dachte Jane. Darcy hat Angst, dass man ihn nicht zum Schiff hinunterlässt. Was kann Joshua nur getan haben, dass er so verstört ist?

Joshua ignorierte sowohl Jane als auch den Jungen. »Du hast ein feines Schiff, Hal. Und es sieht aus, als hättest du auch einen guten Mann am Dampfkessel.«

Hal stimmte ihm zu. »Ich würde sogar behaupten, dass George der beste Maschinist auf dem ganzen Fluss ist. Und Freddy macht sich gut unter Georges Anleitung. Freddy«, erklärte er, als er die verständnislosen Mienen um sich sah, »ist ein junger Mann, den wir aus Echuca mitgenommen haben. Er hat heute die *Maid* hier ans Ufer gesteuert.«

»Dann war er wohl im Ruderhaus, als ihr ein Stück den Fluss hinauf an uns vorbeigefahren seid.«

»Ich hab euch nicht gesehen«, antwortete Hal, dem klar war, dass Joshua nur seinem Vater und Jane zuliebe ein höfliches Interesse zeigte.

»Ich hab dich gesehen«, machte Darcy sich bemerkbar. »Ich hab gewinkt.«

»Wenn ich dich gesehen hätte, hätte ich ganz bestimmt zurückgewinkt«, versicherte Hal dem Jungen. »Dein Vater«, sagte er zu Joshua, »möchte sich gern die *Maid* ansehen.«

Joshua tippte an seinen Hut. »Wir sehen uns dann später.«

Als ihr Vater, immer noch mit Darcy an der Hand, und Hal weitergingen, blieb Jane stehen und rief nach Joshua, der auf dem Weg zum Haus war. Er drehte sich um.

»Was hast du mit Darcy gemacht? Er war ja fast untröstlich.«

»Dein Sohn muss lernen zu gehorchen, sonst bringt er das Leben anderer und sein eigenes in Gefahr.«

Die Kritik an ihrem Sohn ärgerte Jane, denn sie konnte sich nicht vorstellen, wie Darcy das Leben von irgendwem in Gefahr bringen sollte. Deshalb antwortete sie in gereiztem Ton. »Es war deine Aufgabe, auf ihn aufzupassen und dafür zu sorgen, dass ihm nichts passiert.«

Der höhnische Gesichtsausdruck gehörte zu dem alten Joshua, den sie hasste. »Hattest du denn auf ihn aufgepasst, als er und seine kleine Freundin sich in Langsdale im Busch verlaufen haben? Wenn ich die beiden nicht durch puren Zufall gefunden hätte, hättest du keinen Sohn mehr, den du völlig verziehen kannst.«

»Darcy ist nicht verzogen.«

»Wie du meinst, Jane. Aber wirf mir nicht vor, ich hätte deinem Sohn was getan, bevor du nicht die ganze Geschichte kennst.«

»Dann sag mir doch, was er so Schlimmes getan hat, dass du ihm zur Strafe nicht erlaubt hast, das Schiff zu sehen.«

»Frag Darcy, weshalb er die Strafe verdient hat. Ich bezweifele nämlich, dass du mir irgendetwas glaubst.«

Darauf entfernte er sich mit schnellen Schritten und ließ Jane aufgewühlt und verärgert zurück. Sie hatte angefangen zu glauben, dass Joshua sich vielleicht tatsächlich geändert hatte. Nun fragte sie sich, ob sich hinter der Fassade des rücksichtsvollen und hart arbeitenden Mannes, die er in den letzten Wochen gezeigt hatte, nicht doch seine wahrere Natur verbarg.

Joshua, der ebenfalls in schlechter Stimmung war, beschloss, Nugget erneut zu satteln und eine Weile herumzureiten. Es machte ihm Spaß, regelmäßig auf dem Grundstück nach dem Rechten zu sehen und sich um kleinere Probleme zu kümmern, bevor sie zu großen wurden. Eine seiner ersten Maßnahmen, nachdem er nach Riverview zurückgekehrt war, hatte darin bestanden, einen der Schäfer wegen ständiger Trunkenheit zu entlassen. Er hatte ihn durch Nelson ersetzt, den Mischling, der ihm am Tag seiner Rückkehr begegnet war. Nun war eine gute Gelegenheit, mal nachzusehen, wie gut Nelson seine Arbeit machte.

Er war fast bei den Ställen, als ein Mann um die Ecke des Gebäudes kam. Als er ihn erkannte, blieb Joshua vor Schreck wie angewurzelt stehen. Er hatte völlig vergessen, dass Hal einen Besucher nach Riverview mitgebacht hatte. »Verdammt! Ich muss Gespenster sehen.«

»Hallo, Joshua. Schön, Sie wiederzusehen.« Ein kurzes Lachen. »Sie sehen aus, als hätten Sie eine Erscheinung. Ich kann Ihnen aber versichern, dass ich echt bin.«

»Allerdings. Sie haben ja vielleicht Nerven, wieder hier in Riverview aufzutauchen. Haben Sie Jane denn nicht schon genug angetan?« Joshua stellte zufrieden fest, dass sich die Haut seines Gegenübers rosa verfärbte.

»Meine Beziehung zu Jane geht Sie überhaupt nichts an, Joshua.«

»Das sehe ich anders. Wenn Sie Jane auch nur ein Haar krümmen, sind Sie mir Rechenschaft schuldig.«

Nun wurde Rodney spöttisch. »Brüderlicher Beschützerdrang oder steckt mehr dahinter?« Er hatte schon immer vermutet, dass Joshuas Interesse an seiner Pflegeschwester nicht nur rein brüderlich war.

Joshua antwortete nicht. Er war sich nicht sicher, ob er seine

Eifersucht und seine Wut im Griff hätte. »Ich hoffe, Sie fahren mit Hal Collins weiter.«

»Tut mir leid, Joshua. Ich werde ein paar Tage bleiben und dann weiter nach Adelaide reisen. Charles, Mary und auch Jane haben mich alle willkommen geheißen. Sie sind anscheinend der Einzige in der Familie, der sich nicht freut, mich zu sehen. Ich wünsche Ihnen noch einen schönen Nachmittag, Joshua. Wir sehen uns sicherlich beim Abendessen.«

»Sie können meiner Mutter sagen, Sie braucht nicht mit dem Essen auf mich zu warten. Ich komme wahrscheinlich erst sehr spät zurück.« Er hatte keine Lust auf eine höfliche Dinner-Konversation mit diesem James/Rodney.

Die Sonne war bereits hinterm Horizont verschwunden, als Joshua Nelsons Hütte erreichte, so dass ihm nur noch das kurze Dämmerlicht blieb, um nachzusehen, ob alles in Ordnung war. Die Schafe sahen alle gesund aus. Was Nelson ihm während der Inspizierung der Herde über seinen Tagesablauf und seine Schützlinge erzählte, bestärkte Joshua darin, dass er den richtigen Mann zum Schäfer gemacht hatte. Er würde einen Bock zum Bespringen der Mutterschafe bringen können und könnte sicher sein, dass Nelson ihm jedes Neugeborene korrekt melden würde.

Nelsons Einladung, mit ihm zu Abend zu essen, lehnte er ab. Er war nicht sonderlich hungrig. Außerdem war es ihm lieber, eine klare Grenze zwischen Boss und Arbeitern zu ziehen. Man durfte nicht zu freundlich zu seinen Arbeitern sein, besonders wenn es Aborigines waren. Er hatte schon von Farmen gehört, die völlig heruntergekommen waren, weil der Besitzer von seinen Männern nicht mehr respektiert worden war. So etwas würde er auf Riverview nicht zulassen.

Als es ganz dunkel wurde, ließ Joshua sein Pferd langsam gehen, bis ein fast voller Mond aufging und für gute Sicht sorgte. In der in bleiches Mondlicht getauchten Landschaft stachen die kleinen, hell flackernden Lagerfeuer hervor wie Leuchtfeuer. Die zur Farm gehörigen Aborigines mussten ihr Camp drüben am Black Duck Billabong aufgeschlagen haben.

Joshua spürte eine Regung in der Leistengegend. Er konnte gar nicht sagen, wie viele Monate vergangen waren, seit er zum letzten Mal seine niederen Instinkte mit schwarzem Samt befriedigt hatte. Auf dem Ritt nach Riverview hatte er fast ausschließlich an Jane gedacht. Als er nun an sie dachte und sie sich nackt und willig unter ihm vorstellte, löste das eine so unerträgliche Erregung bei ihm aus, dass er sein Pferd zu den Feuern hin lenkte.

Wenn er heute Abend keine Frau kriegte, würde er durchdrehen. Es hatte mal eine wohlgeformte junge Frau gegeben, die immer getan hatte, was er wollte. Er fragte sich, ob sie noch bei dem Stamm war. Auf seiner eigenen Farm konnte er nicht anfangen, Frauen zum Sex zu zwingen. Widerstand löste bei ihm stets eine sadistische Brutalität aus, die er nicht unter Kontrolle hatte. Die größte Befriedigung erzielte er mit Frauen, die es mochten, wenn man sie ein bisschen schlug.

Joshua verbrachte nur ein kurzes Stück vom Camp der Aborigines entfernt eine sexuell befriedigende Nacht mit dem Mädchen, das er damals Gilly genannt hatte. Sie wusste, dass er es mochte, wenn sie sich gegen ihn wehrte und in ihm das Verlangen weckte, sie brutal zu behandeln. Er glaubte, dass sie den Schmerz genoss, den er ihr zufügte.

Beim Aufwachen stellte er fest, dass sie sich bereits davongeschlichen hatte. Gut gelaunt stand er auf, streckte sich, pinkelte unbekümmert und machte sich bereit, zur Farm zurückzureiten. In Gedanken war er bereits bei den Dingen, die er an diesem Tag tun musste. Als Erstes musste er herausfinden, ob der Engländer sich von Janes Bett ferngehalten hatte. Wenn nicht, dann würde Joshua ihn fortjagen – wenn er ihn nicht vorher umbrachte.

Als Gilly plötzlich wieder auftauchte, spürte er erneut einen Druck in der Leistengegend und kam sofort auf andere Gedanken. Doch jegliche Lust verschwand augenblicklich, als er das nackte Kind bemerkte, das sie an der Hand hielt. Ein Kind, das hellhäutiger war als der kleine Darcy. Gilly lächelte vergnügt. Joshua spulte schweigend eine Litanei von Schimpfwörtern ab. Er hatte keinen Zweifel, dass das kleine Mädchen aus seinem Samen stammte. Sie hatte in etwa das richtige Alter. Verdammt noch mal! Warum war er nicht vorsichtiger gewesen? Und was zum Teufel wollte Gilly von ihm?

Er konnte mit ihr nicht kommunizieren. Die wenigen Worte, die sie jeweils von der Sprache des anderen kannten, hatten alle mit Sex zu tun. Vermutlich würde er mit billigem Schmuck und Süßigkeiten für Mutter und Kind zurückkommen müssen. Er fragte sich, welche Erklärung der Stamm wohl für das hellhäutige Baby erhalten hatte. Nervös erinnerte er sich daran, wie ihn ein erzürnter Aborigine einmal fast mit einem Speer getötet hätte. Er blickte sich verstohlen um, ob irgendein Krieger im Busch lauerte.

Gilly lächelte ihn immer noch an. Joshua versuchte, seine Angst irgendwie in den Griff zu kriegen, da fiel ihm zu seiner großen Erleichterung ein, dass ihm mal jemand erzählt hatte, die Aborigines würden den Geschlechtsakt nicht mit der Zeugung in Verbindung bringen. Eine Frau ging an einen sicheren Ort und »erträumte« sich ein Baby. Vor dem Stamm war er sicher. Er musste nur dafür sorgen, dass sein Vater niemals von der Existenz des kleinen Mädchens erfuhr.

10

Die Atmosphäre auf Riverview war angespannt, und alle waren in großer Sorge. Eine Stunde vor Mitternacht hatten bei Mary Winton die Wehen eingesetzt. Am Anfang verlief alles normal mit leichten, regelmäßig wiederkehrenden Kontraktionen. Selbst als die Schmerzen stärker wurden, war Jane immer noch zuversichtlich und erklärte ihrer Pflegemutter, dass alles gut liefe. Einige Stunden später war sie sehr viel weniger optimistisch. Auch wenn lang andauernde Wehen nicht unbedingt ein Grund zur Besorgnis waren, hatte Jane plötzlich das sichere Gefühl, dass irgendetwas ganz und gar nicht stimmte. Als Mary vor Erschöpfung eingeschlafen zu sein schien, suchte Jane rasch die Köchin auf.

»Missus haben Babby?«, fragte die Köchin.

»Missus geht es schlecht. Babby kommt nicht. Ich brauche Hilfe von weiser Frau.«

»Ole Marangaroo, sie viele Babby in Leben helfen.«

»Ist sie im Camp? Würde Sie ins Haus kommen?«

»Kann sein. Kann sein, mein Mann sie holen.«

»Ja, ja. Sag ihm, er soll sich beeilen.«

Als sie wieder zu Mary zurücklief, traf sie Rodney in der Diele. »Ich hab jetzt keine Zeit zu reden, Rodney. Mary geht es sehr schlecht.«

»Ich weiß. Ich bin schon seit einiger Zeit wach. Jane, ich sollte wohl besser gehen. In dieser Situation wäre meine Anwesenheit eine Belastung für alle. Ich werde Hal bitten, mich nach Mannum mitzunehmen.«

»Wie du willst. Ich muss zurück zu Mama, ich höre sie rufen.«

»Jane.« Rodney fasste sie am Arm. »Ich bin froh, dass ich dich zufrieden und bei guter Gesundheit angetroffen habe. Ich hoffe, dass es das Leben immer gut mit dir meint.«

Als sie ihm in die Augen sah, empfand Jane für einen Moment etwas von der alten Anziehungskraft und sah, dass es Rodney genauso ging. Beide senkten den Blick.

»Danke«, sagte Jane. »Ich hoffe, dass auch du ein glückliches Leben hast.«

Charles Winton drückte sich im Flur vor dem Zimmer herum, in dem seine Frau stöhnend lag. Sein Gesicht war von großer Sorge gezeichnet. Jane, die begriff, dass seine seelischen Qualen auf ihre Art genauso schlimm waren wie die körperlichen Qualen, die seine Frau erlitt, umarmte ihn mitfühlend.

»Ich hab nach der Hebamme der Aborigines geschickt, Papa. Wir müssen beten, dass sie rasch kommt.«

Charles Winton nickte benommen, als wäre er kaum in der Lage, Janes Worte zu verstehen. »Ich kann nicht auch noch Mary verlieren.«

Jane hielt weiter seine Hand und unterstrich ihre Worte mit einem leichten Druck. »Wir müssen beten, dass sie durchhält. Wir müssen für Mama und für das Baby beten. Papa, kannst du dich bitte um Darcy kümmern? Er wird dich ein wenig von deinen Sorgen ablenken.«

»Ich möchte lieber in Marys Nähe bleiben. Joshua kann sich um Darcy kümmern.« Er hob den Kopf und blickte stirnrunzelnd den Flur entlang. »Wo ist Joshua überhaupt?«

»Ich weiß es nicht, und es interessiert mich auch nicht, Papa. Ja, Mama«, rief sie, weil Mary nach ihr verlangte. »Ich bin hier. Geh nach oben, Papa. Du kannst hier nichts machen.«

Zwei Tassen starken schwarzen Tee war alles, was Charles Winton zum Frühstück herunterbekam. Er saß in der Küche und beobachtete, wie Darcy drei Scheiben Toast aß, die dick mit hausgemachter Pflaumenmarmelade bestrichen waren, und dazu ein großes Glas frische Milch trank. Wenn, was Gott verhüten möge, Mary etwas zustieße, würde es keine Marmelade und keinen Kompott mehr von den Früchten der Bäume in dem kleinen Obstgarten geben, und auch keine Butter aus der Milch von Dolly, der Jersey-Kuh.

Er rieb sich mit einer Hand übers Gesicht, um das Bild von einem Leben ohne Mary wegzuwischen. Er durfte nicht gleich an das Schlimmste denken. Solange Mary atmete, bestand Hoffnung.

»Ich bin fertig, Opa.« Darcy stellte das Glas, das er mit beiden Händen gehalten hatte, auf den Tisch. »Darf ich jetzt aufstehen, bitte?«

Diese ausgesuchte Höflichkeit entlockte Charles ein winziges Lächeln. Er bemühte sich, sich auf den Jungen zu konzentrieren. »Du darfst aufstehen, junger Mann. Sollen wir zum Fluss hinuntergehen und dem Dampfer zum Abschied winken?«

»Ja, bitte.« Wenn er mit Opa zusammen war, achtete Darcy immer auf seine Manieren. Bei Oma war es nicht so schlimm, wenn er mal seine guten Manieren vergaß und nicht bitte und danke sagte, aber Opa war streng. Er rutschte von seinem Stuhl herunter und wartete geduldig, bis Opa seine Teetasse abgestellt hatte und aufgestanden war.

Jegliches Bemühen, sich artig zu benehmen, endete in dem Moment, als sie das Haus verließen. Als sein Fuß den Rasen berührte, gewann sein überschäumendes Temperament die Oberhand. Zuerst hüpfte er neben dem Großvater her, doch als er Onkel Josh von den Ställen her auf sie zukommen sah, raste er los. Joshua hob ihn hoch und setzte ihn mit einem Schwung auf seine Schultern. Fröhlich kichernd nahm Darcy seinem Onkel den Hut vom Kopf und setzte ihn auf seinen, wo er ihm über die Augen rutschte. Er schob ihn zurück, damit er wieder sehen konnte. Der Großvater war stehen geblieben und wartete auf sie.

»Guten Morgen, Vater. Willst du zum Fluss hinunter?«

»Wo warst du die ganze Nacht?« wollte Charles von seinem Sohn wissen. Der Zorn in seiner Stimme stand in krassem Gegensatz zu der Freundlichkeit, mit der er begrüßt worden war.

»Ich bin rausgeritten, um zu sehen, wie Nelson mit seiner Arbeit klarkommt, und hab dann beschlossen, draußen zu übernachten.«

»Meinst du nicht, dass es unserem Gast gegenüber höflicher gewesen wäre, zu Hause zu bleiben?«

Joshua stellte Darcy auf die Erde und nahm sich seinen Hut wieder. Das Verhalten seines Vaters begann ihn zu verärgern. »Er war dein Gast, Vater, nicht meiner. Wo ist der Bursche überhaupt?«

»Er fährt mit Hal Collins weiter auf der *River Maid*.«

Das überraschte Joshua. »Ich dachte, er wollte ein paar Tage in Riverview bleiben.«

»Gentleman, der er ist, hat James«, Charles benutzte ganz automatisch wieder den alten Namen, »beschlossen, uns zu verlassen.«

»Wovon zum Teufel redest du da?« Hatte der Engländer etwa Jane was angetan? Doch sein Vater hatte ihn als Gentleman bezeichnet. Allerdings konnte er am Gesichtsausdruck seines Vaters ablesen, dass auf der Farm nicht alles in Ordnung war. »Was ist los, Vater?«

»Wenn du zu Hause gewesen wärst, wüsstest du das. Deine Mutter …« Eine plötzlich in ihm aufsteigende Panik machte es Charles unmöglich weiterzusprechen. Er nahm Darcy an die

Hand. »Wir sollten uns beeilen, sonst hat das Schiff schon abgelegt.«

Joshua starrte seinem Vater hinterher und reagierte nicht, als Darcy sich umdrehte und ihm zuwinkte. Er brauchte etwa zwanzig Sekunden, um den abgebrochenen Satz seines Vaters im Kopf zu vervollständigen. Seine Mutter bekam das Baby. Joshua ging mit raschen Schritten ins Haus.

Da niemand da war, dem er hätte Fragen stellen können, lief er die Treppe zwei Stufen auf einmal nehmend hinauf. Er wollte gerade an die Schlafzimmertür klopfen, da hörte er von drinnen das qualvolle Stöhnen seiner Mutter. Da er nicht in diese Frauendomäne eindringen wollte, machte er kehrt, drehte sich aber schon nach wenigen Schritten wieder um, als er hörte, wie die Tür aufging. Jane streckte den Kopf aus dem Zimmer. Als sie ihn sah, kam sie heraus und machte die Tür hinter sich zu.

»Wie geht es Mutter?«, fragte er.

»Die Geburt verläuft nicht gut, Joshua. Mutter liegt jetzt seit neun Stunden in den Wehen, und es gibt keinerlei Anzeichen dafür, dass das Baby kommt.«

»Ist das schlimm?«

»Ich mache mir sehr große Sorgen. Karrawi ist losgegangen, um die Hebamme der Aborigines zu holen.«

»Was soll die denn schon helfen können?« sagte er verächtlich. »Sie wird noch nicht mal sauber sein.«

»Aborigine-Frauen bekommen genauso Kinder wie weiße Frauen. Die alte Frau wird besser wissen als ich, wie man Mama helfen kann.«

»Der Stamm hat sein Camp in der Nähe des Black Duck Billabong aufgeschlagen.«

Jane stöhnte. »Dann wird es ja Stunden dauern, bis die Hebamme kommt.«

»Kann ich irgendetwas tun?«

»Ich tue alles, was in meiner Macht steht, aber ich fürchte, das reicht nicht, um Mama zu retten.«

»Ich will nicht, dass *meine* Mutter stirbt.« Dann fragte er sich, warum er ausgerechnet in diesem völlig unpassenden Moment Jane daran erinnern musste, dass sie die angenommene Tochter war. »Kann ich dir nicht doch irgendwie helfen?«, fügte er in sanfterem Ton hinzu.

»Bete, Joshua, und kümmere dich um Papa.«

Jane war völlig erschöpft, als Joshua drei Stunden später die Aborigine-Hebamme ins Schlafzimmer brachte. Man hatte sie gezwungen, sich zu waschen und eines der einfachen hemdartigen Kleider der Köchin anzuziehen, was sie beides nur unter Protest getan hatte. Die alte Marangaroo warf einen Blick auf die bleiche erschöpfte Frau im Bett und scheuchte Joshua mit flatternden Händen und einem Schwall unverständlicher Worte aus dem Zimmer.

»Such die Köchin. Wir brauchen vielleicht jemanden zum Dolmetschen«, sagte Jane noch rasch zu ihm.

Joshua nickte, und Jane eilte an Marys Bett zurück. Die alte Frau befühlte gerade Marys geschwollenen Bauch und drückte daran herum. Jane beobachtete sie besorgt. Marys Blick, von Schmerz und Fragen erfüllt, huschte zwischen den Händen der Frau und Janes Gesicht hin und her. Die Frau sagte etwas zu Jane. Die hob die Hände und schüttelte den Kopf, um anzudeuten, dass sie nichts verstand. Darauf versuchte die Frau, sich mit Gesten verständlich zu machen. Aus denen schloss Jane, dass das Baby falsch herum lag.

»Dein Baby liegt mit den Füßen voran, Mama.« Jane hielt Marys Hand.

Als die Aborigine-Frau die Decke ganz zurückschlug und Marys Nachthemd hochschob, keuchte Mary auf. »Was macht sie da?«

»Ganz ruhig, Mama. Sie weiß sicher, was sie tut.«

Nachdem die Frau die Vagina der Patientin untersucht hatte, gab sie erneut durch Zeichen zu verstehen, dass sich noch nichts geweitet habe. Dann nahm sie den kleinen Bastbeutel, den sie mitgebracht hatte, und hielt ihn hoch.

»Ich glaube, sie will dir ein Aborigine-Heilmittel geben. Was auch immer es ist, du musst es nehmen, Mama.«

Marangaroo saß mit übereinandergeschlagenen Beinen auf dem Boden, stellte eine Schale aus Stein samt steinernem Stößel vor sich, legte ein Stück helle Rinde in die Schale und mahlte sie zu einem feinen Pulver. Als sie mit dem Ergebnis zufrieden war, zeigte sie auf einen Krug mit Wasser und tat so, als würde sie trinken. Jane füllte sofort einen Becher mit Wasser. Marangaroo löste das Pulver in dem Wasser auf und sang dabei die ganze Zeit leise vor sich hin. Dann gab sie Jane den Becher.

Die hielt ihn Mary hin. Das Gebräu roch bittersüß. Gestützt von Jane, die ihr den Arm um die Schultern gelegt hatte, nippte Mary an der Mixtur und schüttelte dann angewidert den Kopf.

»Bitte, Mama«, flehte Jane. »Du musst das austrinken. Ich denke, es soll dir helfen, dich zu weiten, und außerdem deine Schmerzen lindern.«

Unter einigem Schaudern und zweifachem Würgen gelang es Mary, das Gebräu zu trinken, dann sank sie dankbar zurück in die Kissen. Sie war viel zu schwach, um zu reagieren, als die alte Frau ihr den Bauch mit einer übel riechenden, fettigen Paste einrieb.

Die Behandlung durch die alte Frau, was auch immer für Mittel sie benutzte, zeigte Wirkung. Mary konnte die Schmerzen nun leichter ertragen. Irgendwann deutete dann die alte Marangaroo an, dass der Muttermund jetzt genügend geweitet sei und das Kind herauskönne. Von den vielen Stunden unproduktiver Wehen geschwächt, war Mary jedoch kaum in der Lage,

Janes Aufforderungen zu pressen nachzukommen. Schließlich, als die Lampen im Haus schon lange angezündet waren, kam ein winziges Mädchen mit den Füßen voran auf die Welt.

»Du hast eine Tochter, Mama«, sagte Jane zu ihr, doch Mary war bereits erschöpft eingeschlafen. Dann bemerkte Jane, dass das Baby trotz aller Bemühungen der alten Frau, es zum Atmen zu bringen, nicht geschrien hatte. Und es würde auch niemals schreien. Janes Augen füllten sich mit Tränen. Mary hatte furchtbar gelitten und beinahe unerträgliche Schmerzen erduldet, um ein bereits totes Baby zur Welt zu bringen. Sie wischte sich die Tränen ab, nahm das Baby von der Hebamme entgegen, wickelte es sorgfältig in das Umschlagtuch, das Mary gehäkelt hatte, und legte es in das bereitstehende Kinderbett. Dann half sie der Hebamme, die Nachgeburt zu beseitigen. Immer noch in Zeichensprache deutete die alte Frau an, dass Mary bei der Geburt nur ganz wenig eingerissen sei. Mit viel Ruhe würde sie sich schon bald von ihren Anstrengungen erholen.

Charles und Joshua warteten im Salon. Sie brachen ihr Gespräch ab, als Jane hereinkam.

»Es ist vorbei, Papa. Das Baby wurde geboren.«

Joshua sprang auf. »Es ist aber nicht alles in Ordnung. Das sehe ich deinem Gesicht an, Jane.«

Charles mühte sich ebenfalls auf die Beine, sein Gesicht war von Angst gezeichnet. »Mary? Ist mit Mary alles in Ordnung?«

»Mama schläft. Wenn sie sich ausgeruht hat, wird es ihr wieder gut gehen.« Sie hielt inne und atmete tief durch. »Das Baby kam tot zur Welt. Es tut mir leid, Papa. Es war ein kleines Mädchen.«

Charles ließ sich wieder in seinen Sessel sinken. »Wenn schon einer von ihnen sterben musste, bin ich froh, dass es nicht Mary war.«

Darauf wussten weder Jane noch Joshua etwas zu sagen.

Joshua ging zur Anrichte, schenkte einen Brandy ein und gab ihn seinem Vater. Dann schenkte er auch für sich einen Schluck ein und sah Jane fragend an, ob ihr ebenfalls danach zumute sei. Zum ersten Mal in ihrem Leben glaubte sie, dass ihr ein wenig Alkohol vielleicht guttun könnte.

Charles stellte sein leeres Glas ab und stand auf. »Ich gehe jetzt zu meiner Frau. Danke, Jane, für alles, was du getan hast.«

»Ich habe nur getan, was jede Frau für eine andere tun würde. Die alte Aborigine-Frau verdient deine Dankbarkeit am meisten.«

»Wo ist sie jetzt?«

»Die Köchin hat sie mit in die Küche genommen. Sie wird morgen früh zu ihren Leuten zurückkehren.«

»Du wirst sie mit dem kleinen Wagen dorthin bringen, Joshua, und Mehl, Zucker, Tee und eine Hammelhälfte als Geschenk für den Stamm mitnehmen.«

Joshua nickte. Ein tot geborenes Kind war nicht von Bedeutung, wenn man es gegen das Leben seiner Mutter abwog. Er war ebenfalls der Meinung, dass man der alten Frau Dank schuldete, weil sie Mary das Leben gerettet hatte. »Darcy wird bestimmt mitkommen wollen«, sagte er zu Jane, als sie beide allein waren.

Jane saß zusammengesunken auf dem Sofa, zu müde, um sich noch auf den Beinen zu halten, und viel zu müde, um mit Joshua zu diskutieren. »Er kann nicht mitkommen. Ich kann mich nicht mehr darauf verlassen, dass Darcy in deiner Obhut sicher ist.«

Joshua versuchte, seine Wut zu unterdrücken. »Hast du deinen Sohn eigentlich mal gefragt, warum ich ihn bestraft habe?«

»Er hat gesagt, du wärst wütend auf ihn gewesen, weil er nicht still auf Nugget gesessen hat. Deine Strafe war aber doch viel zu hart wegen so einer kleinen Sache.«

»Kleine Sache? Ja? Hat er dir denn auch erzählt, dass er so wild herumgehüpft ist, dass er kopfüber vom Pferd gefallen ist?

Wenn ich ihn nicht aufgefangen hätte, hätte er sich das Genick brechen können.«

»Oh.« Jane starrte in Joshuas zorniges Gesicht.

»Allerdings. Er hat mich zu Tode erschreckt. Wenn dein Sohn mich begleiten möchte, muss er lernen, zu tun, was man ihm sagt.«

»Er ist doch noch so klein«, verteidigte Jane ihren Sohn.

»Er ist alt genug, um zu gehorchen.« Joshua machte seinem Zorn mit einem tiefen Ausatmen Luft. Dann setzte er sich neben Jane auf das Sofa und drehte sich ihr halb zu, damit er sie ansehen konnte. Unwillkürlich wandte sich Jane ihm ebenfalls zu.

»Jane, ich mag den kleinen Darcy. Er ist ein netter und kluger Junge, und ich hab ihn gerne um mich. Ich würde sogar sagen, dass ich ihn lieb gewonnen habe. Ich würde niemals etwas tun, was ihm schadet.«

Jane hatte den Kopf leicht zur Seite geneigt und betrachtete ihn nachdenklich. »Du bist ein seltsamer Mensch, Joshua. Erwartest du wirklich, dass ich dir glaube, dass du dich völlig geändert hast?«

»Ich hoffe, dass du bereit bist, mir zu glauben. Ich bin ein anderer Mensch geworden. Und du würdest mich sehr glücklich machen, Jane, wenn du mir gegenüber etwas entgegenkommender wärst.«

Da sie nicht zu genau über die Bedeutung dieser Worte nachdenken wollte, stand Jane abrupt auf. »Du verlangst zu viel, Josh. Ich habe deine Schandtat nicht vergessen, und ich kann dir auch nicht verzeihen, selbst wenn ich Mama und Papa zuliebe über die Vergangenheit hinwegsehe. Gute Nacht, Joshua.«

Er sprang auf, um als Erster die Tür zu erreichen, und legte eine Hand dagegen, damit sie sie nicht öffnen konnte. »Hast du letzte Nacht alleine geschlafen?«

»Natürlich habe ich alleine geschlafen.« Sie war empört und

wollte schon fragen, wie er auf so etwas käme, da sah sie die Eifersucht in seinen Augen und verstand nur zu gut die Worte, die er nicht ausgesprochen hatte. Keuchend zerrte sie an der Türklinke. Als Joshua schließlich die Hand wegnahm und die Tür freigab, stürzte Jane hinaus.

In ihrem Zimmer setzte sie sich auf die Bettkante und presste beide Hände auf ihr hämmerndes Herz. Darcy schlief in kindlicher Unschuld tief und fest in seinem Bettchen. Joshua hatte zugegeben, dass er ihren Sohn lieb gewonnen hatte. Bedeutete diese unverhüllte Eifersucht, dass er auch zärtliche Gefühle für sie entwickelt hatte? Ihr Herzschlag setzte für eine Sekunde aus, als ihr bewusst wurde, dass sie sich schon manches Mal sehr entspannt in Joshuas Gesellschaft gefühlt hatte.

Sie legte sich auf den Rücken und starrte an die dunkle Decke. Begann sie tatsächlich, Joshua ein bisschen zu mögen? Er schien sich wirklich geändert zu haben. Aber ich kann ihm nie und nimmer verzeihen, dass er mich vergewaltigt hat.

Doch kaum hatte sie diesen Gedanken zu Ende gedacht, da fiel sie vor Erschöpfung in einen tiefen Schlaf.

Nach Janes überstürztem Abgang schenkte sich Josh einen weiteren Brandy ein, den er nachdenklich im Glas kreisen ließ, während er sich mit ausgestreckten Beinen in seinem Lieblingssessel zurücklehnte. Obwohl er eigentlich nicht zur Selbstanalyse neigte und normalerweise keine Reue für die von ihm begangenen Verbrechen empfand, stellte er fest, dass er bedauerte, was er in der Vergangenheit getan hatte.

Er liebte Jane, liebte sie von Herzen. Hätte er sie in dieser Weise geliebt, als sie ihm gestand, dass sie ein Kind von dem Engländer erwartete, hätte er vielleicht zu ihr gehalten und ihr seine Unterstützung angeboten, statt sie in einem wahnwitzigen Anfall von Eifersucht zu vergewaltigen. Dass er den kleinen

Darcy lieb gewonnen hatte, entsprach der Wahrheit. Wer könnte so ein reizendes Kind nicht lieben? Über den Jungen hoffte er, einen Weg zu Janes Herzen zu finden, obwohl er wusste, dass es nicht einfach sein würde.

Das Leben ging schon seltsame Wege, sinnierte er. Wegen seiner schändlichen Tat von seiner Familie aus dem Haus gejagt, hatte er das wenige Geld, das sein Vater ihm gegeben hatte, schon bald verspielt. Daraufhin hatte er versucht, sich durchzuschlagen, indem er nachts Gold aus unbewachten Schächten stahl. Während einem dieser Raubzüge war ein Mann zu Tode gekommen. Als Con Trevannick ihn auf Langsdale anstellte, war er wieder auf die Füße gefallen, nur um dann wegen seiner unkontrollierbaren Lust auf brutalen Sex mit dunkelhäutigen Frauen erneut in den Abgrund zu stürzen.

Was war passiert, nachdem man ihn aus Langsdale verjagt hatte? Er hatte weiterhin bei Nacht gestohlen, an einem Überfall auf einen Goldtransport teilgenommen, bei dem einige Männer ums Leben gekommen waren, und zu allem Überfluss war ihm auch noch seine Beute gestohlen worden. Als er dann völlig mittellos vor der Polizei davonlief, war er über ein märchenhaftes Goldnugget gestolpert. Dieses Nugget hatte ihn zu einem sehr reichen Mann gemacht.

Die Ironie bei der Sache entging ihm nicht. Seine Verbrechen hatten ihm nichts eingebracht, doch wenn er nicht wegen dieser Verbrechen auf der Flucht gewesen wäre, hätte er das Nugget niemals gefunden.

Joshua trank den Brandy in einem Zug aus, stellte das Glas ab und ging die Treppe hinauf. Vor Janes Zimmer blieb er stehen und fragte sich, ob sie wohl schon schlief. Jane, sagte er in Gedanken, eines Tages wirst du mich lieben. Schon bald werde ich dir beweisen, wie sehr ich bedaure, dass ich dir wehgetan habe, und wie viel du mir bedeutest.

Während er weiter zu seinem Zimmer ging, dachte er, wenn dieses hellhäutige Mädchen im Aborigine-Camp nicht wäre, dann könnte er die Person, die er einst gewesen war, aus seinem Gedächtnis streichen. Er schwor sich, nie wieder ins Aborigine-Camp zu gehen, um seine sexuellen Gelüste zu befriedigen. Wenn er wollte, dass Jane ihn liebte, musste er ein Mann werden, der ihrer Liebe würdig war.

11

In Mannum herrschte rege Betriebsamkeit, weil fünf weitere Raddampfer ihre Wollballen abluden, um dann mit Waren beladen zu werden, die auf dem Rückweg an diverse Farmen geliefert werden sollten. Während sie darauf warteten, dass sie an die Reihe kamen, nahm Hal Freddy mit, um eine Ladung zu ergattern, die sie zurück nach Echuca transportieren könnten, und um die Sachen zu besorgen, die von den Farmen bestellt worden waren, bei denen sie auf dem Hinweg gehalten hatten.

Rodney begleitete sie, um das Gasthaus zu suchen, wo er eine Fahrkarte für die Kutsche nach Adelaide kaufen konnte. »In gewisser Hinsicht tut es mir leid, dass mein Besuch in Australien so bald wieder vorbei ist.«

»Vielleicht kommen Sie ja eines Tages noch mal wieder«, meinte Hal.

»Vielleicht, das ist aber eher unwahrscheinlich. Ich muss sagen, dass ich die Tage auf der *River Maid* sehr genossen habe. Und natürlich Ihre angenehme Gesellschaft. Aber jetzt müssen wir endlich über den Fahrpreis reden. Ich finde es nicht richtig, wenn ich nichts für die Fahrt und das Essen bezahle.«

»Ich will kein Geld von Ihnen.« Hal lachte. »Wir Collins' mögen ja mal den Tremaynes vom Manor House untergeordnet gewesen sein, aber in diesem Land sind wir alle gleich. Außerdem sind wir ja durch die diversen Eheschließungen zwischen unseren Familien gewissermaßen verwandt.«

»Das ist schon richtig, aber ich fühle mich trotzdem verpflichtet, für die Reise zu zahlen.«

»Sie können mich nicht zwingen, von Ihnen Geld anzunehmen, Tremayne.«

»Aber Sie können mich nicht daran hindern, etwas für Sie auf der Bank zu hinterlegen.«

»Sie sind aber wirklich hartnäckig.«

Rodney lächelte. »Das stimmt. Ah, ich glaube, ich bin da.« Er hielt Hal seine Hand hin. »Ich wünsche Ihnen und der *River Maid* eine erfolgreiche Zukunft.«

Hal schüttelte ihm die Hand. »Und Ihnen eine sichere Heimreise. Grüßen Sie meine Ma von mir, wenn Sie sie sehen.«

»Das werde ich tun. Leben Sie wohl, Hal, und du auch, Freddy.«

Nachdem sie sich getrennt hatten, gingen Hal und Freddy weiter zu den Lagerhäusern, um sich um eine Ladung zu bemühen. Am späten Nachmitttag waren die *Maid* und ihr Lastkahn *Pengelly* entladen, und *Pengelly* neu beladen mit Rollen von Zaundraht, Kisten mit Nägeln, Desinfektionsmitteln für Schafe und diversen anderen Gerätschaften. Am Morgen würden sie noch Säcke mit Mehl, Reis und Zucker sowie weitere Lebensmittel auf die Decks der *Maid* laden.

Um die erfolgreiche Fahrt zu feiern, gingen sie in ein Hotel, das »Roastbeef mit allen Beilagen« anbot.

»Wir kriegen kein Rindfleisch mehr, bis wir wieder in Echuca sind«, stellte Hal fest, als die vollbeladenen Teller vor die drei Männer gestellt wurden. »Ich werd jeden Bissen genießen.«

»Ich auch«, stimmte Freddy ihm zu, schnitt ein Stück Fleisch ab und schob es sich in den Mund.

»Hört sich ja gerade so an«, sagte George, den Mund voller Bratkartoffeln, »als hättet ihr die Nase voll von Fisch und Hammel. Ganz zu schweigen von den Kängurus, die's ab und zu gab.«

Freddy stupste Hal an. »Wir hätten ihn an Bord lassen und sich sein Essen selber kochen lassen sollen. Anscheinend weiß er das Roastbeef nicht zu schätzen.«

»Das hab ich nicht gesagt. Ich mein nur, dass das, was wir auf der *Maid* gegessen haben, auch nicht schlecht war.«

Sie ließen sich Zeit mit dem Essen, und die beiden Männer rundeten es mit einem Pint Ale ab. Freddy erlaubten sie ein halbes Pint. Sie plauderten mit anderen Bootsleuten und tauschten Erfahrungen und Informationen über Gefahren aus, denen sie auf verschiedenen Abschnitten des Flusses begegnet waren.

Auf dem Weg zurück zur *Maid* blieben sie auf der hohen Böschung stehen, um auf die fünf Dampfer hinabzublicken, die dort in einer Reihe hintereinander lagen. Laternen warfen gelbe Lichtkreise auf den Kai und das dunklere Wasser. Die *River Maid* war jetzt das mittlere Schiff. Für Hal war seine *Maid*, wenn auch nicht der größte Dampfer, der dort vor Anker lag, so doch auf jeden Fall der schönste. Seine Mannschaft stimmte ihm aus vollem Herzen zu.

»Da kommt noch ein Dampfer den Fluss hinauf«, bemerkte Freddy.

»Das ist aber ein großes Schiff. Sieht aus, als wäre es so gebaut, dass es Passagiere und Frachtgut mitnehmen kann.«

»Glaubst du, dass es jetzt Fracht an Bord hat, George?«

»Wenn ja, kann es nichts allzu Schweres sein. Aber du meine Güte, was für eine ruhig laufende Maschine.«

»So ruhig wie die von der *Maid*?«, fragte Freddy.

»So ungern ich auch zugebe, dass irgendein Dampfer so gut sein könnte wie die *Maid*, der hier ist es wahrscheinlich.«

»Ob er wohl hier anlegt?«, sagte Hal. »Ich würd mir das Schiff gern mal ansehen.« Dieser neue Dampfer würde auf dem Fluss ganz bestimmt Aufsehen erregen. Er war ähnlich aufgebaut wie die *Maid*, jedoch länger und breiter, so dass für mehr Passagierkabinen Platz war. Hinter dem Ruderhaus befanden sich auch noch zwei Kabinen. Das Schiff war weiß gestrichen mit dunkelblau abgesetzten Zierleisten und hatte einen dunkelblauen Rumpf.

Die drei blieben stehen und beobachteten, wie der Dampfer näher kam. Er blieb auf der anderen Seite des sehr breiten Flusses, hatte also offenbar die Absicht, an Mannum vorbeizufahren.

»*Lady Jane*«, las Hal den Namen des Dampfers vor. »Sie muss von Goolwa kommen. Ich würd gern wissen, wie weit der Kapitän noch fahren will. Vielleicht holen wir sie ja morgen ein.«

Während der frühen Abendstunden fuhr die *Lady Jane* weiter flussaufwärts. Auf diesem tiefen breiten Flussabschnitt hatte der Kapitän keine Angst vor Hindernissen oder davor, auf Grund zu laufen. Er war stolz auf den Dampfer, den er fuhr, auch wenn er ihm nicht gehörte. Die Besatzung bestand aus fünf Männern, und beim Bau des Schiffes waren keine Kosten gescheut worden. Die Passagierkabinen waren äußerst komfortabel. Auf dem unteren Hinterdeck befand sich ein Speisesaal, gleich neben der Kombüse. Ein Schiff wie die *Lady Jane* würde keine Wollballen transportieren. Sie bot Vergnügungsfahrten auf dem Murray River an für Leute, die sich so etwas leisten konnten. Der Mann, der den Vergnügungsdampfer in Auftrag gegeben hatte, hatte das Entstehen eines neuen Marktes auf dem Fluss vorhergesehen.

Der Captain war ein Seemann durch und durch. Das Schicksal und eine gute Portion Glück hatten ihn auf den Murray gebracht. Zuletzt war er Erster Offizier auf einem Schoner gewesen. Als sein Schiff kürzlich auf einer Fahrt von China in Melbourne einlief, hatte ihn die Neugier dort am Kai entlang zur Werft geführt, wo gerade der Innenausbau des Dampfers stattfand. Sein offenkundiges Interesse an dem Schiff war dem Besitzer der Werft aufgefallen. Der war aus seinem kleinen Büro gekommen, um mit ihm zu sprechen. Im Laufe des Gesprächs erfuhr der Captain, dass der Mann, der den Raddampfer in Auftrag gegeben hatte, jemanden suchte, der die nötige Erfahrung besaß, das Schiff um die Südküste von Victoria herum durch den Lake Alexandrina zu steuern und anschließend den Murray River hinauf.

Da sein Interesse nun endgültig geweckt war, stellte der Captain viele Fragen, auf die er auch zufriedenstellende Antworten erhielt. Doch da ihm die Vorstellung nicht behagte, von einem abwesenden Schiffseigner Anweisungen entgegennehmen zu müssen, war er zunächst unschlüssig, ob er die Stelle annehmen sollte. Der Schiffsbauer versicherte ihm, dass der Besitzer des Dampfers, der anonym bleiben wollte, sämtliche Entscheidungen in Bezug auf das Schiff und seine künftigen Passagiere dem Kapitän überlassen würde. Die einzige Bedingung wäre, dass der Raddampfer zwischen Swan Hill und Goolwa verkehren solle. Weniger als eine Woche später hatte der Captain die *Lady Jane* aus der Port Phillip Bay gesteuert und blickte mit neuem Optimismus in die Zukunft.

Während der nächsten Woche bekam die Mannschaft der *River Maid* die *Lady Jane* nicht wieder zu sehen. Sie waren bereits bis nach Morgan hinaufgefahren, wo der Fluss einen 90-Grad-Bogen Richtung Osten machte, und waren jetzt, wie Hal schätzte, etwa zwanzig Meilen von der Mündung des Darling River entfernt, als er den anderen Dampfer erblickte. Er ließ die Pfeife der *Maid* ertönen, damit der Kapitän wusste, dass sie sich näherten.

George kam gerade aus dem Kesselraum. »Ist das nicht das Schiff, das wir in Mannum vorbeifahren gesehen haben?« rief er zu Hal hinauf.

Hal beugte sich aus dem Fenster des Ruderhauses. »Das ist

die *Lady Jane*. Was meinst du, George? Ich hab den Eindruck, dass sie feststeckt.«

George streckte den Kopf über die Reling. »Yeah, ich glaub, das tut sie. Sollen wir anhalten?«

»Auf jeden Fall. Die brauchen wahrscheinlich Hilfe. Außerdem möchte ich mir die *Lady Jane* unbedingt mal genauer ansehen.«

Sie fuhren bis etwa zwanzig Meter an das Schiff heran. Hal wusste, dass sie dort noch genügend Wasser unter dem Kiel haben würden. Aus dieser Entfernung konnte er auch deutlich das helle Braun der Schlammbank sehen, auf der die *Lady Jane* festsaß. Er wollte nicht näher heranfahren und riskieren, dass die *Maid* ebenfalls auf Grund lief. Die Mannschaft des anderen Schiffs hatte sich auf dem Vorderdeck versammelt.

»Ahoi«, rief Hal, der gerade aus dem Ruderhaus kam. »Sieht aus, als hättet ihr ein kleines Problem.«

»Das kann man wohl laut sagen«, rief einer der Männer zurück. »Wir sitzen fest. Wir haben schon versucht, uns durch Staken zu befreien. Könnten Sie uns vielleicht herausziehen?«

»Wenn mein Maschinist meint, dass wir genügend Kraft dafür haben, werden wir's versuchen. Ihr seid viel schwerer als wir. Wir kommen mal rüber und gucken, was wir machen können.«

»Gebongt.«

Freddy ruderte das Beiboot, da er, wie George meinte, immer noch seine Muskeln trainieren musste. Mittlerweile stand ein weiterer Mann auf dem Vorderdeck der *Lady Jane*. Er hatte eine Kapitänsmütze auf dem Kopf. Hal starrte ihn an, blinzelte und starrte erneut.

»Verdammt noch mal. Die Mütze kenne ich doch«, murmelte er. »Ich traue meinen Augen nicht, aber er muss es sein.«

»Wer muss das sein?«, fragte George.

»Captain Trevannick. Der Vater von Selena.«

»Was du nicht sagst.« George betrachtete den Mann genauer. »Dachte, der würde wieder zur See fahren.«

»Sieht aus, als wär er zurückgekommen.«

Das Beiboot stieß gegen die Bordwand des Dampfers. George zog es ganz nah heran und hielt es fest, während Hal hinaufkletterte. Der backenbärtige Kapitän, der übers ganze Gesicht strahlte, streckte helfend eine Hand aus. »Willkommen an Bord, Hal Collins.«

Hal schüttelte ihm herzlich die Hand. »Captain Trevannick. Sie hätte ich als Allerletzten hier erwartet. Ich dachte, Sie würden wieder zur See fahren.«

»Das bin ich auch für eine Weile. Aber ich hab nur eine Stelle als Erster Offizier auf einem chinesischen Handelsschiff kriegen können. Und wenn man sein halbes Leben lang Kapitän eines eigenen Schiffs gewesen ist, fällt es einem schwer, sich unterzuordnen.«

»Dann ist das also Ihr Raddampfer?« Hal betrachtete anerkennend, wie solide die *Lady Jane* gebaut war.

»Nur insofern, als ich bestimmen kann, wo ich hinfahre und welche Passagiere ich mitnehme. Die *Lady Jane* wurde von einem reichen Kerl in Auftrag gegeben und in Melbourne gebaut. Ich hab sie von dort hierhergefahren. Und was ist mit Ihrem Raddampfer?«

»Der gehört mir. Ich hab den Dampfer halb ausgebrannt und verlassen in Echuca gefunden. Wir haben ihn wieder hergerichtet und ihm den Namen *River Maid* gegeben.«

Während sie miteinander sprachen, waren sie über das Deck gegangen, und Hal sah nun, als er über die Reling blickte, dass das Schaufelrad auf der Backbordseite tief im Schlamm steckte.

»Was meinen Sie, Hal? Kann Ihr Schiff uns da herausziehen?«

»Wenn George, mein Maschinist, sagt, das geht, dann werden wir es natürlich versuchen. Wenn er glaubt, dass es eine zu große Belastung für die *Maid* wäre, haben wir einen Flaschenzug dabei, mit dem wir das hinkriegen.«

Es folgte eine kurze Besprechung zwischen den beiden Kapitänen und den Maschinisten beider Schiffe, und am Ende hatte man folgende Strategie entwickelt: Die *Maid* würde ganz langsam an der *Lady Jane* vorbeifahren und sich dort, wo das Wasser wieder tief genug und klar war, vor sie setzen. Anschließend würden sie mit einem Drahtseil zurückrudern und dann versuchen, das andere Schiff von der Schlammbank zu ziehen.

Hal war weniger zuversichtlich als George, dass es ihnen gelingen würde. »Bist du sicher, dass die Maschine der *Maid* stark genug ist? Die *Lady Jane* ist erheblich größer und schwerer.«

George knurrte missbilligend. »Hab ich dir nicht schon vom ersten Tag an gesagt, dass unser Mädchen den besten Kessel auf dem ganzen Fluss hat? Sie mag zwar nur eine *Maid* sein, aber wir werden diese *Lady* aus dem Schlamm ziehen.«

Hal lachte. »George, du willst ja nur beweisen, dass die *Maid* das bessere Schiff ist. Es ist eine fixe Idee von dir, dass wir den besten Dampfer auf dem Fluss haben. Du solltest sie lieber keinem Risiko aussetzen.«

»Mach dir keine Sorgen, Kapitän. Ich kenne mein Mädchen.«

Doch als Hal im Kesselraum stand und beobachtete, wie sich die Nadel des Druckmessers beängstigend der roten Gefahrenmarke näherte, befürchtete er, dass Georges Stolz über seinen Verstand gesiegt hatte.

»Hör auf, George«, brüllte er, um bei dem ganzen Lärm überhaupt gehört zu werden. »Der Kessel fliegt jeden Moment in die Luft.«

Voller Panik wollte er gerade George beiseitestoßen und selbst Dampf ablassen, da verriet ihm ein lautes Jubeln von der *Lady Jane*, dass sie frei war. George öffnete die Dampfventile. Die Nadel schwang zurück. Hal wischte sich mit einer Hand über die schweißüberströmte Stirn und stellte fest, dass er zitterte. Sein Herz schien ihm in die Hose gerutscht zu sein.

»Tu mir das nie wieder an, George. Ich dachte, du jagst uns alle in die Luft.«

George lachte nur vor sich hin. »Ich hab dir doch gesagt, dass dieser Kessel niemals explodieren wird.«

»Ja. Aber trotzdem. Mir wär's lieber, wenn du das nicht noch mal ausprobierst. Du bist schuld, wenn ich jetzt schon graue Haare kriege.« Er starrte seinen Maschinisten wütend an, der noch immer voller Stolz übers ganze Gesicht grinste. »Na schön, George. Ich guck mal, ob bei denen alles okay ist, bevor wir weiterfahren.«

Die *Lady Jane* war jetzt so dicht an die Maid herangekommen, dass Hal und der Captain sich mühelos unterhalten konnten.

»Danke für eure Hilfe«, sagte der Captain. »Vielleicht können wir uns ja eines Tages revanchieren.«

Hal lachte. »Hoffentlich nicht. Ich hab die Nase voll davon, auf Grund zu laufen. Man muss hier höllisch auf Hindernisse aufpassen. Es gibt jede Menge Sand- und Schlammbänke, Felsen und unter Wasser liegende Bäume. Der Fluss ist schwieriger zu befahren als das Meer.«

»Das stelle ich auch gerade fest. Wie weit fahren Sie denn, Hal?«

»Heute Abend werden wir bei einer Farm etwa fünf bis sechs Meilen flussaufwärts Halt machen. Wir haben dort Waren abzuliefern. Bis Echuca müssen wir dann noch ein paar Zwischenstopps einlegen.« Plötzlich fiel ihm etwas ein. »Wissen Sie eigentlich, dass Selena in Echuca ist?«

Der Captain war überrascht. »Tatsächlich? Ich dachte, sie würde immer noch bei Con leben. Seit ich Ballarat verlassen habe, habe ich von niemandem etwas gehört.«

»Dann wissen Sie eine ganze Menge nicht. Selena ist auf den Goldfeldern geblieben, nachdem Sie fortgegangen sind.«

»Con hat ihr erlaubt, alleine dort zu leben?«

»Selena hat bei den Baxters gewohnt. Sie kennen doch Ihre Tochter, Captain. Sie macht, was sie will.«

»Das ist leider wahr. Und wieso ist sie jetzt in Echuca?«

»Das ist eine lange Geschichte, Captain. Wenn wir uns das nächste Mal begegnen, erzähle ich Ihnen alles, was passiert ist, seit Sie Ballarat verlassen haben. Wo wollen Sie denn von hier aus hin?«

»Ich soll die Strecke zwischen Swan Hill und Goolwa befahren. Doch da es niemanden gibt, der mir sagt, dass ich in Swan Hill umkehren soll, werde ich wohl weiter bis Echuca fahren und meine Tochter besuchen.«

Zwei Abende später ankerten die *River Maid* und die *Lady Jane* direkt hintereinander. Da die Nacht kühl war, hatte man am Ufer ein Feuer entzündet, um das die Männer nun saßen und plauderten. Hal und der Captain saßen etwas abseits von den anderen auf einem Baumstamm. Denn Hals Bericht war nur für die Ohren des Captain bestimmt.

»Das ist alles, was ich weiß. Ich war damals ja schon in Echuca. Deshalb weiß ich nur, was Meggan in ihren Briefen geschrieben hat. Will weigert sich, über Eureka zu sprechen, er weigert sich überhaupt über alles zu sprechen, was mit Ballarat zu tun hat. Und Selena redet auch nicht über diese Zeit.«

Die Miene des Captain verdüsterte sich. »Meine arme Selena. Sie hat in den letzten Jahren viel durchmachen müssen. Ich nehme an, ich werde sie ziemlich verändert vorfinden.«

Hal lächelte. »Nicht allzu sehr. Selena wird immer Selena bleiben. Vielleicht ist sie ein bisschen erwachsener geworden.« Dann wurde er ernst. »Mein Bruder ist derjenige, der sich am meisten verändert hat. Ich weiß nicht mal, wo er jetzt ist. Ich muss gestehen, Captain, dass ich mir große Sorgen um ihn mache – um seinen Gemütszustand.«

»Will ist ein zuverlässiger junger Mann und sehr vernünftig. Sie sollten sich nicht allzu viele Sorgen um ihn machen. Mit der Zeit wird er sich schon wieder fangen.«

»Ich hoffe wirklich, dass Sie recht haben.« Hal stand auf und kippte die Teeblätter aus seinem Becher. »Ich hol mir noch einen Tee. Möchten Sie auch noch welchen?«

Der Captain stand ebenfalls auf, und sie schlenderten gemeinsam zum Feuer zurück. »Ich hab Ihnen noch nicht erzählt, dass Rodney Tremayne hier war«, sagte Hal. »Er war in Langsdale und ist anschließend nach Echuca gekommen. Wir haben ihn nach Mannum mitgenommen. Er wollte nach Adelaide und von dort wieder zurück nach Cornwall.«

»Lebt Phillip noch?«

»Nein. Phillip war schon seit einigen Jahren nicht ganz gesund. Rodney glaubt, dass der Schock über Jennys Tod ihm schließlich den Rest gegeben hat.«

»Dann ist Rodney jetzt Squire von Tremayne Manor.« Der Captain schien über Rodneys Eignung nachzudenken, diese Verantwortung zu übernehmen. »Er ist immer noch sehr jung.«

»Ich glaube, dass er ein guter Squire wird. George fand ihn ganz in Ordnung für einen feinen Pinkel.« Hal kicherte. »Stimmt's, George?«

»Stimmt was?« George, der mit einem Stock im Feuer herumgestochert hatte, um die Flammen zum Lodern zu bringen, blickte auf.

»Ich hab dem Captain gerade erzählt, dass du Rodney Tremayne für einen ganz anständigen Kerl gehalten hast.«

»Tremayne.« George schlug sich an den Kopf. »Verdammt noch mal, das hab ich ganz vergessen.«

»Was hast du vergessen?«

»Tremayne hat mir einen Umschlag für dich gegeben, Hal.

Hat gesagt, ich soll ihn dir geben, wenn wir aus Mannum weg sind. Ich hab ihn unten in meinen Seesack gesteckt und dann ganz vergessen. Ich hol ihn dir, wenn wir wieder an Bord sind.«

Sobald sie auf die *Maid* zurückgekehrt waren, holte George den Umschlag. Und obwohl Hal sehr neugierig war, ging er damit in seine Kabine, um ihn ungestört öffnen zu können. Er war froh, dass niemand seinen Schock und seine Fassungslosigkeit mitbekam, als er aus dem Umschlag einen Wechsel über fünfhundert Pfund zog, ausgestellt auf eine Bank in Truro.

Seine Hand zitterte so sehr, dass er die andere Ecke des Schriftstücks mit seiner linken Hand festhalten musste, um es noch einmal lesen zu können. Es war jedoch kein Irrtum möglich. Das war ein Wechsel auf seinen Namen über fünfhundert Pfund. Immer noch zitternd legte er das Papier zur Seite und öffnete den beigefügten Brief.

Lieber Hal,
der beiliegende Wechsel ist ein Vermächtnis meines Vaters. Sie werden sich zweifellos wundern, weshalb er Ihnen einen Geldbetrag hinterlassen hat. So wie ich die Dinge sehe, hat er in seinen letzten Jahren zutiefst bedauert, dass er Ihrer Schwester (und seiner Tochter) Caroline während ihres kurzen Lebens keinerlei Beachtung geschenkt hat. Er hatte das dringende Bedürfnis, das an Ihrer Familie auf irgendeine Weise wiedergutzumachen. Ich glaube, dass Sie nach Caroline das Lieblingskind Ihrer Mutter waren. Deshalb hat mein Vater sich entschlossen, Ihnen diese Erbschaft zu hinterlassen.

Verzeihen Sie mir, dass ich sie Ihnen auf diese Weise übergebe. Doch da ich während unserer gemeinsamen Zeit auf dem Fluss Ihren Charakter ganz gut kennengelernt habe, bin ich zu dem Schluss gekommen, dass ich Sie nur so zwingen kann, das Erbe meines Vaters anzunehmen.

Mit freundlichen Grüßen

Rodney Tremayne Esq.

Hal war so benommen, dass er nichts mehr spürte. Er faltete den Brief sorgfältig zusammen und schob ihn mit dem Wechsel wieder in den Umschlag, den er dann in die kleine wasserdichte Dose legte, in der er sein Geld aufbewahrte. Seine Gedanken schossen ihm wirr im Kopf herum. Rodneys Erklärung ergab nicht viel Sinn. Wenn Phillip Tremayne ein schlechtes Gewissen wegen Caroline gehabt hatte, warum hatte er dann nicht Ma etwas hinterlassen?

Er beantwortete sich die Frage selbst. Ma hätte sich geweigert, die Erbschaft anzunehmen. Sie brauchte kein Geld, da Meggan sie aus ihrem Privatvermögen unterstützte. Und es stimmte schon, dass Caroline und er immer Mas Lieblinge gewesen waren. Mit ihren blonden Haaren und der hellen Haut kamen sie beide nach ihrer Mutter. Will, Meggan und Tommy waren hingegen dunkel wie ihr Vater. Ergab die Erbschaft also doch einen gewissen Sinn? Einzig sicher war er sich darüber, dass er kein Recht auf dieses Geld hatte. Wenn Jennys Tochter, die kleine Louise, erwachsen war, würde er ihr das Geld ihres Großvaters geben.

12

Will fragte sich, wie er es je in dem Lärm und der Hektik auf den überfüllten Goldfeldern in Ballarat ausgehalten hatte mit all dem Staub und Schlamm, den Fliegen und dem ständigen Chaos. Selbst das geschäftige Treiben auf den Straßen von Bendigo war ihm jetzt schon zu viel. Nachdem er drei Wochen allein auf der Jordan-Farm gelebt hatte, hatte er sich an die friedliche Ruhe gewöhnt. Er hatte außerdem einen gewissen Frieden mit sich selbst geschlossen. Die dunklen Schatten, die seine Gedanken häufig verdüsterten, wurden oft durch das simple Vergnügen vertrieben, eine Elster zu hören oder dem Gesang der Würgerkrähen zu lauschen.

Er hatte angefangen, kleine Dinge zu bemerken wie die Zeichnung der Flügel eines Schmetterlings, die kleinen gelben kugelförmigen Blumen, die hier und da im Gras wuchsen, oder die helllila sternartigen Blüten, die auf dünnen silbrigen Stängeln saßen und viel zu zart wirkten für ein so raues Land. In den meisten Nächten schlief er mühelos ein. Ihn suchten zwar hin und wieder noch immer furchtbare Träume heim, aber sie kamen inzwischen sehr viel seltener als früher. Und er stellte fest, dass er allmählich anfing, sein seelisches Gleichgewicht wiederzugewinnen. Gleichzeitig wurde ihm bewusst, dass er auf diesem Stück Land bleiben und es zu einer ertragreichen Farm machen wollte. Er war nicht mehr in der Lage, unter vielen Menschen zu leben.

Also war er nach Bendigo geritten, um sich für das Leben,

das er anstrebte, mit dem Notwendigsten auszustatten. Der verstorbene Mr Jordan hatte ein paar Schaufeln hinterlassen, eine Heugabel mit verbogenen Zinken, eine Spitzhacke, zwei Äxte, eine mit zerbrochenem Stiel, eine Harke, einen Rechen sowie mehrere kleinere Geräte. Will wollte sich einen Pflug kaufen und ein Zugpferd, das er davorspannen konnte. Außerdem einen kleinen Wagen, Saatgut für Gemüse, Hühnerfutter und ein halbes Dutzend Junghennen. Zwei der älteren Hühner waren bereits in seinem Kochtopf gelandet.

Auch musste er sich mit Lebensmitteln eindecken, je ein Sack Mehl, Reis und Zucker, dazu mehrere Büchsen Tee, Kaffee und Kakao und was er sonst noch für nötig hielt. Und er brauchte Seife, um seine Kleidung zu waschen, persönliche Hygieneartikel und sogar ein paar neue Sachen zum Anziehen. Nachdem er mehrere Tage lang eingekauft hatte, verließ er müde, aber auch zufrieden, Bendigo, zusammen mit Argo, seinem riesigen neuen Clydesdale-Pferd, das den beladenen Wagen zog, seinem alten Pferd und einer neu erworbenen Stute, die hinten angebunden waren.

Als er wenige Tage später nach Echuca kam, hatte er beschlossen, auch einige Kühe und Schweine und vielleicht noch ein paar Enten zu kaufen. Seine Farm würde die Leute am Fluss mit frischen Lebensmitteln versorgen. Je mehr Dampfer auf dem Fluss verkehrten, desto größer würde die Nachfrage nach frischen Produkten sein. Er lächelte vor sich hin, als er sich vorstellte, wie er Selena von seinen Plänen erzählte.

Seine Ankunft in ›Stoners Gästehaus‹ erregte einigen Aufruhr, und die unterschiedlichen Reaktionen der Bewohner stimmten ihn nachdenklich. Mrs Stoner und Mr Jones begrüßten ihn beide aufrichtig erfreut. Annabelle war etwas reservierter, als hätte sie Angst, ihre Freude über sein Kommen zu sehr zu zeigen. Und Selena war …

Will konnte Selenas Gefühle nicht einschätzen, was ungewöhnlich war, weil er sie doch bisher immer so gut verstanden hatte. Sie lächelte und schien sich zu freuen, ihn zu sehen, dennoch spürte er ein gewisses Misstrauen, vielleicht sogar ein wenig Verärgerung. Außerdem gab es zwischen ihnen immer noch ungeklärte Fragen, Dinge, über die sie reden sollten, bevor er sich wieder verabschiedete.

Da bald Abendessenszeit war, sechs Gäste versorgt werden mussten sowie die Einheimischen, die regelmäßig zum Essen kamen, fand Will erst spät am Abend Gelegenheit, sich unter vier Augen mit Selena zu unterhalten. Er kam zu ihr in die Küche, wo sie gerade das letzte Geschirr wegräumte.

»Hol deinen Umhang, Selena, und geh mit mir ein bisschen spazieren.«

Sie blickte ihm mehrere Sekunden ernst in die Augen, dann nickte sie. »Wir treffen uns vor dem Haus.«

Schweigend gingen sie nebeneinander her bis zu dem dicken Baumstamm am Ufer, von dem aus man das Treiben auf dem Fluss beobachten oder nachts in die Sterne sehen konnte. Dort setzten sie sich, und Will blickte genau in dem Moment nach oben, als eine Sternschnuppe über den Himmel schoss.

»Sieh mal, Selena, eine Sternschnuppe. Soll ich mir was wünschen?«

Sie sahen sich nicht an, sondern starrten beide auf das Wasser, wo das Licht der Sterne als winzige strahlende Punkte reflektiert wurde.

»Was würdest du dir denn wünschen, Will?«

»Frieden, Selena«, sagte er, »Frieden für meine Seele. Ich will die Vergangenheit hinter mir lassen und ein neues Leben anfangen.« Er blickte sie kurz von der Seite an und atmete tief durch. »Möchtest du ein Teil dieses Lebens sein, Selena?«

Die wenigen Sekunden, die sie sich für die Antwort Zeit

nahm, kamen ihm wie mehrere Minuten angespannten Schweigens vor. Dann sah sie ihn mit leicht zur Seite geneigtem Kopf an und sprach mit ruhiger und ernster Stimme. »Ich bin ein Teil deiner Vergangenheit, Will, der Vergangenheit, die du hinter dir lassen willst.«

»Ich spreche von der Zukunft, Selena.«

»Soll das ein Heiratsantrag sein? Ich hab dir doch gesagt, dass ich nicht ohne Liebe heiraten will.«

Er machte eine hilfslose Handbewegung. »Ich verstehe nicht, warum du unbedingt auf Liebe bestehen musst. Ich habe dir doch gesagt, dass ich nie wieder lieben kann.«

Sie wandte den Kopf ab und blickte auf ihren Schoß. »Ich liebe dich aber.« Die Worte klangen sanft und verdrießlich zugleich.

Er fluchte leise. »Ach, Selena, ich brauche doch nicht zu wiederholen, was du nur zu gut weißt. Du weißt, dass ich dich damals heiraten wollte, bevor ...« Er war nicht in der Lage, den Satz zu beenden. Sein Seufzen kam aus der Tiefe seiner gequälten Seele. »Selena, wir kommen gut miteinander aus, und ich hätte gerne eine Frau, die mir auf der Farm Gesellschaft leistet. Das ist doch ein sehr guter Grund zum Heiraten.«

Sie sprang erregt auf. Will stand ebenfalls auf und stellte erschrocken fest, dass ihr Tränen über die Wangen liefen. Er fasste sie an den Schultern und drehte sie zu sich, doch sie hielt das Gesicht von ihm abgewandt.

»Warum weinst du?«

Sie sah ihn mit feuchten Augen an. »Ich weine, weil ich dich liebe, weil ich mir von dem Moment an, als ich dich das erste Mal gesehen habe, immer nur gewünscht habe, deine Frau zu werden.«

Will verstand gar nichts mehr. »Aber ich habe dich doch gerade gebeten, meine Frau zu werden.«

»Nur weil du eine Frau willst, die dir auf deiner Farm hilft. Nur weil du einmal bei mir gelegen hast wie ein Mann bei seiner Frau.«

»Das ist nicht wahr.« Warum konnte sie nicht glauben, dass er sie um ihrer selbst willen wollte?

»Ist es wirklich nicht wahr, Will Collins? Dann werde ich dir mit den Worten antworten, die ich schon einmal gebraucht habe. Wenn du zu dem Schluss kommst, dass du mich für immer als Teil deines Lebens haben willst, weil du ohne mich nicht leben kannst, dann werde ich dich heiraten. Aber vergiss nicht, Will, ich werde immer ein Teil der Vergangenheit sein, die du vergessen willst.«

Darauf ließ sie ihn stehen, und er konnte nur noch hinter ihr her blicken. Er sah Annabelle die Tür öffnen und beobachtete, wie die beiden ein paar Worte wechselten. Dann legte Annabelle einen Arm um Selenas Schultern, warf einen kurzen Blick in seine Richtung und führte Selena ins Haus. Will setzte sich wieder auf den Baumstamm und stützte den Kopf in die Hände. Warum musste er bei Selena immer alles falsch machen? Lag es daran, dass seine seelischen Wunden noch nicht ganz verheilt waren?

Nun würde er sich schon wieder bei ihr entschuldigen müssen, und außerdem hatte er ein furchtbar schlechtes Gewissen. Vor Wut schlug er mit der Faust gegen den Stamm. Er wollte Frieden, verdammt noch mal, keine aufreibende Beziehung zu Selena. Warum konnte sie nicht einfach zustimmen, ihn zu heiraten? Er hatte sie immer gern gemocht und würde sein Möglichstes tun, um sie glücklich zu machen. Würde er jemals die Widersprüchlichkeit der Frauen begreifen?

Während er dort saß und grübelte, musste er an die Zeiten denken, als sie sich noch nicht lange gekannt hatten. Doch diese angenehmen Erinnerungen verwandelten sich rasch in jene, die der Grund für die Dämonen waren, die ihn verfolgten. Will verschränkte seine Arme auf den Knien, um seinen Kopf darauf zu legen. Er war froh, dass niemand in der Nähe war, der ihn weinen hörte. Als die Tränen getrocknet waren, stützte er den Kopf wieder in die Hände und starrte auf den Boden zwischen seinen Stiefeln. Er war noch nicht so geheilt, wie er geglaubt hatte. Vielleicht hatte Selena recht. Sie gehörte tatsächlich zu seiner Vergangenheit.

Am Morgen, bevor er aufbrach, entschuldigte er sich. »Es tut mir leid, dass ich dich gestern Abend so aus der Fassung gebracht habe, Selena. Ich wollte dir nicht wehtun. Ich habe dich wirklich sehr gern.«

»Das weiß ich, aber ich brauche mehr, Will. Ich möchte geliebt werden.«

»Du weißt aber auch, dass Liebe etwas ist, das ich dir nicht geben kann.«

Sie nickte mit Bedauern in den Augen und einem winzigen, traurigen Lächeln im Gesicht. »Das Schicksal scheint nicht zu wollen, dass wir zusammenkommen. Du kannst nicht mehr lieben, und mir ist klar geworden, dass ich nicht bereit bin, im Schatten der Erinnerung an Jenny zu leben.«

»Es tut mir leid, Selena.« Und das meinte er auch.

»Wir waren nicht füreinander bestimmt«, sagte sie tapfer und hielt die Tränen zurück, von denen er wusste, dass sie sie vergießen würde, sobald er fort war.

»Ich halte es für das Beste, wenn ich dich nicht mehr besuche. Jedenfalls für eine Weile nicht. Ich werde aber immer da sein, um dir zu helfen, wenn du etwas brauchst. Du kannst mir jederzeit über Hal eine Nachricht schicken.«

»Weiß Hal, dass du die Farm übernommen hast?«

»Noch nicht. Falls ich die *Maid* nicht sehe, wenn sie wieder den Fluss hinaufkommt, dann erzähl es ihm bitte.«

Selena nickte. »Mach ich.« Dann nahm sie Wills Hände und

drückte sie sanft. »Es freut mich, dass du einen Ort gefunden hast, an dem du dich niederlassen kannst.«

»Danke.«

»Annabelle ist auch sehr froh über die Sache mit der Farm.«

»Ich weiß. Wenn ich mich besser eingerichtet habe, werde ich sie einladen. Und dich natürlich auch.«

»Mal sehen. Ich wünsch dir eine gute Heimreise, Will.«

»Heim?« Er lächelte. »Du hast recht, Selena, die Farm ist jetzt mein Zuhause.«

Er bemerkte ihr rätselhaftes Lächeln, und da fiel ihm ein, wie sie ihm mal erzählt hatte, dass sie manchmal Dinge wüsste, die anderen noch unbekannt seien. Ganz spontan küsste er sie auf die Wange.

»Möge das Leben es gut mit dir meinen, Selena.«

Die *River Maid* passierte direkt hinter der *Lady Jane* die Farm, als Will noch auf dem Rückweg von Echuca war. Wieder fuhr Hal ohne anzulegen weiter. Bevor die Dämmerung in die Nacht überging, ankerten die Dampfer wieder hintereinander, wie sie das jeden Abend getan hatten, seit sie sich begegnet waren. Die Mannschaften hatten am Ufer ein Feuer entzündet, um das sie jetzt plaudernd saßen und sich wärmten. Captain Trevannick steckte sich seine Pfeife mit dem glühenden Ende eines Zweigs an. Als sie zu seiner Zufriedenheit zog, warf er den Zweig wieder ins Feuer.

»Ihr Schiff ist wirklich gar nicht so schlecht, Hal.«

»Mir gefällt sie, Captain. Und sie gehört ganz mir, jede Diele, jeder Nagel und jedes Stück Tau. Außerdem hat sie den besten Dampfkessel auf dem ganzen Fluss.«

»Wir sollten dem Captain zeigen, wie gut die *Maid* ist, Hal. Wie wär's mit 'nem Wettrennen gegen die *Lady Jane*?«, grummelte George.

Der Captain lachte in sich hinein. Von beiden Schiffsmannschaften kamen zustimmende Rufe. Hal wurde nachdenklich.

»Was meinen Sie, Captain? Ich bin dabei.«

»Ich hab den größeren Dampfer.«

»Das heißt aber nicht, dass er schneller ist«, behauptete George.

Der Captain lachte wieder. »Hal, Ihr Maschinist ist ganz versessen auf dieses Rennen.«

»Das bin ich jetzt auch. Wir sind noch drei Tage von Echuca entfernt. Am letzten Tag machen wir das Rennen.«

George hob seine Faust und schüttelte sie triumphierend. »Klasse, Kapitän.«

Die Männer jubelten. Am Abend vor dem Rennen waren bereits viele Wetten abgeschlossen. Die Mannschaften konnten den Morgen kaum erwarten und zogen sich gegenseitig auf, als sie auf die Schiffe zurückkehrten.

Dann standen nur noch die beiden Kapitäne zusammen. »Okay«, sagte Hal, »wenn Sie einverstanden sind, Captain Trevannick, beginnt das Rennen Morgen bei Tagesanbruch.«

Die Einwohner Echucas hörten die Schiffe schon lange, bevor sie in Sicht kamen. Die Arbeiter in der Hopwood-Sägemühle ließen ihre Sägen ruhen, um zu lauschen.

»Ei der Daus«, sagte ein Mann, »da ist wohl ein Rennen im Gange.«

Ein Wettrennen zwischen Schiffen war etwas, das man auf keinen Fall versäumen durfte. Das Holz konnte warten. Die Männer verließen eilig den Sägeplatz, und während sie zum Fluss hinunterliefen, riefen sie noch anderen die Neuigkeit zu. Schon bald standen sämtliche Einwohner der Siedlung am Ufer und starrten auf die Biegung, um die die Dampfer herumkommen würden.

»Hört sich an, als kämen sie näher.«

»Was das wohl für Schiffe sind?«

»Ach, du Depp, erkennst du denn nicht das Maschinengeräusch der *River Maid*? Das andere Schiff kenn ich allerdings auch nicht. Kann mich nicht erinnern, dass ich das schon mal gehört hab.«

»Glauben Sie, dass es ein neues Schiff ist?«, fragte Selena, die in der Nähe stand.

»Da würd ich meinen Kopf drauf verwetten, Miss Selena.«

Plötzlich rief jemand: »Da ist die *River Maid.*« In einem weiten Bogen rauschte das Schiff auf der anderen Seite um die Biegung.

»Da kommt der andere Dampfer, er ist dicht dahinter.«

»Meine Güte, was für ein tolles Schiff. Wie heißt es denn?«

»*Lady Jane*«, antwortete jemand anders. »Seht mal, jetzt ist sie auf einer Höhe mit der *River Maid.*«

Mit Volldampf rasten die Schiffe Seite an Seite auf Echuca zu. Außer sich vor Aufregung feuerten die Zuschauer Hal an. Sie waren alle sehr stolz auf die *River Maid*, die sie als »ihren« Raddampfer betrachteten. Doch das größere Schiff schien sich nun an die Spitze zu setzen.

Annabelle ergriff Selenas Hände. »Huh, ich kann es kaum mit ansehen. Ich will, dass Hal gewinnt.«

»Alle wollen, dass Hal gewinnt. Sieh mal! Er hat wieder aufgeholt. Ah, jetzt ist er wieder vorne.«

Lautes Jubeln war zu hören, das eine Minute später in Stöhnen umschlug, als das größere Schiff wieder auf eine Höhe mit der *River Maid* zog und dann langsam aber stetig seinen Vorsprung vergrößerte. Aus Freude über diesen scheinbaren Triumph ließ der Kapitän mehrere Male die Schiffspfeife lang anhaltend ertönen.

»Weiter so, Herr Kapitän«, drängte Annabelle, die ihre Schadenfreunde kaum unterdrücken konnte.

Selena war überrascht. »Wieso denn das?«

Annabelle kicherte. »Der Dummkopf verplempert seinen Dampf. Sieh mal, Hal holt wieder auf.«

Die *River Maid* zog wieder gleich mit der *Lady Jane*, setzte sich aber nicht an die Spitze. Die Männer am Ufer feuerten sie erneut an, die wenigen Kinder, die in der Siedlung lebten, hüpften aufgeregt auf und ab. Annabelle und Selena hielten sich an den Händen. Alle waren überzeugt, dass die Schiffe an Echuca vorbeifahren würden. Sie hatten ein viel zu hohes Tempo drauf, um anhalten zu können.

Ungefähr hundert Meter bevor die Schiffe die wartende Menge erreichten, schob sich die *River Maid* vor ihre Rivalin. Nach weiteren fünfzig Metern lag sie bereits mit dem ganzen Vorderdeck in Front. Die Einwohner von Echuca brachen in stürmischen Jubel aus.

»Wo das Rennen wohl enden mag?«, fragte Annabelle und erhielt die Antwort sogleich in dem langen triumphierenden Pfeifen, das die *Maid* jetzt hören ließ. Die Menge jubelte, und viele warfen ihre Hüte in die Luft.

Annabelle lachte vor Freude und riss im Überschwang mehrmals Selenas Arme in die Höhe. »Er hat gewonnen, Selena. Hal hat gewonnen.«

Doch als sie Selenas Gesicht sah, wurde sie plötzlich ganz still. Beide Schiffe hatten nun die Siedlung passiert und waren dabei, ihre Geschwindigkeit zu reduzieren. Während Selena der *Lady Jane* hinterherstarrte, standen in ihrem Gesicht Schock, Verwirrung und Nervosität geschrieben. »Was ist los, Selena? Du siehst aus, als hättest du einen Geist gesehen.«

»Nein, keinen Geist.« Annabelle kam es so vor, als könne sie nur mit Mühe ihren Blick von dem Dampfer abwenden. »Annabelle, ich habe gerade meinen Vater gesehen.«

»Wo?«

»Auf der *Lady Jane*. Mein Vater ist ihr Kapitän.«

»Ach du meine Güte. Kein Wunder, dass du so schockiert aussiehst. Du hast doch geglaubt, er wäre auf See.«

Selena schaute den Dampfern hinterher, die immer noch weiterfuhren. »Wie merkwürdig, dass er mir keine Nachricht geschickt hat, dass er wieder in Australien ist.«

»Hätte er denn gewusst, wo du bist?«

»Er wird wohl gedacht haben, dass ich auf Langsdale geblieben bin. Aber da ich nichts von Con gehört habe, nehme ich an, dass er auch nicht weiß, dass unser Vater wieder hier ist. Ach, ich kann es kaum erwarten, dass die Schiffe umdrehen und zurückkommen.«

Mittlerweile waren bereits etliche Leute gegangen, um ihre Arbeit wieder aufzunehmen. Manche blieben aber noch. Annabelle und Selena kehrten ins Gästehaus zurück. Höchstwahrscheinlich würde der Speisesaal heute Abend voll sein. Doch während sie das Essen vorbereiteten, lauschten die beiden jungen Frauen auf die Rückkehr der Dampfer.

Die *River Maid* kam als Erste an und wurde von denen, die am Ufer geblieben waren, erneut mit Jubel begrüßt. Bevor sie mit dem Abladen der Fracht begannen, eilten Hal und Freddy rasch zu ›Stoners Gästehaus‹, Freddy, um seine Schwester zu begrüßen, Hal, um zu hören, ob es Neuigkeiten von seinem Bruder gab.

»Will war erst vor zwei Tagen hier«, berichtete ihm Selena. »Er hat sich auf der Jordan-Farm niedergelassen.«

Hal war überrascht. »Wir haben weder auf dem Hinweg noch auf dem Rückweg dort ein Lebenszeichen gesehen.«

»Als ihr auf dem Rückweg dort vorbeigekommen seid, war er vermutlich noch nicht von Echuca zurück.«

»Aber merkwürdig, dass wir ihn auf dem Hinweg nicht gesehen haben. Er muss uns doch vorbeifahren gehört haben.«

»Ich weiß es nicht. Wahrscheinlich wollte er keine Gesellschaft.«

Hal drückte seine schlimmsten Befürchtungen aus. »Ich mache mir schon seit einiger Zeit große Sorgen um Wills Gemütszustand. Ich wünschte, er wäre bei mir auf der *Maid* geblieben. Als wir oben in Berriman waren, hat er zugegeben, dass er sich viel besser fühlt. Ich glaube nicht, dass es gut für ihn ist, alleine zu sein.«

»Er will auch gar nicht alleine bleiben. Er hat mir einen Heiratsantrag gemacht.« Selena waren die Worte ohne nachzudenken herausgerutscht. Sie sah Hal an, um seine Reaktion abzuschätzen. Doch sein Gesicht blieb ausdruckslos.

»Und, hast du angenommen?«

Ein paar dumme Tränen stiegen Selena in die Augen, und sie blinzelte rasch mehrmals. »Ich habe abgelehnt.«

»Das ist doch wohl nicht dein Ernst. Warum denn? Du wolltest doch Will immer heiraten.«

Sie legte den Kopf schief und sah Hal neugierig an. »Woher weißt du denn, dass Will mir etwas bedeutet hat? Ich hab doch meine Gefühle nie offen gezeigt.«

»Du konntest sie aber auch nicht so gut verbergen, wie du geglaubt hast. Wir haben alle gewusst, was du für Will empfindest. Dann sag mir doch, warum du es abgelehnt hast, meinen Bruder zu heiraten.«

»Ich will keine Vernunftehe führen.«

»Das würdest du auch nicht. Will mag dich sehr gern.«

»Aber er wird mich niemals so lieben, wie ich geliebt werden möchte.«

»Ist denn Liebe so wichtig? Die meisten Ehepaare sind zufrieden damit, dass sie sich mögen und respektieren.« Als Selena nicht antwortete, fuhr er fort. »Vielleicht möchte Will nicht mehr lieben. Er hat Jenny mit jeder Faser seines Herzens geliebt und sie unter so tragischen Umständen verloren.«

»Ich weiß, und ich habe nie geglaubt, dass ich mit Jenny um seine Gefühle in Konkurrenz treten könnte. Ich habe immer nur gewollt, dass er mich ein bisschen liebt.«

»Lass ihm Zeit, Selena. Er hat dich immer gemocht und bewundert.«

»Nein, Hal, die Wartezeit ist vorbei. Es gibt einen weiteren und vielleicht wichtigeren Grund, weshalb ich glaube, dass ich Will nicht heiraten sollte. Will bemüht sich sehr, die Vergangenheit hinter sich zu lassen. Er hat auf der Farm Frieden gefunden und blickt jetzt in die Zukunft.«

»Da bin ich aber froh, das zu hören. Ich habe mir nämlich wie gesagt große Sorgen um Wills Gemütszustand gemacht.«

»Ich auch, Hal. Und ich gehöre zu der Vergangenheit, die Will vergessen muss. Ich glaube, um wirklich wieder ganz gesund zu werden, muss Will sich von allem trennen, was ihn an seine Vergangenheit erinnert.«

»Du meinst, auch von dir?«

»Ja.«

»Also bitte, Selena, jetzt übertreibst du aber.«

»Tue ich das? Ich weiß nicht. Ich glaube, dass ich recht habe. Aber jetzt haben wir genug über Will geredet. Kann es sein, dass ich meinen Vater auf der *Lady Jane* gesehen habe?«

Hal lachte. »Damit ist die große Überraschung des Captain wohl dahin. Er wollte einfach überraschend hier ins Gästehaus hereinspazieren.«

»Dann hätte er nicht so dramatisch in Echuca ankommen dürfen. Wer hat denn wen zu diesem Wettrennen herausgefordert?«

»George hat behauptet, die *Maid* hätte den besseren Dampfkessel. Nun wird er überhaupt nicht mehr aufhören, damit zu prahlen. Ich höre die *Lady Jane* zurückkommen. Kommst du mit, um deinen Vater zu begrüßen?«

»Was für eine Frage, Hal.«

Nun warteten wieder mehr Leute auf die Ankunft des neuen Dampfers. Hal wollte Selena allerdings keine einzige Frage über ihren Vater und die *Lady Jane* beantworten.

»Ich möchte deinem Vater nicht die Freude verderben, dir seine Geschichte selbst zu erzählen.«

»Dann sag mir doch wenigstens, wo ihr euch begegnet seid.«

»Wir haben die *Lady Jane* in der Nähe des großen Bogens bei Morgan getroffen. Sie saß auf einer Schlammbank fest. Eigentlich war sie auf dem Weg nach Swan Hill, bis ich deinem Vater erzählt habe, dass du in Echuca bist.«

Mit pochendem Herzen beobachtete Selena, wie der Dampfer näher kam. Als er so nahe war, dass sie ihren Vater deutlich sehen konnte, winkte sie. Er beugte sich aus dem Ruderhaus und winkte mit einem breiten Grinsen auf dem bärtigen Gesicht zurück. Sie sah zu, wie er den Dampfer an die Anlegestelle manövrierte, dann rannte sie hinunter zum Fluss und wartete darauf, dass die Planke hinausgeschoben wurde. Noch bevor ihr Vater unten auf Deck angelangt war, hatte sie die Planke bereits überquert.

Ungestüm nahm er sie in die Arme, hob sie hoch und wirbelte sie herum. Sie schlang die Arme fest um seinen Hals. Als er sie wieder hinstellte, drückte er sie noch einmal kräftig, bevor er sie losließ. Von den Männern am Ufer, die Selena mittlerweile ganz gut kannten, kamen einige anerkennende Pfiffe.

»Das ist mein Vater«, rief sie und winkte ihnen ausgelassen zu.

Und es gab ja so viel zu erzählen. Mrs Stoner und Annabelle hatten beide darauf bestanden, dass Selena ihnen die Arbeit überlassen sollte. Sie hätte ein Recht auf ein paar Stunden mit ihrem Vater. Nun saßen sie in seiner Kabine, und jeder wollte, dass der andere anfing.

»Du zuerst, Vater. Ich habe dir so viel zu erzählen, und du wirst mir bestimmt viele Fragen stellen wollen.«

»Etwas in deiner Stimme sagt mir, dass es nicht nur gute Nachrichten sind.«

»Einiges davon ist tragisch.«

»Dann will ich es sofort erfahren.« Die Sachen, die er von Hal gehört hatte, hatten ihm in den letzten Tagen einige unruhige Momente bereitet. Er musste sie aus dem Munde seiner Tochter hören, um sich ein Bild davon zu machen, welche Auswirkungen diese traurigen Ereignisse auf sie gehabt hatten.

»Ich weiß nicht, wo ich anfangen soll.«

»Fang am Anfang an, nachdem ich Ballarat verlassen hab und du bei den Baxters geblieben bist, statt vernünftig zu sein und zu deinem Bruder zu gehen.«

»Ich war noch nie vernünftig in meinen Entscheidungen.«

»Keine schrecklichen Vorahnungen mehr?«

Selena schüttelte den Kopf. »Gott sei Dank nicht, da ich ja anscheinend meistens nur schlimme Dinge sehe. Ich habe dich schrecklich vermisst, sogar als ich ganz viel zu tun hatte.«

Dann erzählte sie ihm alles, was passiert war, seit er die Goldfelder verlassen hatte, um wieder zur See zu fahren. Er unterbrach sie häufig, um Fragen zu stellen. Als sie auf die Eureka-Schlacht zu sprechen kam, musste sie den Blick abwenden, weil sie alles nur zu deutlich vor sich sah.

»Tom Roberts wollte Will erschießen. Jenny hat sich vor ihn geworfen und die Kugel abbekommen. Dieser Unmensch hat nur gegrinst und wollte nochmal abdrücken. Ich habe ihn daran gehindert, Vater. Ich habe ihn direkt ins Herz getroffen.« Sie sah ihren Vater kurz an und blickte dann wieder zur Seite. Einerseits wollte sie wissen, wie er reagierte, andererseits aber auch nicht. »Ich musste ihn erschießen. Ich konnte ihn ja nicht auch noch Will töten lassen.«

Sie erzählte weiter, wie sie die tote Jenny zurück in die Hütte getragen hatte, und Will sich den Kämpfenden anschloss. Als sie erzählte, was nach der Schlacht geschehen war, sah sie ihren Vater kein einziges Mal mehr an und hörte nicht mehr auf zu reden, bis sie an den Punkt gekommen war, wo sie und Tommy mitten in der Nacht von Ballarat aufgebrochen waren, um Jenny nach Langsdale zu bringen, wo sie begraben werden sollte, sowie den schwer verletzten Will, der neben der Leiche seiner Frau hinten im Wagen gelegen hatte.

»Das ist meine Geschichte, Vater.«

»Mein armes Kind. Ich wünschte, ich wäre da gewesen, um dir zu helfen. Du bist ein sehr mutiges Mädchen, dass du das alles durchgestanden hast.«

»War es mutig von mir, einen Mann zu erschießen?«

»Das war es. Du hast das einzig Richtige getan. Ich bin sicher, dass Roberts nicht mit Will aufgehört hätte. Er hätte dich auch noch erschossen. Oder dir vielleicht sogar noch Schlimmeres angetan.«

»Du hast recht. Daran habe ich noch gar nicht gedacht. Allerdings, Vater, Tom Roberts war nicht der einzige Mann, den ich getötet habe.«

»Jetzt sag bloß nicht, dass du in die Kämpfe verwickelt warst!« Das Entsetzen über diese Vorstellung war seiner Stimme deutlich anzuhören.

»Nicht direkt. Ein Soldat kam in die Hütte und wollte sie niederbrennen. Er dachte, unter dem Laken, unter dem Jennys Leiche lag, würde sich ein Goldgräber verstecken. Ich konnte den Gedanken nicht ertragen, dass er sie anfassen würde.«

Ihr Vater nahm sie in die Arme, drückte ihren Kopf an seine Schulter und streichelte ihr übers Haar. »Manchmal müssen wir im Leben Dinge tun, die uns eigentlich widerstreben. Wenn so etwas geschieht, hat es keinen Sinn, hinterher darüber zu grübeln und sich Vorwürfe zu machen. Niemand, der dich kennt, würde dir das, was du getan hast, je zur Last legen. Da bin ich mir ganz sicher. Lass diese Dinge hinter dir, mein liebstes Kind.«

Getröstet durch das Verständnis und die Liebe ihres Vaters, seufzte Selena zustimmend. »Nun, wo du da bist, wird alles wieder gut. Jetzt erzähl mir bitte, wie es dir ergangen ist, seit du Ballarat verlassen hast.«

»Und du weißt nicht, wem die *Lady Jane* gehört?«, fragte sie, nachdem ihr Vater seine Geschichte erzählt hatte. »Du hast dir doch bestimmt schon oft darüber Gedanken gemacht, wer der Besitzer ist.«

»Vermutlich hat er gute Gründe, seine Identität geheim zu halten, und was geht mich das letztlich an? Ich hab die volle Erlaubnis, den Dampfer so zu betreiben, wie ich es für richtig halte, sofern ich einen gesunden Profit vorweisen kann. Du hast mir aber noch nicht erzählt, meine Liebe, wie es dazu gekommen ist, dass du in einem Gästehaus in Echuca arbeitest.«

Selena kicherte. »Das Gästehaus gehört mir«, korrigierte sie ihn. »Jedenfalls zu zwei Dritteln.«

Dann drängte er sie, ihm davon zu erzählen, wie sie Will gefolgt war, nachdem dieser Langsdale verlassen hatte, und wie es zu ›Stoners Gästehaus‹ und ›Miss Selenas Speisesaal‹ gekommen war.

»Ich kann mir meine ungestüme Tochter nur schwer als Geschäftsfrau vorstellen.«

Selena lachte wieder. »Das geht Con genauso.«

»Bist du glücklich hier, Selena?«

»Ich bin zufrieden.«

»Zufriedenheit ist nicht dasselbe wie Glück. Wie lange kannst du dir denn vorstellen, dieses Gästehaus zu betreiben?«

»Darüber hab ich noch nicht nachgedacht. Warum?«

»Ich hatte gehofft, du würdest zu mir auf die *Lady Jane* kommen. Auch wenn es nicht die *Island Princess* ist, würde ich mich freuen, meine Tochter wieder mit an Bord zu haben.«

»Mit dir auf deinem Raddampfer fahren?« Selena wurde nachdenklich. »Ich glaube, das würde ich sehr gerne tun, nur …« Sie verstummte.

»Das verstehe ich. Ich bin nicht in Eile, meine Liebe. Ich werde in Echuca bleiben, bis ich genug Passagiere für die Weiterreise habe. Du kannst in Ruhe deine Entscheidung treffen.«

13

Die folgenden Monate waren für Selena sehr glücklich. Ohne jedes Bedauern verließ sie mit ihrem Vater Echuca auf der *Lady Jane*. Der Raddampfer war komplett mit Passagieren ausgebucht, von denen die meisten reich gewordene Goldgräber waren, die sich nun eine erholsame Kreuzfahrt auf dem Murray gönnen wollten, der einzige Fluss in den Kolonien, wo ein solches Freizeitvergnügen angeboten wurde. Selena übernahm die Küche, und ihre schmackhaften Gerichte sowie ihr leichtes Teegebäck machten eine Kreuzfahrt auf der *Lady Jane* noch attraktiver. Auch wenn sie ab und zu nachts in ihrer Kabine Will nachtrauerte, so ließ sie sich ihrem Vater gegenüber ihren Kummer nicht anmerken.

Als sie an der Jordan-Farm vorbeifuhren – für sie würde die Farm immer so heißen – hielt sie nach Will Ausschau und war erleichtert und enttäuscht zugleich, als sie ihn nicht sah. Er hätte den Dampfer hören müssen, und man hätte eigentlich erwarten können, dass er an den Fluss kam, um sie vorbeifahren zu sehen.

Der Gedanke an das Schicksal von Annabelles Vater beunruhigte sie eine ganze Weile. Sie schloss die Augen und konzentrierte ihre ganze Energie auf Will. Sie war überzeugt, dass sie es spüren würde, wenn ihm etwas zugestoßen wäre. Als sie gerade um die erste Biegung hinter der Farm fuhren und fast schon außer Sichtweite waren, drehte sie sich noch einmal um und sah ihn auf das Haus zureiten. Erleichtert, dass er wohlauf war, wandte sie sich rasch ab, obwohl es unwahrscheinlich war, dass er sie auf diese Entfernung erkennen konnte.

Mehrere Tage nachdem die *Lady Jane* vorbeigekommen war, legte die *River Maid* bei der Farm an. Hal war noch über Berriman hinaus flussaufwärts gefahren, und der Lastkahn *Pengelly* war vollbeladen mit Wollballen. In Echuca hatte er zwei neue Besatzungsmitglieder angeheuert, einen ehemaligen Matrosen, der als Goldgräber gescheitert war, und einen Mann von Mitte vierzig, der bereit war, jede Arbeit anzunehmen, wenn er nur dafür bezahlt wurde.

»Kannst du dir denn das Gehalt für vier Männer leisten?«, fragte sein Bruder.

»Bei der letzten Fahrt habe ich auf beiden Strecken gut verdient. Ich hab vor, den Lastkahn in Mannum zu verkaufen und mir zwei größere zu kaufen. Je mehr Fracht ich befördern kann, umso größer ist mein Gewinn. Dann brauche ich allerdings noch ein weiteres Besatzungsmitglied. Unser kleiner Kahn lässt sich ja problemlos schleppen, aber für die größeren Lastkähne brauche ich Kahnführer, die sie lenken.« Er sah seinen Bruder forschend an. »Hast du nicht vielleicht doch Lust, bei mir einzusteigen?«

»Nein, Hal. Mir gefällt es hier. Ich mag die friedliche Stimmung und dass ich keine lärmenden Menschen um mich herum habe. Selbst die Landwirtschaft macht mir Spaß.« Ein schiefes Lächeln zuckte auf seinen Lippen. »Ich hätte nie gedacht, dass ich mal Farmer werden würde.«

»Du musst dich doch manchmal einsam fühlen.«

»Manchmal abends. Ich glaube, es wäre gut, wenn ich eine Frau hätte, die mit mir am Feuer sitzt und mir Gesellschaft leistet.«

»Wirst du Selena noch einmal fragen?« forschte Hal vorsichtig und täuschte dabei eine Gelassenheit vor, die er gar nicht empfand. Will sah ihn durchdringend an. »Selena hat es mir erzählt. Ich hatte mir Sorgen um dich gemacht und sie gefragt, ob sie etwas von dir gehört hätte.«

»Das macht doch nichts. Schließlich ist es ja kein Geheimnis. Wie geht es Selena?«

»Wie es ihr geht, weiß ich nicht, ich kann dir nur sagen, wo sie ist. Sie fährt mit dem Captain den Murray hinunter.« Er lachte laut, als er das ungläubige Gesicht seines Bruders sah. »Das stimmt, Will. Der Captain ist zurückgekommen. Er ist jetzt Kapitän eines Luxuspassagierdampfers. Du musst sie vorbeifahren gesehen haben. Selena hat Echuca verlassen, um mit ihrem Vater zu reisen.«

Will schwieg einen Moment. Er musste die Neuigkeit erst mal verdauen. »Ich freue mich für sie«, sagte er schließlich. »Selena hat ihrem Vater immer sehr nahe gestanden.«

Dann wechselte er das Thema und erzählte Hal von seinen Plänen für die Farm, dass er vorhabe, die Menschen auf dem Fluss mit frischem Gemüse zu beliefern. Selena wurde nicht mehr erwähnt. Sie sprachen auch nicht über sie, als Hal auf dem Rückweg den Fluss hinauf wieder bei Will vorbeischaute und auch nicht bei den beiden Besuchen auf seiner dritten Tour.

Während der Monate Juni, Juli und August, der drei kältesten im Jahr, herrschte auf dem Fluss reger Betrieb. Dennoch begegneten sich die beiden Dampfer in dieser Zeit nur ein einziges Mal. Hal kam gerade mit einer Rückfracht von Waren für die diversen Farmen aus Mannum, während der Captain mit einem ausgebuchten Schiff auf dem Weg nach Goolwa war.

Inzwischen hatte sich die Anzahl der Dampfer, die um einen Anteil am Flusshandel konkurrierten, noch erhöht. Hal und seine Mannschaft mussten lange und hart arbeiten, denn der Ruf eines Dampferkapitäns hing in hohem Maße davon ab, wie schnell und effizient seine Mannschaft Frachten auf- und abladen konnte. Der schlaksige Freddy wurde durch die harte Arbeit muskulös, sein Gesicht war gebräunt und wirkte reifer. Da er nun die Bedienung des Dampfkessels perfekt beherrschte und sich geschickt im Navigieren gefährlicher Flussabschnitte erwies, erklärte Hal ihn zu seinem Stellvertreter.

»Falls mir irgendetwas zustoßen sollte, nehmt ihr eure Befehle von Freddy entgegen«, erklärte er seinen Männern.

Mittlerweile bestand die Mannschaft aus sechs Leuten, alles tatkräftige Männer, die gut zusammenarbeiteten. Hal erwartete keine Einwände gegen Freddys Ernennung, und es kamen auch keine. Die *Maid* war ein Schiff, auf dem es sich gut arbeiten ließ. Der Kapitän war streng, aber fair. Alle sahen ein, dass es vernünftig war, Freddy zum Stellvertreter des Kapitäns zu machen. Und obwohl Freddy noch so jung war, mochten und schätzten ihn alle.

Anfang September, als die Tage wieder wärmer wurden und der Duft der Goldakazien-Blüten durch den Busch wehte, begann Annabelle sich im Gästehaus zu langweilen, weil ihr ein Tag wie der andere vorkam. Die tagtäglichen Pflichten, die vielen Stunden, die man mit dem Vorbereiten und Kochen von Mahlzeiten verbrachte, hatten schon bald ihrer anfänglichen Begeisterung darüber, eine Arbeit zu haben, die es ihr ermöglichte, in Echuca zu bleiben, einen Dämpfer versetzt.

Außerdem vermisste sie Selenas Gesellschaft, weil es sonst keine Frau in ihrem Alter gab, mit der sie sich freundschaftlich unterhalten konnte. Auch wenn sie nicht behaupten konnte, dass sie Will vermisste, so wuchs doch mit jedem seiner Besuche in der Siedlung der Wunsch in ihr, seine Frau zu werden. Über Selena sprachen sie nur selten. Keiner von ihnen hatte etwas von ihr gehört, seit sie mit ihrem Vater Echuca verlassen hatte. Ihre

Gespräche drehten sich fast ausschließlich um die Farm, um das Gemüse, das Will anbaute, und um die Verbesserungen, die er nach und nach vornahm.

»Ich glaube, die Veränderungen werden Ihnen gefallen, Annabelle. Wenn Hal zurückkommt, bitten Sie ihn doch, Sie zur Farm mitzunehmen.«

»Ich würde Sie sehr gerne besuchen, aber leider habe ich keine Zeit. Mrs Stoner verlässt sich darauf, dass ich fast das gesamte Kochen übernehme.«

»Ich hab gehört, dass Mrs Stoner bald Mrs Jones sein wird.«

Annabelle lächelte. »Das Aufgebot wird am kommenden Sonntag verlesen, und die Hochzeit findet am dreißigsten September statt, wenn der Pfarrer das nächste Mal nach Echuca kommt. Selena würde sicher gerne dabei sein«, fügte sie leicht wehmütig hinzu. »Sie war immer überzeugt davon, dass Mrs Stoner und Mr Jones heiraten würden.«

»Sind Sie glücklich, Annabelle?«, fragte Will zu ihrer Verblüffung.

»Ich bin nicht unglücklich.«

»Was bedeutet, dass Sie auch nicht wirklich glücklich sind. Möchten Sie heiraten, Annabelle, und eine eigene Familie haben?«

»Jede normale Frau wünscht sich einen Mann und Kinder.«

»Manche Frauen hoffen auch auf Liebe. Gehören Sie zu den Frauen, die von ihrem Mann Liebe verlangen, Annabelle?«

Obwohl er oft an sie gedacht hatte, war ihm erst jetzt der Gedanke gekommen, dass Annabelle genau die Frau war, die er brauchte. Nun sprach er diesen Gedanken aus, bevor das Bild von Selena ihn davon abhalten konnte.

»Würdest du mich heiraten, Annabelle, auch wenn du weißt, dass ich dir keine Liebe bieten kann? Aber ich würde gut zu dir sein und dich respektieren.«

Liebte sie ihn? Vielleicht ein bisschen. Der Wunsch, seine Frau zu werden, war in jedem Fall da. »Ich würde dich unter diesen Voraussetzungen heiraten. Ich werde dich heiraten, falls das tatsächlich ein Heiratsantrag war. Manchmal beruhen die besten Ehen auf gegenseitigem Respekt.«

»Nun, Annabelle, meinst du, wir sollten den Pfarrer bitten, am Sonntag auch für uns das Aufgebot zu verlesen?«

Die beiden Hochzeitsfeiern fanden auf dem Rasen im Garten vor Stoners Gästehaus statt, wo die Blumenbeete, die der chinesische Gärtner in prächtigen Farben angelegt hatte, die Luft mit dem Duft ihrer zahlreichen Blüten erfüllte. Mutter Natur hatte für einen perfekten Frühlingstag gesorgt mit einem wolkenlosen Himmel, der mit dem Blau der Kornblumen zu konkurrieren versuchte. Die von einer Brise leicht gekräuselte Oberfläche des Flusses glitzerte in allen Farben des Regenbogens wie die Kristalltropfen eines Kronleuchters, in denen sich das Licht spiegelt.

In Miss Selenas Speisesaal wurde ein großes Hochzeitsmahl serviert. Während der vergangenen Woche hatten Annabelle und Mrs Stoner eifrig Gebäck und andere Köstlichkeiten vorbereitet, die man in der kühlen Vorratskammer aus Stein lagern konnte, die erst kürzlich an die Küche angebaut worden war. Das Hauptgericht hatten die beiden Misses Lancer gekocht, zwei unverheiratete Schwestern Mitte vierzig, die Mr Jones auf einer Reise nach Melbourne gefunden und angestellt hatte. Denn nun, wo auch Annabelle ›Stoners Gästehaus‹ verließ, brauchte man fähige Köchinnen als Ersatz.

Am Montag, dem ersten Oktober 1855, trat Will Collins am Morgen mit seiner strahlenden Frau an seiner Seite die Rückreise zur Farm an. Er pfiff, während er die Zügel locker in den Händen hielt, brach nach mehreren Takten ab und lächelte seine Frau an.

»Weißt du was, Annabelle, das ist das erste Mal seit vielen Monaten, dass ich gepfiffen hab.«

»Bist du glücklich, Will?«, fragte sie.

»Ich bin nicht unglücklich«, antwortete er und fing an zu lachen, als sie einen Schmollmund zog.

Er war überhaupt nicht unglücklich. Zu seiner angenehmen Überraschung hatte Annabelle sich als willige Partnerin im Bett erwiesen. Auch wenn es keinen Ausbruch von Leidenschaft gegeben hatte wie bei dem einen Mal mit Selena, war die Hochzeitsnacht mit viel Vergnügen auf beiden Seiten und wenig Schlaf vergangen. Will zweifelte nun nicht mehr an seiner Zukunft. Die Tragödien der Vergangenheit, auch wenn er sie niemals vergessen würde, lagen weggeschlossen in den tiefsten Tiefen seines Gedächtnisses.

Am Abend kampierten sie am Fluss. Sie lagen unter dem Wagen auf ihren Decken, Annabelle schmiegte den Kopf an Wills Schulter, und er hatte seinen Arm um sie gelegt.

»Ich hätte nie erwartet, dass ich eine Frau finde, die Sex so sehr genießt, Mrs Collins«, sagte er.

»Und ich hätte nicht erwartet, Mr Collins«, sagte sie in zufriedenem Ton, »dass es so viel zu genießen gibt.«

»Ob du vielleicht schon ein Kind erwartest?« Die Vorstellung, selber Kinder zu haben, war neu für ihn. Er stellte jedoch fest, dass sie ihm gefiel

»Ich hoffe es sehr, aber wir sollten es sicherheitshalber noch einmal probieren.«

Sofort verspürte er wieder Lust. Er zog sie auf sich und reizte sie, indem er mit seinem steifen Glied immer wieder flüchtig ihren warmen Schoß berührte, bis sie es nicht mehr aushielt und ihn packte und tief in sich einführte. Mit einem verzückten Aufstöhnen schloss er die Augen. Seine Hände packten ihre runden Gesäßbacken, während er versuchte, noch tiefer in sie einzudringen. Ihr leises Keuchen bildete ein Duett mit seinem tieferen Stöhnen, und ihre lauten Schreie beim Höhepunkt schreckten eine Eule auf, die kreischend davonflog.

Nachdem Annabelle auf Will gesunken war, lagen sie noch eine Weile ganz still zusammen. Schließlich wischte sie sich die Tränen aus den feuchten Augen, wandte den Kopf und drückte Will einen Kuss auf den Hals.

»Ich bin ganz sicher, dass wir diesmal ein Baby gemacht haben.«

Da Annabelle ihrem Mann unbedingt ein Kind schenken wollte, war sie sehr erfreut, als bereits wenige Tage nach der Hochzeit ihre Monatsregel ausblieb. Sie unterdrückte jedoch ihre Aufregung, weil sie nichts sagen wollte, bis sie sicher war, dass sie schwanger war.

Der Oktober ging in den November über. Man konnte sehen, wie der Wasserspiegel im Fluss täglich ein wenig tiefer sank. Anfang des Monats legte die *River Maid* auf dem Rückweg nach Echuca bei der Farm an. Will und Annabelle, die das Schiff den Fluss hinaufkommen gehört hatten, standen am Ufer und warteten. Freddy im Ruderhaus sah sie als Erster. Er ließ die Pfeife laut ertönen. »Annabelle ist hier«, rief er zu Hal hinunter, als das Echo verhallte. »Sie muss zu Besuch gekommen sein.«

Hal raste die Stufen zum Ruderhaus hinauf. Er war zwar überrascht, aber im Gegensatz zu Freddy ganz und gar nicht begeistert. Ihm war sofort klar, dass Annabelle nur deshalb auf der Farm war, weil Will sie aus Echuca hierhergebracht hatte. Ein ungutes Gefühl nagte an ihm.

»Ich übernehme hier, Freddy. Geh runter, damit du deine Schwester gleich begrüßen kannst, wenn wir angelegt haben.«

Sobald Hal Freddy die Planke überqueren sah, rief er Will zu sich. »Komm doch rauf, während ich hier ein bisschen aufräume.«

Nicht dass etwas aufzuräumen gewesen wäre. Hal wollte mit

seinem Bruder unter vier Augen sprechen. Er vergeudete auch keine Zeit und kam noch während sie sich die Hände schüttelten zum Thema. »Was macht Annabelle hier bei dir?« Er konnte Will die Antwort am Gesicht ablesen. Plötzlich hatte er einen so starken Drang, seinen Bruder zu schlagen, dass er seine zu Fäusten geballten Hände tief in die Taschen steckte.

»Annabelle und ich haben vor fünf Wochen geheiratet.«

Hal schnürte sich vor Zorn die Kehle zu. »Und was ist mit Selena?«, brachte er mühsam heraus und stellte mit einer gewissen Befriedigung fest, dass Will leicht schuldbewusst guckte.

»Selena hat sich für ihren Lebensweg entschieden und ich für meinen. Ich bin glücklich mit Annabelle.«

»Liebst du sie?«

»Ich schätze sie. Sie liebt mich und ist mir eine gute Ehefrau. Ich werde mein Versprechen halten, ein guter Ehemann zu sein.«

»Selena hat dich geliebt, lange bevor du Annabelle kennen gelernt hast.«

Nun war Will ebenfalls wütend. »Geht's dir um Selena oder um dich selbst?«

»Was soll das heißen?«, fragte Hal aufbrausend.«

»Hattest du vielleicht die Absicht, Annabelle zu heiraten?«

»Ich hab nie daran gedacht, Annabelle zu heiraten.« Mehr wollte er nicht sagen.

»Hal, ich bitte dich, auch wenn du meine Heirat nicht billigst, sag nichts, was Annabelle wehtun könnte. Sie dachte, du würdest dich freuen, wenn du erfährst, dass sie meine Frau geworden ist.«

»Es liegt mir fern, die Gefühle einer Frau zu verletzen.« Es verschaffte ihm eine hämische Befriedigung zu beobachten, wie sein Bruder zusammenzuckte. »Ich werde Annabelle als meine Schwägerin willkommen heißen.«

Nachdem er den Abend auf der Farm verbracht hatte, war Hal dann doch bereit zu glauben, dass sein Bruder und Annabelle eine gute Ehe führen würden. Will war wieder mehr der Bruder, den er früher gekannt hatte. Er sprach begeistert über seine Pläne für die Farm, und Annabelle teilte diese Begeisterung. Hal sah, dass Will seine Frau überaus schätzte und womöglich mehr in sie verliebt war, als ihm klar war. Vielleicht hatte Will doch die richtige Frau gewählt.

Doch die Sache mit Selena war immer noch ein Problem. Ihn quälte die Frage, wie enttäuscht sie sein würde, wenn sie erfuhr, dass Will für immer für sie verloren war.

Er erzählte Will, dass er hoffe, noch eine Fahrt machen zu können, bevor der Wasserstand zu niedrig wurde. »Wenn ich weniger Fracht mitnehme, sollten wir keine Probleme kriegen. Um den zwanzigsten Dezember möchte ich wieder in Echuca sein. Ich habe vor, Weihnachten auf Langsdale zu verbringen. Meggan hat mir geschrieben, dass Tommy, Mary-Anne und ihr Vater auch dort sein werden.«

»Ich frag mich schon seit längerem, wie es Tommy mit seiner Sattlerei wohl gehen mag.«

»Wir haben eine Menge nachzuholen. Unsere Familie war viel zu lange getrennt. Warum kommst du nicht auch mit Annabelle über Weihnachten nach Langsdale? Meggan würde sich sicher freuen, Annabelle kennenzulernen.«

Will blickte zu seiner Frau hinüber, die sich leise mit ihrem Bruder unterhielt. »Ich würd gern eine Pfeife rauchen, Hal. Komm doch mit mir nach draußen.«

Draußen machte er keinerlei Anstalten, sich eine Pfeife anzuzünden. Er lehnte sich gegen einen Verandapfosten und steckte die Hände tief in die Taschen. »Ich werde nie wieder nach Langsdale gehen, Hal. Jennys Kind ist dort.«

»Ist das Kind wirklich der einzige Grund? Du hast nicht zufällig auch ein mulmiges Gefühl bei dem Gedanken, was Con sagen könnte, wenn er feststellt, dass du seine Schwester wegen einer Frau hast sitzen lassen, die du kaum kanntest?«

Will wurde wütend. Er nahm die Hände aus den Taschen und stieß seinen Bruder gegen die Schultern. »Wenn du immer wieder mit Selena anfängst, solltest du besser nicht mehr wiederkommen. Ich habe die Vergangenheit hinter mir gelassen und versuche, ein neues Leben anzufangen. Ich will nicht, dass du mich ständig an das erinnerst, was ich vergessen möchte.«

Hal, der durch den Stoß leicht zurückgetaumelt war, sich aber wieder gefangen hatte, ballte krampfhaft die Fäuste zusammen, um Will nicht ins Gesicht zu schlagen. Mit versteinertem Gesicht schwieg er mehrere Sekunden lang, dann nickte er kaum merklich. »Na schön, wenn du es so willst.«

Wie das Schicksal so spielt, begegnete Hal der *Lady Jane* zufällig wieder in der Nähe der Mündung des Darling River. Captain Trevannick war auf seiner letzten Tour nach Swan Hill. Sie grüßten sich, stoppten die Maschinen, und Hal ruderte zur *Lady Jane* hinüber.

»Sie wollen also bis zum Ende der Trockenzeit in Swan Hill bleiben«, stellte Hal fest.

»Die *Lady Jane* bleibt in Swan Hill. Selena und ich fahren nach Langsdale.«

»Werden Sie von Con und Meggan erwartet?«

Der Captain lachte herzhaft. »Wir wollen sie überraschen.«

»Ich hab auch vor, Weihnachten auf Langsdale zu verbringen. Meggan hat Tommy, seine Frau und seinen Schwiegervater ebenfalls eingeladen.«

»Ausgezeichnet«, erklärte der Captain. »Wenn wir jetzt noch Will überreden könnten, ebenfalls zu kommen, wäre es wie Weihnachten ’53.«

Das einzige glückliche Weihnachtsfest mit der ganzen Familie, bevor all die Probleme anfingen.

»Ich hab Will schon gefragt, ob er nach Langsdale kommt. Er möchte lieber auf seiner Farm bleiben.«

»Will glaubt, es nicht ertragen zu können, Jennys Kind noch einmal zu sehen«, sagte Selena.

Hal konnte Selena kaum in die Augen gucken. »Es gibt noch einen Grund, weshalb Will nicht nach Langsdale will. Selena, es tut mir leid, dass ich dir das sagen muss.«

»Was sagen?«, fragte sie.

»Will hat Annabelle geheiratet.«

»Oh.« Sie seufzte schockiert auf. »Das hab ich nicht gewusst«, flüsterte sie und sah ihren Vater mit gequältem Blick an. »Warum weiß ich so was nie?« Dann stand sie abrupt auf und verließ die Kabine.

Hal sah den Captain ratlos an. »Was hat sie damit gemeint?«

»Meine Tochter hat einen Schock. Ich im Übrigen auch. Was ist da passiert, Hal? Ich war der Meinung, dass Will Selena heiraten wollte.«

»Das habe ich auch geglaubt. Es tut mir leid, Captain. Ich hätte meinem Bruder am liebsten eine reingehauen, weil er Selena so wehtut.«

»Sie wird es sich nicht anmerken lassen, wie sehr sie leidet. Meine Tochter ist ein starkes Mädchen.«

»Sagen Sie ihr, es tut mir leid, dass gerade ich die Nachricht überbringen musste. Leben Sie wohl, Captain. Eine sichere Weiterreise, wir sehen uns dann Weihnachten.«

Sie gingen zusammen zum hinteren Deck, wo Hal das Beiboot festgemacht hatte. Selena kam zu ihm, als er gerade hinunterklettern wollte.

»Kann ich dich kurz alleine sprechen?«

»Natürlich.«

Selena sah ihren Vater an, der sich von Hal verabschiedete und dann herumdrehte und ging. Selenas Stimme zitterte kaum merklich. »Ich muss dich das fragen, Hal. Hat Will Annabelle geheiratet, weil er musste?«

»Musste?«

»Hat sie ein Kind erwartet?«

Die Frage schockierte Hal, weil er an eine solche Möglichkeit gar nicht gedacht hatte. »Nein, ich glaube nicht. Ich bin sogar sicher, dass nicht. Wäre es für dich leichter, wenn das der Fall wäre?«

Ein trauriges Kopfschütteln. »Nein.«

»Warum hast du denn dann gefragt?«

»Ich hab nur gedacht, dass das der Grund gewesen sein könnte.«

Sie konnte ihm nicht in die Augen sehen und nicht verhindern, dass sie rot wurde. Eine ohnmächtige Wut stieg in Hal auf, als ihm plötzlich klar wurde, was Selena zu der Frage veranlasst hatte.

Irgendwo hatte Will irgendwann mit Selena geschlafen und nicht den Anstand besessen, ihr einen Ring auf den Finger zu stecken. Wie konnte Will es wagen, Selena so herzlos zu behandeln? Er hatte nicht übel Lust, noch einmal an der Farm zu halten und seinen Bruder windelweich zu prügeln.

»Was geschehen ist, ist geschehen, Selena. Eines Tages wirst du einen anderen Mann finden, der dich liebt.« Vielleicht steht dieser Mann ja gerade vor dir. Doch jetzt war nicht der richtige Zeitpunkt, um diese Worte auszusprechen. »Sei tapfer, Selena.«

Sie sah ihn an und nickte zustimmend. »Es kommt, wie es kommt. Ich bin froh, dass ich es von dir erfahren habe.«

14

Auf Riverview schmeichelte sich Darcy, der kleine Schelm, derweil in die Herzen aller ein. Doch sein besonderer Liebling war Onkel Joshua – bis er Nelson kennenlernte. Er hatte gelernt, seinem Onkel stets aufs Wort zu gehorchen, nachdem ihm drei Mal wegen Ungehorsam etwas verboten worden war, was er wirklich gern getan hätte. Die Belohnung für sein gutes Benehmen sollte er zu seinem Geburtstag im November bekommen. Dann würde er nämlich mit Onkel Joshua eine der Schäferhütten besuchen, und sie würden über Nacht draußen kampieren.

Er war nicht gerade begeistert, als er erfuhr, dass seine Mutter mitkommen würde. »Ich will nicht, dass Mummy mitkommt«, beklagte er sich. »Nur du und ich, Onkel Josh.«

»Wir beide können noch oft genug draußen kampieren, besonders wenn du ein bisschen älter bist. Aber deine Mutter braucht jetzt ein bisschen Erholung, nachdem sie sich so um Oma gekümmert hat.«

Mary Winton hatte mehrere Wochen gebraucht, um sich von der traumatischen Geburt zu erholen. Selbst als sie körperlich wieder gesund war, blieb sie apathisch. Nur für Darcy lächelte sie, verfiel aber sofort wieder in Schwermut, sobald der kleine Junge sie verlassen hatte. Die Trauer um das tote Baby verschlimmerte noch die Trauer um ihren älteren Sohn. Jane hörte zu, tröstete sie oder redete sanft auf sie ein, je nach Bedarf, und ließ sich dabei nicht anmerken, wie ausgelaugt sie sich allmählich selber fühlte.

Als Joshua fragte, ob er Darcy zum Campen mitnehmen könne, hatte sie, ohne vorher nachzudenken, geantwortet: »Nur wenn ich mitkommen kann.«

Da er sofort annahm, dass sie ihm ihren Sohn nicht anvertrauen wollte, hatte Joshua gereizt reagiert. »Ich bin sehr gut in der Lage, auf den Jungen aufzupassen. Ist ihm je etwas passiert, wenn er mit mir zusammen war?«

»Ach, Joshua, reg dich doch nicht so auf. Du meinst immer gleich, dass ich das Schlimmste von dir denke. Ist schon in Ordnung. Vergiss, was ich gesagt habe. Darcy wird begeistert sein, nachts draußen zu kampieren. Willst du es ihm sagen oder soll ich es tun?«

»Warum hast du denn dann gesagt, dass du mitkommen willst, Jane?«, fragte Joshua, statt ihre Frage zu beantworten.

Jane machte eine wegwerfende Handbewegung. »Das kam ganz spontan. Ich bin einfach nur müde, nachdem ich Mama so lange gepflegt habe.«

»Du warst ein Engel. Vater und ich hätten das nicht geschafft.«

»Ich habe nur meine Pflicht als Tochter getan.«

»Jane, meinst du, ich hätte nicht gemerkt, wie erschöpft du bist. Du brauchst eine Pause. Mama geht es doch inzwischen viel besser, oder nicht?«

»Doch, das tut es.«

»Dann würde ich mich freuen, wenn ihr beide mitkommt, du und Darcy. Vielleicht können wir ja auch mehr als eine Nacht bleiben.«

Nachdem Mary und Charles über den geplanten Ausflug informiert worden waren, hatte Jane keine Möglichkeit mehr abzulehnen. Beide erklärten, sie hätte ein bisschen Erholung verdient, und Mary gab noch vorsichtig zu verstehen, wie froh sie sei, dass Jane einen Strich unter jenen unerfreulichen Zwischenfall mit Joshua gemacht hätte.

»Joshua hat sich in der Zeit, wo er weg war, sehr verändert. Er hat sich ausgetobt und ist reifer geworden. Selbst Charles hat zugegeben, dass er froh ist, dass Joshua wieder zu Hause ist. Er sagt häufig zu mir, wie stolz er ist, dass Joshua die Farm so gut führt.«

Das stimmte. Joshua schien sich tatsächlich verändert zu haben. Jane fragte sich allerdings oft, wie tief diese Veränderung reichte. Doch da sie keine Antwort auf eine Frage wusste, die sie niemals stellen konnte, fiel es ihr schwer, in Joshuas Gegenwart ihre Reserviertheit aufzugeben. Andererseits freute sie sich wirklich auf diesen Ausflug mit Joshua und Darcy.

Jane ritt im Herrensitz. Unter ihrem Rock trug sie eine alte Hose von Adam, die sie geändert hatte. Weil Darcy darauf bestand, mit Onkel Josh zu reiten, führte Jane das Packpferd. Auf seinem Rücken waren ihre zusammengerollten Schlafdecken festgeschnallt. In den Satteltaschen war genügend Proviant für drei bis vier Tage. Aus der einen Nacht Campen im Freien war ein längerer Ausflug geworden.

Sie hatten die Farm erst am späten Nachmittag verlassen, um nicht während der größten Hitze reiten zu müssen. Doch wenn sie bei Nelsons Schäferhütte ankamen, würde es immer noch ein paar Stunden hell sein. Ganz in der Nähe gab es einen bezaubernden kleinen Seitenarm des Flusses, erzählte Joshua Jane und schlug vor, dass sie dort kampieren sollten.

Nelson, der gerade die Pferche aufstellte, in die die Schafe nachts gesperrt wurden, kam auf sie zu und begrüßte Joshua. Dann lächelte er Jane an. »Guten Tag, Mrs Jane. Schön, Sie mal wiederzusehen.«

»Wie geht es Ihnen, Nelson? Gefällt Ihnen das Leben als Schäfer?«

»Es gefällt mir ganz gut. Ich vermisse es nur, ab und zu mit Ihnen plaudern zu können.«

»Ich vermisse unsere Gespräche auch, Nelson.« Ein winziges Lächeln zuckte um ihre Mundwinkel. Ihr war bewusst, dass sie Nelson gefiel und er sich für sie interessierte, auch wenn er das nie offen gezeigt hatte. Joshuas Gesicht hingegen war deutlich anzusehen, dass ihm das freundschaftliche Verhältnis zwischen ihr und dem Schäfer gar nicht behagte. Er bedachte sie beide mit finsteren Blicken.

Darcy betrachtete den Schäfer. »Ich kenn dich. Du warst früher im Haus.«

»Das stimmt.« Nelson blickte zu dem Jungen hinab, den er oft über die Höfe am Farmhaus hatte laufen sehen. Das Kind starrte ihn mit offenkundiger Neugier an.

»Du hast die gleiche Farbe wie ich. Bist du auch ein Aborigine?«

Nelson lächelte und zwinkerte Jane zu. »Ich bin ein halber Aborigine, genau wie du.«

»Kannst du mir beibringen, wie man ein Aborigine ist? Mummy sagt, ich muss das lernen.«

Nelson sah Jane an. »Er spricht sehr gut für einen kleinen Jungen. Wie alt ist Ihr Sohn?«

»Ich bin drei«, erklärte Darcy voll Stolz, bevor seine Mutter antworten konnte. »Ich hab heute Geburtstag.«

»Herzlichen Glückwunsch, junger Mann. Dann muss ich ja ein gutes Geburtstagsgeschenk für dich finden.«

»Danke.« Darcy vergaß seine guten Manieren nicht. »Hast du einen Vater, Mr Nelson?«

»Warum möchtest du das wissen?«

»Ich hab keinen Vater, ich hab nur Mummy.«

»Du kannst froh sein, dass du deine Mummy hast. Besonders so eine nette Mummy.«

Janes Lippen zuckten wieder. Joshua blickte finster. »Sind Sie mit den Pferchen fertig, Nelson?«

»Ja, Boss. Sie können nachsehen, wenn Sie wollen.« Sein Tonfall war beinah unverschämt. Er wusste ganz genau, weshalb man ihn vom Farmhaus fortgeschickt hatte und besser bezahlte als die meisten Schäfer. Ein Mischlingsarbeiter sollte die Tochter des Hauses nicht anschauen, selbst wenn sie nur die Pflegetochter und eine vollblütige Aborigine war.

»Komm mit, Darcy«, kommandierte Joshua seinen Neffen. »Du kannst mir sagen, ob die Pferche gut genug sind.«

»Mach ich, Onkel Joshua. Bis später, Mr Nelson.« Er hüpfte neben seinem Onkel davon.

»Ihr Sohn mag Mr Joshua?«

»Er vergöttert ihn. Die Frage, die Darcy Ihnen gestellt hat – über Ihren Vater.« Jane war sofort klar gewesen, was ihr Sohn gemeint hatte, und sie nutzte die Gelegenheit, ihre eigene Neugier zu befriedigen. »Sie haben zu Darcy gesagt, dass Sie so sind wie er. Bedeutet das, dass Sie auch keinen Vater haben?«

»Ich weiß sehr wohl, wer mein Vater ist. Ich bin bei ihm aufgewachsen, und er hat mich erzogen. Er wollte nicht, dass ich von zu Hause fortgehe.«

»Wo ist Ihr Zuhause?«

»Im Westen von New South Wales.«

»Und warum sind Sie dann fortgegangen?«

»Weil meine jüngeren, weißen Halbbrüder anfingen, mir das Leben schwer zu machen. Da dachte ich, es ist für alle besser, wenn ich gehe.«

»Obwohl Sie denselben Vater hatten? Ich wurde ja in Pflege genommen, aber man hat mich immer so behandelt, als gehörte ich zur Familie.« Sie sah kurz zu Joshua hinüber, der auf den Fersen hockte und ihrem Sohn etwas erklärte. Nelson bemerkte ihren Blick.

»Mr Joshua scheint Ihren Sohn auch sehr zu mögen.« In dieser Bemerkung schwang ganz offenkundig eine unausgesprochene Frage mit.

»Mr Joshua ist nicht Darcys Vater«, sagte Jane aufbrausend. »Außerdem geht Sie das nichts an.«

»Hört sich an, als wollte Mrs Winton, die Tochter des Boss, den ungebildeten Schäfer in seine Schranken weisen.«

Jane spürte den Stolz in diesem Mann, einen Stolz, den sie verstand. »Es tut mir leid, Nelson. Ich habe mich im Ton vergriffen.«

»Sie möchten halt nicht, dass ich Sie nach dem Vater des Jungen frage. Ihnen ist aber doch klar, dass er eines Tages selber anfangen wird, Fragen zu stellen.«

»Das ist mir klar, und ich werde mich damit auseinandersetzen, wenn es so weit ist. Wir hatten darüber gesprochen, weshalb Sie von zu Hause fortgegangen sind«, erinnerte sie ihn und fragte sich gleichzeitig, warum dieses Gespräch so persönlich geworden war.

»Wie ich gesagt habe, meine Halbbrüder waren eifersüchtig, weil ich der Liebling meines Vaters war. Er hat ihre Mutter nicht geliebt, und ich glaube auch nicht, dass er meine Brüder sehr geliebt hat.«

»Das muss aber ein merkwürdiger Mensch gewesen sein, wenn er seine Söhne nicht geliebt hat.«

»Er wollte Söhne als rechtmäßige Erben seines Besitzes. Er hat eine weiße Frau geheiratet, damit die sie ihm gebar. Sie konnte aber meinen Anblick nicht ertragen, weil ihr rasch klar geworden war, weshalb mein Vater sie geheiratet hatte. Sie hat meinem Vater das Leben sauer gemacht. Ich glaube, er war erleichtert, als sie gestorben ist.«

»Hat Ihr Vater denn Ihre Mutter geliebt?«

»Ich glaube ja. Als sie starb, war ich zwar nicht viel älter als

Ihr Sohn jetzt, aber ich kann mich noch daran erinnern, wie er sie tot im Arm hielt und schluchzte und schrie.«

»Es ist sehr traurig, einen Menschen zu verlieren, den man liebt.«

»Es tut mir leid. Ich wollte Sie nicht an Ihren eigenen Verlust erinnern.«

»Fast ein Jahr ist seitdem vergangen. Manchmal fällt es mir schwer, mir vorzustellen, dass ich mit Adam verheiratet war.« Warum redete sie mit diesem Mann, den sie kaum kannte, über so persönliche Dinge? Weil sie das Gefühl hatte, ihn sehr gut zu kennen. Hatte das einfach etwas mit ihrer gemeinsamen Rasse zu tun?

Darcy wollte, dass Nelson mit ihnen an dem Seitenarm des Flusses kampierte. Jane wiederholte die Einladung ihres Sohnes. Joshua starrte alle drei wütend an, insbesondere den Schäfer. Nelson hockte sich vor Darcy.

»Vielleicht ein andermal, Kumpel.«

»Versprichst du's?«

»Ich versprech's.«

»Mach dem Jungen keine Versprechungen, die du nicht halten kannst«, sagte Joshua.

Nelson stand auf. Er war groß für einen Aborigine und einen guten halben Kopf größer als sein Boss. »Gibt es einen Grund, weshalb ich mein Versprechen nicht halten können sollte?«

Darcy, der zwar jedes Wort verstand, jedoch nicht die unterschwellige Bedeutung, blickte unsicher zwischen seinem Onkel und Nelson hin und her.

Jane, die genau verstand, was zwischen den beiden Männern ablief, griff ein. »Wenn Darcy etwas älter ist, kann er mit Ihnen campen gehen, Nelson. Ich würde mich freuen, wenn Sie ihm beibringen, was Sie über die Traditionen der Aborigines wissen.

»Sie möchten, dass er ihre Traditionen kennenlernt?«

»Ich wollte immer, dass er stolz darauf ist, ein Aborigine zu sein.«

»Mein Vater hat dafür gesorgt, dass ich einige Zeit bei der Familie meiner Mutter verbracht habe. Er wollte, dass ich beide Lebensweisen kennenlerne. Ich werde dem Jungen gerne alles beibringen, was ich weiß.«

Darcy wurde ganz aufgeregt. »Kannst du mir zeigen, wie man macht, dass ein Bumerang zurückkommt, und wie man einen Speer wirft und jagt und Spuren liest und Flöte spielt. Und …«

»Es reicht, Darcy«, schalt Jane sanft. »Du wirst das alles lernen, wenn du alt genug bist.« Sie lächelte Nelson an. »Wissen Sie, er wird jetzt wochenlang von nichts anderem mehr reden. Er wird auch Ihr Versprechen nicht vergessen. Er hat ein erstaunliches Gedächtnis.«

»Kann er deshalb schon so gut sprechen?«

»Er lernt sehr schnell.«

»Das tu ich«, bestätigte Darcy. »Ich weiß ganz viel.«

»Und jetzt musst du lernen, wie man ein Lager aufschlägt«, mischte sich Joshua ein, dem nicht gefiel, in welche Richtung sich das Gespräch entwickelte. Er grinste selbstgefällig, als Darcy seine Aufmerksamkeit sofort ihm zuwandte.

»Ich muss jetzt Onkel Josh mit dem Lager helfen, Nelson«, sagte er mit kindlichem Ernst, als ob er eine große Verantwortung trüge.

»Du machst bestimmt ein gutes Lager. Wiedersehen Darcy, wiedersehen Mrs Jane, Mr Winton.«

Jane wollte Nelson gerade bitten, sie einfach mit ihrem Namen anzureden, da bemerkte sie Joshuas Gesichtsausdruck und überlegte es sich anders. Auch wenn sie mittlerweile genug Vertrauen zu Joshua hatte, um mit ihm auf diesen Ausflug zu gehen, hatte sie Bedenken, etwas zu tun, das ihn verärgern könnte. Nicht ohne Verwunderung hatte sie bereits festgestellt, dass

Joshua auf jeden Mann eifersüchtig war, der ihr Aufmerksamkeit schenkte.

Um den Seitenarm des Flusses standen große Eukalyptusbäume und verschiedene kleinere Bäume, die jetzt lange Schatten auf das Wasser warfen. Als sie sich näherten, stob ein Schwarm brauner Enten unter lautem Geschrei in die Luft. In den Zweigen der Eukalyptusbäume schimmerte das gelb-rosa Gefieder der schlafenden Nacktaugenkakadus. Joshua wählte eine freie Stelle am Fluss als Lagerplatz aus.

»Okay, Darcy, wir brauchen ein Feuer, um unser Abendessen zu kochen. Ich suche nach ein paar großen Holzstücken, und du suchst mir viele trockene Zweige.«

Unter dem wachsamen Auge seiner Mutter sammelte Darcy sämtliche kleinen Zweige, die er finden konnte, und legte sie auf einen Haufen. Er war ganz stolz, als sein Onkel ihn für die gute Arbeit lobte. Joshua wollte sich von Jane nicht beim Kochen helfen lassen. Mit den dicken Stücken Holz machte er ein großes Feuer. Während sie darauf warteten, dass das Holz zu heißer Gut niederbrannte, schnitt er Fleisch, Kartoffeln und Zwiebeln, die er von zu Hause mitgebracht hatte. Dann legte er alles in einen gusseisernen Topf und fügte Wasser, Salz und etwas Currypulver hinzu, um dem Ganzen »ein bisschen Würze zu geben«.

Während der Eintopf köchelte, kochte er im Kessel Wasser für den Tee. Fasziniert beobachtete Jane, wie er das Gebräu mit einem Eukalyptuszweig umrührte. »Das hab ich auf meinen Reisen gelernt. Die Eukalyptusblätter geben dem Tee einen besseren Geschmack.«

»Bestimmt nicht.«

»Warte, bis du ihn trinkst, dann wirst du mir zustimmen.«

Jane fand den Tee tatsächlich sehr schmackhaft. Darcy durfte auch etwas davon haben, mit Wasser verdünnt, gekühlt und mit zwei Löffeln Zucker gesüßt. Joshua lehnte sich auf einen Ellbogen gestützt zurück. Jane saß auf einem Holzklotz, den Joshua für sie ans Feuer getragen hatte. Darcy ging, nachdem er seinen Tee getrunken hatte, zum Spielen ans Flussufer.

»Pass auf, dass du nicht ins Wasser fällst«, rief Jane.

»Er muss unbedingt schwimmen lernen.«

»Wo und wie soll er das denn lernen?«

»Hier ist ein ganzer Fluss voll Wasser zum Schwimmen. Kannst du dich nicht daran erinnern, dass Adam und ich früher zusammen schwimmen gegangen sind.«

»Doch, das seid ihr. Anne fand es immer ungerecht, dass wir nicht mit euch schwimmen gehen durften.«

»Ich hab eine Idee. Morgen reiten wir rüber zum Fluss. Dann kriegt Darcy seinen ersten Schwimmunterricht. Wenn du ihn mir anvertraust.«

»Warum musst du immer fragen, ob ich dir vertraue? Ich hab Darcy doch immer erlaubt, mit dir mitzukommen.«

»Wofür ich auch dankbar bin«, gestand er ein. »Ich mag deinen Sohn sehr gern, Jane.« Er setzte sich anders hin, damit er sie direkt ansehen konnte. »Seine Mutter mag ich auch gern.«

»Wir sind ja auch als Bruder und Schwester aufgewachsen.«

Da sie wusste, dass Joshua nicht von brüderlicher Zuneigung sprach, sie sich aber nicht auf ein intimes Gespräch einlassen wollte, stand sie auf und ging zu ihrem Sohn, der am Ufer Steine aufhob und sie ins Wasser warf. Joshua gesellte sich zu ihnen.

»Ich zeig dir, wie man einen Stein springen lässt, Darcy.« Er nahm einen Stein und warf ihn flach übers Wasser. Der Stein traf auf der Wasseroberfläche auf, sprang ein Stück weiter, prallte wieder auf und hüpfte noch zweimal, bevor er unterging.

Darcy klatschte entzückt in die Hände. »Zeig mir, wie man das macht, Onkel Josh.«

»Du brauchst einen Stein, der die richtige Form hat. Such dir einen, der fast flach ist.«

Darcy hockte sich hin und hielt einen Stein hoch. »Der hier?«

»Ja, der ist gut. Jetzt musst du ihn werfen.« Das Kind hob die Hand über den Kopf. »Nein, nicht so. Ich zeig dir wie.«

Joshua beugte sich über Darcy und nahm die rechte Hand des Kindes in seine. Er hielt sie ungefähr auf der Höhe der Taille des Jungen, zog sie zurück und schnellte mit ihr nach vorn. Darcy hielt den Stein zu lange fest, was dazu führte, dass er unterging, als er aufs Wasser auftraf. Nach drei weiteren Versuchen schaffte er es, einen Stein zweimal springen zu lassen. Er selbst sprang ebenfalls aufgeregt auf und ab, dann krabbelte er auf dem Boden herum, um weitere flache Steine zu suchen.

»Ich sollte es auch einmal versuchen«, sagte Jane.

»Nur zu«, ermutigte sie Joshua und hob einen glatten grauen Stein auf. »Versuch's mal mit dem.«

Jane ließ den Stein in sechs langen Sprüngen über das Wasser sausen, dann drehte sie sich um und lachte Joshua an. »Sieh mal, ob du es besser kannst.«

»Ein Wettstreit, was?« Er ließ einen Stein ebenfalls sechsmal springen.

»Nicht gut genug«, sagte sie lachend, schmollte jedoch, als ihr nächster Stein nur dreimal hüpfte. Als Darcy dann vier Sprünge schaffte, jubelte sie begeistert. Sie setzten ihren Wettstreit fort, bis sie keine geeigneten Steine mehr fanden. Mittlerweile wurde der Himmel allmählich dunkel, und der Duft des Eintopfs in dem gusseisernen Kessel bewirkte, dass sie plötzlich merkten, wie hungrig sie waren.

»Wir brauchen noch Brot zu unserem Eintopf«, erklärte Joshua. »Hast du schon mal Damper gegessen, Darcy?«

»Die Köchin hat mir mal ein Stück gegeben, das sie im Backofen gemacht hat.«

»Aha, dann warte mal ab, wie Damper schmeckt, das auf Holz gebacken wurde.«

Er begann, Mehl und Wasser zu vermischen und fügte etwas Backpulver und eine Prise Salz hinzu. Dann knetete er lange den Teig.

»Genau wie Teig für Teegebäck«, stellte Jane fest. »Ich hoffe, dein Damper schmeckt besser als meine Scones.« Sie lachte über sich selbst. »Ich hab es noch nie geschafft, lockere Scones zu backen.«

Joshua grinste sie an. »Ich kann mich noch an deinen ersten Versuch erinnern, als du ungefähr elf warst. Wir waren alle zu höflich, um dir zusagen, wie scheußlich sie geschmeckt haben.«

Er formte den Teig zu einem ovalen Laib, der unten flach war, bestäubte ihn mit Mehl und legte ihn direkt auf die heiße Glut. Dann häufte er noch etwas Glut obendrauf.

»Wird die Außenseite nicht verbrennen?«, fragte Jane.

»Wir können die verbrannten Stellen abschneiden. Aber ich denke, die Glut ist gerade so heiß, dass es eine schöne braune Kruste gibt.«

Eine halbe Stunde später verschlangen sie gierig den würzigen Eintopf und aßen dazu dicke Scheiben von Joshuas Damper. Die Kruste war braun und knusprig, das Innere perfekt gegart.

»Das ist ja auch richtiges Damper«, sagte Joshua, als Jane erklärte, wie gut es ihr schmecke.

»Du überraschst mich, Joshua«, sagte sie.

»Inwiefern?«

»Ich hätte nicht gedacht, dass du so etwas kannst.«

»Du weißt vieles nicht über mich. Schon in unserer Kindheit warst du lieber mit Adam zusammen als mit mir.«

»Adam war immer netter zu mir. Du schienst dir immer nur irgendwas auszudenken, womit du mich ärgern könntest.«

»Ich versuche gerade, meine früheren Verfehlungen wieder gutzumachen.« Er hätte gern noch mehr gesagt, wenn Jane nicht zu Darcy hinübergeschielt hätte.

Schon bald lagen sie in ihren Decken, Joshua auf einer Seite des neu angefachten Feuers, Jane und Darcy auf der anderen.

Darcy starrte in die Sterne. »Ich kann das Kreuz des Südens sehen.«

»Siehst du denn auch die Peilsterne?«, fragte Joshua. »Die beiden großen Sterne dort unter dem Kreuz.«

»Die seh ich.«

»Die zeigen nicht nur auf das Kreuz des Südens, die helfen dir auch, dich zurechtzufinden, falls du mal draußen im Busch bist.«

»Wie geht das?« Jane war fasziniert.

»Denkt euch eine Linie zwischen den beiden Peilsternen. Und nun seht euch das Kreuz an. Stellt euch jetzt eine Linie zwischen dem oberen und dem unteren Stern vor und verlängert sie nach unten. Wo sich die beiden Linien treffen, ist Süden.«

»Kannst du das sehen, Mummy?«, fragte Darcy mit zweifelnder Stimme.

»Ja. Folge meinen Fingern.« Mit der rechten Hand zog sie die Linie von dem Kreuz aus, dann mit der linken Hand die zwischen den Peilsternen. »So, siehst du es jetzt?«

»Ich weiß nicht.«

»Komm her, Darcy. Ich male es dir auf den Boden.«

Darcy krabbelte aus seiner Decke, ging zu seinem Onkel und sah aufmerksam zu, wie dieser ein Diagramm auf die Erde zeichnete und dann die Hand hob, um die imaginären Linien am Himmel zu ziehen. Verstehst du es jetzt?«

»Ja, danke, Onkel Josh. Kennst du noch mehr Sterne?«

»Leg dich wieder zu deiner Mutter, dann zeig ich sie dir.«

»Siehst du die Sterne, die wie eine Art weiße Wolke über den Himmel ziehen? Das ist die Milchstraße. Da drüben ist der Große Wagen. Siehst du, wie die Sterne einen Wagen mit einer Deichsel bilden? Und jetzt guck mal zu diesem Sternhaufen da hinten. Das sind die Sieben Schwestern.«

»Er ist eingeschlafen«, unterbrach ihn Jane mit leiser Stimme.
»Du solltest jetzt auch schlafen. Gute Nacht, Jane.«
»Gute Nacht, Joshua.«

Jane wurde noch vor Morgengrauen vom Lachen der Kookaburras wach. Neben ihr schlief Darcy weiter tief und fest. Sie fühlte sich etwas steif, weil sie auf dem harten Boden auf der Seite geschlafen hatte, deshalb drehte sie sich auf den Rücken, schob eine Hand unter ihren Kopf und legte die andere locker auf ihren Bauch. Ihr war nicht bewusst, dass sie wieder eingeschlafen war, bis Darcy sie an der Schulter rüttelte.

»Wach auf, Mummy. Onkel Josh hat Frühstück gemacht.«

Jane setzte sich auf und rieb sich den Schlaf aus den Augen. Joshua grinste sie von der anderen Seite des Feuers an, wo er Eier und Speck in einer Pfanne briet.

»Ich bin von den Kookaburras wach geworden, muss aber wieder eingeschlafen sein.«

»Ich hab dir doch gesagt, dass du ein bisschen Erholung brauchst. Du hast dich mit Mamas Pflege völlig aufgerieben. Offensichtlich musstest du dich mal richtig ausschlafen.«

»Ich muss wirklich tief und fest geschlafen haben, dass ich nicht mal von dem Geruch von Speck und Eiern wach geworden bin. Meine Güte, hab ich einen Hunger.«

»Die frische Luft hat dir gutgetan. Möchtest du Tee?«

»In einer Minute.« Jane stand auf und ging zu dem dichten Gebüsch, das sie auch letzte Nacht benutzt hatte. Dann wusch sie sich Gesicht und Hände mit Wasser, das sie aus dem Fluss schöpfte. Anschließend setzte sie sich auf ihren Holzklotz und nahm den Becher Tee, den Joshua ihr hinhielt.

Nachdem sie gefrühstückt, die Decken aufgerollt und alles wieder in die Satteltaschen gepackt hatten, zeigte Joshua Darcy, wie man ein Feuer richtig löschte.

»Man sollte nie auch nur ein einziges Stück Glut zurücklassen. Es braucht nur ein Windstoß zu kommen, und bevor du weißt, wie dir geschieht, entsteht ein Buschfeuer. Deshalb begießen wir die Glut mit Wasser und decken noch alles mit Erde ab.«

Anschließend ritten sie zur Schäferhütte zurück. Nelson erwartete sie bereits.

»Ich habe ein Geschenk für den Jungen. Ich bin die ganze Nacht aufgeblieben, um es für ihn zu machen.« Er hielt einen kleinen Bumerang hoch, in den er Schlangen und Eidechsen geschnitzt hatte.

Darcy quiekte vor Freude. Er nahm den Bumerang und betrachtete ihn ehrfürchtig, bevor er ihn seiner Mutter hinhielt. »Sieh mal, Mummy, was Nelson mir geschenkt hat.«

»Wie schön. Danke, Nelson. Darcy wird seinen Bumerang in Ehren halten.«

»Darf ich ihn jetzt werfen?« Er drehte sich um und sah seinen Onkel an. »Lass mich runter, Onkel Josh. Ich will meinen Bumerang werfen.«

Ohne die Erlaubnis seines Bosses abzuwarten, hob Nelson Darcy vom Pferd. »Komm hier rüber, wo keine Bäume sind.«

Joshua und Jane stiegen vom Pferd. Sie beobachteten, wie Nelson sich neben Darcy hockte und ihm erklärte, wie man einen Bumerang warf. Beide sahen die gespannte Aufmerksamkeit auf dem Gesicht des Jungen. Nun stand Nelson mit dem Bumerang in der rechten Hand da. Dann holte er mit dem Arm aus und warf. Der Bumerang wirbelte durch die Luft und beschrieb einen weiten Bogen, bevor er wieder fast vor Nelsons Füßen landete. Darcy versuchte es, hatte jedoch nicht die Kraft, den Bumerang weit genug zu werfen.

»Du musst nur viel üben«, tröstete Nelson ihn. »Dann schaffst du es schon bald, dass er wegfliegt und wieder zu dir zurückkommt. Und du musst noch ein bisschen kräftiger werden.«

»Ich werde ganz viel essen«, versprach Darcy.

Nelson brachte ihn zurück zu Jane und Joshua. »Ich würde mich freuen, wenn Sie Ihren Sohn bald mal wieder zu mir bringen, Mrs Jane. Ich würde ihn wirklich gerne unterrichten.«

»Mrs Winton und ihr Sohn können nur zu Besuch kommen, wenn ich sie herbringe.«

Nelson sah seinen Boss in aller Seelenruhe an. »Wollen Sie mir sagen, dass Sie die beiden nicht mehr herbringen?«

Wie in fast der gleichen Situation am gestrigen Tag griff Jane ein. »Ich bringe Darcy zu Ihnen, wann immer es möglich ist, Nelson. Danke, dass Sie so freundlich zu ihm waren.«

»Onkel Joshua hat mir die Sterne gezeigt«, berichtete Darcy Nelson. »Kennst du auch die Namen der Sterne?«

»Ich kenne nicht nur ihre Namen, ich kenne auch all die Geschichten, die die Aborigines über sie erzählen.«

»Erzähl sie mir.«

Nelson lachte. »Jetzt nicht. Ein andermal vielleicht. Hast du den Emu in der Milchstraße gesehen?«

Darcy sah seinen Onkel skeptisch an. »Hast du den Emu gesehen, Onkel Josh?«

»Nein.« Er starrte Nelson wütend an, der überlegen grinste und sich dann noch einmal neben Darcy hockte.

»Nur Aborigines wissen, wo man den Emu findet, Darcy. Ich verspreche dir, dass du ihn eines Tages sehen wirst.«

»Sie müssen ihn mir auch zeigen«, sagte Jane, »denn ich habe ihn auch noch nie gesehen.«

»Er versteckt sich in den dunklen Stellen. Wenn Sie ganz genau gucken, werden Sie ihn bestimmt finden.«

»Auf den Weiden streunen Emus in Hülle und Fülle herum, wozu braucht man dann noch einen am Himmel? Jane, Darcy, ich dachte, wir machen heute Schwimmunterricht.«

»Kannst du schwimmen?«, fragte Darcy Nelson.

»Ja.«

»Dann kannst du mir auch schwimmen beibringen. Du kannst mir so viel beibringen, was Onkel Joshua nicht kann.«

Jane atmete heftig ein. Oh, Darcy, du kleiner Teufel, jetzt hast du deinen Onkel verärgert. Sie wagte gar nicht, Joshua anzusehen, und war erleichtert, als Nelson ernsthaft auf Darcy einsprach.

»Dein Onkel Joshua und ich können dir unterschiedliche Dinge beibringen. Du musst immer zuhören und viel lernen. Jetzt geh und lass dir schwimmen beibringen.«

»Ich werde mit meinem Bumerang üben.«

»Tu das.« Er hob Darcy auf Joshuas Pferd und trat dann zurück, damit Joshua aufsitzen konnte. Jane konnte genauso mühelos aufsitzen wie ein Mann. Im Fortreiten drehte sie sich noch einmal um und lächelte Nelson an. Sie mochte ihn.

Joshua führte sie auf direktem Wege zum Murray. Er kannte eine Stelle, an der eine Sandbank ganz allmählich in tieferes Wasser abfiel, ein idealer Ort, um Darcy das Schwimmen beizubringen. Die Satteltaschen wurden abgeladen, man legte den Pferden zum Grasen Fußfesseln an und suchte für Jane einen schattigen Platz unter einem weit ausladenden Baum, von wo aus sie zusehen konnte.

Sie zog ihren Sohn aus, während Joshua in diskretem Abstand seine Sachen ablegte. Jane wandte verlegen den Blick ab, als Joshua nur mit seiner knielangen Unterhose bekleidet zurückkam.

»Ich bin sittsam genug angezogen, Jane«, stellte Joshua in trockenem Ton fest, als er ihre Verlegenheit bemerkte. »Wenn du nicht hier wärst, wäre ich genauso nackt wie Darcy. Und jetzt komm, junger Mann. Runter zum Fluss.«

Darcy plantschte mit kindlichem Vergnügen im seichten Wasser der Sandbank, bis Joshua ihn hochhob und zu einer tieferen Stelle trug. Als ihm das Wasser etwas über die Taille reichte, blieb er stehen und ließ Darcy hinunter, bis nur noch sein Kopf über Wasser war.

»Ich lass dich nicht los.« Joshuas Worte wehten zu Jane herüber. Sie sah ihren Sohn wild mit den Armen im Wasser rudern. Joshua redete die ganze Zeit mit ihm, auch wenn Jane nur ab und zu ein Wort mitbekam. Was auch immer er sagte, Darcy reagierte darauf. Das wilde Geplantsche hörte auf. Darcy machte regelmäßige Bewegungen mit den Armen.

Jane verschlug es den Atem, als Joshua die Arme aus dem Wasser hob. Darcy war auf sich gestellt. Sie hörte ihren Sohn kichern, und eine Sekunde später sah sie ihn unter der Wasseroberfläche verschwinden. Joshua fischte ihn heraus und hielt ihn fest, bis er aufhörte, zu husten und zu schniefen.

»Nächstes Mal«, hörte Jane Joshua sagen, »machst du den Mund zu, wenn du untergehst.«

»Ich hoffe, das kommt nicht noch mal vor«, rief sie.

Joshua blickte zu ihr hinüber. »Das wird ganz bestimmt noch einige Male vorkommen, bevor er richtig schwimmen kann.«

»Alles in Ordnung, Mummy«, rief Darcy, um sie zu beruhigen.

»Das sehe ich, mein Schatz.«

Als Nächstes lernte Darcy, wie man sich auf dem Wasser treiben lässt, anschließend Hundepaddeln. Zunächst stützte Joshua das Kind mit den Händen unterm Bauch und ging neben ihm her. Doch schon bald konnte Darcy alleine zur Sandbank schwimmen und paddelte immer wieder zwischen der Sandbank und seinem Onkel hin und her. Jane, der der Schweiß zwischen den Schulterblättern hinunterlief, sah voller Stolz zu und wünschte, sie könnte sich auch in dem kühlen Wasser tummeln.

Nachdem sie den Schwimmunterricht beendet hatten, lief Darcy noch auf der Sandbank herum, um seine Haut trocknen zu lassen, bevor er sich von seiner Mutter wieder anziehen ließ.

Joshua zog sich hinter einem Busch an und legte seine nasse Unterhose zum Trocknen darüber.

Joshua hatte mehrere Angelschnüre mitgenommen. Die drei gingen ein Stück den Fluss hinunter bis zu einer Stelle, an der das Ufer steil abfiel. Dort unten im Dunkeln würde es Brassen und Barsche geben. Sie warfen drei Schnüre ins Wasser hinunter, und schon bald hatten drei ansehnliche Brassen angebissen. Während sein Onkel seine Schnur für ihn einholte, kreischte Darcy vor Aufregung darüber, dass er einen Fisch gefangen hatte. Sie brieten die Fische im Ganzen und aßen sie mit großem Appetit. Nach dem Mittagessen schlief Darcy ein. Jane legte sich auf den Rücken, um sich auszuruhen. Joshua lehnte sich gegen die Satteltaschen.

»Das waren zwei schöne Tage, Jane.«

»Ja, das stimmt. Darcy genießt es so sehr. Danke, Joshua, dass du ihm das ermöglichst hast.«

»Mir macht es auch Spaß. Wir sind doch jetzt Freunde, oder?«

Jane dachte einen Augenblick nach. »Das sind wir wohl.«

»Nimm doch nur mal an, du hättest mich dieses Jahr im April zum ersten Mal gesehen, meinst du, du würdest mich dann lieber mögen?«

Würde sie? Sie wusste es nicht. »Ich kann die Frage nicht beantworten, Joshua. Ich möchte dieses Gespräch eigentlich auch gar nicht mit dir führen.«

»Wir müssen dieses Gespräch führen, Jane. Was ich dir angetan habe, war unverzeihlich, das weiß ich. Für meine Grausamkeit dir gegenüber gibt es keine Rechtfertigung. Ich war damals wahnsinnig vor Eifersucht. Ich habe dich immer begehrt Jane, ich glaube schon vom ersten Tag an, als wir dich und deine Mutter gerettet haben. Ich war damals dreizehn und fing an, sexuelle Regungen zu verspüren, und du warst das erste weibliche Wesen, das ich nackt gesehen habe.«

»Ich will das nicht hören, Joshua.«

»Du wirst mir zuhören, Jane, weil ich dir diese Dinge sagen muss.«

Er blickte zu ihr hinüber und stellte fest, dass sie sich aufgesetzt und die Arme um die unter dem Rock angezogenen Beine geschlungen hatte. Den Blick hatte sie von ihm abgewandt und starrte auf den Fluss.

»Ich habe mich nie ganz wohl gefühlt, wenn ich mit dir alleine war. Nicht dass du je meine Gesellschaft gesucht hättest. Ich hatte immer gehofft, dass es mir eines Tages gelingen würde, deine Zuneigung zu gewinnen. Dann kam dieser Engländer nach Riverview und fing an, dort zu arbeiten, und du hattest nur noch Augen für ihn. Vielleicht habe ich, weil ich dich für mich wollte, erkannt, wie sehr du deinen Engländer wolltest. Es war gut, dass er schon lange fort war, als ich erfuhr, dass du ein Kind von ihm erwartest. Ich glaube, sonst hätte ich ihn umgebracht.«

»Stattdessen hast du mich vergewaltigt.« Ihre Worte waren leise und angespannt.

»Ja. Es tut mir leid.«

Als würde das die Sache besser machen. Sie verfielen in Schweigen. Jane hatte Joshua nichts zu sagen. Was er gesagt hatte, hatte sie stark aufgewühlt. Sie stellte fest, dass seine Eifersucht sie nicht völlig überraschte. Sie hatte Anflüge davon in seinem Verhalten Darcys Vater gegenüber erlebt und gerade erst bei der Begegnung mit Nelson.

»Jane?«

Sie sah Joshua an und bemerkte seinen bangen Gesichtsausdruck. »Ich werde dir niemals verzeihen, dass du mich vergewaltigt hast, Joshua. Aber weil Darcy dich vergöttert und weil ich weiß, dass du meinen Sohn wirklich gern hast, werde ich versuchen zu vergessen. Du hast vorhin festgestellt, wie schön dieser Ausflug war. Verdirb ihn jetzt nicht.«

»Ich habe alles gesagt, was ich sagen wollte. Ich werde das Thema nie wieder ansprechen.« Er schenkte ihr ein schiefes Lächeln. »Freunde?«

Sie stellte fest, dass sie sein Lächeln erwiderte. Ja, sie wollte mit Joshua befreundet sein.

»Wenn Darcy aufwacht, üben wir noch ein bisschen schwimmen. Später gehen wir noch mal dorthin, wo wir geangelt haben. Ich glaube, da könnten Schnabeltiere sein. Darcy würde bestimmt gerne ein Schnabeltier sehen.«

»Ich auch«, erklärte Jane. »Ich höre einen Raddampfer«, fügte sie hinzu.

»Ich höre ihn auch. Vielleicht ist es die *Elanora* mit den Vorräten, die wir bestellt haben. Um diese Jahreszeit wird bestimmt kein Dampfer zu weit den Fluss hinauffahren.«

Das Geräusch des Raddampfers weckte Darcy. »Die *River Maid*«, rief er aufgeregt. Er hatte seinen ersten Besuch auf einem Raddampfer nicht vergessen und hätte die *River Maid* gerne wiedergesehen. Doch sie hatte nicht wieder in Riverview Halt gemacht.

»Es ist Randalls *Mary Ann*, einer der beiden ersten Dampfer auf dem Fluss. Der andere war die *Lady Augusta*, den hat Cadell gebaut. Sie haben ein Wettrennen gemacht, wer als Erster in Swan Hill ist. Die *Lady Augusta* hat die *Mary Ann* um einige Stunden geschlagen.« Er warf einen schrägen Blick zu Jane. »Wusstest du schon, dass es einen Raddampfer namens *Lady Jane* gibt? Vielleicht ist der ja nach dir benannt.«

Jane lachte spöttisch. »Ich hab einen ganz gewöhnlichen Namen. Und außerdem kenne ich niemanden von den Flussleuten außer Hal Collins.«

Sie beobachteten, wie der Dampfer vorsichtig um die Sandbank herummanövrierte und applaudierten dem Kapitän, als er an dem Hindernis vorbei war. Er begrüßte sie zu Darcys großer Freude mit einem lauten Pfeifen.

Als die *Mary Ann* nicht mehr zu sehen war, ging Joshua mit Darcy hinunter zum Fluss, um noch ein bisschen schwimmen zu üben. Am späten Nachmittag gingen sie zu der Stelle, wo Joshua die Schnabeltiere vermutete. Sie legten sich auf den Bauch und schielten über den Rand des Ufers ins Wasser. Keiner sagte etwas, da sie wussten, dass Schweigen und Geduld belohnt würden.

Zuerst tauchte ein Schnabeltier auf, dann noch eins und noch eins. Mit ihren Schwimmfüßen sausten die seltsamen Tiere geschmeidig durch das Wasser. Joshua, Jane und Darcy schoben sich langsam von der Uferkante weg, um die Tiere nicht zu erschrecken. Auf dem Rückweg zum Camp und während ihr Essen auf der Glut köchelte, wetteiferten sie miteinander, wer die meisten verschiedenen Vögel entdeckte. Joshua erkannte viele allein schon an ihren Rufen und ihrem Gezwitscher.

Als sie wieder in ihren Decken lagen, wollte Darcy, dass sein Onkel ihm noch einmal alle Sterne aufzählte.

»Die Aborigines haben bestimmt viele Geschichten über die Sterne«, sagte Jane, als Darcy eingeschlafen war.

»Vermutlich. Die Aborigines scheinen über alles Geschichten zu haben.«

»Wie viele Geschichten Nelson wohl kennen mag? Ich möchte, dass Darcy die Geschichten seines Volkes kennenlernt.«

»Übertreibst du diese Sache mit den Aborigine-Traditionen nicht ein bisschen? Darcy hat einen weißen Vater. Du bist in unserer Familie aufgewachsen und europäisch erzogen worden. Und du weißt doch, wie die Eingeborenen in unserer Gegend hier leben. Dahin möchte doch niemand zurück, der einmal ein zivilisiertes Leben kennengelernt hat.«

»Ich will nur, dass Darcy weiß, woher er kommt. Dieses Land hat Tausende von Jahren meinem Volk gehört, bis die Weißen kamen. Da sind die Menschen von ihrem angestammten Land vertrieben worden, sie sind krank geworden und an Erkältungen und Masern gestorben. Ich möchte, dass mein Sohn alles über die traditionelle Lebensweise der Aborigines lernt, bevor sie für immer verloren geht.«

»Wie leidenschaftlich du dich anhörst, Jane. Mir war nie klar, dass dir deine Wurzeln so wichtig sind. Ich hab immer geglaubt, dass du mit deinem Leben in der zivilisierten Welt zufrieden wärst.«

»Du kennst mich halt nicht besonders gut, Joshua. Adam hat das verstanden.«

»Dann will ich auch versuchen, es zu verstehen. Du solltest allerdings auch für mich ein bisschen Verständnis aufbringen. Du kennst mich nämlich auch nicht sehr gut, Jane. Und jetzt sollten wir schlafen«, sagte er unvermittelt. »Morgen reiten wir zurück nach Hause.«

Während sie am nächsten Morgen ihr Lager abbauten, fragte Darcy: »Gehen wir heute wieder nach Hause, Mummy?«

»Ja. Möchtest du nach Hause?«

Das Kind nickte. »Will Opa und Oma sehen.«

»Der Reiz des Neuen ist verflogen«, bemerkte Joshua. »Aber er hat tapfer durchgehalten.« Und zu Darcy gewandt fügte er hinzu: »Wir sind zum Mittagessen zu Hause, junger Mann. Wie findest du das?«

»Will nach Hause.«

»Dann hinauf mit dir.« Er hob den Jungen auf das Pferd und saß hinter ihm auf, während Jane wieder das Packpferd führte. Die Sonne brannte bereits unbarmherzig vom Himmel, als sie auf den Aborigine-Stamm trafen. Er hatte sein Lager am Fluss aufgeschlagen. Die Männer waren in Kanus aus Baumrinde zum Angeln unterwegs, die Frauen saßen in der Nähe ihrer provisorischen Hütten und redeten und lachten, während sie Körner zerstießen oder kleine Bastbeutel flochten. Nackte Kinder liefen herum und spielten.

»Wir machen einen Umweg um sie«, sagte Joshua, »sonst erwarten sie, dass wir Halt machen und Geschenke verteilen.«

Darcy bekam ganz große Augen, da er den Stamm noch nie gesehen hatte. »Wer sind diese Leute?«, fragte er.

»Das sind die Aborigines hier aus der Gegend«, erklärte Joshua ihm.

Darcy guckte skeptisch. »Ich bin ein Aborigine. Die sind nicht so wie ich.«

»Du bist ein besonderer Aborigine«, beeilte sich Jane zu sagen.

»Warum?«

»Das wirst du verstehen, wenn du größer bist.«

Ein Stück weiter trafen sie auf eine kleinere Gruppe jüngerer Frauen, die nach Wurzeln gruben. Haben meine Mutter und ich wirklich so gelebt, bevor die Wintons uns gefunden haben? Hat Joshua recht damit, dass ich zu viel Wert darauf lege, dass Darcy die Traditionen der Aborigines kennenlernt?

Zwei Kinder waren bei den Frauen, beides Mädchen. Das eine hatte dunkle Haut und kohlrabenschwarze Haare wie alle Kinder des Stammes. Das andere war hellhäutiger und blond. Es klammerte sich an seine Mutter, die mit Graben aufgehört hatte und zu Joshua aufblickte. Jane wusste es sofort, und ihr wurde schlecht vor Wut.

Irgendwie schaffte sie es, den Mund zu halten, bis sie ein gutes Stück an dem Stamm und den nach Nahrung suchenden Frauen vorbei waren. Dann hielt sie ihr Pferd an und blickte zu Joshua. »Von jetzt an möchte ich Darcy nehmen.«

»Warum? Er sitzt doch prima hier bei mir. Ich dachte schon, wir könnten vielleicht noch irgendwo ein bisschen schwimmen, bevor wir nach Hause zurückkehren.«

»Ich will jetzt sofort nach Hause, und ich nehme meinen Sohn mit. Von hier aus kenne ich den Weg.«

»Wir können doch alle zusammen nach Hause reiten. Es gibt doch überhaupt keinen Grund, weshalb du jetzt Darcy nehmen solltest.«

»Ich denke, es gibt sehr gute Gründe dafür. Ich weiß, was ich gesehen hab, Joshua. Alles, was du mir gestern erzählt hast, war gelogen. Du und die Aborigine-Frauen. Das ist die Wahrheit, nicht wahr, Joshua? Wie viele Kinder hast du denn schon gezeugt?«

»Um Himmels willen, Jane, ein Mann hat doch schließlich Bedürfnisse. Und Gilly war immer willig.«

»Immer! Oh, Darcy, wein nicht, mein Schatz. Siehst du, was du angerichtet hast, Joshua. Du hast ihn ganz verstört.«

»Du bist als Erste laut worden. Hier ...«, er hob Darcy hoch und reichte ihn seiner Mutter hinüber, »nimm deinen Sohn, und wenn du nicht bereit bist, mir zuzuhören, könnt ihr beide zur Hölle fahren!«

Mehrere Sekunden lang starrten sie sich wütend an. Jane warf Joshua die Zügel des Packpferdes zu, beruhigte Darcy und ritt in forschem Trab Richtung Farmhaus. Auf dem ganzen Weg drehte sie sich kein einziges Mal um, um zu sehen, ob Joshua ihr folgte. Sie fühlte sich von ihm verraten, und das machte sie ganz krank. Denn sie hatte tatsächlich angefangen, Joshua zu mögen.

15

Dienstag, 25. Dezember 1855, am frühen Morgen im Farmhaus Langsdale. Noch bevor die Sonne sich ganz über den Horizont erhoben hatte, war die schwüle Hitze zu spüren. Hal lag nackt im Bett und dachte sehnsüchtig an den kühlen Wind über dem Fluss, den er erst vor zwei Tagen verlassen hatte. Die letzte Fahrt der *Maid* war sehr schwierig gewesen. An manchen Tagen war er überzeugt gewesen, dass er es nicht rechtzeitig zu Weihnachten nach Echuca schaffen würde, und schon gar nicht bis nach Langsdale.

Er stand auf, goss Wasser aus dem hellgrünen Krug in die dazu passende Schüssel und erfrischte sich das Gesicht. Nachdem er sich angezogen hatte, ging er zur Tür auf der Rückseite des Hauses, die zur Küche führte. Wie erwartet, war Mrs Clancy bereits auf, und auf dem Herd kochte ein riesiger Kessel.

Der große eiserne Herd war Mrs Clancys ganzer Stolz. Mr Trevannick war persönlich nach Melbourne gefahren, um ihn auszusuchen. Mrs Clancy ließ sich über seine vielen wunderbaren Funktionen aus, während sie für Hal Tee machte und ihm einige Scheiben Brot und Marmelade hinstellte.

Nachdem sie ihr Loblied auf den Herd gesungen hatte, erzählte sie ihm, wie groß Ballarat inzwischen geworden war und wie immer mehr behagliche Holzhäuser an die Stelle der Zelte und Hütten getreten waren, die Hal noch aus seiner Zeit auf den Goldfeldern kannte. Die neuen Läden, berichtete sie, seien genauso gut wie alles, was man in Melbourne finden könne – »allerdings war ich seit vielen Jahren nicht mehr in Melbourne.«

In diesem Moment kam Selena in die Küche.

»Du bist aber schon früh auf«, begrüßte Hal sie.

»Du doch auch«, antwortete sie lächelnd.

»Es ist viel zu heiß, um im Bett zu bleiben.«

»Deshalb bin ich ja auch aufgestanden. Oh, danke, Mrs Clancy«, sagte sie, als die Köchin ihr eine Tasse Tee reichte. Sie tat Milch und Zucker hinein und redete dann weiter mit Hal. »Ich hatte schon geglaubt, du würdest Weihnachten nicht mit uns verbringen. Meggan fing schon an, sich Sorgen zu machen. Vater hat versucht, sie zu beruhigen, und ihr erklärt, in was für Schwierigkeiten du so spät im Jahr auf dem Fluss geraten könntest. Ich glaube allerdings nicht, dass sie das sehr beruhigt hat.«

»Ich bin in größere Schwierigkeiten geraten, als sich das irgendwer hätte vorstellen können. Trink deinen Tee aus, und geh ein bisschen mit mir spazieren. Dann erzähle ich dir von meiner letzten Fahrt.«

»Wo gehen wir hin?«, fragte Selena, als sie die Küche verließen.

»Lass uns hinunter zum Fluss gehen. Dort wird es um diese Tageszeit sehr angenehm sein.«

Gleich hinter der Küche, im Schatten der Bäume, kamen sie zu einem geräumigen Buschhaus. Es handelte sich um eine einfache Konstruktion mit Wänden aus jungen Baumstämmen, die auf einer Seite offen war. Darauf hatte man ein Geflecht aus kräftigen Schösslingen befestigt und mit einer dicken Schicht Rinde und belaubten Ästen bedeckt.

»Das war aber noch nicht da, als ich das letzte Mal hier war«, bemerkte Hal.

»Nein, es ist ganz neu. Vater hat Con und Larry beim Bau geholfen, als wir vor ein paar Wochen hier angekommen sind. Drinnen ist es unglaublich kühl, selbst bei der größten Hitze.«

Hal betrachtete das Dach. »Ich könnte mir vorstellen, dass da gerne Spinnen und Schlangen reinkriechen.«

»Ach, Hal, sei doch nicht so gemein. Du verdirbst ja allen den Spaß, wenn du so was sagst.«

»Dann halte ich demnächst den Mund: Aber wenn ich mal da sitze und über mir was rascheln höre, bin ich ganz schnell draußen.«

»Dann springt die Schlange wahrscheinlich auf dich drauf. Du weißt doch ganz genau, dass man sich absolut ruhig verhalten soll, wenn man eine Schlange sieht.«

Hal lachte. »Klar weiß ich das. Ich wollte dich nur ärgern.«

Selena sah ihn grimmig an.

»Wie geht es dir?«, fragte Hal, nachdem sie ein Stück weitergegangen waren. »Ich meine, wie fühlst du dich?«

»Mir geht es gut, Hal. Wirklich. Ich habe gelitten und geweint, aber jetzt bin ich bereit, mein Leben wieder in die Hand zu nehmen. Das Schwierigste war, Con und Meggan davon zu überzeugen, dass mein Herz nicht für immer und ewig gebrochen ist.«

»Bist du dir da sicher?«

»Ich mag Annabelle sehr gerne. Sie verdient es, Wills Frau zu sein, und ich weiß, dass sie alles tun wird, um ihn glücklich zu machen.«

»Du bist sehr großzügig, Selena.«

»Bin ich das?«

»Ja. Sieh mal, du hast dich mit Jenny angefreundet und dich um sie gekümmert, als es ihr schlecht ging. Dabei hast du dir nie anmerken lassen, dass du in Will verliebt warst. Und jetzt bist du nicht verbittert, weil Will sich für Annabelle und nicht für dich entschieden hat, sondern erzählst mir, wie sehr du sie magst und dass du glaubst, dass sie Will eine gute Ehefrau sein wird.«

»Ich sage nur, was mir mein Herz sagt. Ich habe so viel über die beiden nachgedacht. Und als ich aufgehört hab zu weinen, habe ich mir überlegt, ob Will nicht vielleicht doch die Frau gewählt hat, die für ihn am besten ist.«

»Selena.« Hal blieb stehen. Sie erkannte an seiner Stimme, dass er ihr etwas Wichtiges sagen wollte, und blieb ebenfalls stehen. »Ich hoffe, ich tue dir nicht noch einmal weh, wenn ich dir sage, dass auch ich der Meinung bin, dass es für Will die richtige Entscheidung war, Annabelle zu heiraten. Anfangs war ich so wütend auf ihn, dass wir fast aneinandergeraten wären. Und wenn ich ihn in die Finger bekommen hätte, nachdem ich es dir gesagt hatte, hätte ich ihn windelweich geprügelt.

Annabelle hat Will geholfen, einen gewissen Frieden zu finden. Er ist zwar immer noch nicht so, wie er vor den ganzen tragischen Ereignissen war. Aber so etwas könnte auch kein Mensch durchmachen, ohne sich zu verändern. Aber jetzt hat er einen Sinn für sein Leben gefunden. Dafür werde ich Annabelle immer dankbar sein.«

Selena hatte Tränen in den Augen. Hal fuhr leicht mit der Hand über ihre Wange. »Es tut mir leid, Selena. Ich wollte dich nicht zum Weinen bringen.«

»Ich weine nicht um mich. Ich weine, weil … ach, wegen allem. Verzeih mir, ich benehm mich wie eine sentimentale Frau.«

»Verzeih mir, dass ich dich sentimental gemacht habe. Komm, lass uns zum Fluss gehen.«

Das Sonnenlicht war noch nicht bis zum Fluss vorgedrungen. Eine leichte Brise kräuselte die Oberfläche, so dass sich Bäume und Himmel nur bruchstückhaft im Wasser spiegelten. Etwas näher am Rand wurden ein weißer Reiher und der heruntergefallene Ast, auf dem er stand, dagegen perfekt gespiegelt. Trotz der vielen Geräusche im langsam erwachenden Busch herrschte am Fluss eine beruhigende Atmosphäre. Selena und Hal setzten sich auf eine Kiesfläche in der Nähe des Ufers. Hal hatte ein

Bein unter sich gezogen, das andere angewinkelt und eine Hand daraufgelegt, während er sich mit der anderen Hand auf dem Boden abstützte. Selena zog beide Knie an und lehnte sich, auf die Arme gestützt, zurück.

»Du wolltest mir von deiner letzten Fahrt erzählen. Du hast gesagt, du hattest Schwierigkeiten.«

»Unglaubliche Schwierigkeiten. Auf der Fahrt den Fluss hinunter sind wir im Schlamm stecken geblieben und mussten uns mit dem Flaschenzug befreien. Am nächsten Tag sind wir auf einen unter Wasser liegenden Baum aufgelaufen.«

»Ist die *Maid* stark beschädigt worden?«

»An dem Rad auf der Backbordseite waren mehrere Schaufeln gebrochen. Wir haben uns mühsam bis zur nächsten Farm durchgeschlagen, wo wir den Schaden reparieren konnten.«

»Ich hätte nicht gedacht, dass man mit einem beschädigten Schaufelrad überhaupt vorankommt.«

»Wir sind nur im Schneckentempo vorangekommen. Jeder Fußgänger am Ufer wäre schneller gewesen. Manchmal mussten wir zu zweit das Steuerrad festhalten, um geradeaus zu fahren. Wir konnten sehen, wie der Fluss von Tag zu Tag niedriger wurde. Ich kann dir sagen, Selena, ich hab mir sehr große Sorgen gemacht. Ich wollte nicht für die nächsten vier Monate mit einer Ladung Wollballen festsitzen. Ich wollte unbedingt nach Mannum, um unsere Fracht abzuliefern.«

»Und, habt ihr es geschafft?«

»Nach mehreren Beinahezusammenstößen mit unter Wasser liegenden Bäumen, Sand- und Schlammbänken und Felsen sind wir tatsächlich in Mannum angekommen. Und dann hab ich wirklich geglaubt, wir müssten dort bleiben, bis der Fluss im April wieder ansteigt.«

»Wie habt ihr es denn überhaupt geschafft zurückzukommen?«

»Es hat einige Male stark geregnet, und der Wasserstand ist wieder ein gutes Stück gestiegen. Sobald wir das sahen, sind wir losgefahren und haben nur gebetet, dass der Wasserstand nicht fallen würde, bis wir zumindest in Swan Hill waren. Ich wollte wirklich gerne Weihnachten auf Langsdale verbringen.«

»Wir haben alle auf dich gewartet.«

»Jetzt bin ich ja da, auch wenn ich erst nach dem Essen am Weihnachtsabend angekommen bin.«

»Hattet ihr denn auf dem Rückweg den Fluss hinauf keine Probleme mehr?«

»Da hatten wir ein ganz seltsames Erlebnis. Und außerdem hatten wir auf der Seite des Flusses, die zu New South Wales gehört, eine sehr unangenehme Begegnung mit einem Mann vom Zoll. Das war eine Tagesreise von der Mündung des Darling River entfernt, wo der Fluss viele kleine enge Bögen macht. Du kennst doch die Stelle?«

»Ja.

»In einer Biegung war kaum genügend Wasser, um die *Maid* um die Sandbank dort herumzumanövrieren. Den Lastkahn hätten wir auf keinen Fall da hinter der *Maid* herumgekriegt.«

»Und was habt ihr gemacht?«

»Wir haben alles vom Lastkahn auf die Sandbank geladen, dann den leeren Lastkahn mit dem Flaschenzug gezogen. Wir waren gerade dabei, alles wieder aufzuladen, da kommt dieser verdammte – entschuldige – dieser übereifrige Mann vom Zoll und beschuldigt mich, Waren nach New South Wales zu schmuggeln.«

Hal, in dem der Zorn, den er in der Situation empfunden hatte, wieder hochstieg, war ganz verstört, als Selena schallend anfing zu lachen. »Was ist denn daran so komisch?«

»Ich stelle mir gerade die Szene vor. Tut mir leid, aber es ist komisch. Und außerdem lächerlich.«

»Die Situation war in der Tat lächerlich, wenn auch in dem Moment nicht komisch. Der Kerl vom Zoll war wild entschlossen, unsere Fracht zu konfiszieren und uns verhaften zu lassen. Wo er allerdings ein halbes Dutzend Polizisten herkriegen wollte, weiß ich nicht, denn so viele wären nötig gewesen, um uns alle zu verhaften.«

»Was ist dann passiert?«

»Tja, ein kleines Stück Gold aus Ballarat. Ich hab immer noch ein paar kleine Nuggets gebunkert.«

»Du hast einen Zollbeamten bestochen!« Selena tat, als sei sie schockiert.

Hal lachte zynisch. »Er konnte das Nugget gar nicht schnell genug in die Finger kriegen.«

»Musste es denn gleich ein Goldnugget sein? Hättest du ihn nicht mit etwas weniger Wertvollem bestechen können?«

»Vielleicht, aber das war es mir wert, um jetzt hier zu sein.« Er fragte sich, ob sie verstand, was er damit sagen wollte. Wenn ja, ließ sie es sich nicht anmerken.

»Was war denn das seltsame Erlebnis?«

»Wir befanden uns gerade auf einem Abschnitt, wo der Fluss tief genug zu sein schien, und kamen prima voran, da gab es plötzlich ein heftiges Rumpeln und die *Maid* hing fest. Ich dachte, wir wären schon wieder gegen einen unter Wasser liegenden Baum gefahren, und bin hinuntergetaucht, konnte aber nichts sehen. Wir haben versucht rückwärtszufahren, wir haben versucht zu drehen, und wir haben es mit dem Flaschenzug versucht. Die *Maid* hat sich keinen Zentimeter gerührt. Ich weiß nicht mehr, wie oft ich hinuntergetaucht bin, um das Problem zu finden. Wir haben drei Tage lang festgesessen.«

»Und wie seid ihr wieder losgekommen?«

»Das ist das Seltsame daran, und du wirst es mir wahrscheinlich nicht glauben, aber ich schwöre, es ist wahr.«

»Erzähl's mir.«

»Ein Aborigines-Stamm kam an den Fluss und schlug sein Lager auf. Ein paar von den Männern ruderten mit ihren Rindenkanus zu uns herüber und kamen an Deck. Hast du schon mal Bäume gesehen, von denen sie breite Streifen Rinde abgezogen haben, um daraus ihre Kanus zu machen?«

»Ja, hab ich.«

Hal nickte. »Mit sehr viel Zeichensprache und den wenigen Brocken Englisch, die sie kannten, hab ich es geschafft, ihnen unser Problem klarzumachen. Sie redeten laut miteinander, und am Ende ihres Gesprächs sprang einer der Männer über Bord und tauchte unter. Nun hab ich gehört, dass einige dieser Burschen unglaublich lange die Luft unter Wasser anhalten können. Bei dem Mann hatte ich aber den Eindruck, dass er mehrere Minuten unter Wasser blieb. Es kann natürlich auch kürzer gewesen sein.«

»Hat er das Problem gefunden?«

»Tja, an dieser Stelle wird die Geschichte so richtig merkwürdig. Als er wieder auftauchte und seine Gefährten ihn zurück an Deck zogen, fing er an, mit den Armen herumzufuchteln und wie verrückt zu plappern. So wie die sich verhielten, war ganz offensichtlich, dass irgendetwas ganz entschieden nicht stimmte. Noch nie habe ich mir so sehr gewünscht, dass die Menschheit eine einzige Sprache sprechen würde. Keiner von uns hatte eine Ahnung, was los war.

Dann fuhren zwei von den Burschen mit ihrem Kanu zu ihren Stammesgenossen am Ufer. Sie kehrten fast sofort mit einem der Stammesältesten zurück. Er schien schon sehr alt zu sein. Sobald er an Bord war, begann er in rasendem Tempo auf mich einzureden. Ich nahm an, dass er mir erklären wollte, warum wir festsitzen. Wieder brauchte ich eine Weile, bis ich ungefähr verstanden hab, worum es ging.«

»Und wusste er, warum ihr festsaßt?«

»Er hat mir doch tatsächlich erzählt, ich hätte die Regenbogenschlange verärgert und dieses mythische Wesen würde uns gefangen halten.«

»Hast du ihm das geglaubt?« Selena hätte es ganz bestimmt nicht geglaubt.

»Ich bin überzeugt, dass die Aborigines wirklich geglaubt haben, was der alte Mann sagte. Man gab mir zu verstehen, dass wir für immer an dieser Stelle bleiben müssten. Es gäbe nichts, was wir oder andere weiße Männer tun könnten. Solange die Regenbodenschlange zornig auf mich sei, würden wir bleiben, wo wir waren. Der alte Mann bot an, hinunterzutauchen und die Regenbogenschlange zu bitten, uns freizulassen. Die ganze Situation war völlig verrückt, Selena. Der alte Mann blieb lange unter Wasser, so lange, dass wir schon befürchteten, er wäre ertrunken. Als er wieder auftauchte, strahlte er übers ganze Gesicht und deutete an, dass alles in Ordnung sei.«

»Willst du behaupten, er hätte tatsächlich die Regenbogenschlange überredet, euch freizulassen?«

»Ich kann es immer noch kaum glauben, Selena. Als George den Dampf aufdrehte, fuhr die *Maid* weiter, als hätte sie nie festgesteckt. Ich weiß nicht, was ich davon halten soll, und finde auch keine logische Erklärung dafür. Ich kann nur sagen, dass es tatsächlich so gewesen ist.«

»Wie merkwürdig, aber andererseits was für ein Glück. Wirst du die Geschichte auch den anderen erzählen?«

»Vielleicht. Hast du Hunger? Ich schon. Sollen wir wieder reingehen und frühstücken?«

Da über Weihnachten so viele Leute auf Langsdale waren, hatte man sich geeinigt, dass jeder frühstücken sollte, wann er wollte. Am späteren Vormittag würden alle zur Bescherung im Salon zusammenkommen. Agnes und Larry Benedict sowie Mrs Clancy und Ned waren auch zu der Familienfeier eingeladen.

Als Erstes erhielten die Kinder ihre Geschenke unter dem Weihnachtsbaum. Der dreijährigen Etty gefiel die Stoffpuppe am besten, die ihre Tante Mary-Anne für sie gemacht hatte. Ruan, der inzwischen sechzehn Monate alt war, fand die Puppe allerdings auch viel interessanter als seine Geschenke. Das wütende Gezerre um die Puppe hörte erst auf, als sein Onkel Hal ihm ein Holzpferdchen schenkte. Da anschließend zehn Erwachsene sich gegenseitig beschenkten, nahm die Bescherung den ganzen restlichen Vormittag in Anspruch.

Alle waren heiter, bis Con Selena sein Geschenk reichte. Sie hielt es nur in der Hand und starrte auf die bunte Verpackung. Plötzlich schienen alle zu verstummen und sie anzusehen. Sie spürte, wie ihr Tränen in die Augen traten. Sie wusste, dass sich alle an das andere Weihnachtsfest erinnerten und an das andere Geschenk, den hübschen, zierlichen tödlichen Revolver, aus dem sie zwei tödliche Schüsse abgegeben hatte.

»Pack es aus, Selena«, sagte Con mit sanfter Stimme.

Sie sah ihren Bruder an, weil sie wusste, er verstand, dass das Grauen über ihre Tat sie bis ans Ende ihres Lebens verfolgen würde. Wie sehr sie ihn liebte, diesen älteren Bruder, von dem sie die meiste Zeit ihres Lebens nichts gewusst hatte.

Vorsichtig und bemüht, ihre zitternden Hände unter Kontrolle zu halten, packte sie das Geschenk auf ihrem Schoß aus. Eine mit Samt überzogene Schachtel kam zum Vorschein. Sie sah aus wie eine Schmuckschachtel, war allerdings größer und höher als jede Schmuckschachtel, die Selena bisher gesehen hatte. Sie sah Con fragend an, doch der lächelte nur. Selena öffnete den Deckel und rang nach Luft. Tränen strömten ihr die Wangen hinunter. Sie zog eine tahitianische Muschelkette aus der Schachtel hervor.

»Oh, Con.« Sie brachte kein weiteres Wort heraus, stand auf und umarmte ihren Bruder. Er schloss sie ebenfalls fest in die Arme. »Vielen, vielen Dank.«

»Ich wollte dir etwas ganz Besonderes schenken.«

»Du hast mir das schönste Geschenk gegeben, das du mir überhaupt machen konntest.«

Sie dachte an Maman, irgendwo auf dem Grund des Meeres in der *Island Princess*.

Sie dachte an Grand-mère und das Haus auf Tahiti, wo sie mit Maman und Grand-mère gelebt hatte, wenn ihr Vater auf See war. Sie ging jetzt zu ihm und setzte sich neben ihn, die Kette in der Hand. Er legte ihr einen Arm um die Schulter. Dann wurde die Bescherung fortgesetzt.

Von Hal bekam Selena ein Schultertuch aus blauer Wolle, das eine Frau von einer der Flussfarmen gestrickt hatte, für die er Wolle transportierte. Er hätte ihr auch gerne Schmuck geschenkt, wenn er das nicht für unangemessen gehalten hätte. Doch als er sah, wie emotional sie auf Cons Geschenk reagierte, war ihm klar, dass kein Schmuck, den er hätte kaufen können, ihr auch nur annähernd so viel bedeutet haben würde.

»Wie schade«, sagte Meggan später, als sie allein mit Hal zusammensaß und ihre Kinder beim Spielen beobachtete, »dass Will dieses Jahr Weihnachten nicht bei uns sein konnte.«

»Nicht bei uns sein wollte«, stellte Hal richtig. »Es gab keinen Grund, weshalb er nicht nach Langsdale hätte kommen können.«

»Glaubst du, er ist wirklich glücklich in seiner Ehe?« Meggan hielt kurz inne und fügte dann hinzu: »Was ist diese Annabelle eigentlich für eine Frau?«

»Annabelle ist eine starke und mutige Frau. Ich glaube, dass sie Will liebt. Und was Will angeht«, Hal zuckte mit den Schultern, »glaube ich, er weiß nicht, wie man glücklich ist. Aber ich denke, er ist zufrieden.«

»Ich kann immer noch nicht ganz fassen, dass er Selena nicht geheiratet hat. Allerdings wirkt sie gar nicht unglücklich.«

»Selena ist auch eine starke Frau. Und es gibt jemanden, der sie liebt. Sie hat es nur noch nicht gemerkt.«

Meggan sah ihren Bruder sprachlos an. »Du? Willst du mir sagen, dass du in Selena verliebt bist?«

Hal lächelte leicht wehmütig. »Keiner hat je geahnt, was ich empfinde, weil ich nicht wollte, dass es jemand merkt. Selena hatte immer nur Augen für Will.«

»Selbst nachdem Will Jenny geheiratet hat, hast du Selena nicht gesagt, was du für sie empfindest?«

»Es schien mir nicht der richtige Zeitpunkt.«

»Willst du es ihr denn irgendwann sagen?«

»Ich hoffe, dass sie sich vielleicht irgendwann in mich verliebt. Ich möchte unsere Freundschaft nicht durch eine unerwünschte Erklärung zerstören.«

»Was sind wir doch für eine merkwürdige Familie«, dachte Meggan laut. »Tommy ist der Einzige von uns, der sich ohne jedes Drama verliebt und geheiratet hat.«

»Ja, er ist ein glücklicher Mensch. Jeder kann sehen, wie sehr Mary-Anne und er sich lieben.«

»Sie freuen sich beide riesig auf ihr erstes Kind. Ich glaube, sie werden eine große Familie haben.«

»Hast du denn auch vor, mir noch weitere Nichten und Neffen zu schenken?«

»Ich weiß es nicht. Manchmal habe ich das Gefühl, dass Etty und Ruan meine einzigen Kinder bleiben werden.« Sie lächelte das sanfte, nachsichtige Lächeln einer stolzen Mutter. »Etty singt sehr gerne. Ich glaube, sie hat meine Stimme geerbt. Bei den wenigen Malen, wo ich in Ballarat auftrete, will sie immer mitkommen und macht ein ziemliches Theater, wenn ich ihr sage, dass sie zu Hause bei Agnes bleiben muss.«

»Würdest du Etty erlauben, Sängerin zu werden?«

»Wenn sich ihre Stimme entwickelt und sie das Singen genauso leidenschaftlich liebt, wie ich es getan habe, würde ich sie in jeder Hinsicht unterstützen.«

»Bereust du es manchmal, Meggan? Mit deiner Stimme hätte dir die Welt zu Füßen liegen können.«

»Ja, aber dann hätte ich nicht den Mann bekommen, den ich liebe, und zwei wunderschöne Kinder. Manchmal bedaure ich es vielleicht ein wenig. Du weißt doch, wie sehr ich an das Schicksal glaube. Das Schicksal hat es bestimmt, dass sich mein Ruhm nicht über Adelaide hinaus verbreiten sollte. Es hatte etwas Besseres mit mir vor.«

»Ich freue mich darauf, dich heute Abend mal wieder singen zuhören.«

»Etty wird auch singen. Ich habe ihr den Text von ›Stille Nacht, heilige Nacht‹ beigebracht.«

»Und das mit drei Jahren?«

»Sie wollte für ihren Vater singen. Es soll eine Überraschung sein. Sag den anderen nichts davon.«

So sang Etty zum ersten Mal in ihrem Leben vor Publikum. Alle lauschten absolut still der reinen zarten Kinderstimme und staunten. Con starrte seine Tochter voller Ehrfurcht und Stolz an und löste den Blick selbst dann nicht von ihr, als Meggan seine Hand ergriff. Als alle applaudierten, lief Etty zu ihm. Er stand auf, nahm sie auf den Arm und drückte sie fest an sich. Dann blickte er zu Meggan, die ihn stolz anlächelte.

»Unsere Tochter hat ja deine Stimme«, sagte er verwundert.

»Ja, das stimmt. Stört es dich?«

»Warum sollte mich das stören? Ich habe eine Tochter, die aussieht wie ich und singt wie ihre Mutter. Eine perfekte Mischung.«

Meggan stand lachend auf und küsste ihren Mann auf die

Wange. »Und Ruan sieht aus wie ich, wird aber vermutlich, wenn er älter ist, genauso sein wie du.«

Für wenige Sekunden hatten sie vergessen, dass noch andere Leute im Raum waren. »Nun komm schon, Meggan«, sagte Hal schließlich, »wir warten alle darauf, dass du singst.«

Sie bedankte sich für den ermunternden Applaus, lobte den Vortrag ihrer Tochter und nahm dann ihren Platz neben dem Kamin ein. Bei der heißen Sommerhitze brannte dort kein Feuer. Stattdessen stand dort eine große Schale mit scharlachroten Zylinderputzern. Auch der Baum, der in der Ecke stand, kam aus dem Busch. Er war mit Kugeln und Lametta geschmückt und sah genauso feierlich aus wie jeder traditionelle Weihnachtsbaum.

Es war ein sehr glücklicher erster Weihnachtstag. Meggan wünschte nur, Will und seine Frau wären dabei gewesen.

Will, Annabelle und Freddy verbrachten den ersten Weihnachtstag sehr ruhig. Bei ihnen gab es weder Truthahn noch Schinken, sondern nur ein gebratenes Huhn. Annabelle hatte einen Plumpudding gemacht, und das Mahl wurde angemessen festlich eingenommen. Die Geschenke, die sie sich gegenseitig machten, waren auch eher schlicht. Annabelle hatte für Freddy einen dicken Wollschal und dicke Wollsocken gestrickt, die ihn in kalten Winternächten auf dem Fluss wärmen sollten. Für Will hatte sie einen Kittel aus grüner Serge genäht, ein Kleidungsstück, das gerade sowohl bei Farmern als auch bei Goldgräbern in Mode war.

Freddy schenkte seiner Schwester ein ähnliches Schultertuch, wie Hal für Selena ausgesucht hatte, bei derselben Farmersfrau gekauft. Er hatte nicht gewusst, was er seinem Schwager schenken sollte, und war erleichtert, als der sich ehrlich erfreut über den Tabakbeutel aus verziertem Leder zeigte, für den er sich schließlich entschieden hatte.

»Ich hab nie viel geraucht, aber mittlerweile genieße ich es richtig, mich am Abend bei einer Pfeife zu entspannen. Vielleicht liegt das daran, dass ich eine Frau hab, die sich mit mir entspannt.«

Er lächelte Annabelle an, die scherzhaft einen Schmollmund zog. »Eine Frau, für die du noch nicht mal ein Geschenk hast.« Will hatte sich entschuldigt, dass er kein Weihnachtsgeschenk für sie gekauft hatte. Obwohl sie insgeheim enttäuscht war, akzeptierte sie jedoch, dass er sein Versäumnis wiedergutmachen würde, wenn er das nächste Mal nach Bendigo fuhr.

Sie gingen früh zu Bett, da Will am nächsten Tag anfangen wollte, Zäune zu errichten. Er hoffte, dass er in den nächsten zwei Monaten, bevor der Fluss anstieg und die Raddampfer wieder fuhren, mit Freddys Hilfe einige Verbesserungen an der Farm durchführen könnte.

Als Annabelle ins Schlafzimmer kam, saß Will mit einem breiten Grinsen im Gesicht auf dem Bett. Sie wunderte sich nur kurz darüber, was ihn denn so amüsierte, da sah sie den Schaukelstuhl in der Ecke. Um die Rückenlehne war eine große rote Schleife gebunden. Daran hing eine große Karte, auf der »FÜR MEINE FRAU – FROHE WEIHNACHTEN« stand.

Sie wusste nicht, ob sie sich freuen oder ob sie ihrem Mann dafür böse sein sollte, dass er sie den ganzen Tag in dem Glauben gelassen hatte, er hätte kein Geschenk für sie.

Will stellte sich neben sie. »Wie gefällt dir dein Schaukelstuhl? Probier ihn doch mal aus.«

Ohne ein Wort zu sagen, setzte sich Annabelle auf den Stuhl. Sie legte die Arme auf die geschwungenen Armlehnen und schaukelte behutsam vor und zurück. Die Bewegung war sanft und entspannend. Sie lächelte vergnügt.

»Wie bist du nur auf so ein wunderbares Geschenk gekommen? Es gefällt mir wirklich sehr gut.«

»Ich hab gedacht, der Stuhl wär ganz praktisch, wenn das

Kind da ist. Dann kannst du ihn darauf stillen oder ihn in den Schlaf wiegen.«

»Wir könnten auch eine Tochter bekommen«, antwortete sie gewohnheitsmäßig. Im Grunde war es ihnen egal, ob das Kind ein Junge oder ein Mädchen sein würde. Sie wünschten sich nur, dass das Kind gesund war.

»Eigentlich sollte ich böse mit dir sein, Will Collins, weil du mich bis heute Abend auf mein Geschenk hast warten lassen.«

»Vielleicht kann ich es ja wiedergutmachen.«

»Wie willst du das denn tun?«, fragte Annabelle.

Er nahm ihre Hände und zog sie auf die Füße. »Komm ins Bett, Frau, dann zeig ich's dir.«

Sehr viel später, als Annabelle für das lange Warten auf das Geschenk mehr als entschädigt worden war, fragte sie ganz zaghaft: »Liebst du mich?«

Sie hatte erwartet, dass er fragen würde, warum sie das wissen wollte, doch stattdessen setzte er sich auf und blickte auf sie herab. »Ich habe sehr zärtliche Gefühle für dich, Annabelle. Doch ich glaube nicht, dass ich je wieder lieben kann.«

»Ich liebe dich.«

»Ich weiß, dass du das tust, und dafür bin ich dir überaus dankbar. Und ich werde mich immer bemühen, dir ein guter Ehemann zu sein.«

»Ich hätte dich nicht geheiratet, wenn ich etwas anderes geglaubt hätte.« Sie drückte sich hoch und streifte seinen Mund mit ihren Lippen. Er erwiderte den Kuss und legte sich dann wieder hin. Sie kuschelte sich an ihn und nahm seine Hand.

Obwohl sie ein wenig darauf gehofft hatte, er würde zugeben, dass er angefangen hatte, sich in sie zu verlieben, verdrängte Annabelle ihre Enttäuschung. Will war überglücklich gewesen, als sie ihm gesagt hatte, dass sie ein Kind erwartete. Vielleicht würde das Kind ja in ihm die Liebe zu ihr erwecken. Während sie schweigend und absolut harmonisch nebeneinanderlagen, nahm Annabelle all ihren Mut zusammen, um endlich die Fragen zu stellen, die sie noch nie anzusprechen gewagt hatte.

»Will?«

»Ja?«

»Ich möchte über deine Vergangenheit Bescheid wissen. Ich möchte erfahren, was da passiert ist.« Sie spürte seine Anspannung, obwohl er nichts sagte. »Will, ich glaube, du musst darüber sprechen. Als wir uns kennenlernten, habe ich sofort gemerkt, dass du unglücklich bist, dass sich in deinem Leben eine große Tragödie ereignet hat. Auch jetzt kann ich manchmal sehen, wie sehr dich das, was geschehen ist, immer noch verfolgt. In manchen Nächten merke ich, dass du schlecht träumst, manchmal sogar Alpträume hast.«

Er schwieg immer noch, und sie hatte Angst weiterzusprechen. Hatte sie ihn verärgert? Und auch sein Körper war immer noch angespannt. Doch dann spürte sie, wie er sich kaum merklich entspannte.

»Du hast recht, Annabelle. Ein Mann sollte keine Geheimnisse vor seiner Frau haben. Vielleicht tut es mir sogar gut, über diese Dinge zu sprechen.«

Er lag da und ließ seine linke Hand locker auf ihrem leicht gewölbten Bauch ruhen. Den rechten Arm hatte er unter seinen Kopf geschoben. Er hatte die Augen geöffnet und starrte nach oben, ohne die Dachbalken wahrzunehmen. Dann erzählte er ihr alles. Wie seine Schwester Caroline heimlich den Sohn des Squires geliebt hatte; ihr Schock, als ihre Mutter preisgegeben hatte, dass die beiden Halbgeschwister waren; wie Caroline sich mit ihrem ungeborenen Kind in einen stillgelegten Schacht der Erzgrube von Pengelly gestürzt hatte.

Er erzählte ihr, dass Tom Roberts eigentlich Caroline hatte heiraten wollen, dass sie das wissen müsse, um alles, was später auf den Goldfeldern von Ballarat passiert war, wirklich begreifen zu können. Er beschrieb das Kupferbergwerk Monster Mine in Burra und wie sie in dieser geschäftigen Stadt gelebt hatten. Das Schicksal seiner Schwester Meggan streifte er nur. Annabelle wollte schließlich seine Geschichte hören.

Als er erzählte, wie Jenny in Burra aufgetaucht war, spürte er, wie ihm vor Kummer das Herz schwer wurde. Er hörte auf zu sprechen, und Annabelle ergriff mitfühlend seine Hand.

»Du wolltest mir von Jenny erzählen«, sagte sie leise. Intuitiv wusste sie, dass dieser Teil seiner Geschichte für ihn der schwierigste war. »Ich möchte alles wissen, Will. Du musst mir alles erzählen, es ist besser für dich.«

Da er wusste, dass seine verständnisvolle Frau recht hatte, setzte er seine Geschichte fort, allerdings ohne sich darüber auszulassen, wie sehr er Jenny Tremayne geliebt hatte. Das Sprechen fiel ihm nicht leicht. Als er erzählte, dass Jenny von Tom Roberts vergewaltigt worden war, brach seine Stimme. Annabelle drückte tröstend seine Hand. Nachdem er tief durchgeatmet hatte, sprach Will weiter.

Von nun an hörte Annabelle schweigend zu, bis ihr Mann seine Geschichte beendet hatte. Ihre Wangen waren feucht von Tränen, die sie lautlos vergossen hatte. Sie fand keine Worte. Es war für sie unfassbar, wie jemand eine so ungeheure Tragödie überhaupt überstehen konnte.

»Annabelle, ich trauere nicht bloß um Jenny und Adam, ich fühle mich auch für ihren Tod verantwortlich.«

»Das brauchst du nicht«, sagte sie leise weinend. »Du hast mir doch erzählt, dass es Jennys Entscheidung war, auf den Goldfeldern zu leben.«

»Ich hätte sie sofort heiraten sollen. Dann wäre sie vor diesem verdammten Dreckskerl geschützt gewesen. Tut mir leid.« Er entschuldigte sich dafür, dass er geflucht hatte.

Annabelle machte eine wegwerfende Handbewegung. »Du weißt nicht, was dann passiert wäre, Will. Jenny hätte trotzdem das Opfer dieses bösartigen Mannes werden können.«

Will grübelte eine Weile über ihre Worte.

»Worüber denkst du nach?«, fragte seine Frau schließlich.

»Über das, was du gerade gesagt hast. Ich war so davon überzeugt, dass alles meine Schuld war, dass ich nie auf die Idee gekommen bin, dass ein Ring an Jennys Finger Tom Roberts auch nicht von seinen krankhaften Rachegelüsten abgebracht hätte.«

»Und dein Freund Adam«, fuhr Annabelle fort, »hat von sich aus beim Eureka-Aufstand mitgemacht.«

»Er ist nur deshalb in diesen politischen Konflikt geraten, weil ich mich so sehr für die Rechte der Goldgräber eingesetzt habe.«

»Er muss an eure Sache geglaubt haben, sonst hätte er sich nicht an der Rebellion beteiligt. Will, dir gefällt vielleicht nicht, was ich jetzt sage, aber ich bin davon fest überzeugt, dass es nur eine Möglichkeit gibt, dich je von deinen Schuldgefühlen, was Adams Tod angeht, zu befreien. Du musst seine Eltern aufsuchen.«

»Ich könnte ihnen niemals in die Augen sehen.«

»Du kannst diesen tragischen Teil deines Lebens nur hinter dir lassen, wenn du genau das tust. Will, wir haben ein gutes Leben zusammen, und es wird mit den Jahren nur noch besser werden. Ich erwarte ein Kind von dir. Mir zuliebe und für unser Kind und für die anderen Kinder, die wir hoffentlich noch haben werden – bitte mach deinen Frieden mit Adams Eltern.«

Er schwieg so lange, dass Annabelle schon befürchtete, ihre Worte hätten ihn verärgert. Doch dann drehte er sich zu ihr und drückte ihren Kopf an seine Schulter.

»Du bist eine weise Frau, Annabelle. Habe ich dir schon gesagt, wie froh ich bin, dass du meine Frau bist?«

16

Eine Woche vor Weihnachten war Anne mit ihrem Mann, dem Lehrer Ernest French, drei Kindern und einem schwarzen Pudel in Riverview eingetroffen. Jane und sie begrüßten sich überschwänglich wie zwei Schwestern, die sich viel zu lange nicht gesehen hatten. Ihren Bruder begrüßte Anne fast ebenso freudig, da man ihr nie gesagt hatte, weshalb Joshua die Farm damals verlassen hatte. Doch obwohl sie sich freute, ihn zu sehen, vergoss sie ein paar Tränen an seiner Schulter, als sie daran dachte, dass Adam nie wieder bei ihnen sein würde.

»Wie ich sehe, hast du schon eifrig mit der großen Familie angefangen, die du haben willst«, neckte er sie.

Anne lachte. »Nummer vier kommt im Mai. Ich hoffe sehr, dass es noch mal ein Junge wird, damit Charles Gesellschaft bekommt.«

Der achtzehn Monate alte Charles Ernest war das mittlere Kind. Amelia Jane, die Amy genannt wurde, war knapp ein Jahr älter. Und Baby Rosie, das auf den Namen Mary Rose getauft worden war, war jetzt sechs Monate alt. Drei Kinder unter zweieinhalb Jahren aufziehen zu müssen, machte Anne offenbar keine große Mühe. Ihre Familie stellte fest, wie sehr sie durch die Mutterschaft aufgeblüht war.

»Wünschst du dir manchmal, noch ein Kind zu bekommen?«, fragte sie Jane, als die beiden jungen Frauen wenige Tage nach Ankunft der Familie in Annes Zimmer zusammensaßen. Amy und Charles Ernest schliefen. Anne stillte das Baby.

»Ich hab nie daran gedacht, ein weiteres Kind zu bekommen, nicht mal als ich mit Adam verheiratet war. Wenn er am Leben geblieben wäre, hätten wir aber sicher noch Kinder gehabt. Darcy ist mein Ein und Alles.«

»Es ist offensichtlich, wie sehr du ihn liebst. Mama, Papa und Joshua haben ihn auch sehr lieb.«

»Mein Sohn versteht es, sich in die Herzen der Menschen einzuschmeicheln.« Jane lächelte nachsichtig. »Ich fürchte, er wird von allen schrecklich verwöhnt.«

»Er ist ein reizender Junge. Ich wünschte nur, er würde mehr mit Amy und Charles Ernest spielen.«

»Sie spielen doch miteinander, Anne.« Jane hatte sie sowohl im Haus als auch im Garten spielen gesehen. Darcy schien bei allen Spielen der Boss zu sein.

»Darcy spielt nur mit ihnen, wenn Joshua nicht da ist. Ich habe schon gesehen, wie er mitten im Spiel weggelaufen ist, sobald Joshua auftauchte. Er scheint seinen Onkel zu vergöttern.«

»Das tut er.«

Jane hatte nicht versucht, in die Beziehung zwischen Joshua und Darcy einzugreifen. Denn sie wusste, dass das nur Wutanfälle bei Darcy, zynischen Spott bei Joshua und unbeantwortbare Fragen von Mary und Charles auslösen würde. Seit sie von dem unerfreulich geendeten Ausflug zurückgekommen waren, hatte Joshua sich nie wieder lange genug von der Farm entfernt, um Kontakt zu Aborigine-Frauen aufzunehmen.

Jane war lebenserfahren genug, um zu wissen, dass es auf fast jedem Anwesen in Australien sowie in vielen Städten und Siedlungen Mischlingskinder gab, deshalb versuchte sie sich einzureden, dass ihre Reaktion übertrieben gewesen war. Hätte sie über das hellhäutige kleine Mädchen hinwegsehen können, wenn sie nicht einst selbst das Opfer von Joshuas Wollust gewesen wäre? Diese Frage stellte sie sich immer wieder, fand jedoch keine Antwort.

»Ich glaube, Joshua mag dich mehr als nur wie ein Bruder.«

Annes ruhige Feststellung holte Jane abrupt in die Gegenwart zurück. »Wie kommst du denn darauf, Anne?« Hatte sie nicht oft genug schon das Gleiche gedacht?

»So wie er dich anguckt, wenn er glaubt, dass ihn niemand beobachtet. Ehrlich gesagt, kommt es mir vor, als hätte er dir gegenüber schon mal eine Andeutung gemacht und wäre zurückgewiesen worden.«

Das stimmte zwar nicht, war aber auch nicht ganz falsch. Jane hoffte, dass Anne nicht gespürt hatte, wie sich ihr Herzschlag für einen Moment beschleunigte. »Wir sind alle vier als Geschwister aufgewachsen.«

»Trotzdem hast du Adam geheiratet.«

»Ich habe nicht den Wunsch, Joshua zu heiraten.«

»Darcy wäre begeistert, wenn du das tun würdest.«

Jane stöhnte entnervt. »Hat Joshua dich geschickt? Oder versuchst du dich als Heiratsvermittlerin?«

»Weder noch. Sei mir nicht böse, liebe Jane. Ich bin einfach nur romantisch. Ich bin so glücklich mit meinem Ernest und mit den Kindern, dass ich möchte, dass meine geliebte Schwester genauso glücklich wird.«

»Ich bin sehr glücklich, Anne, und ich werde glücklich bleiben, solange ich mit meiner Familie auf Riverview leben kann.«

»Mummy, Mummy.« Darcy platzte ohne anzuklopfen ins Zimmer, vergaß aber zunächst, weshalb er gekommen war, sondern blieb wie angewurzelt stehen, als er das Baby an Annes Brust saugen sah.

»Was machst du da, Tante Anne?«

»Ich füttere Rosie mit meiner Milch.«

»So wie die Lämmer die Milch von ihrer Mummy kriegen?«

Anne zwinkerte Jane zu, während sie versuchte, nicht zu lachen. »So ähnlich. Alle Mummys haben Milch für ihre Babys.«

»Oh.« Er dachte einen Augenblick nach. »Pass auf, dass sie dich nicht beißt«, riet er ganz ernsthaft, dann: »Mummy, Mummy, rat mal, wer gekommen ist.«

»Ich weiß es nicht, Schatz. Wer ist denn gekommen?« Wie Anne musste auch Jane sich sehr zusammenreißen, um nicht zu lachen.

»Nelson.« Darcy sprach den Namen so stolz aus, als hätte er ein kleines Wunder vollbracht.

»Wer ist Nelson?«, fragte Anne.

»Einer der Männer, die auf Riverview arbeiten. Er hat Darcy zum Geburtstag einen Bumerang geschenkt.«

»Komm mit, Mummy, lass uns zu Nelson gehen.«

»Gleich, Schatz. Du kannst ruhig schon gehen und mit Nelson reden, wenn du möchtest. Ich komme gleich nach.«

Darcy verschwand kaum weniger rasant, als er gekommen war. Jane lächelte vor sich hin. Ja, gleich würde sie hinausgehen und Nelson sehen. Doch zuerst musste sie sich darüber klar werden, was sie sagen würde.

»Was lächelst du?«, fragte Anne, die gerade das Baby über ihre Schulter legte und ihm den Rücken klopfte. »Hast du ein Geheimnis, das mich interessieren könnte?«

»Nur ein kleines Geheimnis, und ich sag es dir auch nur, wenn du mir versprichst, dass du Joshua nichts davon erzählst.«

»Versprochen. Und jetzt erzähl, bitte.« Nachdem das Baby ein ordentliches Bäuerchen gemacht hatte, legte Anne es an die andere Brust.

»Joshua mag Nelson anscheinend nicht so besonders, und ich fürchte, die Abneigung beruht auf Gegenseitigkeit. Ich würde sogar behaupten, dass Joshua vielleicht ein bisschen eifersüchtig auf Nelson ist.«

»Weswegen?«

»Ich hab doch erzählt, dass Nelson für Darcy einen Bumerang

gemacht hat. Er ist gleicher Abstammung wie Darcy, Vater Weißer, Mutter Aborigine. Nelsons weißer Vater hat darauf bestanden, dass er einige Zeit beim Stamm seiner Mutter lebt, um die Sitten und Gebräuche der Aborigines kennenzulernen. Er hat versprochen, sein Wissen an Darcy weiterzugeben.«

»Warum sollte Joshua deswegen eifersüchtig sein?«

»Er meint, dass er nun mit Nelson um Darcys Aufmerksamkeit konkurrieren muss.«

»Oder könnte es sein, dass er das Gefühl hat, dass er mit diesem Nelson um deine Aufmerksamkeit konkurrieren muss?«

»Red doch keinen Unsinn, Anne.« Aber hatte nicht Joshua dafür gesorgt, dass Nelson vom Farmhaus weggeschickt worden war? War er nicht offensichtlich eifersüchtig gewesen, als sie sich so unbeschwert mit Nelson unterhalten hatte und als sie ihn bat, Darcy in den Traditionen der Aborigines zu unterrichten? Joshua würde verärgert sein, wenn er erfuhr, dass Nelson auf Dauer zum Farmhaus zurückkehren sollte. Und er würde furchtbar wütend werden, wenn er herausfand, dass sie Charles Winton dazu bewegt hatte, den Mann Darcy zuliebe zurückzuholen. Das konnte sie nicht einmal Anne erzählen.

Als sie die Treppe hinunterging, sah sie Darcy und Nelson in der Nähe des Scherschuppens. Sie ging zu ihnen hinüber, und als die beiden sie erblickten, kamen sie ihr entgegen. Nelson mit unverstellter Freude, Darcy mit einem breiten, glücklichen Grinsen im Gesicht.

»Hallo, Nelson.«

»Hallo, Mrs Winton«, antwortete Nelson. »Ich hatte nicht damit gerechnet, dass man mich auf die Farm zurückholen würde.« Sein Blick schien sie herauszufordern, abzustreiten, was er vermutete. Stattdessen schenkte Jane ihm als Antwort ein Lächeln.

»Ich glaube, dass Sie meinem Sohn vieles beibringen können.

Ich möchte nicht, dass Mr Joshua der einzige Mann ist, der Einfluss auf sein Leben nimmt.«

»Ein Junge braucht einen Vater, der ihn durchs Leben führt.« Er lächelte seltsam, als er das sagte. Jane wandte den Blick ab. Wenn seine Äußerung eine doppelte Bedeutung gehabt hatte, wollte sie die ignorieren. Nelson interessierte sie nur, weil er ihrem Sohn etwas beibringen konnte.

Nachdem Anne am nächsten Tag Nelson kennengelernt hatte, war sie überzeugt, dass er in Jane verliebt war.

»Aber natürlich ist er das«, sagte sie, als Jane die Idee für lächerlich erklärte. »Und ich glaube, du magst ihn auch mehr als nur ein bisschen.«

»Ich mag ihn als Freund, Anne. Wir können uns gut miteinander unterhalten, und wir scheinen uns zu verstehen.«

»Das, meine liebe Schwester, ist eine ausgezeichnete Grundlage für eine Ehe. Erzähl mir, was du über Nelson weißt. Er ist ja offenbar wie du in einer … ich wollte sagen, in einer weißen Familie aufgewachsen, bloß kommt mir das dir gegenüber beleidigend vor. Aber du weißt doch, was ich meine, oder?«

»Ja. Nelson und ich sind tatsächlich in sehr ähnlichen Verhältnissen aufgewachsen, bloß dass sein Vater weiß war und seine Mutter eine Aborigine.« Sie hielt nachdenklich inne.

»Und wie kommt es, dass er auf Riverview arbeitet?«

Nachdem Jane Anne alles erzählt hatte, was sie über Nelson wusste, erklärte diese: »Du kannst mir ruhig sagen, ich soll mich um meine eigenen Angelegenheiten kümmern, aber ich bin überzeugt, dass du Nelson heiraten solltest. Überleg doch nur, wie perfekt das wäre. Darcy hätte einen Vater, den er bewundert, und du könntest auf Riverview wohnen bleiben.«

»Ich kann auch auf Riverview wohnen bleiben, ohne irgendwen zu heiraten«, entgegnete Jane. »Hör mit der Kuppelei auf, Anne. Gestern hast du erst vorgeschlagen, ich solle Joshua heiraten.«

»Da kannte ich Nelson noch nicht. Jetzt hab ich meine Meinung geändert.«

Jane musste einfach lachen. »Liebe Anne, du bist unmöglich.«

Anne lächelte nur. »Wir werden ja sehen, ob ich recht habe oder nicht.«

Sie verbrachten ein fröhliches Weihnachtsfest, nur getrübt von dem Bedauern, dass Adam nicht mehr unter ihnen weilte. Joshua schenkte Jane ein Armband aus in Silber gefassten Karneolen. Sie fand es wunderschön, war jedoch verblüfft, dass er ihr Schmuck schenkte, auch wenn Anne und seine Mutter ebenfalls Schmuck von ihm bekommen hatten.

»Es freut mich, dass es dir gefällt« war alles, was er sagte. Erst später, als sie einen Augenblick allein waren, hob er ihre Hand, um die Farbe der Steine auf ihrer dunklen Haut zu bewundern. »Lieber hätte ich dir in Gold gefasste Rubine geschenkt.«

Jane schnappte nach Luft. »Etwas so Wertvolles hätte ich nicht annehmen können.«

»Ich weiß, deshalb die Karneole. Eines Tages, Jane, werde ich dir ein Geschenk machen, wie du es dir nicht vorstellen kannst.«

»Ich will keine Geschenke von dir, Joshua.«

»Was du mir geschenkt hast, war aber auch keine Kleinigkeit.« Er zog die Taschenuhr hervor.

Sie fragte sich, ob sie ihm sagen sollte, dass sie die Uhr im vergangenen Jahr für Adam gekauft hatte, sie ihm aber nicht mehr hatte geben können, weil er drei Wochen vor Weihnachten gestorben war.

»Du hast sie für Adam gekauft, nicht wahr?«

Entweder verriet ihr Gesicht mehr, als ihr bewusst war, oder Joshua war einfühlsamer, als sie geglaubt hatte. Sie hätte Joshua die Uhr nicht schenken sollen. Er würde es ihr übelnehmen, dass sie sie für seinen Bruder gekauft hatte.

Stattdessen sagte er zu ihrer großen Verblüffung: »Ich werde dein Geschenk besonders in Ehren halten, weil ich weiß, dass du es für Adam gekauft hast und mich genauso für wert befunden hast, etwas so Schönes zu bekommen.«

Darcy erhielt Bücher von seiner Mutter, etwas zum Anziehen von Tante Anne und Onkel Ernest und von seinen Großeltern ein Paar Reitstiefel. Rasch zog er die Stiefel aus, die er anhatte, um die Reitstiefel überzuziehen, ärgerte sich jedoch, als er dafür ein wenig Hilfe von seiner Mutter brauchte. Er war doch schließlich schon ein großer Junge.

Über all der Aufregung beim Geschenkeverteilen und -auspacken merkte Darcy erst, als das ganze herumliegende Geschenkpapier weggeräumt wurde, dass er ein Geschenk zu wenig bekommen hatte.

»Du hast mir ja gar nichts geschenkt, Onkel Josh.« Vor Enttäuschung, dass sein Onkel ihn vergessen hatte, hatte er die Mundwinkel heruntergezogen.

Josh schlug sich an den Kopf. »Was bin ich nur für ein Dummkopf, Darcy. Ich hab dein Geschenk draußen gelassen. Dann sollten wir's mal besser suchen gehen, was?«

»Ja, bitte.«

»Ich komme mit«, sagte Jane. Die gesamte Familie beschloss mitzukommen.

Sobald sie draußen waren, begann Darcy hektisch nach dem Geschenk zu suchen, das Onkel Joshua vergessen hatte. Er sah selbst unter den Büschen im Garten nach.

»Ich kann es nicht finden, Onkel Joshua.«

»Vielleicht hab ich es woanders gelassen.« Er ging mit Darcy auf den Stall zu. Alle trotteten hinterher.

Darcy ging in den Stall und kam niedergeschlagen wieder heraus. »Da ist mein Geschenk auch nicht.«

»Jetzt fällt's mir wieder ein«, sagte Joshua. »Ich hab dein Geschenk hinterm Stall gelassen. Warte hier, ich geh's dir holen.«

»Was glaubst du, was es ist, Mummy?«

Jane lächelte nur. Sie wusste es, die ganze Familie wusste es. Sie alle waren nur gekommen, um Darcys Gesicht zu sehen. Jane wusste, sie würde das freudestrahlende Gesicht ihres Sohnes, als Joshua mit einem braun und cremefarben gefleckten Pony um die Ecke bog, ihr Lebtag nicht vergessen. In diesem Augenblick wurde ihr Herz ganz schwach gegenüber Joshua.

»Es heißt Bluebell«, sagte Joshua zu Darcy. »Komm her, möchtest du es nicht streicheln?«

Darcy stand wie gebannt mit offenem Mund da. Dann näherte er sich und streckte vorsichtig die Hand nach der wolligen Mähne aus. Joshua hob ihn hoch und setzte ihn in den Sattel. »Ich lass dich jetzt ein bisschen reiten. Halt dich gut fest.«

Bis auf Charles und Jane waren alle längst wieder im Haus, bevor man Darcy aus Bluebells Sattel bekam. Während Joshua mit Darcy das Pony in den Stall brachte, gingen Jane und Charles zurück zum Haus.

»Joshua überrascht mich immer wieder, Jane.«

»Wieso das, Papa?«

»Ich glaube, es hat ihm sogar noch mehr Freude gemacht, Darcy das Pony zu schenken, als Darcy sich über sein Pferd gefreut hat.«

»Das glaube ich auch. Joshua hat Darcy wirklich sehr gern.«

»Und wie steht's mit dir, Jane? Seit Joshua wieder nach Hause gekommen ist, haben wir nicht mehr über die Vergangenheit gesprochen. Haben sich deine Gefühle ihm gegenüber in irgendeiner Weise verändert?«

»Ja«, antwortete sie nach kurzem Zögern. »Ja, das haben sie.«

Es war ein allmählicher Prozess gewesen, begleitet von einigen Rückschlägen sowie dem Hinterfragen von Gefühlen und Erinnerungen. Eine Zeitlang hatte sie geglaubt, Joshua würde Darcy benutzen, um sich bei ihr einzuschmeicheln. Das hatte sie zunächst empört, bis ihr klar wurde, dass Darcy nicht nur seinen Onkel vergötterte, sondern Joshua Darcy wirklich liebte.

Die Vergewaltigung erschien ihr mittlerweile wie ein ferner Alptraum, der nichts mehr damit zu tun hatte, wie Joshua heute war. Er wäre Darcy ein guter Vater. Aber wollte sie ihn als Ehemann?

Nach Neujahr kehrte Anne mit ihrer Familie nach Adelaide zurück. Sie lud Jane ein mitzukommen, doch die lehnte ab.

»Ich möchte Mama und Papa nicht alleine lassen. Ich würde mir zu viele Sorgen um sie machen.«

»Für ein paar Wochen sind sie doch bei Joshua und den Dienstboten gut aufgehoben. Denk doch nur, wie sehr Darcy die Reise und den Besuch in einer so großen Stadt genießen würde.«

»Ich glaube, wir beide sollten uns von großen Städten wie Adelaide fernhalten.«

»Oh, Jane, du denkst doch nicht etwa an die Leute, die damals beim Gouverneursball so eklig zu dir waren?«

»Genau an diese Leute denke ich. Und ich bin auch noch von anderen beleidigt worden, als ich dich das letzte Mal in Adelaide besucht habe. Ich habe niemandem von diesen unangenehmen Erfahrungen erzählt. Aber auch wenn ich niemals aufhören werde, stolz darauf zu sein, wer ich bin, ist mir völlig klar, dass ich als gebildete Aborigine für die meisten Weißen immer eine Kuriosität sein werde.«

»Ich hab immer gedacht, es wäre dir egal, was die Leute denken.«

»Nicht wenn es meinen Sohn betrifft. Darcy ist sehr frühreif. Ich will nicht, dass er durch feindseliges Verhalten verletzt oder verwirrt wird. Hier auf Riverview lebt er behütet und glücklich unter Menschen, die er liebt und die ihn auch lieben. Ich möchte, dass es für ihn immer so bleibt.«

»Dann solltest du vielleicht doch Joshua heiraten.«

Als auf den Januar die heißeren Februartage folgten und dann die ersten Märzwochen, hatte Jane das Gefühl, dass Joshua kurz davor stand, ihr eine Liebeserklärung zu machen. Er hatte seine Gefühle bereits in vielen kleinen, schwer beschreibbaren Gesten erkennen lassen. Jegliche Animosität zwischen den beiden war verschwunden. Jane genoss Joshuas Gesellschaft, besonders wenn Darcy bei ihnen war.

Darcys Schwimmunterricht war den ganzen Sommer über fortgesetzt worden, da es vor dem Farmhaus einen Teich gab. Als der Fluss im März wieder zu steigen anfing, konnte Darcy schwimmen wie der sprichwörtliche Fisch im Wasser. Und reiten fiel ihm genauso leicht wie schwimmen.

»Da kommt der Aborigine-Teil in ihm zum Vorschein«, stellte Nelson eines Tages fest, als Jane und er auf dem Hof gegen ein Gatter gelehnt zusahen, wie Joshua Darcy Reitunterricht gab. »Wir Aborigines besitzen anscheinend eine natürliche Fähigkeit zum Reiten. Ich hab noch nie einen Aborigine-Jungen erlebt, der auf ein Pferd gestiegen ist und nicht sofort reiten konnte, ohne Sattel und alles.«

Joshua nahm Darcy regelmäßig im Boot zum Angeln mit. Darcy erklärte, dass Fischen mit Onkel Joshua eine seiner Lieblingsbeschäftigungen sei – bis Nelson ihm das Speerfischen beibrachte.

Darcy besaß mittlerweile einen kompletten Satz Aborigine-Jagdwaffen: Bumerangs, Speere und Nulla-Nulla-Keulen, alle in Kindergröße und von Nelson handgefertigt.

Während ihr Sohn ständig etwas Neues lernte, wurde die unausgesprochene Rivalität zwischen Joshua und Nelson für Jane immer offenkundiger. Wenn einer der beiden Darcy etwas zeigte oder beibrachte, was dieser aufregend fand, dachte der andere sich schon bald etwas Neues aus, das den Jungen interessieren könnte. Nelson schien dieser Konkurrenzkampf eher zu amüsieren, während es Joshua todernst damit war, der wichtigste Mann in Darcys Leben zu bleiben.

Jane sprach als Erstes mit Joshua. »Du und Nelson, ihr seid doch beide erwachsene Männer. Warum veranstaltet ihr bloß diesen albernen Wettstreit um Darcy? Er findet euch doch beide wunderbar.«

»Er ist mein Neffe. Das, was er wissen muss, sollte er von mir lernen.«

»Du kannst ihm nicht die Sitten und Gebräuche der Aborigines beibringen. Das kann nur Nelson.«

»Da stimme ich dir zu. Ich sehe nur nicht ein, weshalb er solche Dinge überhaupt lernen muss. Meiner Meinung nach treibt sich Darcy viel zu oft mit diesem Burschen herum.«

»Bist du eifersüchtig, Joshua?«

»Verdammt noch mal, ja, das bin ich! Und nicht nur wegen dem Jungen. Du verbringst auch viel zu viel Zeit mit diesem Mischling.«

»Mischling, Joshua? Du sprichst das wie eine Beleidigung aus. Wie denkst du denn dann über mich, die ich überhaupt kein weißes Blut in mir habe und eine hundertprozentige Aborigine bin?« Sie war wütend und ließ sich das auch anmerken.

»Jane! Red doch keinen Unsinn. Du weißt, dass ich das nicht so gemeint habe. Ich kann es nur nicht mit ansehen, dass du dich mit einem Arbeiter abgibst. Er kann dir doch nichts bieten. Kannst du dir vorstellen, in so einer kleinen Hütte zu leben wie die Arbeiter? Meinst du, unsere Eltern würden das zulassen?«

»Nelson und ich sind Freunde. Wir verstehen uns gut, und das liegt vielleicht nicht nur an unserem Aborigine-Blut, sondern auch daran, dass wir beide europäisch erzogen worden sind. Heirat war nie ein Thema zwischen uns und wird es auch sicher niemals sein.«

»Würdest du mich denn heiraten?«

Die Frage verblüffte sie, allerdings eher, weil sie so unerwartet kam. Sie wusste, dass sie absolut keine Antwort darauf hatte. Sie konnte weder »ja« noch »nein« sagen.

In diesem Moment war in der Ferne ein leises Tuckern zu hören. »Da kommt ein Schiff den Fluss herunter«, sagte sie und war erleichtert, dass sie das Thema wechseln konnte. »Es ist das erste in dieser Saison. Wer das wohl sein mag?«

17

Da er wusste, dass in dieser Saison zahlreiche neue Schiffe um das Flussgeschäft konkurrieren würden, wollte Hal so schnell wie möglich wieder auf dem Murray sein und kehrte Ende Februar nach Echuca zurück. Nach Neujahr war er zwei Wochen in Melbourne gewesen. Der Besuch in der Hauptstadt Victorias hatte ihm gefallen, doch ihm war klar, dass er den Lärm und das Gedränge der Stadt nur für kurze Zeit ertragen konnte. Dann sehnte er sich wieder nach der Ruhe am Fluss.

Als er an Bord der *River Maid* trat, wusste er, dass er zu Hause war. Ganz gleich wie viele Dampfschiffe er irgendwann besitzen würde – und er hoffte, dass es zwei oder drei sein würden – er würde sich niemals von der *Maid* trennen. George und er strichen sie neu und polierten sie, bis sie wieder so glänzte wie an dem Tag, als sie zum ersten Mal zu Wasser gelassen worden war. Während der Zeit, die Hal auf Langsdale verbracht hatte, hatte George Dampfkessel und Motor gewartet sowie den Kettenantrieb der Schaufelräder sorgfältig überprüft und geölt.

Mitte März stieg das Wasser des Flusses allmählich wieder an. Die beiden Männer, die in der vorherigen Saison auf der *Maid* gearbeitet hatten, teilten mit, dass sie nicht auf den Fluss zurückkehren wollten. Hal beschloss, nicht länger zu warten, auch wenn sie zunächst nur bis zu Wills Farm kommen würden. Sein Bruder war bestimmt erpicht darauf zu hören, was es in der Familie für Neuigkeiten gab. Außerdem musste er Freddy abholen. Auf der Farm wollte Hal dann entscheiden, ob er wieder umkehren und über Echuca hinaus flussaufwärts fahren oder ob er weiter flussabwärts fahren würde, um unterwegs alles an Ladung mitzunehmen, was er bekommen konnte.

Schon auf den ersten Blick konnte Hal sehen, dass sein Bruder sich verändert hatte. Er wirkte sehr viel zufriedener mit seinem Leben. Er schien den Kummer und die tragischen Erinnerungen abgestreift zu haben wie eine unerwünschte Haut. Hal dankte Annabelle für die Veränderung.

»Du hast meinem Bruder gut getan, Annabelle. Du hast ihn wieder zu dem Mann gemacht, der er früher war.«

»Ich habe nichts weiter getan, als ihn zu lieben und sein Kind zu empfangen. Er kann kaum erwarten, dass es so weit ist.« Sie lächelte. »Ich muss zugeben, dass auch ich mir wünsche, die Zeit würde schneller vergehen. Wir freuen uns beide sehr auf dieses Baby.«

»Ich freue mich für euch beide. Ich werde dafür beten, dass ihr ein kräftiges und gesundes Kind bekommt.«

Er meinte das ehrlich. Seit er wusste, dass Selena nicht an gebrochenem Herzen litt, war er nicht mehr wütend, sondern nur noch froh, dass er sie jetzt umwerben konnte.

»Wenn es ein Sohn wird, möchte Will ihn Adam nennen.«

Hal war sein Erstaunen deutlich anzumerken. »Adam ist der letzte Name, mit dem ich gerechnet hätte, wo Will doch unter solchen Schuldgefühlen wegen Adams Tod gelitten hat.«

Annabelle sah ihn fragend an. »Hat Will es dir noch nicht erzählt?«

»Was erzählt?«

»Er will nach Riverview, um Adams Eltern zu besuchen. Wenn er mit ihnen gesprochen hat, wird das der letzte Schritt zu seiner vollständigen Genesung sein.«

»Ich habe schon vor einem Jahr versucht, ihn zu überreden,

die Wintons zu besuchen. Was hat ihn dazu gebracht, es sich anders zu überlegen?« Er beantwortete seine eigene Frage. »Du warst es, Annabelle. Du hast Will überredet, die Wintons zu besuchen.«

»Ja, das habe ich. Ich liebe Will und hoffe, dass er mich irgendwann auch liebt. Wir sind jetzt zusammen glücklich. Ich hoffe, wenn unsere Familie größer wird, werden wir noch glücklicher werden.«

Hal nahm Annabelles Hand und drückte ihr einen leichten Kuss auf die Wange. »Danke, Annabelle.«

»Wofür bedankst du dich bei mir?«

»Dafür, dass du Will neuen Lebensmut und mir meinen Bruder zurückgegeben hast.«

Nur zwei Tage später fuhr die *River Maid* wieder los. Annabelle und Will waren mit an Bord. Will fragte Hal nur ein einziges Mal nach Selena.

»Ich fand die Vorstellung, Selena wehgetan zu haben, unerträglich. Ich habe sie mehrmals gebeten, mich zu heiraten. Sie hat immer abgelehnt mit der Begründung, dass ich sie nicht genug liebe. Eine Ehe zwischen uns beiden hätte nicht geklappt, Hal. Dafür haben wir zu viel zusammen durchgemacht. Jennys Geist hätte immer zwischen uns gestanden.«

»Ich kann dir sagen, Will, ich war so wütend auf dich wie noch nie in meinem Leben, als du mir gesagt hast, dass Annabelle jetzt deine Frau ist. Ich war wütend wegen Selena. Es war für mich schrecklich, wie verletzt sie war, als ich ihr von deiner Heirat erzählt habe.«

»Ich hatte gehofft, Selena würde es verstehen.«

»Selena versteht es. Wir haben auf Langsdale viele Stunden miteinander geredet. Will, es wird dich wahrscheinlich überraschen, aber ich möchte Selena selbst heiraten.«

»Liebst du sie denn? Selena wünscht sich einen Mann, der sie liebt und in dessen Vergangenheit es keine Dämonen gibt.«

»Dann bin ich der ideale Ehemann für sie. In meiner Vergangenheit gibt es keine Dämonen. Und ich habe Selena immer geliebt, seit ich sie kenne.«

Dieses Eingeständnis überraschte Will. »Dann hast du dein Geheimnis aber gut gewahrt.«

»Es hatte wenig Sinn, meine Gefühle zu zeigen, wo doch alle wussten, dass Selena in dich verliebt war.«

»Hat Jenny es gewusst?«

»Was? Das über Selena oder über mich?«

»Beides.«

»Selena hätte ihre Gefühle Jenny gegenüber niemals zu erkennen gegeben. Selena ist zu herzensgut, um jemandem absichtlich wehzutun. Sie hat Jenny wie eine Schwester geliebt.«

»Wie auch Jenny Selena geliebt hat. Nun, Hal, wann willst du denn Selena fragen, ob sie deine Frau werden will?«

»Das hat Meggan mich auch gefragt. Ich werde warten, bis ich glaube, dass Selena bereit ist, meinen Antrag anzuhören.«

»Ich wünsche dir das Allerbeste, Hal. Ich mag Selena sehr gern. Es würde mich freuen, wenn sie meine Schwägerin wird.«

Danach erwähnten die beiden Selena in ihren Gesprächen nicht mehr.

Der Fluss war schon wieder so weit angestiegen, dass Hal die *Maid* problemlos an verschiedenen Hindernissen vorbeisteuern konnte. Er schaute bei den Farmen auf der Strecke vorbei und nahm Aufträge für Waren an, die er von Mannum zurückbringen würde. Will wollte nur mit Adams Eltern reden und möglichst schnell zu seiner Farm zurückkehren. Hal hoffte, dass er, wenn der Fluss wieder Hochwasser führte, bereits mit einer vollen Ladung Wolle wieder auf dem Rückweg flussabwärts sein würde.

Sie waren noch eine Tagesreise von Riverview entfernt, da hörten sie einen anderen Raddampfer hinter sich. Er war allerdings noch so weit weg, dass Hal das Tempo der *River Maid* hätte drosseln müssen, damit er sie einholte. Doch selbst auf die Entfernung erkannte er, dass es sich um die *Lady Jane* handelte. Obwohl er einerseits Selena sehr gerne wiedergesehen hätte, musste er andererseits bedenken, dass er Will und Annabelle an Bord hatte. Da es mittlerweile für jeden, der Augen im Kopf hatte, offensichtlich war, dass Annabelle ein Kind erwartete, hielt Hal es für besser für alle Beteiligten, wenn man sich nicht begegnete. Er befahl George, weiter Volldampf zu geben.

Am späteren Nachmittag kam die Riverview-Farm in Sicht. Hal ließ die Pfeife laut ertönen, um den Leuten dort seine Ankunft zu signalisieren, obwohl sie die Maschine des Raddampfers sicher längst gehört hatten. Als George den Dampf reduzierte und Hal die *Maid* ans Ufer steuerte, sah er Joshua und Jane oben an dem Pfad stehen, der zur Anlegestelle führte. Er war zwar nicht besonders erpicht darauf gewesen, Joshua wiederzusehen, doch Wills Bedürfnis, mit seinen Schuldgefühlen ins Reine zu kommen, war jetzt wichtiger.

Bis die *Maid* vertäut und die Planke ans Ufer geschoben war, waren Joshua und Jane zum Landesteg gekommen. Außerdem kam ein dunkelhäutiger Mann, den Hal nicht kannte, den Pfad entlang. Janes Sohn hüpfte neben ihm her.

»Was führt dich denn nach Riverview?«, rief Joshua zum Ruderhaus hinauf. »Du wolltest doch nicht mehr wiederkommen.«

»Wollte ich auch nicht, Joshua. Aber ich bringe deinen Eltern mal wieder einen Gast.«

»Doch nicht schon wieder diesen Pengelly/Tremayne.«

Will trat auf das vordere Deck. »Ich bin gekommen, um deine Eltern zu besuchen, Joshua. Hallo Jane, wie schön, dich wiederzusehen.«

Jane jauchzte erfreut auf. »Ich freue mich sehr, dich zu sehen, Will. Was für eine Überraschung. Wie geht es dir?«

»Mir geht es ganz gut, Jane. Wie geht es Mr und Mrs Winton?«

»Sie sind bei guter Gesundheit. Sie werden genauso überrascht sein, dich zu sehen.«

»Ich hoffe, dass sie sich auch freuen.« Es waren keine weiteren Worte nötig. Jane würde verstehen, warum er gekommen war.

Will watete durch das Wasser, damit er Annabelle eine Hand reichen und ihr über die Planke helfen konnte. Er ignorierte ihre Beteuerung, dass sie das durchaus auch alleine schaffen würde. Annabelle und das Kind, das sie unterm Herzen trug, waren ihm viel zu kostbar, als dass er einen Sturz ins Wasser riskiert hätte.

Jane war die Neugier deutlich am Gesicht abzulesen, und Will fragte sich, ob Jane auch zu den Leuten gehörte, die geglaubt hatten, er würde irgendwann Selena heiraten. Er machte die beiden Frauen miteinander bekannt.

»Jane, ich möchte dir gerne meine Frau Annabelle vorstellen. Annabelle, das ist Jane Winton – und das ist Joshua Winton«, fügte er beinah so hinzu, als wäre es ihm gerade erst eingefallen.

Annabelle lächelte Jane an. »Ich freue mich, dass wir uns endlich begegnen«, sagte sie. »Will hat mir viel von Ihnen erzählt.« Dann wandte sie sich Joshua zu. »Ich freue mich, auch Ihre Bekanntschaft zu machen, Mr Winton.«

»Sagen Sie bitte Joshua zu mir. Es wäre zu verwirrend, wenn Sie sowohl meinen Vater als auch mich mit Mr Winton anreden.« Wie viel hatte Will oder Hal dieser Frau über ihn erzählt? Und wie viel wussten die Collins-Brüder überhaupt? Er verbarg sein Unbehagen hinter einer charmanten Maske.

»Joshua«, sagte Annabelle. »Dann müssen Sie mich Annabelle nennen, und ich hoffe, Sie tun das auch, Jane. Darf ich Sie Jane nennen?«

»Ich wäre gekränkt, wenn Sie das nicht täten, Annabelle. Sollen wir ins Haus gehen? Nach so vielen Tagen auf dem Fluss können Sie bestimmt ein bisschen Bequemlichkeit vertragen.«

Jane, Joshua, Annabelle, Will und Hal gingen gemeinsam zum Haus. George und Freddy würden später nachkommen. Der kleine Darcy ließ sich jedoch nicht von dem Raddampfer wegziehen. Er bettelte, dass man ihn an Bord lassen möge. George erklärte sich höchst amüsiert bereit, den »kleinen Kerl« auf der *Maid* herumzuführen. Nelson blieb ganz selbstverständlich bei Darcy.

Als die Gruppe das obere Ende des Pfads erreichte, zögerte Will. »Was genau wissen Mr und Mrs Winton über Adams Tod?«, fragte er Jane.

»Nur dass er in Eureka gestorben ist. Warum fragst du?«

»Ich bin nach Riverview gekommen, weil ich meinen Frieden mit ihnen machen muss. Jetzt, wo ich hier bin, frag ich mich, ob es richtig ist, einfach so unangemeldet zu erscheinen.«

»Möchtest du, dass ich sie auf deinen Besuch vorbereite?«

»Das wäre vielleicht das Beste.«

»Na schön. Um diese Tageszeit werden sie beide im Haus sein. Würdest du in ein paar Minuten nachkommen? Annabelle«, wandte sie sich an die schwangere Frau, »möchten Sie mit mir kommen?«

»Danke, dass Sie so besorgt um mein Wohlergehen sind, Jane. Aber es geht mir sehr gut, und ich möchte bei meinem Mann bleiben.« Sie lächelte Jane an, und die lächelte zurück.

Joshua wartete, bis Jane außer Hörweite war, dann fragte er Will: »Was weißt du über den Tod meines Bruders?«

»Ich war nicht bei Adam, als er starb. Und was ich zu sagen habe, ist nur für die Ohren deiner Eltern bestimmt.«

Joshua grinste höhnisch. »Ihr verdammten Collins', ihr meint wohl immer noch, ihr wärt besser als ich. Ich weiß nicht, wie viel Geld ihr in Ballarat verdient habt, aber ich denke, ich könnte euch hundertmal in die Tasche stecken.«

Hal antwortete. »Ist das so, Joshua? Hast du den dicken Batzen gefunden?«

Joshuas Lachen klang unfroh. »Das hab ich tatsächlich. Ich habe oben in den Pyrenees ein riesiges Nugget gefunden. Ich bin ein sehr, sehr reicher Mann.«

Hal und Will sahen sich an. Beide fragten sich, was Joshua in den Pyrenees gemacht hatte, einer Gebirgsgegend in Victoria, die praktisch noch Wildnis war.

Joshua, der den Blick zwischen den Collins-Brüdern mitbekam und richtig deutete, verzog den Mund zu einem unangenehmen Grinsen. Sollten die sich doch darüber wundern. Hier zu Hause in Südaustralien war er absolut sicher. Selbst wenn die Polizei von Victoria es je schaffen sollte, ihn mit dem tödlichen Überfall auf einen Goldtransport in Verbindung zu bringen, hatte sie hier keinerlei Befugnis. Außerdem hatte er keinen einzigen Schuss abgegeben.

»Wir sollten ins Haus gehen«, sagte er. »Jane hat meinen Eltern inzwischen bestimmt gesagt, dass du da bist.«

Will hatte im Kopf viele Szenarien durchgespielt, doch er hätte niemals erwartet, dass Mrs Winton ihn in die Arme schließen und an seiner Schulter weinen würde. Peinlich berührt stellte er fest, dass ihm ebenfalls die Tränen kamen. Mr Winton sprach mit schroffer Stimme, hinter der er jedoch nur mühsam seine Rührung verbergen konnte.

»Jetzt reicht es aber, Mary. Lass den jungen Mann sich doch mal hinsetzen.«

Mit einer gemurmelten Entschuldigung ließ sie Will los. Annabelle wurde dem Ehepaar Winton vorgestellt, dann wurden Erfrischungen gereicht, und man unterhielt sich über allgemeine Dinge. Erst als alle reichlich Marmeladentorte und feines Gebäck gegessen hatten, kam Will auf den Grund seines Besuchs zu sprechen.

»Mr Winton, Mrs Winton, ich würde gerne allein mit Ihnen sprechen, wenn Sie nichts dagegen haben.«

»Oh.« Mary schien leicht aus der Fassung gebracht. »Wenn Sie das möchten, ist es wohl in Ordnung.«

Charles Winton war sofort klar, worum es ging. »Sie wollen mit uns über Adam reden.«

»Ja, Sir. Wenn Sie bereit sind, mir zuzuhören.«

»Wir werden Ihnen zuhören. Jane, diese junge Dame«, er zeigte auf Annabelle, »möchte sich vielleicht ausruhen oder einen Spaziergang im Garten machen. Joshua, du hast doch bestimmt auch noch etwas zu tun.«

Nachdem die drei gegangen waren, blieb Will allein mit Adams Eltern zurück. Zunächst war er etwas verlegen, da er nicht wusste, wie er anfangen sollte. Charles Winton war sehr verständnisvoll und redete ihm gut zu.

»Fangen Sie am Anfang an, Will. Fangen Sie da an, wo Adam und Jane nach Victoria gekommen sind.«

Nachdem Will einmal zu reden begonnen hatte, fiel es ihm leicht, alles zu erzählen. Er sprach von der Unzufriedenheit unter den Goldgräbern, den unfairen Lizenzgebühren, der Brutalität der Polizei. Er erzählte von den Versammlungen der Goldgräber, vom Hissen der Eureka-Fahne und von Peter Lalor, dem Mann, dem sie alle bereit waren zu folgen. Er berichtete vom Bau der unzulänglichen Barrikade, von dem Angriff von Polizei und Militär noch vor Tagesanbruch und der kurzen, blutigen Schlacht.

Während er sprach, starrte er die ganze Zeit auf den Fußboden, war sich aber dennoch der lautlosen Tränen Mary Wintons bewusst. Obwohl er vielleicht nur gekommen war, um mit seinen Schuldgefühlen ins Reine zu kommen, erzählte er ihnen alles; über Jenny und Tom Roberts; und darüber, wie er seinen

Kameraden bei der Verteidigung der Barrikade geholfen hatte, nachdem sowohl Jenny als auch sein Widersacher tot waren.

Er erzählte ihnen von der Hölle, die er so lange durchgemacht hatte, von seinen Schuldgefühlen wegen Adams Tod. Schließlich erzählte er ihnen von Annabelle und davon, wie sie ihm klargemacht hatte, dass er seinen Frieden mit Adams Eltern schließen musste.

Als er aufhörte zu reden, herrschte Stille im Raum. Selbst als er hörte, dass Mary Winton aufgestanden war, blickte er nicht auf. Dann kniete sie neben seinem Sessel und legte die Arme um ihn. Ihre Tränen flossen ungehindert.

»Danke, Will. Danke, dass Sie uns das alles erzählt haben.«

Will war so von seinen Gefühlen überwältigt, dass sich ihm die Kehle zuschnürte. Er schluckte mehrmals, doch die Tränen stiegen ihm in die Augen. Er weinte hemmungslos, und seine Tränen nässten Marys Schulter, so wie ihre seine Jacke nässten.

»Danke, Will«, sagte nun auch Charles Winton mit bewegter Stimme. »Ich weiß, dass es Ihnen nicht leicht gefallen ist, uns das alles zu erzählen. Wir geben Ihnen keine Schuld an Adams Tod. Unser Sohn war ein erwachsener Mann, der seine eigenen Entscheidungen treffen konnte. Wir sind Ihnen jedoch dankbar, dass Sie sich die Mühe gemacht haben, zu uns zu kommen. Nun, wo wir die ganze Geschichte kennen, wird der Schmerz für uns leichter zu ertragen sein.«

Die Sonne war bereits hinter den Baumkronen verschwunden und tauchte alles in ein mildes, goldfarbenes Licht, das selbst den kargsten Dingen eine gewisse Schönheit verlieh. Da es am späten Nachmittag immer noch relativ warm war, saß die Familie Winton mit ihren Gästen bei einem Drink im Garten – Bier für die Männer, Sherry für Jane und Mary und einen Fruchtsaft für Annabelle. Plötzlich hörten sie das gleichmäßige Tuckern eines näher kommenden Raddampfers.

»Auf diesem Fluss herrscht immer mehr Betrieb«, stellte Mary fest. »Ob das Schiff wohl bei uns anhält?«

»Das könnte schon sein«, sagte Joshua. Er war sich ziemlich sicher, dass das Schiff, das da kam, die *Lady Jane* war. Gleich würde *er* seinen Eltern eine Überraschung bereiten.

Von da, wo sie saßen, hatten sie eine gute Aussicht auf den Fluss. Wenige Minuten nachdem sie den Raddampfer gehört hatten, konnten sie ihn auch schon sehen. Hal erkannte das Schiff sofort. Er wollte gerade den Namen nennen, da fiel ihm ein, dass Selena an Bord sein würde, und er zögerte. Wie würden Will und Selena reagieren, wenn sie sich gegenüberständen? Am liebsten wäre es ihm gewesen, wenn die *Lady Jane* an Riverview vorbeifahren würde. Doch wenn der Captain die *River Maid* dort am Steg sah, würde er höchstwahrscheinlich anhalten.

»Kennst du den Dampfer, Hal?«, fragte Will.

»Ja, es ist die *Lady Jane.*«

»Also Trevannicks Schiff?«

Hal wollte das gerade bestätigen, als seine Worte in einem lauten Ausruf von Joshua untergingen.

»Da irrst du dich«, erklärte der. Großer Gott! Trevannick! Würde seine Vergangenheit ihn denn immer wieder heimsuchen?

»Ich irre mich nicht, Joshua. Der Dampfer heißt *Lady Jane*, und Captain Trevannick ist der Kapitän. Aber das Schiff gehört ihm nicht. Es gehört irgendeinem reichen Mann, der anonym bleiben möchte.« Er sah Will fest in die Augen. »Selena wird auch an Bord sein.«

Will schwieg, während Joshua ein merkwürdig klingendes Lachen von sich gab. Alle starrten ihn an und stellten fest, dass er keineswegs amüsiert aussah.

»Warum lachst du?«, fragte Jane.

»Ich lache darüber, wie das Schicksal, oder wie immer du es nennen willst, mit unserem Leben spielt.«

Charles sah seinen Sohn stirnrunzelnd an. »Kannst du das bitte erklären, Joshua?«

Joshua schüttelte den Kopf. Er hatte die Mundwinkel heruntergezogen und machte ein spöttisches Gesicht. Jane, Hal und Will sahen plötzlich wieder den Mann vor sich, den sie alle aus gutem Grund gehasst hatten. Jane hoffte, dass ihre Eltern nicht sahen, was sie sah. Doch die beiden beobachteten den herannahenden Dampfer. Als sie wieder zu Joshua blickten, sah er sie mit einem Lächeln in den Augen an. Jetzt war er wieder der liebenswerte Joshua.

»Erinnerst du dich noch, wie ich dir erzählt habe, dass es ein Schiff mit Namen *Lady Jane* gibt?«

Sie erinnerte sich nur zu gut daran. Und sie erinnerte sich auch, wie glücklich sie auf dem Ausflug mit Joshua und Darcy gewesen war.

»Erinnerst du dich auch, dass ich gesagt hab, sie könnte nach dir benannt sein?«, fuhr Joshua fort. »Ich weiß, dass es so ist. Ich bin nämlich der anonyme Besitzer der *Lady Jane*.«

Die Reaktionen der Anwesenden waren ganz unterschiedlich. Jane hatte es die Sprache verschlagen, und sie blickte Joshua an, als hätte sie ihn noch nie gesehen. Hal und Will fiel Joshuas Behauptung wieder ein, er könne sie beide hundertmal in die Tasche stecken. Charles und Mary Winton starrten ihren Sohn verblüfft an. Einzig Annabelle, die neu in diesem Kreis war, berührte Joshuas Erklärung nicht, auch wenn sie sich über die Reaktionen der anderen wunderte.

Charles Winton sprach als Erster. »Warum hast du das geheim gehalten, mein Sohn?«

»Mein Sohn.« Joshua jubelte innerlich. Es war das erste Mal seit seiner Rückkehr, dass sein Vater ihn so ansprach. »Ich habe auf den richtigen Zeitpunkt gewartet, um es Jane zu sagen.« Sein Blick blieb auf Jane gerichtet, die zu begreifen versuchte, was

Joshua da sagte. »Jane, ich habe geglaubt, dass dies die einzige Möglichkeit ist, wie ich mich wirklich und wahrhaftig bei dir entschuldigen könnte. Wenn ich sterbe, wird die *Lady Jane* dir gehören.«

Das war zu viel für sie. »Joshua, ich weiß nicht, was ich sagen soll.« Sie stand abrupt auf. »Ich muss nach Darcy sehen.«

Ihre Beine waren so zittrig, dass sie befürchtete, sie würden sie nicht tragen. Sie war vollkommen durcheinander. Erst hatte Joshua sie gefragt, ob sie ihn heiraten würde. Und nun hatte er ihr eröffnet, dass er einen Luxusdampfer besaß, den er nach ihr benannt und ihr vermacht hatte. Sie hatte die Reaktion ihrer Eltern gespürt. Auch wenn sich beide nichts anmerken ließen, so waren sie doch zutiefst schockiert. Sie hatten nichts von einer Beziehung zwischen ihr und Joshua geahnt.

Sie fand Darcy auf einer Bank mit Nelson. Er brachte ihm gerade die Namen verschiedener Vögel bei.

Als Jane näher kam, erhob er sich. Darcy lächelte seine Mutter an, wich aber nicht von Nelsons Seite.

»Haben Sie den Namen von dem Schiff gesehen?«, fragte Nelson.

»Ja. Wir haben soeben erfahren, dass es Mr Joshua gehört.«

»Ach ja?« Nelson zog die Augenbrauen hoch.

»Ja«, blaffte Jane ihn beinah an, »und bevor Sie fragen, er hat es nach mir benannt.«

»Schon gut, Miss Jane.« Er hielt die Hände defensiv auf Brusthöhe. »Ich hab doch gar nichts gesagt. Sie klingen allerdings nicht sehr geschmeichelt.«

Jane machte eine etwas fahrige, entschuldigende Handbewegung. »Es tut mir leid, Nelson. Joshuas Ankündigung kam so unerwartet und dann noch vor allen Leuten. Es wäre mir lieber gewesen, er hätte es mir allein gesagt. Es wäre mir überhaupt lieber gewesen, wenn er das Schiff nicht nach mir benannt hätte.«

Der fragende Ausdruck in Nelsons Gesicht war mehr als sie ertragen konnte. Sie streckte ihrem Sohn eine Hand entgegen. »Zeit für dein Bad, Darcy. Sag auf Wiedersehen zu Nelson.«

Darcy sah erst Nelson an, dann blickte er zu dem Dampfer hinüber, der immer näher kam, und kniff aufmüpfig die Lippen zusammen. Doch als er die Miene seiner Mutter sah, brach sein Widerstand zusammen. Er wusste, wenn Mummy so guckte, war es klug zu gehorchen.

»Ich geh Darcy baden«, rief sie den Leuten auf dem Rasen zu und war froh, dass sie eine gute Ausrede hatte, nicht zu ihnen zurückzukehren.

»Bring ihn wieder her, wenn du fertig bist«, antwortete Mary. »Dann kann er bei mir sitzen und das Schiff beobachten.«

Darcy stürzte sich auf die Chance, sein Bad hinauszuzögern. »Ich kann doch jetzt gleich bei Oma sitzen, Mummy. Ich mach mich nicht schmutzig.«

»Du bist schon schmutzig. Du musst gebadet werden.«

»Du kannst ihn doch später baden, Jane.«

Hocherfreut darüber, dass seine Oma ihm beistand, wollte Darcy seiner Mutter davonlaufen. Doch die packte ihn mit der linken Hand am Kragen und zog ihn zurück, während sie ihm mit der rechten einen lauten Klaps auf den Po gab.

Darcy schrie, Mary protestierte. Jane scheuchte Darcy in einem solchen Tempo zum Haus, dass er beinahe laufen musste, um mitzukommen. Dabei schluchzte er herzzerreißend. Auch Jane strömten Tränen über die Wangen. Normalerweise wurde Darcy nur geschlagen, wenn er wirklich ungezogen war. Sie schämte sich, dass sie ihn vor allen Leuten geschlagen hatte, bloß weil sie so durcheinander war.

In ihrem Schlafzimmer setzte sie sich auf einen Stuhl und nahm Darcy auf den Schoß. Sie schlang die Arme um ihn und drückte ihn an sich.

»Ganz ruhig, mein Schatz. Mummy tut es sehr leid, dass sie dich geschlagen hat.«

Sie schaukelte ihn in ihren Armen, bis er sich beruhigt hatte. Bis dahin waren auch ihre Tränen getrocknet, ihre verwirrten Gedanken und Gefühle hatten die Tränen jedoch nicht fortspülen können. Da Jane nicht wollte, dass eins der Aborigine-Hausmädchen sah, dass sie geweint hatte, beschloss sie, Darcy im Schlafzimmer gründlich zu waschen, statt ihn zu baden. Sie breitete ein Handtuch auf dem Fußboden aus, auf das er sich stellen sollte, denn er war an einigen Stellen so schmutzig, dass man einen richtig nassen Waschlappen brauchte. Wie immer wehrte er sich, als sie ihm das Gesicht wusch.

»Steh still. Ich mach dir bloß das Gesicht sauber. Wenn du gewaschen und angezogen bist, kannst du zu Oma runtergehen. Du musst aber Mummy versprechen, dass du dich nicht wieder schmutzig machst.« Obwohl ein solches Versprechen von ihrem Sohn vermutlich nutzlos war. Darcy und Schmutz schienen einander anzuziehen.

Nachdem Darcy, begleitet von der Mahnung, auf der Treppe vorsichtig zu sein, aus dem Zimmer gerannt war, stellte Jane ihr normales Aussehen wieder her. Um nicht sofort zu den anderen zurückzumüssen, verbrachte sie fast eine halbe Stunde in der Küche, wo sie der Köchin und den Mädchen Anweisungen für das Abendessen erteilte. Wenn Captain Trevannick und Selena zu Besuch kamen, hätten sie mindestens sieben Gäste zum Abendessen, Annabelles Bruder und George, den Maschinisten, eingerechnet. Sie hatte keine Ahnung, wie groß die Mannschaft auf dem zweiten Dampfer war – sie brachte es nicht über sich, den Namen des Schiffes auch nur zu denken – und ob diese Leute ebenfalls im Farmhaus essen würden oder auf ihrem Schiff oder mit den Bediensteten der Farm in deren Hütte.

Als Jane sich wieder zu der Gruppe im Garten gesellte, wo Darcy brav auf dem Schoß seiner Großmutter saß, hatte der Dampfer bereits angelegt. Joshua und Hal waren hinuntergegangen, um den Kapitän zu begrüßen. Die drei Männer standen jetzt am Ufer, Selena etwas hinter ihrem Vater. Jane warf einen raschen Blick in die Runde. Alle schauten zum Fluss. Will saß weit zurückgelehnt mit zusammengekniffenen Lippen auf seinem Stuhl. Offenbar war er tief in Gedanken versunken. Alle schienen sich nur für die Schiffe zu interessieren. Außer Jane fiel offenbar niemandem die gespannte Atmosphäre zwischen den Männern am Ufer auf.

Joshua hatte den Vorteil, dass er im Gegensatz zu Selena und ihrem Vater vorgewarnt war. Selenas erschrockenes Luftholen sagte dem Captain, dass irgendetwas nicht stimmte. Und ihre Worte: »Ich wusste doch, dass ich ihn wiedersehen würde«, bestätigten nur seine Sorge.

»Wer ist der Mann neben Hal, Selena?«

»Erinnerst du dich noch, als wir ganz zu Anfang in Ballarat waren, dass ich da gesehen habe, wie ein Mann ermordet wurde, und das Gesicht des Mörders auch?«

»Ist das der Mann, den du gesehen hast?« Captain Trevannick hatte den Mann bisher nur einmal aus der Ferne gesehen.

»Ja, Vater, aber die Sache geht noch weiter. Es stellte sich nämlich irgendwann heraus, dass der Tote Larry Benedicts Vater war.«

»Der Larry, der bei Con auf Langsdale arbeitet?«

Selena nickte. »Kurze Zeit danach wollte Larry Joshua Winton umbringen. Ich habe ihn daran gehindert.«

»Wie hast du das denn gemacht?«, fragte er erstaunt. »Hast du deinen kleinen Revolver auf Larry gerichtet?«

»Genau das hab ich getan.« Sie lachte spöttisch. »Ist das nicht ironisch? Nachdem ich monatelang geglaubt hatte, Joshua Winton wollte mich umbringen, habe ich ihm das Leben gerettet.«

Der Captain runzelte die Stirn. »Irgendetwas Seltsames geht hier vor, Selena. Das spüre ich in meinen Seemannsknochen. Warum hat man mir den Befehl erteilt, die *Lady Jane* auf direktem Wege zur Riverview-Farm zu bringen? Und warum ist dieser Mann gekommen, um uns zu begrüßen?«

»Ach, wie dumm von mir, Vater«, schalt Selena sich selbst. »Ich hatte ganz vergessen, dass Adam mir mal erzählt hat, dass die Farm seiner Familie Riverview heißt.«

»Ach so. Ich nehme an, wir werden bald erfahren, warum wir hier sind.«

Nachdem die *Lady Jane* festgemacht war, gingen sie ans Ufer. Joshua ließ sich nicht anmerken, ob er den Captain oder Selena erkannte.

»Guten Tag. Captain. Mein Name ist Joshua Winton, ich bin der Eigner der *Lady Jane*. Gehen wir zurück an Bord, wir haben Geschäftliches zu besprechen.« Das war keine Frage.

Selena lief ein Schauder über den Rücken. Doch ihr wurde rasch klar, dass, wenn Joshua Winton reich genug war, um einen Raddampfer zu besitzen und wieder in der Gunst seiner Familie zu stehen, er seine ruchlose Vergangenheit geheim halten wollen würde.

Hal hielt sie davon ab, ihrem Vater und Joshua zurück an Bord zu folgen. »Warte, Selena. Ich muss mit dir reden.«

»Ist was passiert, Hal?«, fragte sie, denn seine Stimme hatte sehr dringlich geklungen.

»Will ist hier. Und Annabelle auch.«

»Oh«, war alles, was sie dazu sagen konnte.

»Annabelle hat Will davon überzeugt, dass er seine Schuldgefühle nur loswerden könnte, wenn er die Wintons aufsucht und mit ihnen über Adams Tod spricht.«

»Oh.« Wills Anwesenheit kam für sie noch unerwarteter als Joshuas. Sie bemühte sich, nicht allzu fassungslos zu wirken.

»Ich hab auch schon oft gedacht, dass er das tun sollte. Meinst du, dass ihm das Gespräch mit Adams Eltern geholfen hat?«

»Ich glaube schon. Ich habe das Gefühl, als wäre mein Bruder endlich wieder so wie früher.«

»Ich bin ja so froh.« Das meinte sie auch ganz ehrlich und musste rasch eine Träne wegblinzeln.

»Selena, da ist noch etwas, das du wissen solltest. Annabelle erwartet ein Kind.«

Diesmal konnte sie noch nicht einmal »Oh« sagen. Sie spürte einen körperlichen Schmerz in ihrer Brust. Ihre Liebe zu Will war unvermindert stark. Und sie bezweifelte, dass das je anders sein würde. Schon oft hatte sie sich verflucht, weil sie so dumm gewesen war, ihn nicht zu heiraten, als die Gelegenheit dazu da war. Schließlich war die Vergangenheit nur das, was vorüber war. Und schlimme Erinnerungen verblassten mit der Zeit.

»Danke, dass du es mir gesagt hast, Hal«, würde ihr größtes Eingeständnis sein, wie sehr sie unter ihrem Liebeskummer litt. Niemand, und ganz besonders Annabelle nicht, würde je erfahren, wie gerne sie an ihrer Stelle wäre. Als sie mit Hal im Garten ankam, war sie in der Lage, Will und Annabelle mit Gleichmut zu begegnen, was ihr durch die Anwesenheit der anderen noch erleichtert wurde.

Nachdem die Sonne am westlichen Horizont untergegangen war, zerstreute sich die Gesellschaft. Mary Winton lud Annabelle und Selena ein, bis zum Abendessen im Haus zu bleiben. Annabelle nahm auf Wills Drängen die Einladung an. Selena lehnte ab. Sie wollte unbedingt wissen, wie das Gespräch zwischen Joshua und ihrem Vater verlaufen war. Keiner von beiden war bisher von der *Lady Jane* zurückgekommen.

Joshua verließ gerade das Schiff, als Selena die Böschung hinunterkam. Er ging weiter auf sie zu und blieb erst stehen, als sie einander fast gegenüberstanden.

»Ich habe mich nie bei Ihnen bedankt, dass Sie mir das Leben gerettet haben«, sagte er. »Allerdings wäre es klug von ihnen, wenn Sie vergessen würden, dass sie mich vor dem heutigen Tag schon einmal gesehen haben.« Er fixierte sie so lange, bis er sicher war, dass sie ihn verstanden hatte. »Ich sehe Sie und Ihren Vater dann beim Abendessen.« Mit diesen Worten ging er an ihr vorbei und verschwand.

Ihr Vater wartete auf sie. »Was hat der Kerl zu dir gesagt?«

»Erstaunlicherweise hat er sich bei mir dafür bedankt, dass ich ihm das Leben gerettet habe. Er hat mir außerdem geraten, ich sollte, was ihn betrifft, einen Gedächtnisschwund erleiden.«

»Hat er dir gedroht?«

»Eher versucht, mich einzuschüchtern. Er will natürlich nicht, dass seine Familie erfährt, dass wir uns schon mal begegnet sind. Was wollte er von dir, Vater?«

»Komm mit an Bord, und dann reden wir.«

Sie setzten sich in den bequemen Passagiersalon. Bevor der Captain von seinem Gespräch mit Joshua berichtete, wollte er wissen, was Selena bei ihrer Begegnung mit Will und seiner Frau empfunden hatte.

»Will und Annabelle gegenüberzutreten, war in mancher Hinsicht das Schwierigste, was ich je im Leben gemacht habe. Ich bin froh, dass unsere erste Begegnung in Gesellschaft stattgefunden hat. Aber weißt du, was mir am meisten wehgetan hat, Vater? Will sieht so gut aus. Sein Gesicht wirkt nicht mehr so ruhelos und verhärmt. Er ist wieder der Mann, der er war, als wir uns kennengelernt haben.«

»Warum tut dir das weh, wenn du dich doch für Will freuen solltest?«

»Es tut mir weh, weil Annabelle diese Veränderung bewirkt hat und nicht ich. Doch nun genug von Will, Vater. Was wollte Joshua von dir?«

»Die Menschen sind wirklich seltsam, Selena. Wenn ich diesem Mann nie vorher begegnet wäre und auch nichts über ihn gewusst hätte, hätte ich ihn als geschäftstüchtigen Gentleman bezeichnet. Vielleicht war das ja auch seine Absicht. Er hat mit mir gesprochen, als hätte er mich noch nie gesehen. Und er tat auch so, als würde er den Namen Trevannick zum ersten Mal hören.«

»Warum hat er mich dann gemahnt, nur ja den Mund zu halten?«

»Er hat dich natürlich erkannt und vielleicht auch mich. Tu, was er von dir verlangt, Selena, und verhalte dich so, als hättest du ihn heute zum ersten Mal gesehen. Verflixt noch mal, wenn ich nichts über seine düstere Vergangenheit gewusst hätte, wäre mir Joshua Winton sogar richtig sympathisch gewesen. Das Gespräch mit ihm war sehr interessant.«

Das Abendessen wurde nicht zu so einer Qual, wie Selena befürchtet hatte. Allerdings war Will während der gesamten Mahlzeit sehr still und schien es zu vermeiden, sie mehr als unbedingt notwendig anzusehen. Hal und der Captain unterhielten alle mit Geschichten über das Leben auf dem Fluss.

Nach dem Essen saß Selena mit Annabelle zusammen. Sie spürte, dass Annabelle unsicher war, wie sich ihre Heirat mit Will auf die Freundschaft mit Selena auswirkte. Um sie zu beruhigen, erklärte Selena rasch, dass eine Freundschaft so schnell nicht kaputtgehe.

»Du hast Will gut getan, Annabelle. Ich kann sehen, dass er neuen Lebensmut gefasst hat. Ich wünsche euch sehr, dass ihr lange und glücklich zusammenlebt.«

Annabelle nahm Selenas Hand. »Danke, Selena«, sagte sie mit warmer Stimme. »Ich weiß, dass du Will sehr gemocht hast, und war mir nicht sicher, was du über unsere Heirat denken würdest. Ich hatte aber gehofft, deine Freundschaft nicht zu verlieren.«

»Du wirst immer meine Freundin sein, Annabelle.«

Sie sah zu Will hinüber, der auf der anderen Seite des Raumes saß, und stellte fest, dass er entspannt lächelte. Er war offensichtlich erleichtert, dass Annabelle und sie Freundinnen blieben. Selena seufzte innerlich. Wie kam es nur, dass sie beide Frauen, die Will geheiratet hatte, aufrichtig mochte? Lag es daran, dass sie sich, weil sie Will liebte, zu den gleichen Menschen hingezogen fühlte wie er?

Am nächsten Morgen brachte Joshua seine Eltern und Jane auf die *Lady Jane*, wo Captain Trevannick sie herumführte. Er ließ Jane die ganze Zeit nicht aus den Augen und versuchte, an ihrem Gesichtsausdruck etwas über ihre Gefühle abzulesen. Sie gab jedoch nichts preis, sondern schaute sich nur um, während die älteren Wintons Fragen stellten und Kommentare abgaben. So wurde Joshua zumindest die Befriedigung zuteil, seine Eltern sehr beeindruckt zu haben.

Sein Leben hatte sich zweifellos zum Besseren gewendet. Er war überzeugt, dass die Trevannicks über diesen unglückseligen Todesfall in Ballarat schweigen würden. Der Captain hatte zu verstehen gegeben, dass er gern weiterhin Kapitän der *Lady Jane* bleiben wolle, und Joshua konnte sich keinen besseren Mann für diese Aufgabe vorstellen. Nun musste nur noch Jane zustimmen, seine Frau zu werden, dann wäre sein Leben fast perfekt.

Er wartete, bis sich seine Eltern mit Darcy auf den Weg zurück zur Farm gemacht hatten. Selbst ein so großartiger Raddampfer konnte nicht auf Dauer mit dem Appetit eines rastlosen Kindes konkurrieren.

»Was hältst du von deiner Namensvetterin?« Jane war auf sein Drängen hin mit ihm die steile Böschung hinaufgestiegen, und nun standen sie an einer Stelle, wo sie direkt auf die *Lady Jane* hinunterblicken konnten.

Jane sah ihn an. »Warum hast du das getan, Joshua? Warum hast du deinen Raddampfer nach mir benannt?«

»Freust du dich denn nicht darüber, Jane? Ich hab dir doch gesagt, dass ich dir zeigen wollte, wie aufrichtig leid mir tut, was ich dir angetan habe. Du musst dir doch inzwischen über meine Gefühle im Klaren sein. Ich liebe dich. Ich möchte dich heiraten. Ich möchte Darcy als meinen Sohn großziehen.«

Da war er nun also, der endgültige Antrag, mit dem sie früher oder später gerechnet hatte. Was wollte sie? Was konnte sie Joshua für eine Antwort geben?

»Warum können wir nicht alles so lassen, wie es ist? Darcy vergöttert dich. Du wirst für ihn immer wie ein Vater sein.«

»Jane, ich will eine Frau. Ich will dich.«

»Und was ist mit der Mutter des hellhäutigen Mädchens aus dem Stamm hier?«, konnte sie sich nicht verkneifen zu fragen.

Joshua schnalzte verärgert mit der Zunge. »Du hast doch gesehen, wie alt das Kind ist. Das ist passiert, bevor ich fortgegangen bin. Seit ich wieder zu Hause bin, bin ich nicht ein einziges Mal in der Nähe des Stamms gewesen.«

»Wenn ich dir nur glauben könnte, Joshua.«

»Das kannst du, und das musst du. Ich liebe dich, Jane. Sag mir, dass ich mich nicht täusche, dass du wenigstens teilweise meine Gefühle erwiderst.«

»Wir haben gute Zeiten zusammen gehabt, und ich gebe zu, dass ich oft auch glücklich war und das Gefühl hatte, dass ich dich wirklich mag.«

»Ach, Jane, du hast mich glücklich gemacht.«

»Ich habe nicht gesagt, dass ich dich heiraten möchte.« Sie hatte allerdings auch nicht gesagt, dass sie es nicht wollte.

»Darf ich dich küssen, Jane, um dir zu beweisen, dass ich sanft und zärtlich sein kann?«

Er legte beide Hände ganz vorsichtig auf ihre Schultern, um

sie näher an sich zu ziehen. Sie fragte sich, wie es sein mochte, von Joshua liebevoll geküsst zu werden, ob sie in seinem Kuss die richtige Antwort auf seinen Heiratsantrag finden würde, und beugte sich leicht vor. Ganz behutsam berührten seine Lippen die ihren. Dann nahm er den Kopf etwas zurück, sah ihr lächelnd in die Augen und näherte seinen Mund ein zweites Mal ihren Lippen, um sie diesmal etwas heftiger zu küssen.

Die Erinnerung brach mit ungeheurer Gewalt über sie herein. Die Zeit schien zurückgedreht, sie war wieder in ihrem Schlafzimmer, und er küsste sie brutal, während er sie vergewaltigte.

Sie riss sich von ihm los. »Nein, Joshua.«

»Jane«, sagte er mit flehender Stimme und wollte sie wieder in die Arme nehmen.

Erschrocken über ihre panische Reaktion, stieß Jane ihn mit beiden Händen heftig gegen die Schultern. Joshua fiel nach hinten und stützte sich instinktiv mit einer Hand auf dem Boden ab, um den Sturz abzufangen.

Er starrte Jane an und begriff ihren entsetzten Aufschrei erst, als ein stechender Schmerz sein Handgelenk durchfuhr, gefolgt von zwei weiteren schmerzhaften Stichen. Er rollte sich rasch herum, und sah gerade noch die Todesotter davongleiten.

»Oh Gott«, schrie er. Er wusste, dass er höchstens noch eine Minute zu leben hatte. Er konnte die Lähmung bereits spüren, die sich mit rasender Geschwindigkeit von seinen Füßen zu seinem Brustkorb hin ausbreitete. Jane war auf die Knie gesunken und bettete seinen Kopf in ihren Schoß. Ganz schwach vernahm er, wie sie um Hilfe rief. Mit letzter Kraft versuchte er zu sprechen.

»Du – hast – gesagt – du – würdest – mich – eines – Tages – umbringen.«

Er wusste, dass sie schluchzte. Von den Schiffen kamen Menschen die Böschung hinaufgelaufen. Adam war auch dabei. Adam! Sie hatten ihn belogen. Adam war gar nicht tot.

18

Weder die *River Maid* noch die *Lady Jane* verließen Riverview, bevor Joshua Winton beerdigt worden war. Die *Lady Jane* brach als Erste auf. Selena hatte das Gefühl, dass Jane das Schiff lieber nicht länger sehen wollte.

Bevor die *Lady Jane* losfuhr, suchte Hal eine Gelegenheit, sich allein von Selena zu verabschieden.

»Du bist eine wunderbare Frau, Selena. Du hast Will immer geliebt, und doch hast du dich mit Jenny angefreundet, und nun, wo du ihn an Annabelle verloren hast, bleibst du trotzdem mit ihr befreundet.«

»Gute Freunde sind kostbar, Hal. Jenny war für mich wie eine Schwester. Und Annabelle ist eine liebe Freundin. Ich glaube auch, dass ich stark genug bin, um mit Will befreundet zu bleiben.«

»Selena, ich weiß, dass dies nicht der richtige Zeitpunkt ist, aber es gibt jemanden, der dich liebt und dich heiraten möchte, wann immer du dazu bereit bist.«

Ihre Augen leuchteten, sie lächelte zärtlich und drückte Hal einen leichten Kuss auf die Wange. »Danke, Hal.«

Dann lief sie über die Planke, damit die Männer sie einholen konnten. Die großen Schaufelräder begannen sich zu drehen, und der Dampfer entfernte sich langsam vom Ufer. Hal beobachtete, wie gekonnt der Captain sein Schiff wendete. Er manövrierte es ein Stück auf das gegenüberliegende Ufer zu, ließ es von der Strömung drehen, um dann volle Kraft voraus wieder zurück flussaufwärts zu fahren. Zum Abschied ließ der Captain ein letztes Mal laut die Pfeife ertönen. Selena winkte aus dem Ruderhaus.

Hal winkte zurück. Nun wusste Selena, was er für sie empfand. Er hoffte, dass der Tag, an dem sie bereit war, ihn zu heiraten, in nicht allzu weiter Ferne liegen möge.

Die *River Maid* fuhr am nächsten Morgen los. Will hatte wenigstens noch einen Tag bleiben wollen, um der trauernden Familie ein wenig Trost zu spenden. Welches grausame Schicksal hatte bestimmt, dass ausgerechnet dort, wo Joshua seine Hand aufstützte, eine Todesotter verborgen lag. Wie es seiner Natur entsprach, hatte das Reptil bei der plötzlichen Bewegung zugebissen, und das gleich mehrmals.

Annabelle war ein Engel. Sie erteilte der Köchin und den Hausmädchen ihre Anweisungen und kümmerte sich stillschweigend auch sonst um alles Mögliche, wenn Jane wieder einmal völlig geistesabwesend schien. Mary Winton stand unter einem starken Schock und nahm ihre Umgebung kaum wahr. Annabelle bot an, noch einige Zeit auf Riverview zu bleiben.

»Jane und Mrs Winton brauchen eine tatkräftige Frau im Haus«, sagte sie zu Will.

»Wie lange willst du denn bleiben?«

»Vielleicht zwei oder drei Wochen. Jane wird sich wegen ihres Sohnes und ihrer Eltern schon zusammenreißen, aber am Anfang wird sie Hilfe brauchen.«

»Du bist sehr gutherzig, Annabelle. Pass bitte auf dich auf und auf unser Kind.«

»Das tue ich. Ich liebe dich, Will Collins.«

»Ich liebe dich auch, Mrs Collins.«

Annabelle bekam ganz große Augen. Will hatte ihr noch nie

gesagt, dass er sie liebte. Er war anscheinend genauso überrascht über seine Erklärung wie sie. Plötzlich lächelte er.

»Das muss man sich mal vorstellen. Ich hab mich in meine eigene Frau verliebt.« Er nahm sie in die Arme und küsste sie, ohne sich daran zu stören, wer zusah. »Auf Wiedersehen, meine Liebe. Ich werde sehnsüchtig auf deine Rückkehr warten.«

Es war eine angenehme Rückfahrt den Fluss hinauf. Bei dem milden Herbstwetter fühlte man sich ausgesprochen wohl auf dem Schiff, und die Nächte waren noch nicht so kalt, dass man gefroren hätte. Entweder tagsüber im Ruderhaus oder bei Nacht, wenn sie die flackernden Feuer der Aborigines am Ufer beobachteten, sprachen Hal und Will miteinander.

Manchmal plauderten sie über die Jahre, in denen sie in der Monster Mine in Burra Kupfer abgebaut hatten. Ein anderes Mal tauschten sie Erinnerungen an Cornwall aus und lachten gemeinsam über irgendwelche Kinderstreiche. Und einige Male redeten sie auch über Ballarat. Sie erinnerten sich an viele Ereignisse, lustige, traurige, merkwürdige und beinahe unglaubliche.

Will begann sogar, in aller Ruhe von den Ereignissen zu sprechen, die so nach und nach zu der Tragödie von Eureka geführt hatten. Allerdings war er immer noch nicht in der Lage, über jenen verhängnisvollen Morgen zu reden. Stattdessen erzählte er Hal von seiner Farm.

»Ich hätte nie gedacht, dass ich mal Farmer werden würde, Hal. Eigentlich hab ich immer nur was vom Bergbau verstanden.«

»Du scheinst aber doch glücklich zu sein mit deiner Farm.«

»Das bin ich. Und ich bin immer noch ein wohlhabender Mann, Hal. Tommy hat seine Sattlerei gekauft, und du hast deinen Raddampfer. Ich habe nur das Allernötigste in die Farm gesteckt. Und das einfache Leben gefällt mir. Ich habe eine Frau, die ich liebe, und demnächst auch noch ein Kind.« Bevor Hal etwas dazu sagen konnte, rief Will plötzlich: »Ist das nicht der Raddampfer vom Captain?«

Sie waren gerade um einen Bogen gefahren, und an derselben Stelle, wo sie ihr das erste Mal begegnet waren, steckte die *Lady Jane* wieder in der Schlammbank fest.

Hal steuerte die *Maid* vorsichtig auf gleiche Höhe. »Sie wollen wohl wieder herausgezogen werden, Captain?«

»Man kommt sich ja ein bisschen blöd vor, zweimal an derselben Stelle steckenzubleiben.«

Selena tauchte auf. »Vater kann nichts dafür. Ich hab gesteuert.«

»Ja, schon, aber ich hätte dich nicht allein lassen dürfen, mein Liebes, wo ich doch wusste, dass hier eine Schlammbank ist.«

»Selbst den Besten von uns kann es passieren, Selena, dass wir stecken bleiben. Wir ziehen euch jedenfalls raus. Ich hoffe, ihr steckt nicht ganz so fest wie beim letzten Mal.«

»Tut mir leid, Hal, aber ich fürchte, es ist noch schlimmer. Riskieren Sie nicht, dass Ihr Kessel explodiert. So wie das Wasser im Augenblick steigt, sollten wir in ein paar Tagen von allein hier loskommen.«

»Wir versuchen mal, Sie loszukriegen, Captain. Seien Sie unbesorgt, ich setze die *Maid* nicht aufs Spiel.«

Die gesamte Prozedur war eine Wiederholung des ersten Mals. Nachdem das Drahtseil befestigt war, schickte Hal Freddy hinauf ins Ruderhaus ans Steuerrad der *Maid.* Er selbst wollte den Kessel im Auge behalten. Er war sich nämlich nicht ganz sicher, ob George mit seinem fanatischen Stolz sie nicht alle in die Luft jagen würde. Dann signalisierte er Selena und dem Captain oben im Ruderhaus der *Lady Jane*, dass alles bereit sei. Beide Schiffe standen nun unter Dampf, und die *Maid* bewegte sich vorwärts, bis das Drahtseil ganz straff war.

»Auf geht's«, sagte George und drehte den Dampf noch etwas mehr auf.

Die *Maid* vibrierte heftig bei dem Versuch, sich vorwärtszubewegen. Der Druck im Dampfkessel nahm zu. Keines der Schiffe rührte sich. Das Drahtseil surrte.

»Noch etwas mehr Dampf, und dann klappt's, Hal.«

Hal fuhr sich mit den Fingern durch die Haare. Seine Nerven waren bis zum Zerreißen gespannt. »Verdammt, George, guck doch nur mal auf den Druckmesser. Du musst Dampf ablassen.«

Noch während Hal sprach, spürte er, dass die *Maid* sich ein kleines Stück vorwärtsbewegt hatte. Er raste aufs hintere Deck, um zu gucken, was mit der *Lady Jane* war.

Selena, die mit ihrem Vater im Ruderhaus war, schrie Hals Namen. Der Captain drehte ruckartig den Kopf und sah sie an. Im selben Moment hörte er, wie das Drahtseil mit einem Knall so laut wie ein Pistolenschuss riss. Er blickte wieder zur *River Maid*.

Hal lag in einer immer größer werdenden Blutlache an Deck. Sein linker Unterschenkel war abgetrennt und lag ein Stück von ihm entfernt.

Selena war völlig erstarrt. Ihr Vater schüttelte sie heftig, damit sie wieder zu sich kam. Gleichzeitig rief er seinen Männern zu, sie sollten das Beiboot zu Wasser lassen, dann zerrte er Selena hinter sich her und rannte die Stufen zum unteren Deck hinunter. Während seiner Jahre auf See hatte er schon mit ähnlichen Verletzungen zu tun gehabt.

Der Schornstein der *Maid* stieß mächtig Dampf aus. Die Ventile des Dampfkessels waren geöffnet, und der Druck sank. George hatte rasch und instinktiv gehandelt, und war dann seinem Kapitän zu Hilfe geeilt.

Auch Will war innerhalb von Sekunden an der Seite seines Bruders. Hal sah ihn verwirrt an. »Was ist passiert?«

»Das Drahtseil ist gerissen und hat dein Bein erwischt, du verdammter Idiot.«

»Mein Bein ist doch noch da.« Dann spürte er den Schmerz und schrie verzweifelt: »Oh Gott, oh Gott, hilf mir, hilf mir.«

Will benutzte seinen Gürtel als Druckverband, um das Bein abzubinden. Hal schlug mit den Armen um sich und warf sich vom Schmerz überwältigt wie wahnsinnig hin und her. George drückte ihn aufs Deck und brüllte Freddy zu, er solle die Rumflasche holen. Will zwang Hal, einen großen Schluck Rum zu trinken, obwohl er wusste, dass sein Bruder das Zeug hasste. Dann war der Captain da.

Selena, deren Gesicht kreidebleich war, half ihrem Vater und riss gehorsam ein Laken in Streifen. Der Captain arbeitete zügig, während er den Druckverband näher am Stumpf anbrachte. Dann nahm er Will den Rum aus der Hand und kippte ihn über die Wunde. Hal schrie noch einmal auf, bevor er das Bewusstsein verlor.

»Das wär geschafft«, erklärte der Captain mit einem kurzen Blick auf Hals Gesicht. Zumindest spürte er jetzt nichts mehr. »Der Alkohol wird dafür sorgen, dass es keine Infektion gibt.«

Mit der Effizienz eines Mannes, der wusste, was er tat, verband der Captain den Stumpf anschließend dick mit Streifen von dem Laken. Dann trug er Hal zusammen mit Will in seine Kabine, wo sie ihn aufs Bett legten. Hal blieb bewusstlos.

Nun bemerkte der Captain, dass Will angefangen hatte zu zittern. »Wenn Sie noch Rum oder Brandy an Bord haben, sollten Sie was davon trinken. Bringen Sie auch was für Selena mit.«

Selena hatte sich einen Hocker neben Hals Koje gezogen und hielt seine Hand. George, dem Captain einen Schritt voraus, betrat die Kabine mit einer Flasche Brandy in der Hand.

»Dachte, ihr könntet alle ’nen Schluck davon gebrauchen.«

Den nahmen sie dankbar an, selbst Selena trank direkt aus der Flasche.

»Was nun?«, fragte George, an Will und den Captain gewandt.

»Als Erstes begraben wir Hals Unterschenkel. Ich will ihn nicht zu den Fischen ins Wasser werfen.«

»Freddy und ich kümmern uns darum, Will. Und wir machen auch das Deck sauber. Bleib du bei deinem Bruder.«

Will nickte. In Wahrheit wollte er auch weder Hals abgetrennten Unterschenkel anfassen noch das Blut aufwischen. Er nahm einen zweiten Schluck aus der Brandyflasche.

Der Captain wiederholte Georges Frage. »Was sollen wir tun, Will?«

»Nach Swan Hill fahren, würde ich sagen. Da gibt es vielleicht einen Arzt. Freddy ist in der Lage, das Steuer zu übernehmen. Ich sollte auf jeden Fall versuchen, Hal zu Meggan nach Langsdale zu bringen. Sie wird ihn gesund pflegen, und in Ballarat gibt es gute Ärzte.«

»Ich komme mit«, erklärte Selena. »Du brauchst meine Hilfe, um Hal zu versorgen. Du hast doch nichts dagegen, Vater?«

»Ich hätte dich sowieso gebeten, bei Hal zu bleiben, Liebes.«

»Steckt die *Lady Jane* immer noch fest, Captain?«

»Ja, aber das spielt jetzt keine große Rolle mehr. In ein paar Tagen wird sie von allein loskommen.«

»Captain, ich möchte Sie um einen Gefallen bitten. Wenn Sie hier loskommen, könnten Sie dann bitte zurück nach Riverview fahren und Annabelle berichten, was passiert ist? Sagen Sie ihr, dass ich Hal nach Langsdale bringe. Sobald sie Riverview verlassen kann, möchte ich, dass sie zu Mrs Stoner – äh – Jones nach Echuca fährt und dort auf mich wartet.«

George hielt die *River Maid* unter Volldampf. Sie fuhren vom Morgengrauen bis es dunkel wurde, und schafften es so in nur drei Tagen bis Echuca. Während dieser Zeit war Hal immer mal wieder kurz bei Besinnung, schien aber nicht wahrzunehmen, ob Selena oder Will an seinem Bett saß. Sie gaben ihm Beruhigungsmittel, die aus dem gut bestückten Arzneischrank der *Lady Jane* stammten. Während der kurzen Phasen, die Hal bei Bewusstsein war, half Will ihm, sich etwas aufzurichten und stützte ihn, während Selena ihm Wasser oder dünnen Haferschleim einflößte.

In Swan Hill hielten sie nur an, um sich zu erkundigen, ob es ärztliche Hilfe gab. Da dies nicht der Fall war, hieß es mit Volldampf weiter Richtung Echuca. Will verließ die *Maid* an der Farm. Er wollte mit dem Wagen, den er für einen Krankentransport zurechtgemacht hatte, nach Echuca kommen und Hal und Selena dort abholen.

Acht Tage nachdem das Drahtseil ihm den linken Unterschenkel abgetrennt hatte, warf Hal sich fiebernd in einem Bett auf Langsdale hin und her, während Larry Benedict wie der Teufel nach Ballarat ritt, um einen Arzt zu holen.

Meggan schickte Selena ins Bett. »Du bist erschöpft, Selena. Du siehst aus, als hättest du tagelang nicht geschlafen.«

»Seit dem Unfall habe ich auch nur sehr wenig geschlafen.«

»Dann ab ins Bett mit dir, und steh bloß nicht wieder auf, bevor du dich richtig erholt hast. Ich lasse dir heißes Wasser zum Waschen bringen und anschließend ein Tablett mit Essen und einem Glas warmer Milch. Du wirst bestimmt lange schlafen.«

Vollkommen erschöpft fiel Selena in einen tiefen Schlaf. Nun, da Hal auf Langsdale gut untergebracht war, war ihr ein großer Teil ihrer Sorge genommen. Als sie leicht desorientiert aufwachte, hatte sie das Gefühl, nur ein paar Stunden geschlafen zu haben. Sie stieg gerade aus dem Bett, als die Tür vorsichtig aufgeschoben wurde und Meggan hereinschaute.

»Oh, du bist ja wach«, sagte Meggan und machte die Tür weit auf, um ins Zimmer zu kommen. »Du musst wirklich sehr erschöpft gewesen sein, dass du so lange geschlafen hast.«

»Wie spät ist es?«

»Kurz nach drei Uhr nachmittags.«

»Erst drei Uhr? Dann hab ich ja weniger als zwei Stunden geschlafen.«

Meggan lachte leise. »Liebe Selena, du hast fast sechsundzwanzig Stunden geschlafen.«

Selena verschlug es den Atem. »Ich kann doch unmöglich so lange geschlafen haben.«

»Offenbar hattest du den Schlaf nötig, und ich nehme an, dass du jetzt was zu essen brauchst.«

»Ja, ich habe tatsächlich großen Hunger.« Ihr Magen knurrte bestätigend. Selena drückte eine Hand auf ihren Bauch. »Ach du meine Güte. Wie geht es Hal?«

»Sein Fieber ist heruntergegangen, und er schläft viel, steht allerdings immer noch unter Beruhigungsmitteln. Der Arzt ist eben erst wieder zurück nach Ballarat gefahren. Er hat dem Captain ein Kompliment dafür gemacht, wie gut er Hal verbunden hat. Er hat keine Anzeichen für eine Infektion gesehen, als er ihm einen neuen Verband angelegt hat.«

»Da bin ich aber froh. Ich hatte solche Angst, dass Hal an seiner Verletzung sterben würde.«

»Der Arzt hat uns versichert, dass Hal nicht in Lebensfahr ist. Er ist ein kräftiger und gesunder junger Mann.«

»Ich muss mich anziehen und zu ihm gehen.« Sie wollte ihn unbedingt wach und fieberfrei sehen.

»Will sitzt gerade bei ihm. Wenn du bei Hal warst und dich vergewissert hast, dass alles in Ordnung ist, dann komm in die Küche. Ich lasse dir von Mrs Clancy etwas zu essen machen.«

Will stand auf, als Selena leise die Tür öffnete und in Hals Schlafzimmer trat. Er kam auf sie zu und ergriff ihre Hände. »Vielen, vielen Dank, Selena, für alles, was du getan hast.«

»Ich habe nichts Besonderes getan. Du hättest dich nicht alleine um Hal kümmern und dabei auch noch Freddy und George mit der *Maid* helfen können. Außerdem wollte ich bei Hal sein, auch wenn er nicht gemerkt hat, dass ich da war.«

Er drückte ihr beide Hände. »Ich bin froh, dass du gut geschlafen hast. Willst du jetzt hierbleiben?«

»Ich geh nur in die Küche und esse was, dann komme ich wieder.«

Stattdessen kam jedoch Meggan ins Schlafzimmer, um zu sagen, dass Selena von Etty und Ruan bestürmt würde, mit ihnen in die Scheune zu gehen und sich die jungen Kätzchen anzusehen.

»Ich kann bei Hal bleiben. Deine Nichte und dein Neffe möchten dir sicher auch gern die Kätzchen zeigen.«

Also ging Will mit Selena und den Kindern in die Scheune. Die Kätzchen waren zwei Monate alt, voll putziger Verspieltheit. Die beiden schwarzweißen Kätzchen waren fast gleich gemustert. Etty nannte sie »die Zwillinge«. Ein Kätzchen war ganz schwarz, eines rotbraun und hatte eine Mischung von allen Farben. Das Bunte gefiel Selena am besten.

»Ob ich auf der *Lady Jane* wohl eine Katze haben darf?« Sie schmiegte das Tier an ihre Brust und streichelte mit verträumten Augen sein Fell.

Will musste über den Anblick lächeln. »Du hast dich wohl in das Tierchen verliebt.«

»Hab ich. Ach, ich möchte es so gerne behalten.«

»Vielleicht hätte Annabelle ja auch gern eine Katze im Haus.« Er hob das rotbraune Tier auf. »Die hat ein hübsches Gesicht. Ja, das ist die richtige Katze für Annabelle.«

Er sah Selena an und stellte fest, dass sie den Kopf abgewandt hatte. Vorsichtig stellte er das Kätzchen wieder auf den Fußboden. »Komm, Selena, geh ein bisschen mit mir spazieren. Lass das Kleine hier.«

Schweigend verließen sie zusammen die Scheune. Erst als sie

zu dem schönen alten Eukalyptusbaum mit der grauen Rinde kamen, der in der Nähe des Scherschuppens stand, fing Will an zu sprechen. »Ich bin dir eine Erklärung schuldig.«

»Ich brauche keine Erklärung, Will.«

»Doch, das muss sein.« Er fasste sie am Arm, um sie zum Stehenbleiben zu bewegen, und ließ sie erst los, als sie sich gegenüberstanden.

»Wir wären zusammen nicht glücklich geworden, Selena. Du hattest recht, als du gesagt hast, dass du ein Teil der Vergangenheit bist, die ich vergessen will.«

Sie biss sich auf die Lippe und war nicht in der Lage, ihn anzusehen. »Du hättest Annabelle ja nicht so schnell zu heiraten brauchen. Wenn du gewartet und dir Zeit gelassen hättest, über deinen Schmerz hinwegzukommen …« Sie beendete den Satz nicht, da er auch so verstehen musste, was sie meinte.

»Verstehst du denn nicht, Selena? Mit Annabelle verheiratet zu sein, hat mir das Leben gerettet. Dir muss doch klar gewesen sein, dass es Zeiten gab, wo ich nicht mehr leben wollte.«

»Das weiß ich, und aus diesem Grund hoffe ich ganz besonders, dass du immer glücklich mit Annabelle sein wirst.«

»Du bist großzügig und hast ein gutes Herz, Selena.« Seine Stimme klang erleichtert.

»Das bin ich eigentlich gar nicht. Ich muss nur akzeptieren, dass du für mich verloren bist.«

Will ergriff sanft ihre Hände. »Meine Gefühle für dich haben sich nicht geändert, Selena. Ich hab dich immer noch sehr gern. Du weißt, dass ich nie behauptet habe, dich zu lieben.«

»Liebst du denn Annabelle?«, fragte sie, obwohl es ihr wehtat, die Worte auszusprechen.

Er musste einfach ehrlich sein. »Inzwischen liebe ich sie.« Will sah, wie sie schluckte, und suchte nach den richtigen Worten. »Es tut mir leid, Selena. Ich wollte dich nie verletzen.«

Sie sah ihn mit Tränen in den Augen an. »Es ist vorbei, Will. Du gehörst zu Annabelle, also werde ich zu meinem Vater auf die *Lady Jane* zurückkehren.«

»Es gibt noch jemanden, der dich liebt.«

»Ich weiß.« Da ihr das Gespräch zu schmerzlich wurde und sie auf keinen Fall vor Will weinen wollte, wechselte sie das Thema. »Hast du die kleine Louisa schon gesehen?«

»Meggan meint, dass ich das Kind sehen sollte. Ich bin mir da nicht so sicher.«

»Hast du Angst davor?«

»Nachts denke ich oft an sie und frage mich, ob ich je in der Lage sein werde, sie meine Tochter zu nennen, wo ich doch weiß, wer sie gezeugt hat.«

»Mit so etwas solltest du dich nicht belasten. Die einzigen Eltern, die Louisa kennt und je kennen wird, sind Agnes und Larry. Sie hat bereits einen kleinen Bruder, und Agnes wünscht sich eine große Familie. Louisa wird in einer glücklichen und liebevollen Familie aufwachsen.«

In Gedanken versunken kehrten sie zur Scheune zurück, wo Meggans Kinder wahrscheinlich immer noch mit den Kätzchen spielten. Als sie feststellten, dass Agnes bei Etty und Ruan in der Scheune war, brauchte Will nicht länger darüber nachzudenken, ob er Jennys Tochter sehen wollte oder nicht. Neben Etty saß ein kleines Kind mit blonden Haaren und streichelte das Kätzchen, das Selena so gut gefallen hatte. Das Mädchen war so fasziniert von der kleinen Katze, dass es die Erwachsenen überhaupt nicht wahrnahm.

Ganz im Gegensatz zu Agnes, die mit ihrem kleinen Sohn auf dem Arm auf einem Heuballen saß. Sie war zu offen und zu geradeheraus, um ihre Überraschung und Unsicherheit zu verbergen. Jeder auf Langsdale wusste, dass Will erklärt hatte, er wolle Jennys Baby nie wieder sehen. Er stand da und beobachtete das Kind, ohne ein Wort zu sagen. Agnes hätte zu gern gewusst, was ihm durch den Kopf ging. Louisa sah ihrer Mutter immer noch sehr ähnlich. Vielleicht war die Ähnlichkeit mit Jenny sogar noch größer geworden. Ob Will nun, wo er eine Frau hatte, die sich um sie kümmern könnte, Louisa zurückfordern würde? Nur über meine Leiche, dachte Agnes.

»Du hast eine hübsche Tochter, Agnes«, sagte Will schließlich und nahm ihr damit alle Befürchtungen.

Als sie später mit Etty und Ruan zurück zum Haus gingen, erklärte er Selena seine Gefühle. »Ich dachte, ich würde den ganzen Schmerz und den Zorn darüber, wer ihr Vater war, von neuem empfinden. Aber obwohl sie Jenny sehr ähnlich sieht, habe ich nichts empfunden. Wenn ich das Kind nicht gesehen hätte, wäre ich zur Farm zurückgekehrt und hätte immer noch an sie als Jennys Tochter gedacht.«

»Und jetzt denkst du an sie als die Tochter von Agnes und Larry Benedict. Louisa Benedict.«

»Louisa Benedict.« Er ließ den Klang des Namens auf sich wirken. »Genau, das ist sie.«

Hal wurde wieder ganz gesund, und der Arzt war erfreut, wie gut der Stumpf verheilte.

»In ein paar Monaten können wir daran denken, Ihnen ein künstliches Bein zu verpassen.«

Hal grummelte vor sich hin. Er wünschte, der Arzt würde sich nicht so verdammt fröhlich anhören. Er fand sich zwar mit dem Unvermeidlichen ab, fragte sich aber gleichzeitig, wie zum Teufel er denn weiter mit der *Maid* herumfahren sollte. Niemand aus seiner Familie zeigte offen sein Mitgefühl, sondern alle gaben ihm deutlich zu verstehen, dass er sein Leben wieder in die Hand nehmen müsse und sich nicht in Selbstmitleid verzehren dürfe. Als Ned Clancy ihm ein Paar Holzkrücken brachte, die er selbst gefertigt hatte, drängte Selena ihn, sie zu benutzen. Sobald Hal einigermaßen geschickt mit Krücken herumgehen konnte, ließ auch seine Niedergeschlagenheit nach.

Wenige Tage nach dem letzten Besuch des Arztes verabschiedete sich Will von allen auf Langsdale. Fast vier Wochen waren vergangen, seit er Annabelle auf Riverview zurückgelassen hatte. Neben diversen Kleinigkeiten, die ihm Meggan gegeben hatte, um das Farmhaus behaglicher zu machen, nahm er in einem Weidenkorb das rotbraune Kätzchen mit.

Meggan ging mit ihm zum Wagen, um sich ein letztes Mal zu verabschieden. »Denk dran, dass wir Annabelle so schnell wie möglich kennenlernen wollen. Du kannst also schon bald mit Gästen rechnen.«

»Du bist mir jederzeit willkommen, Megs.«

Sie lächelte, weil er den Kosenamen aus ihrer Kindheit benutzte, und schlang die Arme um ihren Lieblingsbruder. »Ich hoffe, dass ihr immer so glücklich sein werdet wie Con und ich.«

Selena und Hal beobachteten von Stühlen auf der Veranda aus, wie Will losfuhr.

»Wann wirst du Langsdale verlassen, Selena?«, fragte Hal.

»Am gleichen Tag wie du.«

»Wie meinst du das?«

»Wenn du auf den Fluss zurückkehrst, komme ich mit.«

Er ließ sich auf dem Stuhl etwas nach vorne sinken. »Ich weiß nicht, ob ich überhaupt auf den Fluss zurückkehren kann. Wie soll ich denn mit nur einem halben linken Bein Wollballen verladen? Auf einem Dampfschiff muss jeder Mann seinen Beitrag leisten.«

»Und wenn du nun keine Wollballen oder andere schwere Lasten mehr beförderst?«

»Du meinst, ich sollte aus der *Maid* ein Passagierschiff machen? Dafür hat sie zu wenige Kabinen. Das würde sich nicht lohnen.«

»Ich hab eher an ein Verkaufsschiff gedacht, eine Art schwimmenden Gemischtwarenladen.« Selena rückte in ihrer Begeisterung näher an ihn heran. »Denk doch mal darüber nach, Hal. Immer mehr Leute lassen sich am Fluss nieder. Und die werden Familien haben. Überleg mal, wie sehr es diesen Leuten das Leben erleichtern würde, besonders den Frauen, wenn sie nicht den weiten Weg in die Stadt zu fahren bräuchten, um Dinge wie Kleidung, Nähgarn, Schnürbänder und alles Mögliche zu kaufen. Wir könnten auch Tabak und andere Dinge für die Männer mitführen. Wir …«

Er unterbrach sie mit einem lauten Lachen. »›Wir‹, Selena?«

»Ja, natürlich«, erklärte sie. »Du wirst mich doch heiraten, oder etwa nicht?«

Sofort wurde er ernst. »Wie kann ich dich bitten, einen Krüppel zu heiraten?«

»Das ist doch ganz einfach. Du sagst, ›Willst du mich heiraten, Selena?‹, und dann sag ich, ›Ja, Hal Collins, ich möchte dich sehr gerne heiraten.‹«

Hal verzog den Mund zu einem zufriedenen Lächeln. Selena lächelte ebenfalls und lehnte sich zurück. Will war mit seinem Wagen nun schon ziemlich weit weg. Vielleicht würde sie niemals aufhören, Will zu lieben, doch sie würde Hal nie Grund geben, sich zu erinnern, dass sie einst seinen Bruder geliebt hatte.

Epilog

Die Sonne war angenehm warm, wenn man einen Ort fand, wo der kühle Augustwind nicht hinkam. Das Ruderhaus der *River Maid* war ein solcher Ort. Selena steuerte den Raddampfer. Hal saß auf einem Hocker, um sein Bein auszuruhen. Das künstliche Bein bereitete ihm immer noch manchmal Schmerzen am Stumpf. Er hatte sich jedoch an die Prothese gewöhnt und schaffte ohne allzu große Schwierigkeiten auch die hohen Stufen zum Ruderhaus hinauf.

Selenas Unterstützung und ihre Entschlossenheit hatten ihn zu Leistungen befähigt, die er nicht mehr für möglich gehalten hätte. Ihre Begeisterung hatte all seine Bedenken hinweggefegt, aus der *Maid* einen schwimmenden Gemischtwarenladen zu machen. Einige ihrer Waren hatten sie in Melbourne bestellt, andere stammten aus Ballarat und Bendigo. Dies war ihre erste Fahrt.

Sie hatten von Echuca flussabwärts an jeder großen und kleinen Farm gehalten. Nach den ersten Stopps wusste Hal bereits, dass Selena recht gehabt hatte mit ihrer Idee, aus der *Maid* ein Verkaufsschiff zu machen. Die Frauen am Fluss hießen sie erfreut willkommen und machten häufig Vorschläge, was sie noch mitbringen könnten.

Hal beugte sich zu Selena hinüber und gab ihr einen Kuss auf die Wange. Sie drehte überrascht den Kopf.

»Wofür war das denn?«

»Weil ich dich liebe.« Sie fuhren gerade durch einen weiten Flussbogen. »Da vorne ist Riverview. Kündige uns doch mal mit einem lauten Pfeifen an.«

Darcy zog seine Mutter an der Hand. »Mummy, Mummy, wir müssen gehen.«

»Es dauert noch ein bisschen, bis das Schiff da ist. Und ich hab noch einiges zu tun. Geh doch mal gucken, ob Nelson Hilfe braucht. Oder setz dich auf die Bank und sieh zu, wie das Schiff näher kommt.«

»In Ordnung, Mummy.«

Jane wollte diese letzten Momente allein im Haus verbringen. Sie schlenderte durch die vertrauten Zimmer. Charles und Mary waren bereits seit über einer Woche fort. Gestern war der Fuhrmann mit dem großen Ochsenkarren gekommen, um die Möbel und Kisten abzuholen, die nach Adelaide transportiert werden sollten. Ihr Herz war schwer. Gleichzeitig war sie froh, dass die *River Maid* pünktlich war. Nur ungern wäre sie noch viel länger in diesem Haus geblieben, in dem nur noch Geister und Erinnerungen wohnten.

Als Jane hörte, dass das Maschinengeräusch des Dampfers immer lauter wurde, verließ sie das Haus durch eine Seitentür und ging zu dem kleinen eingezäunten Friedhof. Dort befanden sich drei Gräber. Das erste gehörte ihrer leiblichen Mutter, einer Aborigine, die stolz darauf gewesen war, dass ihre Tochter vom Boss und von der Missus in die Familie aufgenommen worden war. Daneben lag das winzige Grab, in dem Marys totgeborenes Kind lag.

Das dritte war Joshuas Grab. Joshua, um den sie immer noch trauerte. Hatte sie trotz allem, was geschehen war, angefangen, sich in ihn zu verlieben?

Als sie hörte, wie Darcy nach ihr rief, eilte sie vors Haus, nahm ihren Sohn auf den Arm und drückte ihn an sich. Sie hatte das dringende Bedürfnis, die Wärme seines Körpers zu spüren.

Darcy wehrte sich. »Lass mich runter, Mummy. Ich bin schon ein großer Junge.«

Jane gab ihm einen Kuss und stellte ihn wieder auf die Füße. Dann nahm sie Darcy fest an der Hand und ging mit ihm über den Rasen zu dem Pfad, der hinunter zur Anlegestelle führte. Nelson war mit ihren Koffern und Kisten bereits dort.

»Fahren wir zu Opa und Oma?«, fragte Darcy. Seine Mutter hatte ihm nur gesagt, dass sie eine lange Schiffsreise machen würden.

»Nein Schatz, das Schiff kann uns nicht nach Adelaide bringen.«

»Ist das da, wo Opa und Oma hingegangen sind?«

»Opa und Oma sind in die Nähe von Tante Anne gezogen. Wir fahren zu einer Farm namens Langsdale. Kannst du dich an deine kleine Freundin Etty erinnern?«

Darcy kniff nachdenklich das Gesicht zusammen. »Ich glaube ja«, sagte er leicht zweifelnd. Dann hellte sich sein Gesicht auf. »Ist Onkel Josh dort?«

Jane hockte sich hin, damit ihr Gesicht auf einer Höhe mit dem ihres Sohns war. »Schatz, Onkel Joshua ist im Himmel.«

»Kann das Schiff uns denn in den Himmel bringen, um Onkel Josh zu besuchen?«

»Nein, Schatz, der Himmel ist viel zu weit weg.«

»Werde ich Onkel Josh nie wiedersehen?« Seine Unterlippe zitterte.

Jane umarmte ihren Sohn und kämpfte gegen die Tränen an, die anscheinend nie versiegen wollten. Plötzlich merkte sie, dass Nelson neben ihnen stand und dass Darcy sich wie wild die Tränen unter den Augen wegwischte. Sie ließ sich von Nelson beim Aufstehen helfen. Dann kniete er sich neben ihren Sohn.

»Heute Abend, bevor du schlafen gehst, schauen wir zusammen in den Himmel und suchen den hellsten Stern in der Milchstraße. Dort, wo der hellste Stern ist, da ist auch dein Onkel Joshua.«

»Wie ist Onkel Josh in den Himmel gekommen?«

»Das kann ich dir nicht sagen, Darcy. Ich kann dir nur versichern, dass er sehr glücklich ist. Was hältst du davon, wenn wir jetzt zusammen zu Bluebell gehen und ihr auf Wiedersehen sagen?«

»Bluebell soll auch mitkommen.«

»Bluebell würde sich auf dem Schiff nicht wohl fühlen. Wenn wir in unserem neuen Zuhause sind, kriegst du ein neues Pony.«

Wir, unser, dachte Jane. Ja, sie würden eine Familie sein. Darcy brauchte einen Vater, der ihm den Weg wies, ein Mann zu werden. Sie mochte Nelson sehr gerne und wusste, dass er sie auch mochte.

Nelson und sie waren Außenseiter in dieser Welt. Beide waren sie Aborigines. Obwohl als Weiße erzogen, würden sie trotzdem nie so ganz in die weiße Gesellschaft passen. Sie hatten ja nur einander.

Der Roman

DER TRAUM
DER ROTEN ERDE

hat Ihnen gefallen?

Dann lesen Sie hier weiter …

Keziah Stanley lag im Dunkeln in ihrer Koje auf der Harlequin und tat vor Aufregung kein Auge zu. Tagelang, wann immer Wind und Wetter es zuließen, waren sie so nah an der Küste gesegelt, dass sie gelegentlich den östlichen Rand des australischen Kontinents hatten sehen können. An Bord ging das Gerücht um, dass schon am nächsten Morgen die Felsen von Port Jackson in Sicht kämen!

Nach vierzehn Wochen auf hoher See hatte Keziah ihre neue Identität als Witwe Mrs. Smith verinnerlicht. Sie achtete sorgsam darauf, ihre Vergangenheit und ihre Pläne für die Zukunft vor allen anderen zu verbergen, damit die Morgans sie nicht finden konnten. Tag für Tag, bei Regen, Hagel oder Sonnenschein, war sie an Deck geblieben, nicht nur um der stickigen Luft im Innern des Schiffes und den anderen Mitreisenden aus dem Weg zu gehen, sondern auch um ihre morgendliche Übelkeit als Seekrankheit auszugeben.

Keziah betrachtete die Gestalten in den Reihen von Kojen, die den Schiffsrumpf säumten. Zwischen den einzelnen Kojen gab es einen halben Meter Platz, und sie waren so schmal, dass man sich kaum darin umdrehen konnte. Nach einem Leben in Freiheit auf offener Straße war es eine Qual, mit dreißig Einwanderern auf den beengten Raum in ihrer Abteilung begrenzt zu sein und sich genötigt zu sehen, in dem wuselnden

Durcheinander zu essen und sich zu waschen. Sie musste sich den Platz nicht nur mit Frauen und kränkelnden Kindern teilen, sondern auch mit gesunden Ehemännern, die des Nachts auf ihre ehelichen Rechte pochten.

Sie hatte ihre Ration längst aufgegessen, doch das Kind in ihrem Bauch erinnerte sie daran, dass sie dringend eine Möglichkeit finden musste, ihre Hungerattacken in Schach zu halten. Wie lange war es noch bis zur Morgendämmerung?

Im Dunkeln zog sie vorsichtig ihren Schal über ihren dicken Bauch. Aber die Brüste, die gegen das enge Mieder pressten, ließen sich nicht verbergen.

Keziah seufzte. Könnte der Vater dieses Kindes doch nur Gem sein!

Als sie an der Kombüse vorbeikam, sah sie, dass der Koch noch fest schlief. Sie stibitzte ein Stück Käse und einen Kanten altbackenes Brot und stieg an Deck.

Dort hielt sie sich an der Reling des schlingernden Schiffes fest und blickte auf den Horizont. Die ersten Anzeichen der Morgendämmerung brachten eine Brise mit sich, die durch ihr Haar und über ihr Gesicht fuhr und ihre Lebensgeister weckte. Voller Bewunderung beobachtete sie, wie geschickt ein Matrose zum Krähennest hinaufkletterte. Andere sangen Shantys, während sie fachmännisch die Segel setzten, um die morgendliche Brise zu nutzen.

Mit einem Mal kam ein triumphierender Schrei aus dem Mastkorb. »Land ahoi!« Die tropische Sonne brannte auf sie hernieder, und Keziah schnappte nach Luft, als die Harlequin langsam in den überraschend großen Hafen einlief. Zugleich wurde sie unbarmherzig daran erinnert, dass der November hier am Ende der Welt Frühling bedeutete und heißer war als die vielen Hochsommer, die sie von Wales kannte.

Beim Anblick der Inseln, die wie treibende Juwelen mitten

im Hafen lagen, hielt sie den Atem an. Auf Backbord sandte eine davon, die wie eine von Bäumen bedeckte Pyramide aussah, ein Warnlicht an die Schiffe aus. Ein Seemann erklärte es ihr.

»Das müsste Pinchgut sein, Ma'am. Noch vor Kurzem baumelten auf dem höchsten Punkt der Insel Gefangene, die Essen gestohlen hatten, an einem Galgen. Um andere abzuschrecken«, setzte er leise hinzu. »Die guten alten Zeiten, wie man so schön sagt. Mittlerweile sollen die Behörden etwas zivilisierter sein. Heute ketten sie die armen Schweine unter der sengenden Sonne bei lebendigem Leib aneinander.«

Als ihre Knie nachzugeben drohten, klammerte sich Keziah erneut an die Reling. Was, wenn Gem dasselbe Schicksal widerfahren war?

»Hinter Sidney Cove liegt eine große Insel, ein paar Meilen den Parramatta River abwärts. Die Schwarzen hier nennen sie Biloela, die anderen Cockatoo Island. Dort bauen sie ein Gefängnis für die Schwerverbrecher – angeblich ist es zu hundert Prozent ausbruchsicher.«

Cockatoo Island. Ein schöner Name, doch er erfüllte Keziah mit Grausen. Galt Gem vielleicht als Schwerverbrecher? Sie suchte die südliche Bucht nach irgendeinem Anzeichen von Regierungsgebäuden ab. Wo, um Himmels willen, sollte sie mit ihrer Suche beginnen?

Der Seemann zeigte auf einige Sandsteinbauten – Fort Macquarie, Dawes Point Barracks und das alte Government House. Ahnte er etwa den Grund für ihre Neugier?

»Dort drüben ist der Sitz der Verwaltung für die Strafgefangenen. Der richtige Ort für alle, die einen Verwandten oder Bekannten suchen.« Seine Worte klangen tröstlich. »Nicht wenige vorbildliche Bürger dieser Kolonie waren einst Strafgefangene. Australien gibt vielen eine zweite Chance. Haben Sie die Häuser da drüben gesehen, die der begnadigte Samuel Terry gebaut hat? Er stiftet viel Geld für diverse gute Zwecke oder religiöse Anliegen. Er ist inzwischen der reichste Mann in der Kolonie.«

Keziah dankte ihm mit einem Lächeln. *Eines Tages wird mein Gem wie Samuel Terry sein. Vielleicht nicht reich, aber besser als das – ein freier Mann!*

Als ein Schwarm von blau, smaragdgrün, rot und gold gefärbten Regenbogen-Papageien über sie hinwegschoss, stieß Keziah einen Freudenschrei aus. Der phantastisch hohe Himmel war wie die Kuppel in einem Märchenschloss, seine Farben ein exaktes Spiegelbild des blauen Hafens. Die Luft war von exotischen Düften geschwängert, sodass Keziah wie berauscht war, bis ihr bewusst wurde, dass sich Gem bei diesem Anblick vermutlich gefragt hatte, ob er jemals freikäme, um diese Welt wieder zu verlassen.

»Mir ist es egal, wo ich lebe, Gem«, flüsterte sie, »Hauptsache, ich kann bei dir sein.«

Dann erinnerte sie sich an die Wölbung unter ihrem Kleid und fügte leise hinzu: »Dich hatte ich schon ganz vergessen. Aber du bist ein Problem, um das ich mich ein andermal kümmern werde.«

Keziah nahm ihre Reisetasche und eilte den Kai hinunter, Richtung The Rocks, ein Viertel, das sich auf der westlichen Seite von Sydney Cove erstreckte. Sie wusste, dass sie jeden Penny zweimal umdrehen musste, ehe sie ihn ausgab, trotzdem würde es sich lohnen, ein paar Münzen für eine sichere Bleibe auszugeben. Wenn ihr das Geld ausging, konnte sie immer noch den *gaujo* aus der Hand lesen.

Ihr Zimmer in einer Privatpension auf dem höchsten Punkt von The Rocks war spartanisch eingerichtet, aber erstaunlich sauber. Jetzt konnte sie sich selbst und ihre Kleider zum ersten

Mal seit dem Aufbruch aus England wieder so waschen, wie es den Sitten der Roma entsprach.

Das Allerschönste war der Blick über die Dächer der armseligen Mietsbarracken unterhalb. Das Fenster ging auf den wolkenlosen Himmel und einen großen Teil des belebten Hafens hinaus, wo ständig Schiffe ein- und ausliefen.

Australien. Keziah betrachtete ihre neue Welt mit den Augen einer Roma. Trotz des von Menschenhand geschaffenen Elends, das sich in den Gassen unter ihr zusammendrängte, war die weite Landschaft, die an den Hafen grenzte, von einer eigenartigen, verschwenderischen Schönheit. Die Vitalität, die hier in der Luft hing, schien jedem, der den Mut besaß, die Gelegenheit beim Schopf zu packen, eine herrliche Zukunft zu verheißen.

Mit The Rocks im Rücken ging sie durch einen vergleichsweise zivilisierten Teil der George Street, in dem es eine Vielzahl von kleinen Ständen mit exotischen, tropischen Früchten und englischem Gemüse bis hin zu Spirituosengeschäften, Wirtshäusern, eleganten Ausstattern, Antiquitätenläden und Pfandhäusern gab. Keziah wusste, dass es sich bei dem vielen Silber und Schmuck, die in Sydney Town öffentlich verkauft wurden, um in England gestohlene Waren handelte, die man hier viel sicherer als in der Heimat wieder abstoßen konnte. Was für eine verkehrte Welt – hier herrschten völlig andere Moralvorstellungen und gesellschaftliche Gepflogenheiten als zuhause, und es gab jede Menge Möglichkeiten, das Gesetz zu seinen Gunsten auszulegen!

Als sie ein paar regenbogenfarbene Papageien entdeckte, die in Käfigen an Ladeneingängen hingen und jämmerlich kreischten, hätte sie sie am liebsten gekauft und freigelassen, doch sie musste ihr Geld zusammenhalten.

Elegant gekleidete Frauen schlenderten am Arm von Militäroffizieren vorbei, die in ihren roten Serge-Uniformen schwitzten und deren englische Haut unter den Husarenmützen rosig glänzte.

Aneinandergekettete, kahlköpfige Strafgefangene zogen vorbei, von Soldaten bewacht. Dunkelhäutige Eingeborene rauchten ihre Pfeifen und schienen jedes weggeworfene europäische Kleidungsstück aufzutragen, das ihnen in die Hände fiel.

Doch Keziah hatte keine Zeit für die Verlockungen dieser fremden Welt. Sie wollte Gem finden, ehe ihr Bauch zu dick und ihr Ehebruch offenkundig wurde.

Ungeduldig wartete sie in der Verwaltung für Strafgefangene, bis man sie endlich empfing. Der blasierte Beamte hatte einen schmutzigen Kragen und achtete mehr auf ihre Brüste, als ihr bei ihrer Suche behilflich zu sein.

»Besagter Sträfling, Gem Smith, ist das Ihr Ehemann, Madam?«

War es für sie besser mit ja oder mit nein zu antworten? Sie fasste einen schnellen Entschluss. »Ein naher Verwandter. Ich wäre Ihnen sehr dankbar, wenn Sie in Ihrer Akte nachsehen könnten – wie heißt es noch, im Strafgefangenenregister?«

Der Beamte schlug ein dickes Registerbuch auf. »Ihr Smiths vermehrt euch aber auch wie die Karnickel.«

Keziah war so wütend, dass sie ihm am liebsten das Lächeln aus dem Gesicht geschlagen hätte, doch es war nicht klug, sich ihn zum Feind zu machen, daher versuchte sie lieber, ihm zu helfen.

»Er heißt Gem, G-E-M. Zwanzig Jahre alt. Geboren in Wales. So viele Smiths, auf die diese Beschreibung passt, dürfte es eigentlich nicht geben, oder?«

Der Beamte fuhr mit seinem schmutzigen Fingernagel über eine Liste. »Na, hier haben wir einen Jem Smith, mit J. Alter: einundzwanzig. Haar: schwarz. Augen: dunkelbraun. Hautfarbe: dunkel. Größe: eins achtzig – großer Kerl! Kann weder schreiben noch lesen. Verurteilt in Glamorgan Assizes. Geburtsort: Llangadfan, Wales. Religion: keine. Vergehen: Pferdediebstahl. Strafe: sieben Jahre. Anmerkungen: kräftig, sieht aus wie ein Zigeuner, Herztätowierung mit einem K auf der linken Brust, das wären wohl Sie, was?«, grinste der Mann süffisant.

Keziah ging nicht darauf ein. »Wo ist er jetzt?«

»Hier steht, dass er einem gewissen Julian Jonstone Esquire in Gideon Park zugewiesen wurde, in der Nähe des Lake Incognito.«

»Wären Sie so nett, mir auf Ihrer Karte zu zeigen, wo das liegt?«

Der Beamte folgte dicht hinter ihr, als er sie zur Karte an der Wand begleitete. Keziah versuchte, nicht einzuatmen. Der Mann roch, als hätte er seit einem Jahr nicht mehr gebadet.

Die Karte verwirrte sie. Sie hatte die Umrisse einer Insel erwartet, sah aber nur einen einzigen Streifen von blauem Meer auf der unteren rechten Seite.

»Das kann doch nicht eine Karte von Australien sein.«

»Lieber Himmel, nein, das ist nur die Ostküste, die Kolonie New South Wales.«

Er zog einen groben Kreis mit dem Finger. »Ganz England würde in diesen kleinen Teil von Australien hineinpassen.«

Keziah war von der Größe dieses neuen Landes überwältigt, löcherte ihn aber trotzdem weiter mit Fragen nach Gems Verbleib.

Er tippte mit dem Finger auf die Karte. »Könnte sein, dass Lake Incognito gar nicht mehr da ist. Er hat die Gewohnheit, alle paar Jahre wieder zu verschwinden.«

Sie kehrte zum Tisch zurück, um den erlösenden Abstand zwischen ihnen wiederherzustellen.

»Das Risiko gehe ich ein. Würden Sie so freundlich sein, mir zu zeigen, wie ich zur nächsten Postkutschenstation komme.«

Der Beamte hatte es nicht eilig, sich von ihren Brüsten zu verabschieden.

»Das wird nicht viel nützen, gute Frau. Hier steht, Jem Smith sei abgekommen.«

Keziah hasste es, ihre Unwissenheit zu offenbaren. »Heißt das, dass er verlegt wurde?«

»Dass er ausgebüxt ist.« Er las die Akte laut vor. »Wurde im März wieder eingefangen, in Ketten gelegt und einer Strafkolonie zugeteilt, die eine Straße durch den Busch baut. Sollte eigentlich wieder nach Gideon Park zurück, ist aber diesen Monat erneut ausgerissen. Wahrscheinlich schlägt er sich mittlerweile als Buschräuber durch. Das ist das, was wir zuhause als Wegelagerer bezeichnen.«

Einen Moment glaubte Keziah, sie würde vor Schreck in Ohnmacht fallen. Sie schwankte und hielt sich am Tischrand fest. Der Beamte zwinkerte ihr zu.

»Am besten, Sie warten ab. Die Trooper werden ihn schon schnappen. Falls sie ihn nicht vorher über den Haufen schießen.«

Keziah trat in die Hitze hinaus und hatte das Gefühl, in einen Backofen geraten zu sein. Als das Kind in ihrem Bauch eine unerwartet heftige Bewegung machte, musste sie würgen. Würde sie noch eine Fehlgeburt haben? Sie hatte nicht die Kraft, sich jetzt darüber den Kopf zu zerbrechen.

Sie setzte sich neben der Hafenmauer auf den Boden und vergrub den Kopf in den Händen.

Es war, als wäre sie vor eine Wand gelaufen. Wie sollte sie in dieser verkehrten Welt überleben? Sie konnte lesen, aber nur sehr langsam. Sie konnte ihren Namen und das Alphabet schreiben. Ihr Kräuterwissen wäre hier begrenzt – sie hatte keine Ahnung, welche Pflanzen in diesem sandigen Boden wuchsen. In Sydney Town würde sie sich mit ihren Tarot-Kenntnissen über Wasser halten können. Doch was nutzte ihr das, wenn Gem sich meilenweit entfernt als Bandit im Busch herumtrieb? Er konnte überall sein, ohne auch nur zu ahnen, dass sie hier war.

Plötzlich kam ihr ein Gedanke, und sie stand abrupt auf. »Gem kennt mich besser als jeder andere. Er weiß, dass ich zu ihm gehöre und ihm bis ans Ende der Welt folgen würde.« Sie sah sich verbittert um. »Und genau da bin ich nun!«

Entschlossen stieg sie die Treppen zu ihrer Pension hinauf. Als sie fast oben angelangt war, schöpfte sie neuen Mut angesichts eines Schwarms von weißen Papageien, die sich auf einen Baum niederließen. Ihre schwefelgelben Kämme waren fächerförmig ausgebreitet, wie die Blüten seltener Blumen, während sie laut durcheinanderkreischten.

Diese Papageien halten zusammen wie eine Familie. Gem ist die einzige Familie, die ich noch auf dieser Welt habe.

In dieser Nacht wälzte sich Keziah im Schlaf herum, während sie versuchte, die Reste eines Albtraums abzuschütteln, in dem der beunruhigende Umriss eines ihr fremden Baumes die Kulisse für eine Reihe von gewalttätigen Bildern darstellte. Dann ergoss sich rotes Blut aus dem Baumstamm und floss über die Erde.

»*Mi-duvel*! Welche Grausamkeiten stehen uns wohl bevor? Möge *Del* dich beschützen, Gem.«

Doch kein Gebet war stark genug, um das Bild dieses entsetzlichen Baums aus ihrem Kopf zu vertreiben. Keziah klammerte sich an ihr Amulett und die Worte ihrer Großmutter, dass sie nichts zu fürchten hätte, so lange sie das schützende Amulett trug. Ein nagendes Gefühl im Magen erinnerte sie daran, dass sie seit Stunden nichts gegessen hatte. Sie stieg aus dem Bett.

»Na schön, ich weiß, dass du Hunger hast, mein Kleiner. Es ist meine Schuld, dass du unterwegs bist, nicht deine.«

Sie tunkte trockenes Brot in Wasser, damit es weich wurde, und aß es zusammen mit einer saftigen Birne. Der dunkle, samtene Himmel war mit mehr Sternen übersät, als sie je im Leben gesehen hatte. Die verrückten Muster hatten fast nichts gemein mit den Konstellationen, die sie als Kind gelernt hatte.

Keziah fuhr sich mit der Hand über den Bauch und sprach zu dem kleinen Leben in ihrem Leib.

»Der morgige Tag wird uns die Antwort bringen und uns den Weg zeigen, den wir einschlagen müssen.«

Deutsch von pociao